Zu diesem Buch

»Das Farmerhaus mit Obstgarten, Scheune, Pferden, Ponys, mit stillen Plätzen zwischen alten, hohen Bäumen, umgeben von ›grünen und goldfarbenen Äckern und waldigen Schluchten‹ wird von drei Generationen von Frauen bewohnt. Familienoberhaupt ist die herrische Großmutter, ›die vom Leben nichts weiter bekommen hat als Arbeit und Kinder und nichtsnutzige Männer‹. Ihre Töchter sind ebenfalls starke Frauen, an deren Seite Männer wenig zu lachen haben. Geschildert wird die Familienstory aus der Perspektive von vier kleinen Mädchen, zwei Geschwisterpaaren, die ›wie eins waren‹, und für die Haus und freie Natur ein idealer Platz für Spiel und Abenteuer sind. Ihr kindlich-neugieriger Blick und ihre spitzen Ohren sind es, die hinter der scheinbaren Idylle die kleinen und großen Tragödien des Lebens erahnen und entdecken. In diesem Haus erleben die Mädchen die Pubertät, die beginnende Sexualität (mit all ihren Verwirrungen und mütterlichen Verboten), hier begegnen sie zum erstenmal dem Tod (seinem Schrecken, seiner Normalität)... Was dieses Romandebüt auszeichnet, ist die Umsetzung des naiven, unsentimentalen, frechen, ja manchmal brutal-ehrlichen Kinderblicks in eine Sprache, die mit erstaunlicher Sicherheit Balance hält zwischen Ernsthaftigkeit und Humor.« (»Die Zeit«)
»Die Autorin hat Frauenfiguren geschaffen, die der Leser nicht so schnell vergessen wird.« (»Niedersachsen Zeitung«)

Joan Chase, geboren 1936 auf einer Farm in Ohio, lebte dort bis zu ihrem achtzehnten Lebensjahr. Sie studierte Philosophie an der Universität von Maryland und arbeitete als Bibliothekarin und später als Logopädin.

Joan Chase

Das Mädchenhaus

Roman

Aus dem Amerikanischen
von Eva Bornemann

ro
ro
ro

Rowohlt

Die amerikanische Originalausgabe erschien 1983
unter dem Titel »During the Reign of the Queen of Persia«
bei Harper & Row, New York
Umschlaggestaltung Nina Rothfos
(Foto: Louise Dahl-Wolfe)

Veröffentlicht im Rowohlt Taschenbuch Verlag GmbH,
Reinbek bei Hamburg, April 1990
»During the Reign of the Queen of Persia«

Gesamtherstellung Clausen & Bosse, Leck
Printed in Germany
880-ISBN 3 499 12545 5

Für Chris und Melissa

Inhalt

Celia

Im Norden Ohios erstreckt sich ein Gebiet von mehreren hunderttausend Morgen Ackerland, das das Flachland der Seenregion mit Hügeln und Tälern unterbricht und allmählich in ländliche Siedlungen übergeht. Straßendörfer, kleine Gehöfte am Rande von Nirgendwo, einspurige Brücken, rückständige Kramläden mit einer einzigen verrosteten Zapfsäule davor, Scheunen, die auf zerfetzten und verblichenen Plakaten *Mail Pouch*-Tabak anpreisen. Diese Spuren menschlicher Behausung verlieren sich und werden durch üppig sich wellende Hügel und Felsvorsprünge abgelöst, durch Wasserfälle, die sich rasch in lichtdurchfluteten Schluchten verlieren. Weizen- oder Haferfelder, gesäumt von dunklen Bäumen gleiten vorbei, und verleihen der Landschaft ein Flair von Bodenständigkeit. Ab und zu trifft man auf verlassene Bauernhöfe, die vor sich hindämmern. Vereinzelt gibt es stolze Anwesen, sorgfältig von Amish-Leuten und Mennoniten kultivierte Enklaven.

Tief aus dem Landesinneren führt ein Netz von Eisenbahnlinien auf das Marktstädtchen zu, Sitz der Regionalverwaltung. Ein kleines, konfessionell geführtes College erinnert daran, daß hier auch der Sitz der Kultur ist. Der Marktplatz ist ein lebhaftes Handelszentrum, eine breite Allee mündet in den runden Platz, der von dreistöckigen Häusern umrahmt ist und so den Eindruck erweckt, als sei er vollständig von einer Mauer umgeben. In den Sandsteinblöcken, die aus den südlicher gelegenen Bergen gehauen wurden, glimmert noch der Juwelenstaub zerriebenen Quarzgesteins. Alle Straßen sind geklinkert, dunkelerdigrot, und die Steine tragen den Aufdruck der Ziegeleien, aus denen sie stammen – Metropolitan, Canton, 1905 Cleveland Block, Egyptian, Sciotoville.

In den fünfziger Jahren regelte ein Polizist an Samstagen den Verkehr: Auf den Gehsteigen wimmelte es von Farmern, durchgehangene Kutschen stritten sich mit alten Oldsmobiles um das Vorfahrtsrecht, das Klipp-Klapp von Pferdehufen hallte durch die Straßen und aus den Wagen und schwarzüberdachten Einspännern schauten die Gesichter einfacher Leute, mit einer zeitlosen, geregelten Gewißheit ihrer Unschuld. Gemeißelte, blicklose Simsone mit prallen Muskeln schmückten das Landgerichtsgebäude und trugen zu dem allgemeinen Eindruck von Stabilität und überliefertem Selbstinteresse bei. Damals, als wir dort wohnten, auf der genau am Stadtrand gelegenen Farm, glaubten wir, dies sei der eigentliche Mittelpunkt der Welt, und die grünen und goldfarbenen Äcker und waldigen Schluchten ein paar Meter jenseits der Eisenbahnschienen, die sich im Nichts verliefen, bildeten eine natürliche Schranke zum Rest der Welt draußen, deren undurchdringliche Dunkelheit wir als etwas abtaten, das uns nichts anging.

An jenem Marktplatz hatte Onkel Dan seinen Metzgerladen. Das Geschäft lag an der Rückseite des Hauses neben einem Zeitungskiosk, gegenüber war der Autobusbahnhof. Wenn wir nach dem Kino oder nach einem Besuch bei Fitchbergs Kurzwarenhandlung in Onkel Dans Laden gingen, fischten wir uns Pennies aus der Tasse, die er auf der Vitrine stehen hatte, um uns bunte Kaugummikugeln aus der Maschine zu ziehen, während wir auf Tante Libby warteten, die von unserer Farm herüberfuhr, um uns abzuholen. Hatte Onkel Dan eine Kundin zu bedienen, wechselte er kein Wort mit uns, ja, er tat so, als kenne er uns überhaupt nicht. Er fuhr fort, seiner Stammkundschaft seinen geduldigen, praktischen Rat zu geben, er kannte sie alle – ihre Eßgewohnheiten, den Zustand ihrer Gallenblasen, ihrer Geldbörsen, ihrer Ehen.

Wir waren vier, zwei davon seine eigenen Töchter, zwei seine Nichten, und alle vier waren wir nur je zwei Jahre auseinander. Onkel Dan behandelte uns alle gleich, und manchmal glaubten wir auch, wir seien gleich – das gleiche Blut, das gleiche Erbrecht. Ein Teil eines jeden Jahres, meist im Sommer, wohnten wir alle vier bei Onkel Dan, oder besser: bei Gram, denn er und

Tante Libby wohnten bei ihr. Gram war die Bienenkönigin – so nannte sie Onkel Dan. So, oder die Königin von Persien, Ihre Majestät Höchstselbst. Oder einfach abgekürzt: Queenie. Unser Pony hieß auch Queenie. Onkel Dan meinte, die beiden hätten vieles gemeinsam, und obwohl er sich nicht genau darüber ausließ, was es war, wußten wir, daß Queenie schwer einzufangen war und jede von uns schon abgeworfen hatte. Wir wußten, es hatte das, was man einen eigenen Kopf nennt.

Schließlich, nachdem Onkel Dan Mrs. Wheeler oder Mrs. Smucker zur Zufriedenheit bedient hatte und sie den Laden verlassen hatten, blickte er über den Rand der porzellanenen Aufschnittvitrine und sagte: »Und was kann ich heute für euch Nichtsnutze tun?« Seine Mütze saß in einem kecken schrägen Winkel auf seinem glänzenden, venendurchzogenen kugeligen Kopf. »Sonderangebot heute: Schweinsfuß in Sülze und Blutwurst.«

»Wir sollen warten«, sagte Jenny dann und klang wie Tante Libby, ihre Mutter. Dabei nahm sie von ihrem Vater bis auf die winzigen Lichtblitze aus ihren schwarzen schrägen Augen keine Notiz.

»Dürfen wir das Fleisch sehen?« fragten wir.

»Aasgeier«, antwortete er jedesmal, ging uns voran nach hinten und öffnete die schwere Tür des Kühlraumes. Aus diesem kleinen Raum strömte der kalte und blutige Gestank sich verzehrenden rohen Fleisches. Wir atmeten dann jedesmal besonders tief ein, bildeten uns ein, es sei unser letzter Atemzug und gingen hinein zu den steif gefrorenen, hängenden Kadavern. Die Luft erstarrte, auf unseren nackten Sommerarmen erschien Gänsehaut. Der Boden unter unseren Sandalen war glitschig von herabgefallenen Fettfetzen und im Sägemehl verklebten Haarborsten. Beim Verlassen des Kühlraums schauderten wir und sahen Onkel Dan von der Seite an. Er verriegelte die Tür und stand vor uns, kleiner als wir, aber furchtlos – in seiner blutverschmierten Schürze und seiner Matrosenmütze gegen alles gewappnet.

Während des Krieges war Onkel Dan bei der Marine gewesen. Er war zwar er auf einem Schiff stationiert, aber dieses hatte nie

den Hafen von San Francisco verlassen. Er ließ seine Frau und seine zwei kleinen Töchter nachkommen, und zwar den ganzen Weg von Ohio. Sie reisten, auf Koffern sitzend, in den Gängen übervoller Züge, und Tante Libby erlebte alle möglichen Abenteuer – zu viele, sagte sie, und ihr glattes Gesicht zeugte von der Torheit eines Marketenderdaseins. Einmal mußte sie sogar während dieser endlosen Wartezeiten auf irgendeinem namenlosen Nebengleis bei der Geburt eines Babys helfen, und in der Folge wußte niemand, in welchem Bundesstaat das Kind geboren war. Es gab Photos aus jener Zeit, auf denen sie alle im gleißenden Wintersonnenlicht im Pazifik schwammen, Onkel Dan mit seiner Matrosenmütze, Tante Libby, tiefbraun gebrannt, ihr seidiges Haar zerzaust vom Wind, süß lächelnd in einem einteiligen Badeanzug. Als sie wieder nach Ohio zurückkommen durften, half Onkel Dan seinem Vater im Laden, nur zur Überbrückung, und aus dem gleichen Grund zog er mit seiner Familie in das große Haus, zusammen mit Gram und den übrigen, regelmäßig kommenden und gehenden Familienmitgliedern. Beide Standorte erwiesen sich als bequem, und sie blieben – Onkel Dan zählte die Jahre und hoffte, er werde eines Tages etwas anderes tun, wegziehen, ein neues Leben beginnen.
Manchmal sprach Onkel Dan mit uns darüber, während er seinen seidigen irischen Setter fütterte, der ein nervöses Dasein in der Hundehütte am Rande des Rasens fristete. Onkel Dan behauptete immer, es sei ihm unerklärlich, wie ein Mann mit einer rothaarigen Tochter auch noch mit einem Nervenbündel von einem rothaarigen Hund enden könne. Er fütterte »das Vieh« jeden Abend, wenn er nach Hause kam, und zwar mit einer Art Brühe – einem aufgewärmten Futterbrei in einem Blechnapf; während er die Mixtur umrührte, versicherte er uns, der Hund sei ein besserer Esser als wir alle, obwohl dieser beim ersten Schnuppern die Schnauze abwandte und Onkel Dan einräumte, daß es wahrscheinlich nicht gerade das war, was sich der Hund vorgestellt hatte. Er sprach, als kenne er seinen Hund in- und auswendig. Aber allmählich fraß der Setter immer schneller und verschlang schließlich den Inhalt des Napfes mit gierigen Schlucken. Hatte er alles aufgefressen, ließ Onkel Dan

ihn eine Zeitlang von der Leine. Sein langes, rötliches Fell wehte wie Federn im Wind über schimmernde Abendwiesen – wie fliegende Gischt, kreisend, springend – bis Onkel Dan ihn dann mit sanft gemurmelten Schmeicheleien und voller Resignation wieder mit der stählernen Kette festband, die, so dachten wir, stark genug war, einen Gorilla zu halten.
Wenn Onkel Dan uns von seinen Berufsplänen, von seinem Leben erzählte, als sei auch er an eine Kette gelegt, die, obwohl unsichtbar, genauso festband, beunruhigte uns dies nicht: Er scherzte immer, beschwerte sich dauernd – »wider den Stachel löcken« nannte er es. Nichtsdestoweniger hörten wir, wie er nach Feierabend im Keller vor sich hinpfiff. Dort arbeitete er an seinen Projekten. Im Laufe der Jahre hatte er alle möglichen Dinge gebastelt, zum Beispiel Brieftaschen aus Rindsleder. Ein Hobby folgte dem anderen, mal waren es Rohrstühle, mal handgeschnitztes Mobiliar, gezogene Kerzen und schließlich Ölgemälde. Und er verstand sich vorzüglich auf die Metzgerei. Man konnte es sehen, wenn er sachgerecht Koteletts hackte oder eine Rindsschulter aufhing – als sei das alles so natürlich und so entmutigend wie seine braunen, im Kamm gebliebenen Haare. Wir gingen in die Gasse hinter dem Geschäft, um dort auf Tante Libby zu warten, wir spürten die Einsamkeit, die Onkel Dan traurig machte. Endlich zwängte sich der Wagen durch die enge Passage, streifte beinahe die dort stehenden Mülltonnen. Tante Libbys nackter Arm ruhte im offenen Wagenfenster, jetzt schon, zu Beginn des Sommers, tiefbraun gebrannt. Ihr anderer Arm lag über dem Sitz. Nur mit einem winzigen Lächeln nahm sie von uns, die wir dort warteten, Notiz. Sie ließ den Motor laufen, und es sah fast so aus, als wolle sie nur ganz beiläufig anhalten, den Blick zum Sonnenlicht gewandt, das in unregelmäßigen Abständen zwischen den Backsteinhäusern hindurch auf das Pflaster fiel. Oft liefen wir einen Augenblick auseinander, um an dem Kiosk Bonbons zu erstehen oder uns Illustrierte anzusehen. Onkel Dan kam dann für eine schnelle Sekunde aus dem Geschäft und stützte sich mit gekreuzten Armen auf die Wagentür. Er flirtete mit Tante Libby, wann immer er konnte. Seine Bemühungen um ihre Aufmerksamkeit lenkten sie nur für einen

Augenblick von der dunklen, sonnengesprenkelten Gasse ab. Abrupt entschied sie, daß sie genug hatte, daß es Zeit sei weiterzufahren; sie hupte scharf und ungeduldig, wie Gram es immer tat, wir stürzten vom Kiosk weg und sprangen im Moment, in dem sie wegfahren wollte, in den Wagen. Hinter uns verschwand Onkel Dan, wir bogen in den Marktplatz ein und dann in die Main Street, eine der beiden nordwärts führenden, parallel laufenden großen Straßen. Die rötliche Erde unter uns breitete sich aus wie ein königlicher Teppich, einer, der genauso schnell wieder hinter uns aufgerollt wurde, so daß wir und nur wir davon wußten – auch dies ein geheimer Teil unseres Wissens, daß, wohin wir auch gingen, uns niemand folgen könne.

Alle Wagenfenster waren offen, der süße Duft frisch gemähten Grases und blühender Blumenbeete hatte uns umgeben, während wir in der Stadt waren, und nun umwehten uns die üppigeren Düfte des Wiesenklees und die kühle Luft waldbestandener Hügel voller Tannenwürze und Rankengewächse – eine Strecke von etwa zwei Meilen, die uns von dem Geschäftsviertel der Stadt trennte, eine Entfernung, die wir niemals genau gemessen hatten, denn es war ja nicht Sache des Raumes oder der Zeit, sondern des Andersseins. Ein eichenbestandener Feldweg markierte unser Anwesen. Diese Bäume, es waren etwa fünfzehn, hoben sich beiderseits der offenen Felder und so weit unser Blick reichte ab und bezeichneten für uns die Einfahrt zu unserem Hof, und selbst als später an der nördlichen Ecke eine Tankstelle errichtet wurde und jenseits der Hecke ein Restaurant entstand, türmten sich jene Bäume auf wie ein massives Tor.

Unmittelbar vor dem Ziel bremste Tante Libby unvermutet und sah uns erstaunt, ja fast vorwurfsvoll an. »Verdammt nochmal, Mädchen, wißt ihr was? Ich war da und hab' doch völlig unser Abendessen vergessen! Und essen müssen wir ja, oder?« – gesprochen, als wäre es ihr rätselhaft, diese Sache mit dem Appetit. »Also muß Dan etwas mit nach Hause bringen.«

Gram, hatten wir den Eindruck, kümmerte sich mehr um Onkel Dan als Tante Libby. Sie befahl uns, leise zu sein, wenn er zu Hause war, setzte sich ein für die Privilegien eines Mannes,

der nach getaner Arbeit Ruhe brauche. Wir beobachteten sie aus den Augenwinkeln, verdächtigten ihre Motive, zweifelten an ihrer Aufrichtigkeit. Was wußte sie? Es gab Zeiten, da war Onkel Dan der einzige Mann in einem Haushalt von zehn oder mehr weiblichen Wesen. Es war Grams Haus, war es schon zu Lebzeiten von Grandad gewesen, denn sie hatte es von ihrem eigenen Geld erworben, wie sie uns immer wieder unter die Nase rieb. Und jedes ihrer fünf Kinder konnte immer und jederzeit dort wohnen, es war zwar eng, aber es ging, denn es war ein dreistöckiges Haus mit vierzehn Zimmern. Zu verschiedenen Zeiten kam es der einen oder anderen oder allen fünf Töchtern in den Sinn, zurück nach Hause zu kommen. Einige verheiratet mit Kindern, andere, die ihre Ehemänner verloren hatten. Tante Elinor hatte spät geheiratet. Deshalb wohnten oft eine Anzahl weiblicher Wesen dort und nur ein Mann, eben Onkel Dan, wenn er aus dem Geschäft kam.
Das war etwa um halb sieben Uhr abends. In jenen Jahren aßen wir beide, Onkel Dans Nichten, Töchter von Grams toter Tochter Grace, zusammen mit Gram ein frühes Abendessen. Gram hatte bereits ein Bad genommen und sich umgezogen, um auszugehen: Bingo-Partys, Pferderennen, Roulette in einem privaten Spielklub – Hauptsache, es war aufregend. Ehe sie das Haus verließ, bereitete sie uns ein Abendessen, irgend etwas Einfaches, das sie sechzig Jahre oder länger aufgetischt hatte. Sie tue es nur, behauptete sie, unserer Mutter, die gestorben sei, zuliebe, denn sie selber habe die Nase voll von der ewigen Kocherei. Wir hörten es beinahe jeden Tag. Die Nase voll von der Kocherei, der Arbeit – hatte sie nicht sechzig Jahre geschuftet, für Dutzende undankbarer Männer gekocht, für Drescher, Tagelöhner und überdies noch für quengelnde Gören und dies seit ihrem elften Lebensjahr, als man sie zwei Meilen über eine Wiese schickte, um einer Nachbarin und deren neun Kindern auszuhelfen? Also stellte sie nun irgend etwas für uns auf den Tisch: ausgelassenes Pökelfleisch, Koteletts oder Gehacktes, Salzkartoffeln und Kohl. Davon aß sie kaum je etwas selber, zog es vor, eine Weißbrotschnitte, die sie in ihren hellen Kaffee mit Sahne tunkte, zu essen. Es war ihr gleichgültig, ob uns

schmeckte, was sie bereitet hatte oder auch, ob wir es aufaßen – um fünf Uhr nachmittags wurde es auf den Tisch gestellt.
Onkel Dans Töchter, Celia und Jenny, warteten auf ihn, bis er nach Hause kam, und wenn sie dann alle zusammen um den Tisch saßen, ergab dies ein romantisches Familienbild, die drei um den großen Bauernküchentisch Versammelten mit der einzigen überlebenden männlichen Gestalt. Wir durften sie dabei nicht unterbrechen, weil es ja Onkel Dan war, der das Fleisch auf den Tisch stellte, auf ihren Tisch, und Gram meinte, ihm gebühre wenigstens dieses Stück ungestörten Familienlebens. Meist saßen wir dann in dem dunklen Stiegenhaus, während sie aßen, mit dunklen Mündern, feucht, als ob ein Saft aus ihnen fließe, während wir zusahen, wie sie in ihre gewaltigen Steaks schnitten und die Bissen dann auf die rotgestielten Gabeln spießten. Onkel Dan brachte immer die erlesensten Stücke nach Hause und ließ sie sich jedesmal besonders gut schmecken, rülpste laut, wann immer es ihm paßte, sprach mit vollem Mund und langte mit seiner Gabel nach extra Portionen über den Tisch. Nachdem sie aufgegessen hatten, gingen wir hinunter, halfen unseren Cousinen beim Abräumen und stopften uns gelbe Fettüberreste in die Münder, die wir nur dann ausspuckten, wenn sie kalt und talgig geworden waren.
Nachher setzte sich Onkel Dan in seinen Sessel und gab seinen Kommentar zu dem ab, was in der Zeitung stand. Dafür war er berühmt. Oft hatten wir das Gefühl, selber zu sprechen oder seine Kommentare zu inspirieren – uns dauernd wiederholend und doch jedesmal neu; sein Ton vermittelte einen totalen, aber gutmütigen Verzicht, eine komische Erschöpfung. Tante Libby erkundigte sich manchmal, was es denn am nächsten Abend zu essen geben solle. Für sie war die Verpflegung anderer eine ständige Sorge, obwohl sie sich, wie Gram, wenig für Essen interessierte. Dann erklärte Onkel Dan, daß es nur wenig Unterschied mache, ob in dem geplanten Menü etwas Angebranntes oder Verdorbenes sei, es schmecke das eine fast so grauslich wie das andere.
»Ich habe in meinem Leben einige Enttäuschungen einstecken müssen«, sagte er dann und klang ostentativ melancholisch,

und wir alle wußten, daß er wieder einmal an Hedy Lamarr und ihren Gummibusen dachte. Und dabei wimmelte es im Hause nur so von weiblichen Wesen. Er hatte, als Celia und Jenny zur Welt kamen, sich eigentlich Söhne gewünscht. Und Tante Libby bekam später auch einen Jungen, und dann noch einen, aber sie starben bei der Geburt, und danach konnte sie keine Kinder mehr haben, etwas, das Onkel Dan niemals erwähnte. Abend für Abend unterhielt er uns, machte daraus eine Party, denn später ging er hinaus in die Küche und machte Popcorn und servierte uns Coca-Cola oder traktierte uns mit einem Mixgetränk, für das er gerade in seinem Geschäft warb. Es war hausgemachte, aus Sirup und Selterswasser bestehende Limonade. Danach ging er zu Bett, lange vor uns, denn er mußte schon um sechs Uhr morgens sein Geschäft öffnen.
Ganz selten einmal holte er seine Posaune heraus, das einzige, was ihm von seinem Jahr an dem örtlichen College, als er in einer Jazz-Combo spielte, geblieben war. Er überredete Celia, sich ans Klavier zu setzen, und dann versuchten sie, ihre beiden Instrumente und Interpretationen einigermaßen zu harmonisieren. Am Ende spielten sie Solo, jeder für den anderen. Onkel Dan hörte Celia aufmerksam zu und half ihr bei den Halbtönen und mit der Synkopierung. »Du hättest deine Klavierstunden nicht aufgeben sollen«, beklagte er sich jedesmal und spielte dann für sie, woran er sich noch aus »Lady Be Good« erinnern konnte. Wenn sie gemeinsam die Musik durchgingen, war er genauso intensiv bei der Sache, wie wenn er seine alten Peggy-Lee-Platten spielte. Seiner Meinung nach sei sie die Beste gewesen, »und du, du hast auch das Zeug dazu«, hörten wir ihn zu Celia sagen, als sie genug hatten, sie den Klavierdeckel wieder geschlossen hatte und ihre lackierten Nägel auf dem dunklen Mahagoniholz bewunderte. Dann lächelte sie und senkte leicht den Kopf, erfreut und geschmeichelt. Danach ging sie auf ihr Zimmer, um allein zu sein. Onkel Dan beendete die Session mit einer Peggy-Lee-Platte. Er hörte sich die Musik an, fasziniert, die Posaune über die Knie gelegt, in Gedanken sehr weit weg von uns.

Eines Abends, im Vorfrühling, als Celia vierzehn und wir dreizehn oder fast dreizehn waren, war Onkel Dan mit der Einkaufstüte voller Lebensmittel, die Tante Libby telephonisch bestellt hatte, heimgekommen und sah eine Bande Jungen sich auf der Veranda herumdrücken oder an den Gittern und Balustraden hängen. Er blieb stehen, fragte, ob irgend etwas nicht in Ordnung sei, hatten die Mütter etwas im Geschäft liegen lassen. Aber die Jungen schlichen mit Seitenblicken davon, versetzten den Verandastufen Fußtritte. Als Celia in der Haustür erschien, wurden sie auf einmal lebendig und wichen in fieberhaften Sprüngen, rennend und johlend, bis an die Hauptstraße zurück, ihre schnellen Blicke im Rückzug noch immer auf Celia geheftet, die sie vage lächelnd und mit einer gewissen königlichen Würde herablassend akzeptierte. Einen Augenblick lang war uns Onkel Dans Gesicht fremd geworden, ungetarnt durch den gewöhnlichen mokant-ironischen Ausdruck. Dann aber kam er wieder zu sich, wußte, was los war. Er besah sich Celias lange bloße Beine und erkundigte sich, ob sie neuerdings wegen innerer oder äußerer Hitze halbnackt herumlaufe. Sie spielte die Beleidigte. »Ach Daddy! Sei doch nicht altmodisch«, sagte sie, und ihr Gesicht war überstrahlt von dem goldenen Schein der Sonne auf ihrem aprikosenfarbenen Haar. Dann ging sie, ihre Mähne schüttelnd, mit durchgedrückten Knien ins Haus hinein, wie ein langbeiniges Fohlen. Onkel Dan ließ seine grauen, staubfarbenen Augen über uns gleiten, die wir dunkelhaarig und blaßgesichtig oder aber allzu rotbäckig waren. Dann lächelte er jedoch unverblümt, was er nur selten tat. Offenbar war es ihm aufgegangen, daß von nun an das Leben anders verlaufen würde. Danach wußten wir ebenfalls, daß Celia anders war. Nicht nur war sie älter. Ein neues Selbstbewußtsein war über sie gekommen, plötzlich und total, so daß es unwichtig geworden war, ob Sommer für Sommer ihr Haar weiter und weiter herausschwang, mit mehr sonnengeriffeltem Glanz, oder daß ihr Körper hier üppiger und dort schlanker geworden und zu einer Figur herangewachsen war, die gleichzeitig sinnlich und geschmeidig war. Sie brauchte sich nicht anzustrengen, dem anderen Geschlecht zu gefallen, Jungen, die nun im Hause ein und

aus gingen und sich wie unschuldig wimmelnde Lämmer benahmen, die zur Schlachtbank geführt wurden. Genau das war es, was Tante Libby, als sie aus dem Fenster sah, sagte: »Diese bemitleidenswerten Kerlchen. Sie wissen gar nicht, wie ihnen geschieht.« Dabei schüttelte sie den Kopf, als habe sie an Celia etwas auszusetzen, als sei sie allzu dreist. »Bitte beseht euch mal diesen Po«, sagte sie und runzelte die Stirn, wenn sie zusah, wie Celia sich, tief im Gespräch mit irgendeinem Jungen, an dessen Wagenfenster lehnte, die Hüften rotierend, das Haar in Sturzflügen auf die Schultern wippend, ein Lächeln wie phantastisch blühende Blumen allenthalben verstreuend. Und wir konnten nicht sagen, ob Tante Libby wütend oder stolz war.
Celias Veränderung sonderte sie von uns ab. Sie schien gleichgültig geworden zu sein, brauchte uns nicht mehr. Wir fielen zurück, ein wenig ehrfürchtig. Wo sie kühn war, waren wir unsicher und dachten, was wohl Tante Libby dazu meinen würde. Wir warben eifrig um Celias Gunst, wollten unbedingt mit von der Partie sein. Aber es hatte keinen Zweck, dieses Begehren, wir konnten sie weder erreichen noch ohne sie zufrieden sein. Deshalb verfolgten wir ihr Leben begierig und warteten darauf, daß sie strauchelte; aber aus immer größer werdender Entfernung, als seien wir nur Fremde aus der Stadt, Außenseiter.
Selbst ein Ausritt mit Celia, etwas, was wir in unserem Leben immer gemeinsam unternommen hatten, war auf einmal zu etwas anderem, zu einem Vorwand für einen völlig anderen Zweck geworden – einem verbotenen Stelldichein. Wir folgten Celia und fanden uns unversehens in einer uns fremden Hintergasse im Fabrikviertel der Stadt, wo, so erinnerten wir uns, einst unsere Familie gewohnt hatte. Dann aber kamen, wie aus dem Nichts, Schwärme dunkeläugiger Fabriklehrlinge, offenbar angelockt von den auf den Pflastersteinen klappernden Hufen und wohl auch von einer unsichtbaren Schwingung, die Celia auslöste, und die in der Luft vibrierte wie eine gespannte Saite oder Schellengeläut. Die jungen Männer schlenderten aus ihren verfallenen, verrußten Häusern hinüber zu uns, lehnten sich voll lässiger Bewunderung an einen Pfeiler oder Pfosten und erho-

ben ihre Blicke zu Celia wie Opfergaben. Nur das unruhige Zittern und Tänzeln ihres Pferdes bekundete Nervosität oder einen impulsiven Ausbruch. Wir, ihre Gefolgschaft, ihre Untertanen, waren sichtbar entmutigt, weit weg von zu Hause, bedrückt, weil wir Onkel Dan nicht gehorcht hatten, der uns geraten hatte, zum Hufschmied zu gehen, ehe wir auf dem Pflaster ritten, der uns ermahnt hatte, nur vertraute Wege zu benutzen. Es schien, als habe Celia Onkel Dan für immer vergessen, als habe sie alle hinter sich gelassen.

Doch dann kam der Tag, an dem wir uns ihm stellen mußten. Eine Kundin hatte im Geschäft erwähnt, daß sie seine Mädchen in der South Belmont Street habe reiten sehen. Er blickte uns an, zornig und kalt. Celia inspizierte demonstrativ ihre Fingernägel, prüfte, ob der Lack noch hielt, entschuldigte sich dann und stand vom Tisch auf. Unter dem Türsturz sah sie aus wie ein Portrait in einem gefirnißten Eichenrahmen. Aber wir übrigen waren immer noch seine kleinen Töchter, wir drei, die wir betroffen und verzweifelt waren, weil wir all seine Güte uns gegenüber und die Freiheit, die er uns erlaubte, in den Wind geschlagen hatten. Nach diesem Ereignis wollten wir Celia ausweichen – der es gleichgültig war und die ja sowieso tat, was ihr paßte. Alle ihre Energie und Loyalität drängte sie einem Schicksal entgegen, an dem wir nicht teilhatten, geschweige denn, daß wir etwas begriffen. Es war, als trainiere sie verbissen für einen Wettkampf, eine Herausforderung, von der wir nur entfernt vernommen hatten, ohne unser eigenes Verlangen zu verstehen. Denn in unseren Träumen war es, als ob auch wir, wie sie, verwandelt worden wären.

Alles war verändert. Im Schwimmbad ging Celia nicht mehr ins Wasser, es sei denn, irgendwelche übermütigen Jungen warfen sie hinein, und dann ließ sie sich ebenso bereitwillig von ihnen herausfischen, die Hände ihrer Retter jetzt jedoch zögernd und vorsichtig auf ihr. Wir spähten hinaus auf die Vorderveranda, das Rudel Jungen nun etwas entfernter, obwohl wir sie uns sehnlich nahe wünschten. Die Art, wie sie mit geduldiger Wehmut auf irgendeine Aufmerksamkeit warteten, die ihnen Celia zukommen lassen würde, Jungen, die bis dahin überhaupt nichts von einem Mädchen wollten, war, was uns am Ende besiegte. Celia, unparteiisch Kommando führend, stand mitten unter ihnen, die Hände wie zarte Fächergriffe auf den Hüften, der Mund klein und doch voll und pikant, wie zwei Orangenachtel. Es schien, als seien wir auf unserer Vorderveranda die Eindringlinge, als gehöre alles Celia. Wir gingen in die Stadt, überließen ihr die Veranda, schlichen abends ins Schwimmbad oder warteten im Vereinshaus Christlicher Junger Mädchen auf die Ankunft von ein paar Jungen, damit wir dann die zwei Meilen mit unseren Freundinnen nach Hause gehen konnten, von den Jungen beschattet, die uns umkreisten und uns aus der Dunkelheit zuriefen, freche Schreie, die näher kamen und dann wieder im Dunkel verklangen. Wenn wir dann nach Hause kamen, stellten wir uns mit dem Rücken zu den Kletterrosen der Tapete hinter die Wohnzimmervorhänge und warfen verstohlene Blicke auf die Veranda, um Celia zu beobachten. Dann lachten wir nicht einmal mehr innerlich, das Wasser lief uns im Munde zusammen als beobachteten wir, wie sie ihr Steak aß.

Um uns herum und neben uns lebten Tante Libby und Onkel Dan ihre Ehe. Dort, in Grams weitläufigem Haus, kam es uns vor, als hätten sie keine Beziehung zueinander, die nicht auch die unsre war, keine Funktion außer der, daß sie eben ein Teil des Lebens im Haus waren. Meistens kam Onkel Dan zum Mittagessen nach Hause, immer noch in Schürze und Mütze, und Tante Libby stolzierte halb oder überhaupt nicht angezogen herum und rief das Stiegenhaus zum Obergeschoß hinauf – um uns Mädchen zu wecken.

Es war Sommer, wir unterhielten uns fast jede Nacht (außer Celia, die nun allein in ihrem Zimmer bei der Hintertreppe schlief, das Grandad, bis er starb, bewohnt hatte), und dann war es sehr spät geworden, fast dämmerte der Tag heran, ehe wir schließlich einschliefen. Dann aber schliefen wir den ganzen Vormittag hindurch bis zur Mittagszeit; die immer drückender werdende Hitze verstärkte nur noch unseren Widerwillen gegen das Erwachen. Manchmal brachte Tante Libby genügend Energie auf, nach uns zu rufen. Aber dann dämmerte auch sie wieder ein. Wir meinten, Tante Libby könne ewig schlafen. Und scheints vermutete Onkel Dan dasselbe, denn gewöhnlich kam er nach Hause und brachte irgend etwas zum Mittagessen mit. Wenn das geschah, rief Tante Libby mit erhobener Stimme, daß sie es diesmal ernst meine. Wir waren wach und redeten in unseren beiden, nebeneinander stehenden eisernen Doppelbetten miteinander, dann gingen wir hinunter und Tante Libby zog sich an, als gehöre ihr Körper uns allen.

Sie ließ die Badezimmertür offen, sprach mit uns, während wir auf dem Badewannenrand saßen oder im Türrahmen standen. Manchmal baumelte eine Damenbinde zwischen ihren Beinen. Der Anblick ekelte uns. Dann stand sie auf und befestigte eine frische Binde zwischen ihre stacheligen, schwarzen Haare und ihre olivfarbenen, von Schwangerschaftsstreifen gezeichneten Hinterbacken. Sie warf ihre gebrauchten Binden uneingewickelt in den Abfalleimer, sie behauptete, als Frau geboren zu sein sei eine dreckige Sache, zwecklos, es verbergen zu wollen. Dabei zog sie eine verächtliche Schnute, es sei ja nicht ihre Schuld. Onkel Dan meinte, daß nichts davon irgendwie in seine Vorstellungen von einem Naturkind passe, aber offenbar war er niemals wirklich gekränkt, obwohl er in seinen eigenen persönlichen Gewohnheiten diskret und bescheiden war. Vielleicht ist dies für einen Metzger, der Wurstdärme stopft und Fleisch durch den Wolf dreht, nichts Ungewöhnliches.

Aber während sie sich anzog, schien uns Tante Libby wie eine dunkelhäutige, halbwilde Zigeunerin mit ihrem von einem morgendlich wirren Schopf halb verborgenen Gesicht. Als sie so da stand vor der offenen Schranktür, der Büstenhalter von ihrer Hand baumelnd, verströmte sie einen rätselhaften Charme, die glatte, olivenfarbene Haut leuchtend um die spitzen, faltigen Beeren ihrer Brustwarzen. Als sie so da stand, halb in halb außerhalb des Wandschrankes und ohne jede Spur von Befangenheit, schien es fast, als reflektiere sie die unsteten Schatten der Wälder, während wir alle am Rande einer Lichtung zusahen. Onkel Dan kam gut gelaunt ins Zimmer, pfeifend und neckend, und ging dann hinunter in die Küche, um die Wurstbrote vorzubereiten. Dabei unterhielt er sich mit Gram, der alten Farmersfrau, die auch nicht so früh aufgestanden war, die aber bereits ungeduldig mit dem Fuß auf den Boden tappte, die Zeit verstrich ihr zu langsam, bis sie ein Bad nehmen, das Seidenjerseykleid anziehen und zur Matineevorstellung im Coronet-Kino oder zum Rennen in Franksville gehen konnte.

Onkel Dan und Tante Libby zankten sich zwar selten, aber dann bitter. Wir waren jedesmal überrascht, wenn wir in der Küche einen unterdrückten Streit mitbekamen, eine Tür krachend ins Schloß fiel – dann schrie Tante Libby »verflucht nochmal« und »Scheiße« und »du Miststück«, und Onkel Dan kam die Treppe heruntergepoltert und raste zur Seitentür hinaus, daß die Kieselsteine nur so gegen uns stoben, als er mit seinem Lieferwagen die Einfahrt entlang und weg sauste. Kurz danach kam dann Tante Libby herunter, riß wütend die Einkaufstüte auf, die er auf den Küchentresen gestellt hatte und klatschte Fleisch, eingelegte Gurken und weiches Weißbrot auf den Tisch. War Gram zugegen, mit meilenweit vorgeschobener Unterlippe, ergriff sie jedesmal Partei für Dan, als ob sie wisse, worum es gegangen sei.

Und jedesmal erklärte sie, er sei ein ordentlicher Mann, der Beste von allen, und daß Libby in ihrer Dummheit nicht wisse, wie gut sie es getroffen habe. Tante Libby nahm keine Notiz von ihr. Unter ihrer Haut, eher blaß als goldfarben, lief nun eine turbulente Strömung und zündete in ihren Augen ein leidenschaftliches Licht an, einen Zorn, den sie selten zeigte, ein Entzücken über die Schlacht, die sie gerade gewonnen hatte.

Ihre Versöhnung fand auch im Geheimen statt, vielleicht übers Telephon, wenn Tante Libby im Geschäft anrief, um die Steaks zu bestellen. Wenn Onkel Dan dann am Abend nach Hause kam, war es, als sei nichts gewesen. Aber manchmal bekamen wir mit, wie Tante Libby beim Pfirsicheinmachen oder Marmeladekochen mit ihren Schwestern sprach, oder beim Kaffeetrinken. Sie behauptete dann, nur er und die leidenschaftlichen Aussöhnungen seien schuld, daß sie bereits einen Hängebusen habe. Es schmeichelte ihr aber, so begehrenswert, so gereift, so verführerisch zu sein. Dann schimmerten in ihren braunen Augen goldne Sterne, wie die reifen Schalen der dunkel mit Zimtrinde und Nelken gewürzten siedenden Birnen. Es hatte aber doch einen denkwürdigen Streit gegeben: Er hielt zwei Tage an. Onkel Dan war abends mit den Lebensmitteln und einer geblümten Liege für den Hof oder für die Veranda nach Hause gekommen, und Tante Libby war, sowie sie das sah, an die Decke gegangen. Als er das Möbelstück ablud, schrie sie aus dem Fenster: »So etwas können wir uns nicht leisten! Kommt nicht in Frage. Was sollen wir denn mit so einem Ding anfangen?« Und so weiter und so fort. Das sei typisch für Onkel Dan, er brauche immer ein neues Spielzeug, ob er denn niemals erwachsen werde? Und wann, bitte, habe er auch nur eine Minute Zeit zum Sonnenbaden?

»In Kalifornien«, antwortete er und rückte die Matratze zurecht, »ist so etwas gang und gäbe. Dort hat man nichts gegen ein bißchen Freizeitspaß. Der Mensch schuftet sein ganzes Leben lang, was also kann das schaden?« Dabei machte er ein Gesicht, als sei ihm jeder Sommer seines Lebens verregnet worden, seine Augen waren ganz grau von den Wolken, die über sein Herz zogen.

Tante Libbys Stimme sprühte Wut und auch so etwas wie Furcht. »Du! Auf einmal hast du den unbezähmbaren Wunsch, in der Sonne zu liegen. Was bist du denn? Ein Strandgigolo? Nimm eine Wolldecke. Ein Frottiertuch, verdammt noch mal. Dafür wohne ich nicht im Hause meiner Mutter und spare mir alles vom Mund ab, damit ich aus dem Fenster schaue und dich auf Rosen gebettet ein Nickerchen machen sehe – obendrein noch orangefarbene Rosen. Es erinnert mich an eine Orgie, dieses Ding, wenn ich es nur ansehe.«

»Und mich erinnert es an all das, was ich nie bekommen werde«, entgegnete Onkel Dan.

»Weshalb zum Teufel bist du dann nicht in Kalifornien geblieben wenn es dir dort so gut gefiel?«

Onkel Dan schwieg und blickte zu ihr auf von der Tiefe der Veranda.

»Dann beschwer dich gefälligst nicht. Abgemacht ist abgemacht.« Tante Libby ging wieder hinein und schlug das Fenster fest zu, so fest und hart wie ihr starres Gesicht.

Aber Onkel Dan hat sie behalten. Die Liege ruhte bei jedem Wetter auf dem Rasen, ob Sonne, ob Regen, bis aus den Kissen feuchte Wattebäusche quollen, mit denen wir Kinder uns bewarfen. Wir benutzten die Liege auf unsere Art, bis der Rahmen schließlich ganz durchbrach und sie nicht mehr aufrecht stand. Danach schleppten wir sie in das hohe Unkraut neben der Hundehütte, und niemand sprach mehr davon.

Nur einmal erlebten wir, daß Onkel Dan sie benutzte, und zwar am ersten Mittwoch, nachdem er sie erstanden hatte. An diesem Wochentag waren nämlich alle Geschäfte in Sherwood geschlossen. Er kam aus der Metzgerei nach Hause und zog sich einen schwarzgestrickten, ein wenig knapp gewordenen Badeanzug an, dessen Gürtelschnalle ihm in den Bauch schnitt. Es war der, den er in Kalifornien gehabt hatte. Dazu trug er eine Sonnenbrille, die wir noch nie an ihm gesehen hatten, und er holte auch eine Flasche Babyöl hervor und ein Frottiertuch. Dann rückte er die Liege genau neben den Schatten einer der Fichten, die höher als das Haus waren, und zwar unmittelbar an den Rand des dunklen Flecks, den sie um die Mittagszeit aufs Gras warfen, schaltete sein Kofferradio an, öffnete eine Bierflasche und streckte sich aus. Wir schlenderten zu ihm hinüber, setzten uns im Halbkreis auf den Rasen und sahen ihm beim Sonnenbaden zu. Er nahm einen tiefen Schluck aus der Flasche. Die getönten Gläser verbargen seine Augen. Kann sein, daß sie geschlossen waren. Nach einer Weile, als er sich nicht mehr rührte und auch nicht mit uns sprach, fragten wir ihn gerade heraus, ob er sich wirklich einen ansaufen wolle. Er schob die Brille hoch und blinzelte uns vier an. Dabei waren seine Augen fast lidlose Schlitze aus gebrochenem Licht. »Was ist denn das für eine Sprache? Wie seid ihr darauf gekommen?« Dann, mit müder Stimme: »Nein, sagt's mir lieber nicht.« Und wir wollten auch nicht wiederholen, was Tante Libby weinend gemurmelt hatte, als sie mit dem Teppichkehrer über den Boden fuhr. Die Luft stand förmlich unter den Bäumen, es roch nach Harz und Saft, Onkel Dans Haut glänzte von Öl und Schweiß. Einen Augenblick lang kam es uns vor, als seien auch wir verwurzelt miteinander, gefangengenommen unter den dichten Bäumen, während jenseits der gebündelten Äste Amseln über das Feld flogen. Ein wenig später packte er alle Sachen, die er herausgebracht hatte, wieder zusammen und ging zurück in das dunkle Haus. Wir blieben wie angewurzelt sitzen und starrten auf die blumenbedruckte Matratze, bis die herannahenden Schatten uns eingeholt hatten. Onkel Dan kam nicht zurück zu seiner Liege, obwohl er sie dort aufgeklappt ließ – als Erinnerung an Kalifornien, an ein anderes Leben.

Tante Libby konnte perfekt schneidern und verbrachte viel Zeit in einer kleinen Dachkammer, die so mit Garnresten, Stecknadeln und Flicken übersät war, daß es aussah, als sitze sie in einem komplizierten, eigens von ihr entworfenen Nest. Dort standen auch eine grünbezogene Couch, alt und durchgesessen, ein mit Chintz bezogener Stuhl und eine gute Nähmaschine, modern und zuverlässig. Außerhalb der Familie war Tante Libby eine schweigsame, zurückhaltende, unsichere Frau, aber uns gegenüber war sie ganz ungeniert und konnte sich kaum zurückhalten. Wir Mädchen lümmelten uns auf den Möbeln oder hockten uns einfach auf den Boden, während Tante Libby, den Mund voller Stecknadeln, die Chronik ihrer erlittenen Enttäuschungen vor uns ausbreitete und mit winzigen Heftstichen ihre Fäden befestigte. Sie schlug auf diese Überreste romantischer Illusionen ein als könne man sie immer noch überrumpeln und ganz und gar vereinnahmen.
Vielleicht waren wir Rosalie Morgan an jenem Vormittag auf der Straße begegnet. Jedenfalls erzählte sie uns, daß Rosalie »es verpaßt bekommen habe«. Pfui, Rosalie Morgan. In dieser Schande lag jedoch etwas Faszinierendes, Tante Libbys Ton ließ sich nicht anders interpretieren, aber die Gefahr war unausweichlich, unheilbar. In uns stieg eine unserem Verlust und unserer Furcht angemessene Sehnsucht hoch. Wir gaben Tante Libby die Schuld. Selber weise und verbittert, versagte sie uns sogar unsere frühe Unschuld, damit, das war ihre Absicht, wir niemals am eigenen Leibe die ganze Faszination und Bedeutung ihres Wissens erfahren konnten.
Wir klagten sie an. »Woher willst du denn überhaupt so etwas wissen? Du kennst doch Rosalie Morgan gar nicht.«
»Weil ich es riechen kann«, antwortete sie. »Außerdem kenne

ich ihre Mutter aus der Zeit vor eurer Geburt. Man sieht es ihr ja an den Augen an.« Rosalie hatte tiefblaue Augen von der Farbe des Rittersporns, eingesunken in bläulich-braune Schatten. Schatten der Verzweiflung, sagte Tante Libby. »Denn wohin kann das führen, Mädchen? Entweder wird Sammy sich mit der Nächstbesten, die ihm über den Weg läuft, aus dem Staub machen, frei und unbeschwert, oder aber er wird so lange herumhängen, bis er sie am Ende heiraten muß. Und was, frage ich euch, ist schlimmer?« Sie habe mehr als genug von diesem besonderen Elend mitbekommen: Eine Muß-Ehe, einem widerwilligen Mann aufgezwungen und einem dann ein Leben lang unter die Nase gerieben.

Vor Tante Libby konnten wir uns nicht verstecken, sie schnupperte und bewachte uns und reimte sich alles zusammen. Andere Leute sprachen in ihrer Gegenwart vom Wetter oder vom Einkauf. Tante Libby hörte nur mit einem Ohr hin und war in Gedanken bei ihren eigenen Weissagungen und Eingebungen. Sie ließ sich nicht überzeugen. Deshalb versuchten wir es auch gar nicht erst – lieber hielten wir den Mund und dachten uns unser Teil. Irgendwann einmal würden wir ausbrechen, inzwischen aber würden wir uns unauffällig verhalten, unsere Geheimnisse und Sehnsüchte sogar vor uns selber verbergen, denn sonst würde, war sie erst einmal mit uns fertig, nichts mehr übriggeblieben sein.

»Ich hab's satt, wie ihr hier herumlungert und all diesen Scheiß schluckt.« Unter ihren flinken Händen surrte die Nähmaschine mit der Präzision eines Webstuhls.

Wir erinnerten sie an Tante Rachel, die im Sommer des Vorjahres zum zweitenmal geheiratet hatte. Aus Liebe, und sie war auch unsagbar glücklich. Selbst Tante Libby mußte es zugeben. In diesem Augenblick, ohne ihr Make-up, die Lippen zusammengekniffen, die Haut gelb, braunfleckig, das zurückweichende Kinn erinnerte uns an das eingefallene Gesicht von Gram, fanden wir sie häßlich – eine verschmähte, zurückgewiesene Frau. Sie war vergiftet und würde uns vergiften. Sie hob die Brauen: wir konnten die ausgezupften Haarstoppeln im Gleißen des Fensters erkennen. »Heißt es«, schnaubte sie verächtlich, die zwei Worte so schal und trostlos wie Grabenwasser im November. Wir wußten, daß das noch nicht alles war, daß mehr dahinterlag, mehr als wir je wissen sollten oder wollten. Tante Rachel, die sich selbst täuschte, die nicht glücklicher war als die übrige lieblose Welt.

»Es gibt wahre Liebe im Leben, für jeden Menschen.« Solche Dinge sagten wir dann. Und dann schlugen wir Purzelbäume auf der Rückseite des Sofas, das Blut stieg uns zu Kopf, unsere bloßen Füße klatschten gegen die Wand, und so brauchten wir Tante Libby nicht ins Gesicht zu sehen, obwohl wir immer noch ihren schrillen Hohn in dem automatischen, unfehlbaren Antrieb der Nadel, wie sie den Saum entlangfuhr, mitschwingen hörten.

»Glaubt ja nicht, ich verstünde nichts von der Anziehungskraft junger Männer«, sagte Tante Libby, und wir glaubten es ihr. Sie war wieder schön, ihr kaltes Herz hatte einen Schuß Blut in ihre Haut gepumpt, gelb erwärmte sich zu gold. Und ihre Augen wurden weich wie schmelzender Bernstein. Sie erhärteten sich wieder, wir zitterten vor dem, was nun kam. In Tante Libby steckte nichts von Grams schnoddrigem Rat: »Arm oder reich, das ist alles Zufall.« Für Tante Libby war es eine Sache von Wut und Kampf.

Sie sprach unaufhörlich von Liebe zu uns. Immerwährender Verrat, verlassene Maiden, ertrunken oder zur Schlampe geworden, vom Wahnsinn geschlagen. Am schaurigsten waren die unschuldigen Babys – mit Scheren erdolcht, in Mülleimer gestopft, mit Stricknadeln abgetrieben. Bei alledem war Liebe nur Tarnung für etwas anderes. Für Sex. Sex bedeutete Unglück, und wenn ein Mädchen ins Unglück gebracht worden war, war Sex das Unglück.

Tante Libby gestattete uns auch nicht den Trugschluß, daß die Ehe allem Unglück ein Ende bereite. Die Männer wollten immer nur das eine. Und wenn sie es bekommen hatten, wollten sie es nicht mehr. Oder wollten, was jemand anderer hatte. Genauso wie Autos, die sie kauften und benutzten. Es war ihre Natur. Manche wurden deshalb bösartig. Meist gab sie dafür dem Alkohol die Schuld, dem sich Männer aus Selbstmitleid oder kleinlicher Rachsucht ergaben.

Es waren wichtige Dinge, und wenn erst einmal die Schleusen geöffnet waren, kamen auch Familiengeheimnisse an die Oberfläche. Lange Pausen unterbrachen ihre Geschichten oder Kommentare, aber wir bedrängten sie nicht mit Fragen, weil wir sie nicht an unsere Anwesenheit erinnern wollten. Das hätte sie womöglich verlegen gemacht. Wir warteten. Und schließlich fuhr sie fort, es war klar, sie konnte nicht anders. »Papa kam abends nach Hause. Total betrunken. Sturzbesoffen. Hat mich und Rachel aus dem Bett gezerrt und verprügelt. Wegen nichts.«

Dann kam ein anderer Saum dran, ihre Konzentration wechselte zwischen Erinnerung und Arbeit. »Irgendwie genoß er es, es erfüllte ihn und gab ihm das Gefühl der Macht. Also hat er sich danach Mama vorgenommen.«

Und sie hat euch nicht beschützt? dachten wir, denn Gram war unbezähmbar, jedenfalls hatte man uns erzählt, wie sie, das Haar zerzaust, kreischend, mit dem Laugenkübel auf Grandad, der am Tisch saß, losging, wie die Töchter ihr den durchgerosteten, halb zerfressenen Kübel wegnehmen wollten.

»Er hat Mama ausgesperrt. Dann stand sie vor der Tür und trommelte mit den Fäusten und schrie. Erst nachdem sie das Geld bekommen hatte, wurde es anders. ›Versuch's nochmal, die Kinder anzufassen!‹ Aber dafür war er zu gerissen. Oder vielleicht war ihm alles zuviel geworden. Sieben Kinder. Kein Geld.« Unter dem steten Surren der Nähmaschine, in ihren Erinnerungen kramend, öffnete sich Tante Libby, kratzte an alten Wunden. »Da war Selma, meine Cousine. Die hat mir einmal berichtet, was passiert war. Ihre Mutter habe sich immer in der Scheune versteckt, wenn Onkel Del spät abends besoffen nach Hause kam. Nur einmal fand er sie und drückte ihre Hand mit aller Kraft gegen das offene Licht der Stall-Laterne, bis das Fleisch einfach schmolz. Ich kann mich erinnern, wie ich als Kind die Spuren sah.« Die Spuren eines Mannes. Unser eigenes Fleisch brannte.

»Ich kann euch versichern, daß sich viele Frauen so gedemütigt und hoffnungslos vorkommen – sie wollen einfach nicht mehr weitermachen. Euer Vater«, fing sie wieder an und blickte uns zwei, die wir die Töchter ihrer toten Schwester waren, an und biß sich auf die Lippe. »Sie ist dann doch immer wieder zurückgekommen.« Mehr wollte sie nicht sagen.

»Warst du denn nie verliebt?« fragten wir.

»Mehr als nur einmal.« Sie lächelte bei ihrem Eingeständnis. »Oder ich glaubte es. Diese jungen Italiener aus der alten Nachbarschaft auf der North Street – wunderschöne, dunkelhäutige Jungen.« Aber mehr darüber sagte sie nicht. Wir stellten uns für sie eine Liebe vor, welche die Liebe getötet hatte. Wir hatten Mitleid mit ihr.

»Liebe« – sie spie das Wort aus. »Sex ist es, war es und wird es immer sein.«

Die Art, wie sie das Wort aussprach, ließ durchblicken, daß es etwas wunderbar Mächtiges war, etwas, das von selber aufstieg wie der tiefe kalte Sog von Wasser in einem Hofbrunnen an einem heißen Tag. Liebe sei dagegen etwas, was man lernen müsse, sagte sie zu uns. »Liebe, dazu braucht man Zeit. Man lernt es ganz allmählich bei einem guten Mann.« Es klang nach harter Arbeit und kalten Kartoffeln.

»Heiratet einen Mann, der euch mehr liebt als ihr ihn« – das faßte es zusammen. Und wir dachten an Onkel Dan in der Stadt in seinem Metzgerladen und wie er aus dem Kühlraum kam mit einer Speckseite über der Schulter, die Augen unergründlich unter der nackten elektrischen Birne, sein Inneres ein Herz, verzehrt vor Liebe zu Tante Libby.

»Laßt euch nichts vormachen – zärtliche Blicke, sanfte Worte.« Aber was sollten wir tun, wir sehnten uns nach dem Verlangen, während sie es mit all seinen Reizen zur Schau stellte; selbst ihre Warnungen waren verführerisch. Und manchmal, rein zufällig, geschah es uns bereits, daß die Zustimmung eines Mannes uns ein Bild von uns entwarf, wie wir in Zukunft sein würden, und dieses Bild leuchtete. Wir sahen uns verändert. Wir hatten ein Präservativ gefunden, wie es im Abwasserkanal unseres Hauses auf dem Schleim trieb. Sex fand überall um uns herum statt, trotz Gefahr und Zerstörung, trotz Liebe.

Tante Libby pflegte daraufhin die Nähmaschine noch stärker zu attackieren, trieb sie schneller und schneller an, als müsse sie unbedingt irgendwo ankommen. Das Rad sprühte Funken. »Ach du großer Gott, was hab' ich bloß angestellt?« Sie kannte die möglichen Katastrophen, hatte sie sozusagen in ihren Fingerspitzen – vielleicht war ein Ärmel an einen Halsausschnitt gesteppt worden, hatte eine Kragenblende ein Hosenbein eingefaßt. »Das kommt davon, wenn man nicht aufpaßt«, sagte sie bedeutungsvoll und mußte nun das Ganze mühsam wieder auftrennen. Was immer sie anfing, mußte perfekt werden, anderenfalls verbesserte sie stundenlang, hätte sich nie verziehen. Das war die Disziplin, die es brauchte, aufmüpfige Leidenschaften, die dauernd auf der Lauer lagen, zu meistern.

Im Laufe der Zeit blieb Celia immer häufiger unseren Sitzungen mit Tante Libby fern. Trotzdem war sie stets gegenwärtig in unseren Gedanken, auch in denen von Tante Libby, denn es bewahrheitete sich nun alles. Für Celia interessierten sich Gymnasiasten und Studenten mit Autos und Geld, das sie sich an Tankstellen oder als Erntehelfer verdient hatten. Sie führten sie weg von der Farm, weg von der Kleinstadt, gingen mit ihr in einem Seelokal in der Nähe von Cleveland tanzen, spendierten ihr Essen in Restaurants, in denen es eine Weinkarte gab. Celia durfte keinen Tropfen von dem Zeug anrühren, ebenso strikt war es ihr untersagt, sich zu jemandem ins Auto zu setzen, der etwas getrunken hatte. »Zwei Unfalltote gestern nacht drüben in Mullerstown. Das Mädchen fünfzehn, der Junge siebzehn. Und die Mitfahrerin wird sich wünschen, sie wäre auch gestorben, fünfhundert Glassplitter in ihrem Gesicht.« Dabei blickte Tante Libby Celia an, als habe sie die Splitter selber gezählt, aber Celia schien es nicht sonderlich zu berühren, denn sie fuhr fort, jede Biese am Vorderteil einer Bluse sorgfältig zu bügeln, um so den Perfektionismus ihrer Mutter noch zu unterstreichen. Dabei blieb ihr Gesicht so klar und entrückt, als bestünde es aus Glas. Tante Libby vertat sich immer häufiger bei ihrer Näharbeit, warf vier Meter falsch gesteppten Köper in den Abfallkorb und brach in Tränen aus. Sie verlor den Faden für ihren Kettelstich und den Faden bei ihren Gesprächen. Aufgebracht und zugleich zerstreut ließ sie das Bügeleisen tagelang eingeschaltet.

»Ich hätte sie in ein Kloster sperren sollen«, sagte sie dann. Ausgerechnet sie, die die katholische Kirche für die Unterdrükkung der Frauen verantwortlich machte und für die Verbreitung von Unsinn. »Seit sie ein Kind war, waren es immer die Männer. Sie kletterte ihnen auf den Schoß, zog sie am Schnurrbart. Es scheint in der Familie zu liegen.« Aber das würde sie ändern und wenn sie dabei draufgehen sollte.

Trotzdem gab es etwas in Celia, das nicht reiner Widerstand oder Dreistigkeit oder beides war, etwas, an das Tante Libby nicht herankam, weil es Celia angeboren war und von ihrem Vater stammte. Es war Hilfsbereitschaft, ein völliger Mangel an Selbstinteresse, wenn eine Kreatur ihr Mitleid erregt hatte. Eine streunende Katze, ein kleines Kind – ihnen galt Celias Aufmerksamkeit, während wir versagten. Sie sagte Verabredungen ab, wenn sie die Kinder einer Verwandten beaufsichtigen sollte, und einmal wachte sie die ganze Nacht hindurch neben einem auf der Landstraße liegenden, angefahrenen Hund, bis sogar Grams Herz schmolz und sie ihr gestattete, ihm ein Körbchen aus dem Keller zu holen. Als der Hund wieder gesund war, nahm er die Stelle jenes Setters ein, der früher hinten auf dem Hof seine Hütte hatte, obwohl der Köter eine räudige Promenadenmischung war und dazuhin nun noch ein Bein nachzog. Celia fütterte und pflegte ihn hingebungsvoll, flüsterte ihm ins Ohr und machte uns so eifersüchtig, daß wir den Hund völlig ignorierten. Es ging nicht darum, daß sie uns nicht mochte oder für ihre Schulkameradinnen nichts übrig hatte: Es war eher eine Geistesabwesenheit, eine Unfähigkeit, ihre Aufmerksamkeit auf uns zu konzentrieren. Es war, als brauchten wir Celia nicht.

In der Schule hatte diese Unkonzentriertheit dazu beigetragen, daß Celia ausgesprochen schlechte Noten bekam. Es beschämte sie, daß man sie für frivol hielt, ihr das rote Haar vorwarf. Miss Warren, die früher auch Tante Libbys Lehrerin gewesen war, ließ Celia Tag für Tag nachsitzen – sie würde ihr schon die Namen der Weltmeere und Kontinente beibringen. Celia gab auf und ließ sie denken, was sie wollten. »Mein Gott, Schätzchen, halte durch!« flehte Onkel Dan jedesmal, wenn er nach Hause kam und sie auf dem Klavier klimperte und nach Gehör und Gefühl eine Melodie und die dazugehörigen rhythmischen Variationen übte, obwohl es zwecklos war, ihr einen Ehrgeiz aufzudrängen, den sie nicht empfand. Kann sein, daß sie, in ein anderes Zeitalter hineingeboren, Krankenschwester geworden wäre, um Verwundete auf dem Schlachtfeld zu verbinden, oder aber ein Waisenhaus gegründet hätte. Jetzt tröstete sie diejenigen, die des Trostes bedurften. Denen sie helfen konnte. Und sie näherten sich ihr fast ehrfürchtig, als ob ihre bloße Gegenwart, ihre Nähe bereits lindernd sei. Und so war es auch, die jungen Verehrer waren so unkompliziert, ihre Not so offensichtlich, Celias Hand so selbstverständlich besänftigend. Eine Zeitlang reagierte sie auf alle mit der gleichen, exquisiten Sensibilität, es gab keine Bevorzugten, obwohl sich das, als sie sechzehn wurde, änderte, und sie dann ausschließlich mit Corley ausging, sich ganz und gar ihm widmete. Das jedenfalls war es, was Tante Libby Angst machte.

Celia blieb jetzt zwar auf ihrem Zimmer, wenn sie zu Hause war, aber wir waren uns ihrer nicht weniger bewußt, wir hörten ihr Kofferradio spielen, lauschten den durchdringenden Riffs von Stan Kentons Saxophonen und Trompeten. Wir stellten uns Celia vor – auf ihrem Bett ausgestreckt, während um sie herum und in ihr alles vibrierte, anstieg, nach Erfüllung strebte. Sie brauchte sich nur noch bereit zu halten. Es war, als würde sie gewissermaßen reifen unter jener Musik und unter den umliegenden, aromatisch duftenden, dunkelbenadelten Bäumen mit ihren Tiefen und Höhen, unter den Feldern und Wäldern, die sich ausbreiteten, um sich am Horizont, durchsichtig geworden, zu verlieren. Alles strebte danach, das, was beharrlich in ihr wuchs, und was sie schließlich in Besitz nehmen würde, zur Entfaltung und Vollendung zu bringen. Tante Libby stichelte emsig an Tüllabendkleidern mit paillettenbesetzten Volants und feinen, spitzengesäumten Rüschen, jede Tüllkaskade drapiert, um die limonengelben oder blaßorangenen Töne des Kleides hervorzuheben – und alles, damit die vergängliche und gefährliche Blüte ihrer Ältesten zur Geltung gebracht werde. Die Lippen unter den blinzelnden Augen zu einem Schmollmund verzogen, beugte sie sich über ihre sorgfältige Näharbeit, und mit jedem

abgerissenen Faden zog sie aus sich selber Wissen höchst intimer Art.
»Verschenkt es nicht«, sagte sie uns. Wollte sie Geizhälse aus uns machen? Hatte sie nie etwas von Liebe oder Opferbereitschaft gehört? Wir sagten nichts, wollten lieber nichts hören. Aber wir blieben trotzdem. Tante Libby sprach niemals von Sünde, als wisse sie nichts davon und habe es auch nicht nötig. Impulsivität und ihre Folgen, Schmeichelei und Demütigung, davor warnte sie uns. »Ihr werdet es bald genug lernen; hat er erreicht, was er will, seid ihr erledigt. Und er ist über alle Berge. Oder schlimmer: Ihr werdet ihn nicht los und obendrein noch etwas, was ihr nicht geplant hattet.«
Damals waren wir vierzehn, fünfzehn und dann sechzehn. Tante Libby gab uns immer noch Ratschläge in der Nähstube, sie unterrichtete ihre jüngste Tochter Jenny, ihre beiden Nichten Anne und Katie, Töchter ihrer toten Schwester Grace, während Celia in ihrem Zimmer eingeschlossen blieb, sich die Fingernägel feilte und lackierte, ihre Photos um ihren quecksilberfleckigen Spiegel arrangierte und auf dem abgetragenen Läufer, der die Kommode bedeckte, die verschiedenen Glücksbringer, Menüs und Ballsouvenirs ausbreitete. Wie von einem weit entfernten Turm hörten wir June Christies Stimme: »Something Cool.«
»Laßt euch nicht zum Spielzeug eines Mannes machen. Er soll gut dafür zahlen – auf diese Art wird er euch auch viel mehr schätzen.« Hörte Celia es?
Aber wenn man sich liebt? Wir wagten nur, es zu denken, aber sie antwortete, als habe sie es gehört: »Liebe« – zwei Stecknadeln zwischen den Lippen, während wir lauschten, wie eine Posaune das Schweigen füllte – »Liebe nennen sie es. Aber was sie meinen, ist eine ganz andere Sache.« Sie lächelte, die Nadeln wie gebleckte Reißzähne, wie Gram, wenn sie von Geld sprach. Ihrem Geld. Dann verblaßte Tante Libbys Lächeln, rutschte weg, als habe sie unerwartet die Kontrolle über ihre eigene Bitterkeit verloren. Wir befragten sie wegen Onkel Dan. »Du liebst ihn doch.« Es klang wie ein Vorwurf.
»Ach Mist« schrie sie plötzlich, denn die Maschine blockierte.

»Seht euch das an!« Sie war wütend über den Ziehfaden in der blauen Seide, und eine Zeitlang beschäftigte sie sich intensiv mit dem Stoffrücker und der Stichplatte, wo sich ein Gewirr von Fäden verfangen hatte, das sie mit einer Stopfnadel herauszog. Als alles wieder klar war, nähte sie eine Weile weiter und sagte dann: »Lieben ist keine leichte Sache.«
Inzwischen war ein Gewitter aufgezogen, die Eichen oben an der Straße wurden zu silbrigem Schaum, dann wieder grün. Es hatte einmal einen Liebhaber gegeben, einen Italiener mit leidenschaftlichen Glutaugen. Wir stellten ihn uns vor. Der Wind trieb uns die purpurnen Wolken aus der dunkleren Entfernung entgegen, sie flochten sich zu Girlanden, die über uns wie Terrassen hingen, als weilten wir in Babylon. Auf einmal und wie von einem einzigen Geist besessen taten wir, was wir jahrelang nicht mehr getan hatten: Wir warfen unsere Kleider auf den Boden, auf die Treppenstufen, rasten hinunter auf die Veranda und sprangen völlig nackt auf den Rasen. Der Regen war kalt, stach unsere Haut, wurde Hagel. Plötzlich kam Celia auch heraus, zu uns nach so vielen langen Jahren, flog über das Gras, tänzelnd, regennaß, das rotgoldene Haar in feuchten dunklen Strähnen aufgelöst um sie herum. Sie war eine besondere Macht, antreibend, weiterdrängend. Wir rutschten und liefen über das Gras, bis es aufgewühlt war und Schlamm verspritzte. Wir bemalten uns gegenseitig, tauchten in den Graben bei der Einfahrt, der voll war von braunem Schaum, spülten uns ab und rutschten dann wieder im Schlamm herum. Wir schaukelten uns und warfen uns über das glitschige Gras. Bis Celia innehielt und aus einem Versteck heraus die Einfahrt beobachtete. Ein Auto kam die Landstraße entlang, lautlos, entfernt, wie von einem Phantom gelenkt. Celia stand auf, die Arme gekreuzt, und wie sie rannten wir plötzlich alle auf die Veranda zurück, holten uns Handtücher oder Putzlappen aus dem Regal, gänsehäutig und zitternd wie im Fieber.

Celia empfing ihn in der guten Stube. Wir blieben im Wohnzimmer auf der anderen Seite der Diele, verhielten uns still und lauschten angestrengt. Aber sie redeten nicht. An jenem Abend waren Tante Libby und Onkel Dan ausgegangen, und Corley war später gekommen. Wir waren also die einzigen, die ihn mit Celia ins Besuchszimmer gehen und die Tür zumachen sahen. Das Licht in der Diele war aus. In der Dunkelheit zeichnete sich der schwache Lichtrahmen unter und über den Flügeln der Doppeltüren ab. Wir hatten Zeit, wir warteten.

Als Celia das Zimmer verließ, machte sie die Tür nicht zu. Wir sahen, wie Corley wartete, während sie in der Küche war. Sie sah uns nicht einmal an. Corley war ihr neuester Freund, und ihm gegenüber benahm sie sich anders. Die früheren Verehrer mieden jetzt das Haus, sie traf sich nur noch mit ihm und wann immer Tante Libby es erlaubte. Celia, die sich den ganzen Nachmittag lang mit ihrer Mutter stritt und dann noch während des Abendessens. Corley trug sein gewelltes Haar in einem Entenschwanz, den er fortwährend kämmte. Wir verfolgten das Spiel seiner Armmuskeln. Lächelte er, teilten sich seine vollen Lippen kaum, und seine halbgeschlossenen Augen veränderten ihren schläfrigen Ausdruck nicht. Tante Libby behauptete, er sei stinkfaul, ein Tagedieb, man brauche ihn doch nur anzusehen, um zu wissen, daß er niemals mehr aus dem Bett kommen würde, wenn er erst Celia in ein solches hineinmanövriert habe. Sie sagte, er triefe von Sex. Uns schien das zu seinem feuchten Haar zu passen.

Trotzdem fanden wir ihn nett und meinten, Celia habe Glück. Nun grinste er und fuhr sich wieder mit dem Kamm über die Haare. »Na, wie geht's denn?« Seine Familie stammte aus Kentucky, und er sprach mit einer breiigen Stimme, dick wie seine Lippen.

»Gut.« Wir hoben die Schultern.

»Hier«, sagte er und offerierte uns Geld, »wollt ihr euch ein Eis holen?« Er muß gedacht haben, wir seien noch immer kleine Kinder. Unten bei der Parzelle neben der Tankstelle war eine Eisdiele. Gram sprach von ihren Feldern und Wiesen jetzt nur noch als von Parzellen.

Natürlich, sagten wir, denn wir wußten, daß er uns loswerden wollte, wir wußten aber auch, was wir tun würden, wenn wir zurückgekommen waren. Wir ließen uns Zeit, denn eine Menge

Autos standen auf dem Parkplatz, und wir kannten ein paar der Typen.
Auf dem Rückweg hatten wir das Gefühl, vom Rest der Welt abgeschnitten zu sein, denn der Weg war unbeleuchtet. Wir gingen vorbei an der Zedernhecke und über den dunklen Kiesweg. Das Haus war dunkel, nur ein schwaches Licht drang aus der Diele.
Wir verstummten und wechselten hinüber auf den Rasen, um unsere Schritte zu dämpfen. Dann kletterten wir über das Gitter und durch die Öffnung im Geißblattstrauch und stellten uns so, daß wir in einem Winkel durch die halb zugezogenen Vorhänge sehen konnten. Anfangs konnten wir sie kaum erkennen, denn sie lagen ganz verknäult auf dem Boden. Wir hatten unsere Eistüten leergeleckt und kauten nun vorsichtig die durchweichten Waffeln, wir schmeckten nichts. Statt dessen schmeckten wir Corleys Mund auf unseren Mündern, seine brennende, schäumende Süße. Im Lichtkegel sahen wir sie aneinandergeschmiegt herumrollen. Celias geblümter Rock war ganz hochgerutscht. Seine Hand bewegte sich zwischen ihren Schenkeln. Dann schob sie sie behutsam weg, stand auf, setzte sich auf die Couch, während Corley ihr den Rücken zukehrte und sich das Haar kämmte. Nun drehte er sich um und steckte sich das Hemd in den Hosenbund. Wie gebannt starrten wir auf das rätselhafte, verzückte Lächeln, das wie ein Schleier von Celias Gesicht wehte und ein anderes Selbst enthüllte, während sie langsam ihre Bluse aufknöpfte und sie auszog. Sie saß dort, im Halbdunkel, nackt bis zur Taille, nackt unter dem Mond, der inzwischen über den Bäumen hinter uns aufgegangen war. Dann zog sie Corley an sich, sein Ausdruck, nachdem er sich wieder uns zugewendet hatte, genauso gelassen wie immer. Sie küßte ihn ausdauernd, so lange sie es wollte. Dann führte sie seinen Mund erst an die eine, dann an die andere Brust. Ihr eigenes Gesicht unter dem Mondlicht still wie ein See. Dann zog sie sich wieder an. Unsere Herzen schlugen Purzelbäume, hämmerten. In diesem Augenblick war Tante Libby von uns gewichen. Es war uns gleich, was es für einen Namen hatte oder welcher Preis dafür zu zahlen war; eines Tages würden wir es auch erleben.

Es folgte eine Zeit erbitterter Kämpfe zwischen Tante Libby und Celia. Sie fanden überall statt, in der Küche, in der Diele, am Abend oder tagsüber, sie schrien sich an, warfen mit den Türen, daß das ganze Haus erzitterte, und Onkel Dan meinte, allein das Warten auf diese Kräche verursache ihm Kopfschmerzen. Irgend etwas hatte Tante Libby mißtrauisch gemacht. Abends ging sie nicht mehr aus dem Haus, Corley konnte ja vorbeikommen, und sie befahl Celia, die Türen des Besuchszimmers angelehnt zu lassen. Die beiden stritten sich um die Breite des Spaltes, die Dimensionen der Intimität. Wenn Tante Libby verächtlich meinte, sie könne keine Unterhaltung hören, schnappte Celia zurück, daß man sich schwerlich unterhalten könne, wenn man ewig belauert werde, wie Gefangene von einem neugierigen alten Schnüffler. Alt! Tante Libbys Augen schlossen sich, wurden undurchdringlich.
Eines abends kam Celia ins Wohnzimmer und ließ Corley im Besuchszimmer zurück. »Mama, wir fahren nach Abnerville.« Dort wohnte nämlich Corleys verheiratete Schwester.
Tante Libby wollte nein sagen, niemals. Wir sahen ihren inneren Kampf. Sie konzentrierte ihre Aufmerksamkeit auf Celias Beine, lang und sonnengebräunt unter weißen Shorts. »So wirst du aber nicht gehen«, sagte sie und packte, nachdem sie ihre Stimme wiedergefunden hatte, den Stier bei den Hörnern.
»Mutter!« Celia knirschte mit den Zähnen. Die Wanduhr tickte so bestimmt wie Tante Libbys Entschluß. Celia ging nach oben und zog sich einen Rock an. Danach stritten sie sich, wann sie nach Hause kommen sollte.
»Elf spätestens«, befahl Tante Libby. »Zwölf«, sagte Celia und warf die Tür hinter sich zu.
»Verfluchtes kleines Luder«, sagte Libby zu uns.
Um halb zwölf saß Tante Libby in der Küche und trank heiße Milch. Dabei starrte sie unverwandt auf die Tischplatte. Von Zeit zu Zeit sahen wir auf die Uhr, hoch über der bemalten Täfelung, nie saubergemacht, das Zifferblatt voller Ruß und Staub. Es war nach Mitternacht, als die Scheinwerfer schließlich die Einfahrt streiften. Während der Wagen einen großen Kreis beschrieb, beschienen sie den Obstgarten, dann ver-

schwanden sie wieder. Celia kam herein. Tante Libbys Gesicht war teigig und krank. Celia warf ihr einen Blick zu. »Was ist denn mit dir los, alter Miesepeter?« Aber sie lächelte. Ihr Gesicht war bleich und ermüdet, die Mundwinkel verwischt von all den Küssen, die wir dort vermuteten.
Bedächtig erhob sich Tante Libby, ging hinüber zu Celia und versetzte ihr eine Ohrfeige. »Du Miststück!« fuhr sie sie an und schlug ihr wieder ins Gesicht, diesmal härter. »Flittchen!«
Die Ohrfeigen hatten Celia das Blut ins Gesicht getrieben. Es wurde länger und schließlich grau wie Aschenstaub, mit Ausnahme des verschmierten, orangefarbenen Mundes, dem zerzausten Haar. »Ich hätte es tun können, bestimmt!« schrie sie und weinte zugleich. »Ich wollte es, hab's aber nicht getan. Jetzt wünschte ich, ich hätte es getan. Ich werde es auch tun«, sagte sie und rannte die Treppe hinauf.
Tante Libby stürzte ihr nach, das blaue Hauskleid hochgerutscht, die braunen Schenkel entblößt, die zusammenklatschten, als sie lief, das Gesicht verzweifelt, verzerrt, das Schlimmste befürchtend, das, was sie selber getan hatte. »Vorher werde ich dich eigenhändig umbringen.« Wir konnten sie hören, obwohl das, was sie sagte, nur wie ein leises Stöhnen tief aus der Kehle über die Diele zu uns drang. »Willst du dich wegwerfen? Mach die Tür auf! Mach sie sofort auf!«
Wir blieben in der Küche zurück, während das schwarze Meer der Nacht gegen die Fliegengittertüren brandete. Wie geflügelte, phosphoreszierende Fische segelten Glühwürmchen durch den Obstgarten. Äpfel fielen von den Bäumen. Wir rochen, wie sie in ihrem eigenen Saft schmorten. Nachher versöhnten sich die beiden. Onkel Dan war aufgewacht und rief durch die Schlafzimmertür: »Hört doch mit diesem Höllenlärm auf!» Und Tante Libby hörte auf zu schreien und zu hämmern. Celia machte die Tür auf, beide gingen sie in ihr Zimmer hinein. Es war wieder einmal vorbei. Auf uns wirkten sie wie Liebende, die sich zankten, um sich hinterher zu versöhnen.

Wir blieben in der Küche, bis ein anderes Auto langsam die Einfahrt entlangkam. Wir warteten auf das leise Kratzen, als Gram die Steintreppe vor dem Haus heraufkam. Auf dem Teppich war ihr Schritt unhörbar, langsam, zögernd.
»Es hat wieder Streit gegeben«, berichteten wir und wollten ihr Einzelheiten erzählen.
Sie schnaubte verächtlich, stellte keine Fragen. »Ich bin müde. Macht das Licht aus.« Sie hatte Hunderte von Krächen miterlebt.
»Hast du was gewonnen?« Wir fragten sie jedesmal, konnten aber aus ihren ausweichenden Antworten nichts Konkretes entnehmen. Schlau ist sie, geheimnistuerisch, lügt gern, dachten wir, um ihr kleines bißchen Magie für sich zu behalten. »Kann sein«, antwortete sie. »Ich geh' jedenfalls ins Bett. Nacht allerseits.« Sie hängte ihren leichten Wollmantel in den Wandschrank und ging bedächtig die lange, gewundene Treppe hinauf, der Dunkelheit ihres Zimmers entgegen. Nun waren alle heimgekehrt, Felder und Himmel falteten sich nach innen, deckten das Haus zu. Gram hatte mehr Kämpfe überlebt als wir uns vorstellen konnten, sie war ein altes Schlachtroß. So jedenfalls nannte sie Onkel Dan. Mit vor Müdigkeit ganz verklebten Augen und schläfrig bis zum Umfallen folgten wir ihr.
Nach Corley kam Mike. Dann Bud, Roger, Hal – unbekannte Jungen, deren Nachnamen wir nie erfuhren, wir kannten nur die Namen der Städte, aus denen sie kamen: Oakfield, Madison, Peru. Später dann, und für eine lange Zeit, kam Jimmy, für eine so lange Zeit, daß wir meinten, Celia würde ihn heiraten, würde allen anderen entsagen und schließlich Tante Libby Ruhe geben. Sie hatte es nämlich inzwischen mit dem Magen zu tun bekommen, sie stieß so oft auf, daß sie nicht mehr versuchte, es zu unterdrücken oder sich zu entschuldigen. Sie ließ das ungesunde Gas entweichen, Zeichen ihres Elends. Dauernd nahm sie eine kalkige Medizin ein und kaute Salzgebäck. Bereits als junges Mädchen war sie hager gewesen, und nun wurde sie zusehends dünner. Gingen wir zusammen weg, wo man uns nicht kannte, hielt man sie für unsere ältere Schwester. Dann trug sie hochhackige Schuhe, hatte Make-up auf dem Gesicht, bren-

nende Augen. Natürlich kannte niemand die Quelle dieses Feuers, sah niemand, wie es sie über dem Abwaschtisch schüttelte, wie sich ihr Körper krümmte, trocken und leer war.

Es war, als ob jene erste offene Schlacht mit Celia Tante Libbys Zurückhaltung und Wohlerzogenheit zunichte gemacht hatte; wir wußten danach nie, wann ein neuer Streit losbrechen würde. Das Warten auf diese Kräche und ihre Vorbereitung beschäftigten Tante Libby, verzehrten sie. Nun sprach sie mit uns nicht mehr über Liebe und Sex. Sie zankte sich auch nicht mehr mit Onkel Dan, der offenbar die späten Abendstunden damit verbrachte, immer wieder aufzustehen und sich wieder hinzulegen –, nur, um sich ein paar ungestörte Stunden Schlafes zu verschaffen, ehe er in aller Frühe seine Metzgerei öffnete. Damals waren auch wir öfter abends weg, aber nicht mit solcher Regelmäßigkeit und mit solchem Aufwand wie Celia; wir begnügten uns, in Gruppen auszugehen und zur Zeit nach Hause zu kommen.

Meist war es um diese Zeit, daß Tante Libby aufstand, um auf Celia zu warten und ihr eine Szene zu machen. Unsere Herzen zogen sich zurück ins Schweigen, bis erschöpfte Spannung oder zerrüttete Furcht nachgaben und es wieder friedlich wurde. Dann redeten Celia und Tante Libby die halbe Nacht miteinander, es war eine Intimität, die sich von Geheimnissen und Rätseln nährte. Uns schwor Tante Libby, daß sie ihre Tochter beschützen werde. Und wenn sie dabei draufgehen müsse. Wir gingen unsere eigenen Wege – ohne ihre vertraulichen Mitteilungen und Warnungen. Sie widmete sich ausschließlich der leidenschaftlichen, leichtsinnigen Celia. Und sie war stolz darauf. Hatte jemals irgendeine Tochter auf dieser Welt ihrer Mutter so zu schaffen gemacht, war so wundersam verführerisch?

Wir ritten aus mit Tante Rachel, und wenn wir die Pferde in leichtem Galopp über die Nordwiese trieben und manchmal der aufgehende Mond und die Dunkelheit uns überraschten, wenn wir dann den Pferden, die mit uns auf den Schuppen zurasten, den wir als Stall benutzten, die Zügel schießen ließen und uns gegenseitig durch die einfallende Dämmerung zusangen und es in unserem Blut kreiste »Oh, Johnny is my darling, my darling, a Union Volunteer« – dann spürten wir, daß wir all das, was Celia hatte, auch hatten – durch sie.

Und doch haßten wir Celia, haßten, was sie ihrer Mutter antat. Einmal, als Tante Libby die Bratpfanne auf den Boden warf und dann im Auto schreiend und schluchzend losraste – sie fuhr wie seinerzeit Grandad, an uns vorbeischlingernd, wenn er, was Gram Feuerwasser nannte, getrunken hatte –, befürchteten wir, sie würde sich umbringen. Wir stellten uns vor, wie sie über Berg und Tal raste, bis sie schließlich über einen Felsen in eine Schlucht stürzte. Verängstigt, unsere Loyalität gespalten, beschimpften wir Celia durch die Badezimmertür, hinter der sie sich verschanzt hatte. Erklärten ihr, sie sei grausam und egoistisch, sie würde ihrer Mutter den Tod bringen. Als sie dann herauskam, bleich und mit kalten Augen, fuhr sie fort, sich für den verbotenen Tanzabend vorzubereiten und verweigerte uns die Antwort.

»Du verziehst sie«, warfen wir Tante Libby vor. »Wenn wir jemals auch nur wagen würden . . .«. Aber wir konnten Tante Libby nicht dazu bringen, uns zuzuhören oder zu reagieren, außer, daß sie sich mit einem vagen, zerstreuten Lächeln für unsere Güte, unsere Nachsicht bedankte.

Sie überlebte die wilde Fahrt, rief an und erklärte, sie sei bei Tante Rachel, die damals mit ihrem Sohn Rossie und ihrem zweiten Mann, Tom Buck, in einem kleinen Haus am Rande unseres Grundstücks wohnte. Hätten wir uns etwas zu essen gemacht? Onkel Dan kam erst spät abends nach Hause, er mußte länger offenhalten, um mit den Supermärkten in den Stadtrandgebieten zu konkurrieren.

Wenn wir abends mit Onkel Dan zu Hause waren, war es ganz wie früher. Er machte uns Schüsseln voller Popcorn, brachte Kartoffelchips und Käseaufstrich mit, servierte uns eisgekühlte Cola und gab dazu seinen Kommentar ab, der sich meist mit dem häuslichen Chaos befaßte, das ihm endlich, so viele Jahre nach dem Krieg, das Gefühl gebe, daß sein Schiff den Hafen von San Francisco verlassen habe. Er hatte sich, als sie erschwinglich wurden, »wie ein Kind«, sagte Tante Libby, einen Fernsehapparat gekauft, und wir sahen uns im verdunkelten Wohnzimmer die Programme an. Onkel Dan bediente uns und gab sich jede Mühe, uns zu unterhalten. Tante Libby stand immer einen Augenblick im Türrahmen, trotz allem amüsiert, und ging dann kopfschüttelnd weiter, während Onkel Dan ihr nachrief: »Schatz, wir können doch nicht alle immer Trübsal blasen.« Und als sie nichts darauf erwiderte, zuckte er mit den Schultern und war eine Zeitlang nachdenklich – bis *Broadway Open House* über den Bildschirm flimmerte und er Dagmar bewundern konnte, deren Titten, so meinte er, stets alles ins rechte Lot brächten.

Gegen elf Uhr abends trug Onkel Dan die Popcornschüsseln und Gläser in die Küche und ging zu Bett. Wir fühlten uns ein wenig verlassen, waren eigentlich noch nicht reif fürs Bett, und außerdem waren Gram und Celia noch nicht zurückgekommen und es war möglich, daß das eigentliche Drama des Abends erst noch stattfand. Unser Abend mit Onkel Dan bedeutete den Beginn der Nacht, er ging hinauf, Tante Libby war auf dem Weg herunter, sie hatte im Bett gelegen und gelesen – Schiffe, die sich nachts begegnen, nannte es Onkel Dan. Unten, in der Diele, postierte sich Tante Libby mit ihrer Näharbeit, und dann, später, als Celia mit ihrem neuesten Freund draußen in der Einfahrt saß, schaltete sie alle paar Minuten das Licht auf der Veranda an, bis Celia ins Haus lief, um noch ein paar Minuten zu fordern, ja, darum bettelte und wieder verschwand, bis sie schließlich durch das Licht, das wie das Blinkfeuer eines Leuchtturms durch die Dunkelheit brach, ins Haus getrieben wurde. Tante Libby war der Ansicht, daß sich Celia nicht allzu sehr mitreißen lassen würde, wenn sie ihre Gegenwart so spürbar machte. Irgendwann einmal kam dann auch Gram heim. Onkel Dan sagte dann immer, es sei doch traurig, daß eine so alte Frau noch Nachtschicht machen müsse. Konnte er wegen der Aufregung und wegen des dauernden Kommens und Gehens nicht schlafen, erschien er manchmal, in seinen Bademantel gewickelt, auf der Treppe und beklagte sich, in seinem eigenen Hause herrsche nächtens mehr Betrieb als in einem Bordell. Einmal, mitten in der Nacht, hörten wir, wie er, endlich einmal

ernst, zu Tante Libby sagte: »Laß sie in Ruhe. Laß sie ihr eigenes Leben leben. Du hattest auch deine Chance.«
»Richtig, und wohin hat es geführt?«
Seine Antwort verstanden wir nicht, aber wir wußten, daß er sie sanft und fragend anblickte.
»Ach, halt doch den Mund, Dan«, sagte sie. »Du weißt genau, was ich meine. Es ist doch nur, daß Celia eine wirklich echte Chance hat. Besser als die meisten.«
»Du hast aber zwei Töchter«, erinnerte er sie.
»Jenny ist wie ich. Sie kann, wenn's sein muß, Kompromisse schließen. Sie ist vernünftig. Celia ist anders. Ich wehre mich nur gegen Verschwendung. Reine Verschwendung. Wenn ich sie bloß mit einem guten Mann verheiraten könnte. Ehe es zu spät ist.«
»Würde ihr nichts schaden, wenn sie sich erst mal ein bißchen die Hörner abstößt. Es soll Schlimmeres geben.«
»Dan Snyder, bist du verrückt?«
»Wahrscheinlich bin ich das. War es immer schon, nach dir.«
Wir spürten das vertraute Einlenken in ihrem Ton, einen wärmenden, den Sitz ihrer Liebe berührenden Strom. »Naja, ich wußte immer, daß ich Glück hatte. Ich bin nicht einfach.«
Später hörten wir, daß Onkel Dan, als er die Kellertreppe hinunterstieg, vor sich hinpfiff. Im Keller brachte er sich Zeichnen bei. Dazu folgte er einer Zeichenvorlage, und mittels eines Bogens und eines Lineals versuchte er sich an einer Blumenvase. Im Dämmerlicht, jenseits des Lichtkegels der Schreibtischlampe, hatte er uns berichtet, huschten manchmal Ratten vorbei, obwohl es dort seit langem nichts Eßbares mehr gab. Dann erklärte Onkel Dan, er habe nichts dagegen, etwas zu teilen, es vermittle ihm das Gefühl, um der Kunst willen zu leiden, und außerdem seien sie weit weniger lästig als eine Horde hysterischer Weiber. Trotzdem dachten wir, daß er es eines Tages zu etwas bringen könne, da er Blumenkelche und Blütenblätter mit einer so minuziösen Genauigkeit und noch dazu in einem Kellerverließ malen konnte.
In der Oberschule lernte Celia Phillip kennen. Er wollte einmal Jura studieren und hatte bereits jetzt mehr Geld zur Verfügung

als irgend jemand in unserer Bekanntschaft einschließlich Gram. Er lud Celia zum Abendessen in Mencina und Cleveland ein und spendierte ihr schwedische *smörgåsbords* in Ausflugslokalen. Im Sommer fuhr er die fünfzig Meilen aus seiner Heimatstadt zu uns und verbrachte immer mehr Zeit mit Tante Libby. Nach einer Weile besorgte er auch ihre Einkäufe beim Metzger. Die beiden hatten ernste Gespräche. Tante Libby vertraute ihm ihre Sorgen um Celia an, wie nervös sie sei, wie eigenwillig, aber auch wie mitfühlend. Es war, als ob es sich bei Celia um ein Rassefohlen handele, das Tante Libby einem erfahrenen Pferdezüchter übergeben wolle. Phillip hatte ihr Vertrauen gewonnen. Die Kräche wurden weniger. Er brachte Celia pünktlich nach Hause, er besänftigte sie beide, er war der Unterhändler.

So erklärte Phillip zum Beispiel: »Heut abend wird es ein wenig später werden, der Tanz findet in Oakland statt«, und Tante Libby nickte wohlwollend und entspannt, die Beine über die Sessellehne gelegt, die Schenkel entblößt, eine Stellung, die andeutete, daß sie friedfertig gestimmt war. Ihr Magen rebellierte nun nicht mehr so oft, und ihr Gesicht hatte wieder jenen mit einem Hauch von Gold versetzten Schimmer angenommen, wie der Goldschnitt eines alten, oft gelesenen Romans.

»Raucht sie?« wollte Tante Libby zum Beispiel wissen.

Phillip gestattete ihr nur vier Zigaretten am Abend. Celias Wohlergehen war auch sein Wohlergehen.

Ohne Zweifel war er ein sehr gut aussehender junger Mann, seine ganze Haltung zeigte Überlegenheit. Er zog sich gut an, war diszipliniert und interessierte uns nicht so wie es früher Corley oder all die anderen jungen Männer getan hatten. In unseren Augen war er bereits so gesetzt wie Onkel Dan. Dieser meinte, er sei ohne Zweifel nicht auf den Mund gefallen, aber er sagte es in einem Ton, als sei dies keineswegs etwas, was er selbst jemals sein wolle. Aber für Tante Libby war er ein Geschenk des Himmels, jemand, der Celia verstand, und obwohl es genügend unter der Oberfläche brodele, sei er bereit zu warten. Ihr gefiel das bei einem Mann – Selbstbeherrschung.

Phillip hatte die Zukunft im Auge und den Blick auf seinen Weg dorthin gerichtet: Er wollte Jurist werden, Immobilienmakler, dann in die Politik gehen. Tante Libby sah ihn intensiv an. Dann kniff sie die Augen zu, als wolle sie ihm ein imaginäres Schnittmuster anhalten. Sie akzeptierte und billigte seine Zukunftspläne, unklar waren ihr nur die Einzelheiten seiner angestrebten Karriere, aber sie vertraute ihrer Menschenkenntnis. Es war, als ob diese Zeit, hatte sie ihm erst einmal Celia anvertraut, sie nichts mehr angehe.

Während Celia sich zum Ausgehen fertig machte, unterhielten sich die beiden. Sie verspätete sich regelmäßig. Dann aber kam sie endlich die Treppe herunter und rief aufgeregt nach uns, damit wir sie bewundern konnten.

Sie stand im Türrahmen in einem neuen, gerafften und bedruckten Stufenrock, die Farben so leuchtend wie frisch geschnittene Blumen, in ihrer weißen, gestärkten, am Hals offenen Bluse.

»Ich nehme an, du hast ihn ein zweitesmal bügeln müssen«, sagte Tante Libby. »Und ohne Strümpfe.« Wir musterten mit ihr Celias schlanken Knöchel, den ein feines Goldkettchen zierte, von dem ein winziges Herzmedaillon baumelte. Noch gehörte sie keinem Mann, gehörte uns, war unsere Errungenschaft, verkörperte unsere Möglichkeit. Diese Pracht gehörte uns – die hundert Morgen Waldland und Feld, Grams Vermögen, Celias bezaubernder Charme. Ihre Hand lag lose auf ihrem Rock. Phillip ergriff sie. Wir hätten ihn erdolchen können. Aber sie trat mit ihm hinaus durch die Seitentür, ging die steinernen vier Stufen hinunter. Der Wagen sprang an und fuhr weg. Wir hörten das Rascheln der Blätter gegen die Fliegengitterfenster. Und rochen Celias Parfum, das in der Luft hing, als sei die ganze Natur elektrisiert.

»Dieser Mann ist ein Segen«, sagte Tante Libby.

»Schade, daß du ihn nicht selber haben kannst«, sagte Onkel Dan todernst, als er ein Tablett mit Colaflaschen ins Wohnzimmer trug. »Was unsere Libby braucht, ist ein Süßholz raspelnder Maulesel.« Dabei zwinkerte er uns zu.

»Ach, halt doch den Mund«, sagte sie, ließ sich aber nicht aus der Fassung bringen. »Wenn es das ist, was ich brauche, dann habe ich es bereits.« Und sie sah friedlich aus dem Fenster, sah versonnen ins Abendlicht, das auf die grauen Farne der Tapete sickerte und sie herauf und herunter zu fächeln schien.

»Ich bin nur froh, daß sie Corley nicht geheiratet hat«, sagte Tante Libby eines Nachmittags, während sie mit der Hand feine Säume an ein von ihr entworfenes Brautjungfernkleid nähte – blaßrote Seide mit Spitzeneinsätzen, die sie von einem alten Abendkleid von Gam getrennt hatte. »Es würde mich nicht überraschen, wenn er italienisches Blut hätte. So dunkel, wie er ist.« Jetzt, da Celia sich auf ihre Hochzeit vorbereitete, hatte Tante Libby etwas von ihrem alten Stil wiedergewonnen. Sie sprach ihre Gedanken aus, die Finger stichelten über die feine Seide – angekraustes Rosa gegen elfenbeinfarbene Spitze.

»Aber er hat sie doch sehr geliebt«, entgegneten wir und dachten an seine verhangene Trägheit, an den nur halb gesättigten Löwen hinter dem Grasgitterwerk seiner Wimpern.

»Das habe ich nie bezweifelt. Und ich fürchtete, ich würde sie nicht bremsen können. Und wie sie immer zusammen mit dieser Ruthie Thomson und Rossie wegging. Gott weiß, was die angestellt haben. Damals waren ihre Nerven in einer schrecklichen Verfassung; jeden Tag wurde sie magerer und wilder. Ich weiß wirklich nicht.«

Wir wußten – ausnahmsweise einmal mehr als sogar Tante Libby – was Rossie und Ruthie angestellt hatten. Ruthie hatte uns nämlich erzählt, daß, als sie einmal auf Rossies Schoß saß, er gesagt habe, sie solle doch mal nach unten gucken und wie sie, nachdem sie den ersten Schock überwunden habe, fast vor Lachen gestorben sei, denn er hatte seine Hose geöffnet und er habe direkt neben ihrem Ellenbogen gestanden, frech wie Oskar. Wir haben uns unsäglich geschämt, weil Rossie ja unser Cousin war, aber Ruthie war amüsiert – sie fand es lustig und nichts dabei. Als sie etwa sechzehn war, ging sie von der Schule ab – schwanger.

»Genau nach Plan«, hatte Tante Libby gesagt.

»Da kann man eben nichts machen«, sagte Tante Libby jetzt. Sie meinte uns, unsere Familie. Unsere Weiblichkeit. Sie erwähnte es, als sei es zugleich ein Wunder und ein Unheil, jene Ader der Fruchtbarkeit, jene Erzader der Leidenschaft, die in uns zur Freude, aber auch zum Leid pulsierte. »Keine von uns kann auch nur einen Mann ansehen, schon bekommen wir ein Kind von ihm. Seht euch Florence an«, – sie war Tante Libbys

Cousine, die immer noch für andere Leute Wäsche bügelte, um sich und ihre zwölf Kinder zu ernähren. Und da war Gram in ihrer schmutzigen, verblichenen Schürze und ihrem ausgelaugten Gesicht, verwittert wie eine alte Scheunenwand, die jede Art von Ungemach und Demütigung überdauert hatte und nun nichts mehr fühlen konnte als Resignation und Selbstsucht.
»Ein Stein wird mir vom Herzen fallen an dem Tag, an dem ich sie Phillip übergebe«, sagte Tante Libby und formte eine Rose aus Samtresten, die sie auf einem grün paspelierten Stiel in das Mieder einsetzen wollte. Wir dachten an Corley, seine Lippen heiß wie ein Brand auf Celia.

Kurz danach, es war an einem Freitag, kam Onkel Dan mitten am Nachmittag nach Hause. Wir wußten sofort, daß etwas passiert war. Er rief nur einmal »Libby« und ging durchs Eßzimmer schnurstracks hinauf ins Schlafzimmer.
Ehe sie ihm folgte, warf Tante Libby einen Blick auf die regennasse Wiese jenseits des schmalen Rasenstreifens, den Onkel Dan jedes Jahr schmaler werden ließ, weniger mähte, wobei er Grams Pfingstrosenstauden als Umrandung stehen ließ. Es war, als wolle sie aus jener wogenden Wiese Kraft schöpfen, sie sah aus, als habe sie sich bereits mit dem Schlimmsten abgefunden, als sei es etwas, das sie die ganze Zeit über halbwegs geahnt habe. Wie oft hatte sie uns gewarnt, daß Augenblicke des Glükkes wie Perlen an dem feinsten Seidenfaden hingen, der bestimmt reißen und die Perlen verstreuen würde. Sie ging die Treppe hinauf. Von hinten, in ihren Shorts, sah sie aus wie ein junges Mädchen, das Gesicht, dunkel reflektiert vom Spiegel in der Diele, alterslos.
Wir warteten verängstigt, es schien eine lange Zeit, in der blasse Regentropfen hypnotisch die Fensterscheiben entlangflossen. Dann hörten wir, wie oben der Wasserhahn aufgedreht wurde, Tante Libby war im Badezimmer, ließ sich Wasser übers Gesicht laufen, schnaubte sich die Nase. Dann kam sie herunter.
»Ach du großer Gott.« Sie schluchzte verzweifelt und hielt sich ihren rebellischen Bauch. »Wie soll ich es ihr nur beibringen? Und dabei hatte ich ihm vertraut. Ich Närrin.« Unsere kluge

und listige Libby am Boden zerstört! Trotzdem waren wir ganz berauscht vor Aufregung, konnten herrlich unbeschwert mit ihr zusammen ihren verwundeten Stolz und ihre bittere Enttäuschung beklagen, obwohl wir natürlich nicht genau wußten, was passiert war. Was wiederum Onkel Dan veranlaßte, uns einen Blick zuzuwerfen, ehe er zu dem hohen Regal hinüberging, wo die unbenutzten Milchkrüge standen und die hinter ihnen verborgene Whiskyflasche herunterholte, um sie vor Tante Libbys Augen an den Mund zu setzen und mehrere tiefe Schlucke zu nehmen. Es tat ihm offensichtlich so gut, daß wir sofort und auf der Stelle etwas von ihrer Wachsamkeit begriffen, wußten, daß wir genauso handeln würden. Seine Augen wurden dunkler, färbten sich indigoblau wie die Verzierung der Milchkrüge: Er war in grimmiger Trinklaune. Dann nahm er noch einen Schluck und verschraubte die Flasche wieder. »Ich gehe jetzt, Libby«, verkündete er, und genauso stellten wir uns seinen Aufbruch in den Krieg vor, ehe bekannt wurde, daß er für die Dauer der Feindseligkeiten in Kalifornien stationiert sein würde.

Allmählich beruhigte sich Tante Libby. Erzählte uns, was eine Frau aus Millersburg, sie war Phillips angeheiratete Tante, die eigens deswegen in die Stadt gekommen war, Onkel Dan an jenem Nachmittag berichtet hatte. Sie könne ihm, so habe sie gesagt, einfach nicht am Ladentisch gegenüberstehen und ein halbes Kilo Hackfleisch verlangen, ohne ihm mitzuteilen, daß Phillip Masterson der unbestrittene zukünftige Vater von Louanne Prices Baby sei, was inzwischen alle Spatzen von den Dächern pfiffen. Früher einmal war Phillip Louannes fester Freund gewesen. Aber diese Schwangerschaft war jüngeren Datums, stammte aus der Zeit seiner Verlobung mit Celia. Jeder zählte die Monate. Tante Libby befürchtete, Onkel Dan sei so wütend, daß sie für nichts garantieren könne, und wir alle dachten an Grandads Schrotflinte, die immer noch hinten im Speisekammerschrank lehnte.

Während wir alle um den Küchentisch herum saßen, kam Gram von der Matineevorstellung nach Hause. Uns stieg der rostige Geruch der Fliegengitter vor den Fenstern in die Nase, die muf-

fige Ausdünstung der Schürze, die sie vom Haken nahm. Sie langte in die Kartoffelmiete und fing an, Kartoffeln zu schälen. »Hm«, sagte sie nur und ließ die erste in eine Schüssel mit kaltem Wasser fallen ehe sie die nächste begann, »hab's bereits gehört. Gerüchte haben Flügel.«
Im Beisein ihrer Mutter nahm sich Tante Libby zusammen, sie war im Grunde an Schicksalsschläge gewöhnt und ein stabiler Mensch. »Da haben wir uns eben an der Nase herumführen lassen.«
»Manchen passiert das leichter als anderen. Aber früher ist allemal besser als später. Weshalb hat sie es eigentlich so verdammt eilig gehabt, unter die Haube zu kommen. Dauert lang genug meiner Meinung nach.« Gram ließ die Herdflamme unter den Schweinekoteletts hochlodern; sie fingen an zu rauchen, brannten sofort an. Sie konnte es nicht abwarten, sie auf den Tisch zu bringen. Unter den Kartoffeln drehte sie die Flamme ebenfalls hoch und setzte den Topf mit einem Knall auf den Brenner, als koche sie immer noch auf einem offenen Herd. »Ich sag' immer, man soll das Leben genießen, solange man noch jung ist – ist man erst alt und häßlich, ist's zu spät.«
»Für uns bist du schön«, entgegnete Tante Libby, und in der Tat vergoldete gerade die Nachmittagssonne Grams stahlgraue Lockenkringel und verwandelte sie, als das Licht darauffiel, in gekräuseltes Scharlach. Aber es dauerte nur einen Augenblick, sie war in großer Eile, schmetterte Teller auf den Tisch und teilte die Bestecke wie Spielkarten aus.
»Du willst doch nicht etwa heut abend weg – ausgerechnet?«
»Doch.«
»Aber Mama. Celia wird das nicht so ohne weiteres verkraften.«
»Quatsch. Gut, daß sie ihn losgeworden ist. Außerdem, was kann ich denn machen? Vielleicht will sie mit mir kommen.« Es war ein echtes Geschenk, sie bot ihr eigenes, einziges Vergnügen an.
»Die Straßen sind in einem grausigen Zustand. Die Zwanzig ist wegen Überschwemmung gesperrt.«
»Ist mir egal. Im Westen klärt es sich auf. Dann nehme ich eben die Dreißig. Hab' schon Schlimmeres erlebt, so schlimm, daß

sogar das Pferd gescheut hat.« Gram war stolz auf das, was sie mitgemacht und überlebt hatte; seit sie achtzig war, kokettierte sie mit ihrem Alter und konnte nicht schnell genug ein neues Jahr dranhängen. Sie ließ Wasser über die Koteletts rinnen, damit sie nicht noch mehr anbrannten, deckte die Pfanne zu, öffnete ein Glas mit grünen Bohnen, die sie im letzten Jahr, als sie noch einen Gemüsegarten bestellte, eingemacht hatte – die mußten eine Viertelstunde sieden, solange würde sie warten. Sie hatte mehr als nur eine Familie erlebt, die gestorben war, Mann und Maus vergiftet vom Genuß verdorbener eingemachter Bohnen. Alles briet und brodelte nun wie verrückt. Hängebäuchig und stelzbeinig, war noch immer etwas an ihr, an der drastischen Bewältigung des Abendessens, das wie eine übersprudelnde Leidenschaft aufwallte, eine Leidenschaft, die nicht verbraucht war, sondern überdauert hatte.

Wir bemühten uns zu essen, was sie zubereitet hatte und spülten kleine Bissen harten, trockenen Schweinefleisches mit großen Schlucken Milch hinunter. Gram nahm sich kein Fleisch und aß sich statt dessen durch einen Teller grüner Bohnen durch, auf die sie Essig goß. Dann schnitt sie sich zwei Scheiben Weißbrot ab. Die mehlige Kruste bestäubte den Tisch und Grams Schürze. Sie säbelte sich Brot ab, indem sie den Laib an sich drückte und rückwärts und vorwärts mit dem eisernen Schlachtmesser über ihre schlaffen Brüste fuhr. »Ich wette, Mama, eines Tages wirst du . . .«. Tante Libby brach ab und hielt sich ihre eigenen Brüste. Aber Gram machte das nichts, sie wußte, was sie tat. Sie merkte, daß wir sie beobachteten, und diesmal, ausnahmsweise, war sie großzügig, denn sie bot uns allen eine dünne Scheibe an. »Plagt mich aber nicht und bettelt um mehr, sonst gibt's das nächstemal gar nichts.«

Die Landbutter hatte kleine Sprenkel aus weißer Molke. Das Brot war so weich, daß wir es fast gar nicht zu kauen brauchten. Möglich, daß sie sich fast ausschließlich von diesen weichen Weißbrotlaiben nährte, weil sie so lange gelebt und so vieles durchgemacht hatte. Während sie das Brot kaute, glänzte ihr Mund von Fett – zufrieden, wie ein Wiederkäuer, und voll von Vergessen. Aber dann zuckte sie zusammen, der blasse, wäßrige

Schleier von Sonnenlicht über dem Obstgarten fiel unerwartet auf den Übertopf aus gehämmertem Messing, der zwischen beiden Fenstern hing. Das erinnerte sie. Höchste Zeit. Mit einer einzigen ausladenden Geste fegte sie das Geschirr zusammen, während wir noch den Mund voll hatten, stapelte die Teller auf ihren hervorstehenden Bauch und wischte die Essensreste in einen Abfalleimer, als habe sie noch immer Hühner und Schweine zu füttern. »Genug jetzt. Ihr Mädchen wascht gefälligst ab. Und kocht den Lappen aus. Der stinkt ja zum Himmel.« Dabei zwinkerte sie vor kindlicher Freude mit den Augen, weil sie Tante Libby, welche die Stirn runzelte, eins ausgewischt hatte. »Für mein nächstes Haus schaff' ich mir einen Geschirrspüler an«, fügte sie hinzu.

Ein Wagen fuhr die Einfahrt entlang, Celia stieg aus. Sie verabschiedete sich in bester Laune, denn seit ihre Zukunft mit Phillip gesichert schien, war sie anderen jungen Mädchen gegenüber freundschaftlicher geworden: Sie jagte ihnen nicht mehr solche Furcht ein. Auch zu Hause ging sie mehr aus sich heraus. Aber als sie in die Küche kam, las sie aus dem Gesicht ihrer Mutter, daß etwas mit ihrem Leben schiefgegangen war. Bis dahin hatten wir nicht erkannt, daß Celia, genau wie wir alle, stets auf irgendeine Katastrophe gefaßt war.

»Verdammt nochmal, Libby«, sagte Gam, »erzähl's ihr.« Sie war außer sich vor Ungeduld, Celia war ihr liebstes Enkelkind. Sie ging mit gestrecktem Hals auf sie zu, straff wie der einer Gans und ließ ihr Doppelkinn wabbeln. »Du wirst nicht in Stücke gehen, nur weil ein Mann sich blöd benommen hat.« Und dann sagte sie es ihr, sagte ihr ungeschminkt alles, was passiert war, und ermahnte sie gleichzeitig, daß sie damit fertig werden müsse. »Der Mann muß erst geboren werden, der sich für mehr als ein paar Zentimeter bei einem Mädchen interessiert, sag' ich immer. So, und jetzt weißt du es«, schloß sie und war dabei so rot geworden wie die Herdflammen, auf denen sie kochte, als wolle sie das ganze Haus mit dem Zorn und der Leidenschaft, die in ihr immer noch lebendig geblieben war, ausbrennen.

Sie legte ihre alte, verknöcherte, verarbeitete Hand auf Celias

Arm. »Wein dich aus. Wein dir die Augen aus und vergiß es!« Ehe sie ging, nahm sie vier Fünfcentstücke aus ihrer Geldbörse und legte sie, als seien wir immer noch kleine Gören, auf den Abwaschtisch.

Celia setzte sich und steckte sich eine Zigarette an. Es war das erstemal, daß sie in Gegenwart ihrer Mutter rauchte. Sie weinte nicht, aber ihr Gesicht war fleckig geworden, und auf ihrer Haut zeichnete sich das Bild ihrer verletzten Gefühle ab, wie es immer bei Rothaarigen geschieht. Tante Libby redete im Flüsterton mit uns und sprach von Celias Nerven, wir bildeten uns ein zu erkennen, wie sie sich unter ihrer empfindlichen Haut abzeichneten, wie Rippen von Blättern, die man gegen das Licht hält. Tante Libby klang, als ob Celia jeden Augenblick explodieren könne, in Rauch und Funken aufgehen werde, ihr Nervensystem einen Kurzschluß erleiden müsse.

»Was Dan vorhat, kann ich mir nicht vorstellen«, sagte Tante Libby. Das feuchte Gras im Obstgarten und die Dornbüsche leuchteten wie nasse Schiffsplanken, die Zweige streckten grüne Segel dem Winde entgegen. Tante Rachel hatte es uns einmal so ausgemalt, und wir hatten es nicht vergessen, wir behielten alles, denn wir wußten, daß wir unser ganzes Leben lang von dem zehren mußten, was sie um uns herum gesagt und getan hatten.

»Seht mal«, rief Tante Libby. Am Rande des Feldes standen zwei Rehe mit gespitzten Ohren. Wir rührten uns nicht. Gram schlug die Seitentür hinter sich zu.

»Mama.« Tante Libby zeigte auf die verschwindenden Spiegel. »Du hast sie verscheucht.«

»Na und. Sie kommen wegen der Äpfel. Jeden Morgen könntet ihr sie sehen, wenn ihr früher aus den Betten kämt. Macht sie übrigens krank. Besoffen. Aber sie kommen immer wieder zurück. Genauso blöd wie die Menschen.« Sie zog den Choke heraus, eine brüllende Bestätigung. Erleichtert, befreit, das wußten wir – weil sie sich von uns absetzen konnte.

Tante Libby wandte sich wieder Celia zu, die unentwegt an ihrer Zigarette zog. »Laß dich doch gehen, Schatz«, sagte sie, »wein doch.« Dann hörten wir, wie ihr eigener Magen revoltierte.

»Mutter.« Zum erstenmal sprach Celia, nervös, vorwurfsvoll.

»Ich kann nichts dafür. Ich sollte etwas essen.«
»Dann tu es.« Celia stand auf und ging auf die Treppe zu. »Und schau zu, daß du Papa findest, ehe er etwas Dummes anstellt.«
Wir blieben einfach am Tisch sitzen. Stundenlang. Tante Libby trank Milch, die wir für sie gewärmt hatten. »Ich weiß nicht, was ihr zugemutet werden kann«, sagte sie.
Wir hätten es ihr sagen können, wollten es ihr sagen, aber wir hielten den Mund und beobachteten sie, wie sie sich den Bauch hielt. Wir stellten uns ihren Magen vor – zugeschnürt und verkrampft wie ihr dürrer Mund. Wir hätten ihr von Celia erzählen können, aber wir hatten unser Versprechen gegeben. Mit Tante Libby starrten wir auf die Landstraße, warteten auf Onkel Dan. »Typisch für ihn, einfach abzuhauen und mich hier in Todesangst sitzenzulassen. Gott weiß, was er vorhat.« Und dann erzählte sie uns, daß Onkel Dan schon immer sehr forsch gewesen sei. Am selben Abend, an dem er sie kennengelernt hatte, behauptete er noch, sie werde ihn am Ende heiraten. »Hoff nur weiter«, hatte sie gesagt. Ein kleiner Stutzer sei er gewesen, keinen Zentimeter größer als sie, der die ganze Zeit über den Clown spielte. Außerdem trank er zuviel. Natürlich habe er das ihretwegen eingeschränkt, und dann sei es ihm irgendwie doch gelungen, daß sie sich für ihn erwärmte. »Ich glaube, ich gehe zu Rachel hinüber.« Sie zog sich einen Pullover über. Wir sahen ihr nach, als sie ging, schlank, im letzten Tageslicht, das sie lautlos verschluckte, ging sie durch den Obstgarten, wo vorher die Rehe gestanden hatten.
Kaum war Tante Libby gegangen, als das, was Onkel Dan als die allnächtliche Aufregung bezeichnete, begann. Zuerst meinten wir, Celia oben telephonieren zu hören. Und als wir dann den Wagen über den Kies knirschen hörten, rannten wir ans Wohnzimmerfenster, um gerade noch mitzubekommen, wie sie die Tür öffnete und einstieg. Der Wagen hatte kaum gehalten, schon beschrieb er eine Kurve um die Einfahrt und bog in die Landstraße ein. Auf Phillips Gesicht stand deutlich zu lesen, daß er Bescheid wußte. Sie grüßten einander nicht, noch sahen sie sich an. In der Stille, die sie zurückließen, fühlten wir Bäume, aufgehende Sterne und Länder ineinanderstürzen. Nur

das Backsteinhaus stand unerschütterlich fest, erstreckte sich über uns, kalt und leer, als ob es jeden Verrat, jedes langsame Sterben, jedes Versagen, das einmal geschehen war, mitempfunden hätte, als ob es, wie ein Mensch mit unerschütterlichem Charakter, durch all diese erlebten Schicksalsschläge zwar stärker aber auch unempfindlicher geworden sei. »Celia ist weg«, hörten wir Gram sagen, »und kommt nie wieder.« Daß wir Phillip gesehen hatten, bestärkte uns in der Annahme, etwa sei wirklich passiert. Wir empfanden es deutlicher als die Tatsache, daß Onkel Dan mitten am Nachmittag zurückgekommen war. Wie selbstsüchtige, böse, abgewiesene und verbitterte Stiefschwestern wollten wir Phillip für uns haben, gierten nach seinem neubefleckten Selbst. Nun konnten wir es Tante Libby erzählen – von Corley, Jimmy, von den anderen, mit denen Celia sich noch immer traf, heimlich und hinter aller Rücken, während sie vorgab, untadelig und ehrlich zu sein. Und nun so untröstlich. Sie war falsch, hielt Männer zum Narren. Während wir, an denen dauernd eine alte Hexe herumnörgelte, uns für nichts, für rein gar nichts aufhoben. Obwohl es noch früh war, versperrten wir alle nie vorher versperrten Türen und gingen hinauf in unsere Mansarde.
Aber jemand anderes kam jetzt die Einfahrt entlang, Jimmy, und zwar zu Fuß, torkelnd und murmelnd: »Ich bring ihn um, den verdammten Mistkerl. Ich bring ihn um.« Die Lichter der Milchbar auf der gegenüberliegenden Straßenseite funkelten auf dem Gewehr, das er trug, auf der Flasche, aus der er trank. »Celia!«, schrie er. Dann noch einmal: »Celia!« und richtete den Gewehrlauf unsicher auf das Haus, als sei er nicht sicher, wen oder was er erschießen wolle. Wir antworteten nicht. Er stolperte umher, wir hörten ihn weinen, wie er ihren Namen murmelte. Dann hörten wir ihn wieder, diesmal weiter entfernt, bis sich seine Stimme auf der Straße oder auf dem Weg, der in den Wald führte, verlor. Später erwachten wir, weil jemand mit dem Schlüssel an der Seitentür fummelte, sie aufschließen wollte. Onkel Dan sprach mit jemandem in der Diele. Im Dunkel schlichen wir vorwärts, halb auf dem Geländer rutschend, weil die Treppenstufen knarrten, und kauerten uns auf den Treppenab-

satz im zweiten Stock. Durch das Treppengeländer sahen wir Onkel Dan. Das Licht fiel auf seine Glatze, die Ellenbogen hatte er abgewinkelt, während er für ein uns nicht bekanntes junges Mädchen einen bequemen Sitzplatz freimachte. Er half ihr aus dem Pullover, stopfte ihr ein Kissen in den Rücken. Wir zweifelten nicht daran, daß es Louanne Price war. Auf ihrem Gesicht lagen die unausweichlichen Purpurschatten der Verzweiflung, der Fehleinschätzung. Ihren Bauch konnten wir nicht erkennen.
»Wollen Sie eine Cola oder irgend etwas anderes, während wir warten?« fragte Onkel Dan.
Sie schloß die Augen. »Nein, danke.«
Offenbar wußten sie beide, daß Celia mit Phillip weggefahren war.
»Dann werde ich mir was holen«, sagte er und ging in die Küche. Unter uns war Louannes Gesicht. Es war so gelassen wie das eines Babys, das traumlos schläft. Als Onkel Dan zurückkam, machte sie die Augen nicht auf, er setzte sich ans andere Ende des Sofas, trank gelassen und behielt die wärmende Flüssigkeit im Mund. Er sah fast zufrieden aus. Einmal sah er nach oben, wo wir im Dunkeln hockten. Dann sagte er: »Ich schätze, es wird nicht lange dauern.«
Die Blätter vor dem Flurfenster raschelten, ohne daß sich ein spürbarer Wind erhoben hätte, sanft, und nur den Fortgang der Zeit markierend, das sich verlagernde Gleichgewicht, die kühler hereinströmende Luft. Alles schien friedlicher geworden.
Dann hörten wir, wie ein anderer Wagen in die Einfahrt einbog. Wir rührten uns nicht – wir überließen alles Celia, wie wir es immer getan hatten. Sie kam mit Phillip herein, hielt ihn an der Hand. Feierlich und erschöpft waren sie offenbar im Begriff, ihrem ernsten und überraschten Publikum eine entscheidende Mitteilung zu machen. Bis Celia Louanne entdeckte. Sie ließ Phillip stehen, Louanne rieb sich mit den Fäusten die Augen wie ein gerade erwachtes Kind. Onkel Dan verfolgte alles, ein neugieriger Zuschauer, der an der ganzen verwickelten Sache relativ unbeteiligt ist. Phillip sah aus wie zuvor, ernst, hoffnungslos. Er verabschiedete sich unvermittelt, erklärte, er werde Celia am kommenden Vormittag anrufen und brummte

etwas von »sich nicht überfahren lassen«. Und die weichherzige Celia, voller Mitleid mit Hunden und kleinen Kindern, mit allem, was hilfsbedürftig war, Krankenschwester im Kriege, Marketenderin für kampfesmüde Krieger, nahm die nun haltlos schluchzende Louanne in die Arme und versicherte ihr, daß alles wieder gut werden würde. »Er hat dich immer noch gern. Er hat es mir heute abend versichert«, murmelte sie wie ein Wiegenlied. Ihre klare Stimme stieg aus ihrer Kehle und wies unerschütterlich alles Triviale und Niedrige von sich. Nur ihre Haut, knochenweiß, verriet das Ausmaß ihrer Gefühle.
»Aber er haßt mich doch«, brachte Louanne schließlich hervor. »Er war so böse, als ich es ihm sagte. Und sagen mußte ich es doch jemandem, nicht wahr? Ich hatte solche Angst, ich dachte, er würde mich umbringen wie das Mädchen neulich im Film. Und er sagt, er wird mich nie heiraten.«
»Natürlich wird er das.« Celia streichelte ihr das Haar. »Er muß es.« Sie hatte einiges von Tante Libby gelernt. Als diese zurückkam, tröstete sie Louanne immer noch. Ein Blick, und Tante Libby wußte alles – »es« stand in Riesenbuchstaben auf Louanne geschrieben. Wir dachten, wenn »es« einen so aussehen ließ, wer in aller Welt wollte es dann je haben. Dann blickte Onkel Dan zu uns hoch und sagte: »Ihr könnt genausogut auch runterkommen.« Also gingen wir hinunter. Jimmy war inzwischen wieder auf den Hof gekommen, murmelnd, fluchend. Onkel Dan meinte, gewisse Leute hätten merkwürdige Vorstellungen von dem, was hilfreich sei. Dann sagte er, er werde Louanne nach Hause fahren, und als sie sich verabschiedeten, umarmte Celia Louanne ein letztes Mal und versprach ihr, sie am kommenden Tag anzurufen. Inzwischen war Louanne zu einem winzigen Bündel von Scham und Kummer geworden – eine Mahnung für uns alle. Wir konnten Tante Libbys Gedanken lesen, nachdem sie die Tür hinter ihr geschlossen hatte. Aber Celia sagte nichts und ging sofort nach oben. Bald drang das Geheul eines Saxophons aus ihrem Zimmer.
Dann kam Tante Rachel, und wir gingen mit ihr und Tante Libby ins Schlafzimmer, wo sich die beiden Schwestern auf den Betten ausstreckten, um das Ganze zu bereden. Tante Rachel

lag auf dem Bett, das ihr so lange gehört hatte – ehe sie Tom Buck kennenlernte und mit ihm ans andere Ende der Farm zog. Nun meinte Tante Libby, Dan habe am Ende doch recht gehabt. Celia müsse ihr eigenes Leben leben. Es brauche eben manchmal einen echten Schock, um Abstand zu gewinnen. Darauf erwiderte Tante Rachel: »Einen größeren Schock als ein Baby gibt es nicht.«

»Celia trifft sich immer noch mit anderen«, unterbrachen wir. Endlich war es heraus. »Nicht nur mit Phillip! Mit Corley, Jimmy, Roger.« Tante Libby warf uns einen giftigen Blick zu.

»Und ich würde gern wissen, warum sie es nicht sollte«, sagte Tante Rachel. »Wer so jung ist, soll sich nicht binden. Niemals habe ich etwas so Dummes gehört.« Tante Rachel hatte einige elende Ehejahre hinter sich, sie hatte mit achtzehn geheiratet. Aus dieser Zeit stammte Rossie. Jetzt sagte sie: »Ist es euch eigentlich noch nie aufgefallen, daß der Wasserfleck an der Decke wie eine große Titte aussieht?« Typisch für sie, das Thema zu wechseln und mit etwas Groteskem herauszukommen wie ein Knallbonbon. Sie streckte sich und kitzelte Tante Libby unter den Armen. »Lach doch mal, du Miesepeter!«

»Du bist genauso schlimm wie Dan«, sagte Tante Libby, drehte sich um und mußte dann doch lachen. »Du denkst immer nur an das eine.«

»Sei doch froh«, antwortete Tante Rachel und warf ihr einen Blick aus ihren schrägen grünen Augen zu, die uns an Jadepagoden und golddurchwirktes Tuch erinnerten.

»Ich muß die Flasche verstecken, wo er sie nicht findet.« Tante Libby sah nun nicht mehr besorgt aus, sondern nur noch resigniert. »Vielleicht mache ich mir deshalb so viele Sorgen um sie, weil sie als Kind immer krank war. Vielleicht habe ich es mir angewöhnt.« Vor vielen Jahren hatte Celia Asthma gehabt und wäre einmal fast gestorben.

»Ich mache mir nur Sorgen um dieses Baby«, sagte Tante Rachel. Als Onkel Dan ins Zimmer kam, das voller Frauen war, stimmte er ihr zu.

»Du siehst sehr zufrieden aus«, erklärte Tante Libby, während er im Türrahmen stand. Sie hatte den Kopf auf die Arme gelegt und musterte ihn vom Bett aus. Es war, als ob sie ihn durch ihre länglichen, halb geschlossenen Mandelaugen offen um etwas beneidete, was er besaß und was ihr abging, an was sie nur gewöhnlich nicht dachte. Dann stand sie auf und fing an, sich auszuziehen. Tante Rachel sagte: »Na, dann entschuldigt mich.« Außerdem sei es Zeit, nach Hause zu gehen, und Onkel Dan sagte, warum denn – bestimmt würde es Libby nichts ausmachen, wer da bliebe. Dann sagte er, er persönlich sei froh, daß er für einen Striptease das Haus nicht verlassen müsse, und Tante Libby sagte, sie habe niemand je gebeten, ihr zuzusehen. Was Onkel Dan wiederum veranlaßte, von der Diele aus zurückzurufen, daß er keine Sekunde lang den Blick von ihr lassen könne. Und wir sahen ein kleines, privates Lächeln in ihren Augen, ehe sie sich das Nachthemd überzog.

Tante Rachel ging allein durch das Dunkel heim. Begleitung lehnte sie ab, sagte, auf ihrem eigenen Grund und Boden werde sich niemand an ihr vergreifen. Wahrscheinlich rannte sie, zum Spaß, genauso, wie sie ihr Pferd Tag und Nacht über die Felder galoppieren ließ. Stets war in Tante Rachel etwas, das sie antrieb und verfolgte. Wir ließen sie gehen. Als wir an ihrem Zimmer vorbeigingen, sagte Tante Libby gerade zu Onkel Dan: »Manchmal denke ich, er gehört mit der Reitpeitsche verprügelt, und dann wieder habe ich das Gefühl, daß er einfach nicht anders konnte. Armer Trottel.«

Phillip heiratete Louanne nicht. Nichts konnte ihn dazu bewegen. Celia gab ihm den Verlobungsring zurück und lehnte es ab, sich mit ihm zu treffen oder mit ihm zu telephonieren. Eines Tages, als sie sich zufällig im Stadtzentrum über den Weg liefen, sagte sie ihm an Ort und Stelle gründlich Bescheid. Er bekam eine Probe ihres rabiaten Temperaments zu spüren – jenes Temperaments, an dem, laut Onkel Dan, weniger ihre roten Haare schuld seien, als all die Aufmerksamkeit, die damit verbunden war. Jedenfalls hatte ihre Tirade Phillip geschockt, und bald darauf verließ er das College und danach auch den Bundesstaat. Er hielt sich stur an seinen Vorsatz und heiratete Louanne nicht, schickte ihr jedoch regelmäßig Geld für das Baby, gleichgültig, wo er sich gerade aufhielt, ob in Alaska oder Europa.

Gram kommentierte, daß genau das der Unterschied zwischen einem Vater und einer Mutter sei.

»Der Mistkerl« nannte ihn Onkel Dan von jener Zeit an, und in seiner Stimme schwang so etwas wie Bewunderung, gepaart mit echter Überraschung. Einmal kam ein Brief von ihm an Celia, aber sie zerriß ihn ungelesen, und wir haben nie wieder direkt etwas von ihm gehört. Sie behauptete, ihn eigentlich niemals richtig gekannt zu haben und daß sie sich kaum noch an sein Gesicht erinnern könne.

Von Anfang an verhielt sich Celia wie eine Art Patentante Louannes Baby gegenüber. Tante Libby brachte ihr das Stricken bei und Celia strickte ein Paar Babyschuhe und später dann andere Kleidungsstücke in zarten Pastelltönen. Zum Schluß versuchte sie sich auch an komplizierteren Mustern.

Manchmal schloß sie sich mit der traurigen Jazzmusik, die sie liebte, in ihr Zimmer ein, aber die meiste Zeit über saß sie bei uns und strickte wie besessen. Mit ihren Fingern hatte sich auch ihre Zunge gelöst; sie schien alles, was sie versäumt hatte, nachholen zu wollen. Es war, als habe sie sich aus einer Betäubung oder geistigen Verwirrung befreit. Selbst die Geschichten, die wir ihr erzählten und die wir gemeinsam erlebt hatten, faszinierten sie, weil sie sich nicht mehr genau erinnern konnte. Auch Gram wurde befragt. Geduldig lauschte Celia ihren weitschweifigen und unzusammenhängenden Anekdoten, begeisterte sich für alte Rezepte und sah Gram beim Kochen zu, als wolle sie es später einmal genauso flink machen. Sie überredete Gram sogar, ihr ein wenig über die Zeit zu berichten, als Tante Grace im Sterben lag. Aus alter Gewohnheit machte sich Tante Libby immer noch Gedanken über Celia, konzentrierte sich nun auf ihre Gesundheit, denn der Schmelz, den Celias Gesicht und Figur einst besessen hatten, war recht rasch vergangen. Ihr Unglück hatte sie welk werden lassen. Tante Libby versteckte die Zigaretten, Celia sah in der Einmischung ein Zeichen von Liebe und besorgte sich einfach neue. Außerdem hatte Celia eine Allergie gegen die Pollen bestimmter Grasarten entwickelt, ihre blauen Augen schienen an Sehkraft eingebüßt zu haben; jedenfalls waren sie von geröteten Äderchen durchzogen, welche die Blässe ihres Teints und ihre etwas zu lange, spitze Nase betonten. Ihr Heuschnupfen wurde durch das Kettenrauchen auch nicht besser. Tante Libby beschwor sie, mehr zu essen. Jimmy kam wieder zu Besuch. Für uns war Celia fast eine weitere Tante geworden, ihr Leben verlief so geregelt wie nach Plan. Sie hätte es sein können, die ein Baby erwartete, dessen Vater Tausende von Meilen weg war. Sie gestattete Jimmy, sie auszuführen, weil er es sich so sehnlich wünschte, tat es aber eher seinetwillen als für sich.

Manchmal ging Celia mit Gram aus, um Roulette zu spielen. Eines Tages erklärte Gram: »Vielleicht sollte ich mal verreisen, ehe ich abkratze«, was so nebenbei auch Tante Libby provozieren sollte, die es nicht für möglich hielt, daß Gram überhaupt sterben könne und die immer behauptete, sie werde den ganzen Clan überleben. Gram nahm Celia mit nach Hawaii. Sie brachten eine Kokosnuß zurück und Photos, auf denen sie Blumenkränze um den Hals trugen. Auf den Schnappschüssen waren auch die übrigen Reiseteilnehmer zu sehen: Ältere Herren in buntgemusterten Freizeithemden und deren Gattinnen, welche die Hulamädchen mit gezwungenem Lächeln betrachteten. Celias Lächeln war nicht viel anders.

Jimmy, der sie schmerzlich vermißte, nichts mehr aß und beinahe so verzweifelt war wie damals, als sie mit Phillip verlobt war, nahm sich Urlaub von seiner Arbeit und flog nach Los Angeles, um sie abzuholen. Als sie zurückkamen, waren sie verlobt. Celia mit dem weichen Herzen, nicht mehr schön, stets Bedürftige umsorgend, schneuzte sich ununterbrochen: All die blühenden tropischen Pflanzen hatten ihren Zustand nur noch verschlimmert. Ihr Asthma kam wieder. Jimmy bewies Engelsgeduld und Hingabe, und Celia meinte, dies seien Eigenschaften, die einen guten Vater verrieten. Ihr Wunsch nach einem Kind, der sie seit Louannes Schwangerschaft besessen hielt, blieb ihre einzige Leidenschaft, und sie fragte Gram dauernd über Probleme der Kindererziehung aus. Aber Gram blieb unergiebig und schroff, weil sie nichts mit solchen Dingen zu tun haben wollte. Sie war der Überzeugung, daß Kinder einander irgendwie erziehen, vorausgesetzt, man habe genug. All dies hatte sie hinter sich. Nichts mehr davon – ihre Freiheit war der Lohn dafür, nun alt und häßlich zu sein.

Später schenkte Gram Celia die Reise zur Hochzeit. Onkel Dan meinte, es sei bezeichnend für sie, sich ein Geschenk auszudenken, das den zukünftigen Ehemann so ganz aus dem Spiel lasse, dann wiederum könne er sich allerdings keine passendere Einführung in die Familie vorstellen. Jimmy war einfach nur dankbar, daß Celia endlich ihm gehörte. Er mußte, wie wir, bemerkt haben, daß sie sich verändert hatte. Wir sprachen von ihrer Schönheit und ihrem Charme wie von einer Legende, wie von etwas, was wir erfunden hatten. Die Hochzeit fand in aller Stille statt, sie wurden vor dem Kamin getraut, neben der vertrockneten Kokosnuß, und unmittelbar danach reisten sie ab nach Beaumont in Texas, wohin Jimmys Firma ihn versetzt hatte.

Nachher gingen wir hinauf in Celias Zimmer und legten uns, immer noch in unseren Festtagskleidern, aufs Bett. Das Gurren der Trauertauben über den Feldern schwoll an, ebbte ab. Ob nur wir es hörten? Jenny erhob sich und zog Celias Plattenspieler auf. Sie setzte die Nadel auf, und alles, was wir dann hörten, war Dave Brubeck.

Grandad

Solange wir zurückdenken konnten, waren wir in dem Haus, das zum Mittelpunkt der uns vertrauten Welt werden sollte, zusammen gewesen. Als wir kleiner waren, erwachten wir manchmal frühmorgens, vor Tagesanbruch. Dann polterte Grandad aus seinem Hinterzimmer die Diele entlang zum Badezimmer, ein Gespenst in Knopfhemd und langen Unterhosen. Er trug sie, weil er ein Farmer war, und deshalb stand er auch in aller Herrgottsfrühe auf, um sich an die Arbeit zu machen.

In den zwei eisernen Betten im Dachzimmer schliefen wir zu viert: Die Schwestern Celia und Jenny, und Anne und Katie, die ebenfalls, wie unsere Mütter, Schwestern waren. Manchmal stellten wir Vergleiche an und konstatierten Unterschiede, aber im großen und ganzen war es, als ob wir vier eins seien und in einer Zeit lebten, in der sich die Tage zu einem einzigen Strom sammelten, ohne Übergang.

Draußen vor den Fensterscheiben zeichneten sich die Fichten schwarz ab, silbern umsäumte der Himmel ihre Silhouetten. Der Tag roch wie klares Wasser, das durch das offene Fenster hereinströmte, das, wie uns unsere Mütter erklärten, während der Nacht aus Gründen der Gesundheit und Anregung geöffnet bleiben müsse. Unsere Mütter vertrauten der Natur, ihren heilsamen, stärkenden Kräften, vertrauten ihrer wohltätigen Vormundschaft. Zum Frühstück gab es frisch gepreßten Obstsaft, zum Mittag zwei Sorten Gemüse, wir wurden früh zu Bett geschickt. Ansonsten aber waren wir uns selbst überlassen. Die Erwachsenen unterhielten sich im Flüsterton über ihre eigenen Sorgen und Geheimnisse. Uns überließen sie der Anleitung durch die ungezähmte, natürliche Welt. Die Türen des Hauses

waren immer geöffnet. Die Einfahrt kurvte an den lila und rosa Hecken vorbei und führte zur Scheune am Rande der Schlucht und des Waldstückes – die Scheune ein Vorposten, rätselhaft und verführerisch.
Nur eins war verboten: Jedweder Streit zwischen uns wurde ausnahmslos und strikt bestraft: »Sie hat dies getan oder das gemacht« – dem wurde kein Gehör geschenkt. Wir sollten einander beschützen, sagte man uns, wer sonst würde es tun? Also bissen und kratzten wir uns nachts im Bett unter der Decke und verbargen die Schrammen und blauen Flecken vor unseren Müttern. Wenn wir Grandad hörten, wenn die Treppenstufen knarrten, krochen wir aus den Betten, griffen nach unseren Jeans und Baumwollhemden, die auf dem Boden lagen; mehr trugen wir nicht. Als Schwesternpaare waren wir gemischt – Jenny und Katie brünett und dunkeläugig, Anne und Celia rothaarig. Aber in allem anderen waren wir uns ähnlich. Für unser Alter waren wir hoch aufgeschossen, mit langen Beinen und großen Händen, wie Grandad. Auf unserem Weg hinunter und vom Treppenabsatz im zweiten Stock sahen wir Rossie schlafend in seinem Bett liegen. Hätten wir ihn geweckt, hätten wir dafür büßen müssen. Darum schlichen wir auf Zehenspitzen an ihm vorbei. Rossies Kopf war ein einziges, seidig-braunes Gewuschel, er hatte sich zusammengerollt wie ein kleiner Waldgeist. Katie drehte ihm eine lange Nase. Anne packte sie, als habe sie ein Geräusch gemacht.
Neben Rossies Zimmer war Tante Rachels Tür – geschlossen. Alle Türen blieben bis in den späten Morgen hinein zu, wenn niemand die Schläfer störte. Tante Libby, Celias und Jennys Mutter, die in einem anderen Zimmer schlief und bald allein sein würde, weil Onkel Dan in seine Metzgerei gehen mußte. Gram, allein in ihrem Zimmer, denn sie und Grandad schliefen getrennt und an entgegengesetzten Enden der Diele. Und dann Tante Grace, Anne und Katies Mutter, ebenfalls allein, weil ihr Mann, Neil, wieder einmal in Illinois war. Aus Gründen, die uns unbekannt blieben, war sie auf die Farm zurückgekommen. All dieses Schlafen um uns: Wir spürten den Frieden wie einen verwandelnden Nebel, das wartende Haus hielt den Atem an.

Wir rannten hinter Grandad her, die Einfahrt entlang, knöpften im Laufen unsere Hosen zu, streiften unsere Baumwollpullover über. Wir konnten ihn sehen, wie er in seinen schwarzen Schaftstiefeln große Schritte machte, die Katie parodierte. Er sagte nichts, als wir ihn eingeholt hatten, wir schwiegen ebenfalls. Grandad sprach nicht mit kleinen Mädchen oder Frauen. Es sei denn, er stritt sich mit Gram – dann brüllte er. Das war einer der Gründe, weshalb es uns verboten war, miteinander zu streiten. »Wir haben genug Streit erlebt«, sagten unsere Mütter. Grandad nahm seinen Hickorystock von der Wand des Schuppens, öffnete das weite Gattertor, ließ es schwingen, um uns durchzulassen, zeigte damit, daß unsere Gegenwart willkommen war, dann banden wir es wieder mit einer alten Socke fest. Das war wichtig, denn einmal hatten wir das Tor offen gelassen und die Schweine waren hinausgerannt. Eine Zeitlang erlaubte Grandad uns dann nicht einmal, auch nur in die Nähe der Scheune zu kommen. »Verfluchte Gören«, schimpfte er. Aber nun marschierten wir hinter ihm auf die Wiese, obwohl er zu schnell ging und nie auf uns wartete. Dann hörten wir ihn rufen: »Sucky, Sucky.« Beschwörend, lockend klang es aus der waldbestandenen Niederung in der morgendlichen Stille. Die wartenden Kühe hatten ihn schon gehört und trabten aus dem verblassenden Dämmerlicht auf uns zu. Sie hörten auf Grandads Ruf, kamen wie liebesgezähmte Kreaturen aus dem Nebel. Manchmal machten uns die Kühe Angst und wir liefen weg, kletterten hoch auf die Bäume, schauderten wegen ihrer wild rollenden Augen, aber wenn Grandad dabei war, blieben wir in ihrer Nähe, ließen sie ganz dicht an uns herankommen. Dann wendeten wir uns mit ihm ab und kletterten den Abhang der Wiese wieder hinauf bis zur Scheune, die immer noch dunkel gegen das hellere Licht stand.

»Sachte sachte«, sagte Grandad von Zeit zu Zeit und sprach leise, um sie nicht zu verschrecken. Sein Atem stieg in die Luft, mischte sich mit dem dampfenden Atem der Kühe und mit unserem wie Schleier, die sich von der Erde erhoben, und sie aus ihrer verschlafenen Einsamkeit weckten. »Blas den Morgentau hinweg« – so hatte Tante Elinor uns vorgesungen.

»Sweet Sal, Daisy, Belle, Matty« – das waren Grandads Mädchen, wir hörten, wie er sie antrieb, obwohl sie vorwärts trotteten, genau so erpicht wie er. Goldbraun oder schwarz-weißgescheckt, in unseren Augen sahen sie eigentlich alle gleich aus. Nach und nach, als es heller wurde, sprach er länger mit ihnen. Zuerst fanden wir es seltsam, konnten nicht begreifen, daß dies derselbe Mann war, der sonst immer so schweigsam dasaß – in seiner Fensterecke, beim Radio, vor sich eine endlose Partie Solitär.

»Los, rüber«, knurrte er die Färsen im Scheunenhof an, die sich noch nicht automatisch richtig verhielten. Manchmal versetzte er ihnen einen Hieb über ihre töricht-sanften Gesichter, dann sprangen sie hoch und liefen ihm aus dem Weg. »Du bleibst gefälligst ruhig und rührst dich nicht vom Fleck«, murmelte er der Kuh ins Ohr, die er melken wollte. Dann zog er den alten Stuhl mit dem fehlenden Rücken hervor, setzte sich drauf und verankerte ihn im Stroh. »Immer mußt du dich wehren, nicht wahr?« sagte er dann und streichelte das Tier mit seinen riesigen, weisen Händen, ehe er die Euter herunterzog, damit die Milch kam. »Na na . . . du willst dir doch von dem alten Jake helfen lassen, oder? Du kleines, schieläugiges Luder«, und er streichelte sie mit seiner Stimme und seinen Händen. Dann hörten wir die Milch spritzen und in den Kübel strullen. Inzwischen war es vor den Scheunenfenstern heller geworden. Wo das Glas zerbrochen war, konnten wir durch die zerfetzten Spinnweben sehen und die kühle, frische Morgenluft spüren. Überall um uns herum das jubilierende Erwachen der Kreatur, so weit entfernt von dem Haus voll schlafender Frauen. »Knauseriges, ausgetrocknetes Miststück«, gurrte Grandad. Und wenn die buntscheckige Katze an ihm vorbeischlich, spritzte er ihr Milch in die wartend geöffnete Schnauze.

Jetzt redete Grandad richtig, uns hatte er ganz vergessen, er sprach mit sich selber. Oben im Haus machten sich unsere Mütter darüber lustig, aber nur hinter seinem Rücken. Wir fanden es ganz natürlich, es war eine dieser leisen Tierstimmen, mehr gefühlt oder geahnt als gehört – Vieh, das an die Futtertröge stieß, das kaute, das das Korn, das Grandad verteilte, zermalmte. »Neenee«, sagte er, »Snavely kriegt die hier nicht. Nicht umsonst. Für Geld tanzen alle Puppen. Bin ja selber schon neunzig, sollte mindestens das Doppelte bringen, möglich, du gefällst ihm – gelbe Bohnenstange von einem Mädchen. Dann klatschte er der Kuh zur Bestätigung auf die Flanke, sie sah sich um, als wolle sie Reißaus nehmen. Aber an Grandad war sie längst gewöhnt, sie hob nur die Hufe im Stroh und peitschte mit dem Schwanz. Grandad war größer als die Kühe, so schien es uns damals, und größer als all die anderen Männer, die bei uns vorbeikamen, ausgenommen – vielleicht – Tom Buck. Der war im College Rugby-Tackle gewesen, sein Knochengerüst war riesig, als ob er nur aus Knochen bestünde, über die Haut gespannt war. Wir setzten uns auf den Krippenrand Grandad gegenüber und hörten mit halbem Ohr hin. »Und nun, Miss Betsy, werd' ich in dieses kümmerliche Schwänzchen ein seidiges Stück Band flechten und dich zur Auktion führen. Ich wette, du wirst den Tag zurückwünschen, an dem du noch bei dem alten Jake warst.« Die Milchwirtschaft interessierte ihn weniger als die Spekulation: Rinder preiswert einkaufen und vorteilhaft verkaufen, Geschäfte machen. Wir hatten ihn bei einer Auktion beobachtet, größer, dunkler als alle dort, wie ein Zigeuner, schweigsam – ein Mann, mit dem man zu rechnen hatte. Bis er zu trinken anfing. Dann, berichtete Gram, biß er sich irgendwie fest und überbot aus schierer Halsstarrigkeit, und mehr als einmal gab es dann eine schreckliche Prügelei. Oder aber er kam nach Hause mit der am teuersten erkauften, trockensten Kuh im Bezirk.

Nachdem wir eine Zeitlang beobachtet hatten, wie die Milch in die Eimer schäumte, beugte sich Katie zu Anne hinüber, zeigte auf das rosa Euter in Grandads Hand und sagte: »Eines Tages wird jemand das mit dir machen.« Anne war damals elf, entwickelte Brüste, genierte sich deshalb und versteckte sich beim Anziehen. Tante Rachel neckte sie: »Glaubst du, wir haben das nicht schon tausendmal gesehen?« Anne mit ihrem roten Haar, eine wilde Hyäne, wie Gram sagte, und immer aufgeregt, immer redend, immer zornsprühend. Oder aber beschämt. Katie sagte Dinge dieser Art, um sie zu ärgern – sie wußte es, wir wußten es.

Manchmal beobachteten wir uns zu zweit, zu dritt, prüften die Unterschiede, spürten sie am Werk. Wir sahen Annes Beschämung. Sie war hochgeschossen wie Grandad, hatte schwere Knochen, war viel größer, als sie mit acht, neun, zehn Jahren hätte sein sollen. Katie war jünger und ruhig, aber manchmal hinterhältig, wie Grandad es von Zeit zu Zeit war, bewußt gemein, wie eine Geächtete. Manchmal sagte sie, was ihr gerade in den Sinn kam, tat, wonach ihr gerade zumute war, zog sich in aller Öffentlichkeit die Hosen herunter – einmal hatte sie es zum Gaudi der farbigen Jungen getan, die jenseits des Hügels wohnten. Aber niemand hatte gelacht oder sich gerührt, weder sie noch wir, so schockiert waren wir alle. Sie trank aus dem Bach, in den das Abwasser floß. Einmal, gewissermaßen als Mutprobe, hatte sie Jenny mit einem Scheunennagel bearbeitet; die Wunde mußte mit fünf Stichen genäht werden. Gram behauptete, es sei Neil, Annes und Katies Vater, von dem die beiden diesen Jähzorn hätten.
Und nun war Anne wieder fuchsteufelswild, hielt zwar an sich, war aber sprungbereit, und wir dachten: Noch eine Silbe, und sie wird ihrer Schwester ins Gesicht springen, sie erdrosseln. Es war, als erblickten wir Gram und Grandad unmittelbar vor einem Kampf.
Aber der Augenblick ging ohne Blutvergießen vorüber. Anne rannte die Leiter zum Dachboden hoch, lief weg von Haß und Scham, und wir folgten ihr. Oben in den Sparren turtelten Tauben. Wir vergaßen, was passiert war und rannten ins Obergeschoß. Die Kühe wurden derart nervös, daß Grandad uns anblaffte und mit der Heugabel gegen die Dachlatten stieß. »Ihr verdammten Gören bekommt gleich was übergezogen«, sagte er, worauf wir nur noch schneller wegliefen. Ins Heu. Mit all unserem Toben und Tollen verscheuchten wir die geisterhaft im Halbdunkel der Dachsparren nistenden Vögel mit ihren traurigen, verträumten Rufen, löschten das nächtliche Bild der Dunkelheit aus, leuchtend wie Sternengefunkel, das durch Tausende von Ritzen kam. Wir lagen im Heu, ausgestreckt, wartend. Wir strebten der tieferen Nacht entgegen, als wollten wir uns in unvorstellbare Sphären des Entzückens emporschwingen. »Sachte«, hörten wir Grandads Stimme heraufdringen, »immer

sachte, süßes kleines Luder«. Er beruhigte das Vieh. Katie sagte: »Grandad liebt Daisy« und kicherte so, daß wir alle lachen mußten.

Dann kletterten wir noch höher, bis ganz nach oben, wo die kleinen, vergitterten Fenster in leuchtender Stille funkelten. Inzwischen war die Sonne voll aufgegangen. Wir ließen uns in das Dunkel unterhalb des Dachbodens fallen, schneller und tiefer, wirbelten herum in den Staubwolken, die wir aus dem Heu schüttelten, und dann stieß Anne sich von den Heubündeln ab und ließ sich auf die zweite Ebene und von dort auf den Heuwagen und schließlich auf den Boden fallen. Wir taten es ihr nach. Nie würde uns dabei etwas passieren. »Achtung!« riefen wir und ließen den Ruf im Raum stehen.

Es waren nur die blöden Städter, die uns manchmal besuchten und denen etwas zustieß. Sie wollten uns übertrumpfen, nur weil sie Jungen waren. Aber wir, wir wohnten hier, wußten, wo all die Pfosten standen, die Löcher waren, und hätten aus den Fenstern springen können ins Tal des Lost Creek, tief hinunter, ohne uns weh zu tun. Einmal kam ein entfernter Cousin zu Besuch, und Rossie provozierte ihn sofort und erklärte, es werde ihm nicht gelingen zu springen, nicht einmal zur ersten Ebene. Wir alle zeigten unsere Kunst: Es sei einfach! Aber der Cousin hatte mehr Mut als wir dachten, er folgte allem, was wir ihm vormachten. Am Ende hangelte er sich an der Staplergabelleine höher als wir alle und ließ sich fallen. Am Balken der zweiten Ebene streifte er die aufgestapelten Ballen, verlor das Gleichgewicht und fiel hinunter. Da lag er, still und blaß, ein scharlachroter Faden rann ihm aus dem Mundwinkel.

»Er ist ganz tot«, sagte Katie, und es klang, als ob wir nur darauf gewartet hatten, daß sich jemand zu Tode fiel.

Eine Zeitlang durften wir dort nicht mehr spielen, aber der Cousin erholte sich und, wie Gram sagte, »Ende gut, alles gut. Verfluchte Rangen.« Bald war die Episode vergessen, auch unsere Spielplätze oder was wir spielten, Hauptsache, wir waren zusammen. Also ging es zurück in den Heuschober. Wir lernten besser als irgend jemand, auf der Stapelgabel zu reiten.

Unser Kartenspiel hatten wir auf dem Dachsparrenrand ver-

steckt, den wir nur erreichen konnten, wenn die Scheune voller Heu war, und manchmal war sie das jahrelang, weil Grandad regelmäßig seine Rinder verkaufte, sich dann eines Besseren besann und noch einmal von vorne anfing. Gram erklärte, ihr sei es einerlei, was er mache, Hauptsache, er lasse sie aus dem Spiel. Katie wurde ein wenig ordinär und behauptete, auf dem Boden seien Scheißhäufchen. Und dann kletterten wir hinauf, dorthin, wo wir die Karten versteckt hatten. Rasch griffen wir in die dunklen Dachsparren, wo die Ratten vorbeihuschten. Das lappige, säuerlich riechende Kartenspiel gehörte Grandad und roch genauso wie er, genauso, wie es in der Wohnzimmerecke roch, wo er Solitär spielte und einnickte und gelegentlich in eine Maxwell House-Kaffee-Büchse spuckte. Sie war rostig und stank. Gram sagte, ihr Wohnzimmer sei doch kein widerlicher Pißpott. Einmal, als sie sich beide wieder wegen der Büchse zankten, nahm Gram sie vom Boden auf und trug sie in die Küche. Dabei sagte sie, sie lasse es sich nicht länger bieten, es sei genug, sich mit ihm abfinden zu müssen. Derweil blieb Grandad ruhig kauend in dem grünen Plüschsessel sitzen. Dann zielte er und spuckte genau dorthin, wo die Büchse gestanden hatte. Die Spucke klatschte an die Wand und tropfte auf den Teppich hinunter. Als Tante Grace den Teppich schrubbte, weinte sie still vor sich hin. Man hörte nur das Geräusch des Putzlappens. Gram stand in der Hintertür und schrie den Weg zur Scheune hinauf, auf dem Grandad verschwunden war, als hätte ihn die Luft verschluckt – aber mit erhobener Faust und nachdem er »Luder« geknurrt hatte. »Miststück«, rief Gram immer wieder, bis ihr die Stimme versagte und sie ihm die Blechbüchse nachwarf.
Unsere Mütter erlaubten uns nicht, wie Gram zu reden, obwohl sie selber Schimpfworte gebrauchten, wenn sie wütend genug waren. Waren wir unter uns, sagten wir sie zum Spaß und kamen uns kühn und mächtig vor. Genauso spielten wir Strip-Poker. Es war etwas, das uns überkam, wir wußten, wir würden es spielen, wir zögerten es nur eine kleine Weile hinaus, damit es aufregender wurde. Wir atmeten schwer, wir zitterten, wenn Katie das speckige Kartenspiel hinpfefferte. Manchmal sagte

Jenny: »Vielleicht sollten wir doch nicht«, aber dann war es schon zu spät.
Katie gab, und weil die Karten schon so viel mitgemacht hatten, dauerte es eine Weile. »Du bist langsam wie eine Schnecke!« bellte Anne, grob wie immer und riß ihr das Spiel weg. Sie war jetzt am Zuge. Wann immer wir Filmszenen spielten, mußte sie das Cowgirl oder die Straßendirne mimen, sonst spielte sie nicht mit. Und nun gab sie vor, Poker spielen zu können, aber sie hatte keine Ahnung. Keine von uns hatte eine Ahnung. Wir erfanden nach und nach unsere eigenen Regeln und zankten uns deswegen. Das Spiel hatten wir »Das Fünf-Karten-Spiel« getauft, als Chips benutzten wir Maiskörner, nur wußten wir nicht, was wir mit ihnen anfangen sollten. Aber das war alles nicht wichtig, wichtig war nur, daß wir uns voreinander ausziehen wollten. Zuerst legten wir unsere Haarspangen und Hemden in die Mitte, nur Anne tat es nicht, denn sie gewann jede Runde. Dann rief Celia: »Alles oder nichts!« und Anne verlor, was bedeutete, daß wir uns wieder anziehen durften, sie sich aber nackt präsentieren mußte. Nun sah sie nicht mehr so hochnäsig aus. Sie sah uns an, niemand kam ihr zu Hilfe, wir rührten uns nicht vom Fleck, langten nicht einmal nach unseren Hemden, während das einfallende Licht auf den silbrigen Haarspangen tanzte.
Anne stand auf. »Ich weiß, was ihr von mir denkt.« Obwohl Celia die Älteste war, war Anne entwickelter als wir, die wir gerade erst begonnen hatten. Ging sie ins Badezimmer, machte sie die Tür hinter sich zu, hätte sich eingeschlossen, wenn es möglich gewesen wäre. Rolf Barker, ein Junge, der in der Nähe wohnte, hatte sie einmal in einem Hinterzimmer befummelt; sie hatte geblutet. Ihre Wildheit hatte sie veranlaßt, sich mit ihm in jenes ferne Hinterzimmer fortzuschleichen. Und dort hatte er sie mit Gewalt genommen. Nun fiel uns die Szene wieder ein, wir dachten an die Ratten, geschwollen und groß wie Katzen in den Getreidetonnen schwimmend, womöglich mit Blutspuren im Fell, menschlichem Blut, wie auf den Rummelplatzplakaten.
»Angsthase«, flüsterte Katie und kicherte.
Anne war das Blut ins Gesicht gestiegen, und sie bückte sich

gerade, um ihre Sandalen aufzuschnallen, als Katie der Teufel ritt und sie sich, dürr wie ein Besenstiel, die Spielkarten aus der Mitte griff und rief: »Zweiundfünfzig schnapp!« Sie segelten und drehten sich in der Luft, scheuchten die Vögel auf, die oben ihre ruhelosen Kreise zogen und flatterten langsam irgendwo in der Dunkelheit zu Boden. Ganz zum Schluß sank die Pik-Sechs in die Mitte, als trüge sie eine geheime Zahl. Aber wir mußten Anne, die sich auf Katie gestürzt hatte, wegziehen. Katie lag auf dem Rücken und zappelte mit Armen und Beinen und zwar so, daß es aussah, als seien ihr extra Gliedmaßen gewachsen. Anne drückte sie mit einem Arm nieder und verpaßte ihr mit dem anderen einen Schlag in die Magengegend. »Spielverderber!« kreischte sie. Anne wußte niemals, was sie eigentlich wollte. Katie stöhnte: »Tut nicht weh, kann nicht weh tun, wird auch nicht weh tun.« Wir zogen Anne am Haar.

»Hab' ich euch erwischt«, sagte Rossie, und wir fielen fast von der Kante der hohen Plattform, weil wir unsere Hemden noch nicht angezogen hatten und uns sein Gesicht oberhalb des Balkens angrinste – er starrte uns an. »Ich werd' euch verpetzen, wenn ihr's nicht tut«, stand in seinen Augen zu lesen, die uns aufforderten, weiterzugehen; Rossie, der noch größer war als Anne, uns dauernd nachlief und Peep-Shows forderte. Er sagte dann: »Ich verrate euch«, denn er wußte, daß Streitereien verboten waren. Wir lachten ihm ins Gesicht, der Kampf zwischen Anne und Katie war jedenfalls unterbrochen, obwohl wir wußten, daß er schneller als ein Feuer wieder aufflackern konnte. Aber wir wußten auch, daß er uns nicht verpfeifen würde. Ha! Er konnte von Glück sagen, wenn *wir* ihn nicht verrieten. Und schon begann er sich, während er sich an ein Heubündel lehnte, eine Zigarette zu rollen. Alle Augenblicke spuckte er ins Heu, klare Spucke, weiß wie Meerschaum. Aber wenn Grandad ihn rauchend in der Scheune erwischte, würde die Hölle los sein, etwa so wie damals – hatte man uns erzählt –, als er Onkel Gabe gegen den Heizkörper gedrückt und seinen Kopf immer wieder dagegen geschlagen hatte, während Tante Elinor sich verzweifelt in seinen Rücken krallte und die anderen die Nachbarn zu Hilfe rufen mußten. Wir wagten nicht, ihn zu verpetzen. Als

Rossie das Streichholz entzündete, kringelte sich der Rauch in die Luft. Er roch stark, strömte blau hinauf zu dem hohen Lattenfenster. Da saß er, streckte die Beine von sich und schlug dann eines übers andere, dabei sah er aus wie ein richtiger Mann, er war bereits größer als Tante Rachel, seine Mutter, und kräftig gebaut. Es war unheimlich, den Zigarettenrauch in der Scheune zu riechen. Und wir hatten Angst, ihn zu verpetzen.

»Grandad wird dich verhauen«, sagte Katie.

Rossie kniff die Augen zusammen. »Ach Scheiße.« Das war ungefähr das Drastischste, was ein Mann sagen konnte. Als Rossie es aussprach, fühlte es sich an wie etwas, das er uns direkt in den Magen stieß. In der Stille, die folgte, konnten wir Grandad hören, wie er sich mit seinen Kühen unterhielt.

»Ich erzähl' es«, sagte die abtrünnige Katie und hatte dabei jenen unverfrorenen Glanz in den Augen, der dem Wort »Klatschmaul« jedes Verächtliche nahm, denn wenn es sie einmal gepackt hatte, nahm sie jede Bestrafung in Kauf.

Katie war die Jüngste, und eigentlich sollten wir auf sie aufpassen, sie beschützen. Aber wir hatten genauso wenig Einfluß auf sie wie auf das Wetter oder die Zeit.

Rossie blieb sitzen und zog an seinen Fingern, bis sie knackten. Er rauchte und spuckte. Dann aber hörten wir Grandads Schritte, er ging auf die Leiter zu. Rossie verzog das Gesicht, als wolle er die Zigarette verschlucken, wir rannten weg, ließen uns im Eiltempo auf die verschiedenen Ebenen fallen, flitzten über die verwitterten Bohlen und schwangen uns über die mehr als einen halben Meter hohe Schwelle hinaus an die Luft, verwandelt durch ihre Frische, Unberührtheit, hineingewirbelt in das Vergessen jedes neuen Augenblicks.

Wir gingen um die Scheune herum. Drinnen hörten wir Grandad murmeln: »Im Frühjahr bekomm'ich einen Dollar«. Er bemüht sich, sagte Gram immer, die Welt auszutricksen. Meist fügte sie hinzu, daß er aber niemals schlau genug gewesen sei, noch die Voraussicht gehabt habe, seine Schäfchen ins Trockene zu bringen. Immerhin hatte Grandad bei Woolworth eine Brille erstanden, und an manchen Abenden sprach er, über Farmerjournale gebückt, zu sich selber, machte sich mit einem Bleistiftstummel Notizen. Gram bemerkte, es sei typisch für einen Mann, daß er sich jetzt, wo man ihn von seinen Sorgen befreit habe, verbessern wolle.

Hinter der Scheune lag Grandads privater Friedhof, besser: Der Schindanger. Was immer er schlachtete, oder wenn eines der Rinder krepierte wie Sally, die noch im Zugriemen die Taumelsucht bekam, Grandad pflegte die unverwendeten Teile einfach hinter die Scheune zu schleppen und sie dort liegen zu lassen. Über kurz oder lang sorgten die Bussarde und das Wetter für den Rest.

»Es stinkt bestialisch«, sagten seine Töchter, »es ist eine Schande.« Ihre Gesichter zeigten es ihm.

Aber er antwortete nicht, manchmal streute er Löschkalk über den Boden und das verwesende Fleisch. Es roch ein wenig wie die Eier, die Rossie aus den Nestern der Bruthennen nahm und gegen die Scheunenwand pfefferte, um uns die Kükenembryos und das Blut, von dem sie sich nährten, zu zeigen. Als Grandad dahinterkam, war es das einzige Mal, daß wir ihn jemand wirklich zusammenschlagen sahen. Er hob nur die Hand, Rossie flog einfach gegen die Scheunenwand und blieb liegen.

Beim Darübergehen puderte weißer Kalziumstaub unsere Füße. Die Knochen knackten und zersplitterten, einzelne Zähne kullerten auf dem Boden herum. Wir hätten genausogut durch das Tal von Gehenna gehen können. Rossie war inzwischen verschwunden. Dann sprang Katie hervor. Sie hatte sich hinter einer der dürren Robinien, die dort als Buschwerk standen, verschanzt. »Die Philister sind über dir, Simson!« schrie sie, zielte mit einem Kieferknochen auf uns und fuchtelte mit einem abgesägten Horn wild herum.

»Ich bin Delila«, entgegnete Celia, ging hinüber und legte sich am Rande des Kornfeldes auf die Lauer. Wir stürzten uns mit Knochenspießen aufeinander, Zähne lösten sich aus den Kiefern, mit denen wir Fußball spielten. Celia fächelte sich mit einem Farnwedel. Anne rannte in die Mitte. Sie hatte sich Blätter und Zweige in ihr wildes Rothaar gesteckt. Ausnahmsweise einmal bereit, sich nicht mit Celia zu streiten, wer die Schöne

verkörpere, spielte sie den starken Simson. Dazu hatte sie sich das T-Shirt um die Brust gebunden und eine Schulter entblößt. Einen Kuhschwanz herumwirbelnd, ließ sie ihn durch die Luft sausen. »Ich zerriß den Löwen, wie man ein Böcklein zerreißt und hatte doch gar nichts in der Hand«, rief sie. »Wenn man mich schöre, so wiche meine Kraft von mir.« Manchmal spielten wir die Geschichte zu Ende, wie sie Simson die Augen ausstachen und wie er sich noch einmal an den Philistern rächte. Aber diesmal, als wir um uns stachen, rannte Katie absichtlich direkt in Anne hinein und stieß gegen ihr Bein, aus dem sofort Blut floß. »Ihre Titte kommt raus«, grinste Katie, und wir sahen alle auf den unansehnlichen Klumpen weißen Fleisches, der oberhalb des umgebundenen Hemdes herausgequollen war.
»Das hat weh getan«, brüllte Anne mit Tränen in den Augen und trat mit dem Fuß nach Katie, die hinfiel. Dann preßte sie sie hinunter und zerrte ihr schwarzes Haar in den Staub. Katie stieß um sich und zappelte wie ein auf dem Rücken liegender Käfer. Anne weinte und rang nach Luft, Katie kreischte.
Wir zerrten an Anne, aber sie war kräftig und ließ nicht los. Rossie erschien. Wahrscheinlich hatte er uns die ganze Zeit über beobachtet. Jedenfalls versetzte er Anne einen derart heftigen Schlag, daß sie nach Luft schnappte und zu Boden fiel. Dort blieb sie unbeweglich liegen, zog nur die Knie an und würgte. Dann trat Rossie auf ihren Brustkasten, seine braunen Stiefel wie Felsblöcke. »Dreckige Schlampe. Hure«, sagte er und sah auf sie herunter.
Und dann ging er weg. Anne weinte noch lange, die Tränen zeichneten Spuren auf der blassen Staubschicht auf ihrem Gesicht, das in der Regel so rosig und warm aussah. Wir halfen ihr hoch, glätteten ihr Haar, befreiten es von den Zweigen.
»Ich werde es erzählen«, versprach Jenny, und sie würde es auch tun, denn manchmal war sie wie eine Mutter, sie beschützte uns, wenn es niemand anderes tat.
Als Anne wieder sprechen konnte, schluchzte sie: »Er hat mich getreten, getreten, getreten. Ich werde sterben. Ich kriege keine Luft mehr. Ich wollte, daß ihr mir helft, aber ich bekam keine Luft.« Mitleid erfüllte uns.

»Komm schon, wir werden dir das Gesicht waschen«, sagte Jenny. Wir stapften über die Knochen, trotteten den grasbestandenen Hügel neben der Scheune hinunter und gingen in den Hof, wo es Wasser gab. Es kam aus einer Quelle, die wiederum durch ein Eisenrohr unterhalb der Scheune in einen schwarzen, verrosteten Behälter floß. Wir bespritzten unsere Gesichter aus demselben Gefäß, in das die Rinder ihre zarten, weichen Mäuler tauchten, um zu saufen. Wie sie fuhren wir mit unseren Lippen über die Wasseroberfläche. Als wir genug hatten, weichten wir der Reihe nach unsere Jeans ein, indem wir uns in den großen Behälter stellten, uns am ganzen Körper säuberten und erfrischten. Barfuß wateten wir bis an die Knöchel im Dung, dann wuschen wir uns wieder. Der sumpfige Dung war warm und saugte sich fest, als wolle er uns an diesem Ort und in dieser Zeit festhalten.

Unter dem Maisspeicher säugte eine Katze ihre Jungen. Als wir sie anfassen wollten, hieb sie mit ihren Krallen nach uns. Die Kleinen waren gerade geboren und hatten winzige, zusammengekniffene Augen. »Wir kommen später noch einmal zurück«, versprachen wir, »und dann verstecken wir euch.« Gram mochte es nicht, wenn sich so viele Katzen herumtrieben – manchmal waren bis zu dreißig auf der hinteren Veranda. Sie seien krank, erzählte sie uns, sie hätten die Katzenseuche. Wenn es ihr zu bunt wurde, befahl sie Grandad, sie alle in einen Jutesack zu stecken und im Teich zu ertränken. »Wir werden euch retten«, versprachen wir, ehe wir durch den Vorschuppen wieder ins helle Vormittagslicht traten. Über dem blechernen Scheunendach funkelte die Sonne, so daß wir, naß und zitternd von dem kalten Wasser, ebenfalls schillerten.

»Ich verhungere«, verkündete Anne. Wir erinnerten uns: Das Haus, unsere Mütter; wir rasten den Kiesweg hinauf, unsere Schuhe in der Hand, über lange Vormittagsschatten, immer Anne nach, der Größten, deren Fußsohlen abgehärtet waren – der Verzücktesten, der ungezähmten Hyäne. Dauernd prahlte sie damit, jeden Jungen mit einer Hand zu Boden zu schlagen, und manchmal tat sie es auch. Dann schüttelte sie ihren wilden roten Haarschopf, rühmte sich, eine Woche, ein Jahr lang ihr

Haar nicht gekämmt zu haben, es niemals zu kämmen, und kletterte zum Sprung hinauf in die Dachsparren. Jenny wollte sie besänftigen, warnte sie mit ernsthaft-schwarzen Blicken. »Eines Tages wird was passieren. Sei vorsichtiger.«

Schon vor dem Haus, auf der Veranda, empfing uns der Duft von Kaffee. Grandads von Stroh und Dung verkrustete Stiefel standen neben den Tannenholzschränken und Regalen, die so mit Kram überladen waren, daß niemand mehr irgend etwas finden konnte. Wir wußten also, daß er seinen Kaffee haben wollte und daß es an diesem Vormittag zumindest keinen Streit geben würde. Es war eine Art Signal, wenn er seine Stiefel vorher auszog, um die Teppiche nicht schmutzig zu machen.

»Ihr seid auf«, riefen wir unseren Müttern Libby und Grace zu, die am Tisch saßen. »Ihr seid früh aufgestanden«, schwärmten wir, weil wir ihre unerwartete Erscheinung wunderbar fanden. Sie trugen ihre farbenfrohen Morgenmäntel, sie tranken den herrlichen, starken Kaffee und schauten uns mit dunklen, blanken, vom Schlaf gezeichneten Augen an. Auf das bedruckte Linoleumtischtuch, die zahllosen Risse in der Oberfläche ineinander verzahnt, schien die Sonne.

»Höchste Zeit«, sagte Gram, die in der Speisekammer Äpfel schälte. »Und ihr junges Gemüse laßt das Drängeln. Und tropft mir nicht den Boden naß.«

»Gram bäckt Kuchen«, sangen wir, als wir nach oben rasten, um uns umzuziehen. Der Tag lag noch vor uns, ein voller Tag, an dem alles, was wir nur wollten, passieren könnte. Hinter uns polterte ihre Stimme. »Verflucht nochmal, rennt nicht so. Besonders du, Anne.« Denn wann immer irgendein Lärm oder eine Aufregung stattfand, gab sie Anne die Schuld, wußte, ohne hinzusehen, so behauptete sie jedenfalls, daß Anne mittendrin war.

»Ihr seid mit den Hühnern aufgestanden«, sagte Tante Grace zu Anne, als wir wieder herunterkamen. Alle glaubten, Anne werde als erste wach und wecke uns übrige auf. »Kein Wunder, dein Haar läßt sich nicht bändigen«, sagte sie und wollte es mit ihrer zerbrechlichen, feinknochigen Hand glätten. Es war eine anmutige Bewegung, als streichle sie eine Harfe. Nichtsdestoweniger lächelte sie, wie wir alle, als bedeute es nichts, diese Unordentlichkeit und Oberflächlichkeit ihrer ältesten Tochter, vorausgesetzt, wir waren alle beisammen. Deshalb lachten sie über unsere langen Füße, unsere nachlässige Rechtschreibung, unsere Tanzwut, betrachteten uns als Naturwunder.

»Was habt ihr nun wieder angestellt?« fragte Tante Libby, aber es klang nicht sehr überzeugend, als wisse sie, daß wir es ihr doch nicht verraten würden.

»Nur so rumgespielt«, antworteten wir.

»Rossie hat Anne mit dem Fuß getreten«, sagte Jenny. »Immer, immer wieder. Mit aller Kraft. Wegen gar nichts.« Wir spürten prickelnde Furcht, Rache. Die beiden Schwestern sahen sich vorwurfsvoll an. »Das gehört sich nicht«, sagte Tante Grace, »Mädchen zu verprügeln.« Wir waren gerettet. Jetzt beschwerten wir uns alle.

»Wahrscheinlich hat sie es verdient«, klang es aus der Speisekammer, als ob Gram etwas mit Füßen treten wolle, das es verdiene.

»Sie bekam keine Luft mehr«, beharrte Jenny. Anne saß still da und verknotete ihr Hemd.

»Hört auf mit dem Gestreite«, sagte Gram. »Niemand hat sich weh getan. Wo zum Teufel steckt diese Rachel? Zeit, daß sie aufsteht ... wir müssen fort.«

»Hol sie runter«, befahl Tante Grace, »und sag ihr, was er getan hat«.

Anne raste die Hintertreppe hinauf. Wir konnten den Krach hören, wie ein wildgewordener Indianer, sagte Gram. »Weshalb will sie niemals hören?« Grams Frage war an niemanden gerichtet, wie alles, was sie von sich gab, als antworte sie auf ein dauerndes inneres Ärgernis.

Oben war alles ruhig, Tante Rachel hatte Anne bereits in ihr Bett gelockt. Wir alle waren schon von Gram mit der gleichen Aufgabe nach oben geschickt worden: Rachel mußte morgens immer aus dem Bett gezerrt werden. Sonst kam sie zu spät – zur Arbeit, zur Messe, zum Leben. Aber Tante Rachel verführte mit ihrem Sirenencharme alle, die man nach oben schickte. Und jedesmal erlagen wir ihr. In ihrem Bett war es weich und warm, sie legte die Arme um uns, wir kuschelten uns an sie. Eingeschlossen in ihrer Höhle aus Kurven und Wogen war die Versuchung groß, einzudämmern und Teil ihrer Träume zu werden. Aber andererseits war uns diese Nähe auch peinlich, deshalb rutschten wir hin und her und warfen uns herum. Dann kitzelte sie uns die Fußsohlen oder die Achselhöhlen. Dabei bewegte sich ihre Hand ganz zart, während ihr übriger Körper still lag und so tat, als ob er schlafe. Die rosige Wange steckte im Laken, das dunkle Haar in ungezähmten Spiralen eine Umrahmung für ihr herzförmiges Gesicht. Wenn wir anfingen zu kichern und uns im Bett herumzuwälzen, summte sie irgendein Kinderliedchen mit ihrer klaren, kehligen Altstimme. »Die Katz hat von der Milch genascht, was soll ich tun?« Dabei kitzelte sie uns aus den Decken hinaus und auf den Fußboden. Es war zwecklos. Rossie würde nie ausgeschimpft werden, Tante Rachel wollte nichts davon wissen, denn sie wußte genausowenig wie alle anderen, was sie mit ihrem Sohn anfangen sollte.

Sie kam in die Küche durch die Hintertreppentür, hinter ihr Anne, die die Stufen heruntergehopst war. »Kann die Göre nicht vernünftig gehen?« murmelte Gram. Sie war gerade dabei, aus dem großen Eimer neben dem Herd Schweineschmalz zu schöpfen, und zwar mit den Händen. Tante Grace sagte zu Anne, als diese hereinkam: »Komm her und setz dich. Ich will, daß du dich beruhigst.«

»Ich bin ruhig, Mutter«, entgegnete Anne. Wir alle lachten ihr ins Gesicht. Dann setzte sie sich. Auf ihrem roten Gesicht war das harte, kristallene Glitzern, das wir beobachtet hatten, als sie Katie mit Fäusten traktierte.

»Anne hat mich gehauen«, sagte Katie jetzt, sie wollte auf ihre eigene, hinterhältige Art Unfrieden stiften. Aber an jenem Vormittag hörte niemand auf sie. Wir machten uns Toast, eine Scheibe nach der anderen. Gram rührte inzwischen vier Kuchen gleichzeitig an und forderte Celia auf, den Backofen anzuzünden, ihr die Bleche zu reichen. Celia war Grams Liebling, vielleicht, weil sie stiller war als wir und es ihr nichts ausmachte, Gram zur Hand zu gehen. Gram hatte immer etwas für uns zu tun, die eine sollte ihr die Gläser aus dem Küchen-

schrank holen, die andere zum Postamt gehen, den ganzen Tag lang gab es tausendundeine Sache, die sie brauchte.
»Jetzt wird's aber Zeit«, sagte sie zu Tante Rachel.
Diese lächelte träge über ihrer Kaffeetasse, die Beine übereinandergeschlagen. Dann steckte sie sich eine Zigarette an, sie war die einzige der fünf Schwestern, die rauchte.
»Was für einen Zweck hat es, so früh zu kommen und dann den ganzen Tag in Cleveland herumzuhängen? Ärzte sind nie pünktlich. Hier ist es viel gemütlicher.« Dabei wickelte sie sich fester in ihren himbeerroten, seidigen Morgenmantel. Wir sahen die zarte Haut ihres üppigen Busens, wo sich der Stoff spannte. Alles an Tante Rachel war schwellend, weiß und weich.
»Außerdem ist der Weg kürzer, wenn ich fahre.«
»Wenn wir fliegen, dann bitte ohne mich«, sagte Gram.
»Natürlich kommst du mit.« Tante Rachel sah uns der Reihe nach an. »Ihr würdet doch mit mir kommen, nicht wahr?«
Klar, das würden wir. Überall hin. Jeden Sonntag war es Tante Rachel, die uns zum Konfirmationsunterricht brachte, während die anderen schliefen. Mit ihr kamen wir immer zu spät, schlangen die letzten Bissen unseres Frühstückstoasts im Auto hinunter und halfen ihr mit dem Reißverschluß ihres Kleides. Wir fanden es lustig, diese Hetze im letzten Moment, wenn der Wagen über das Kopfsteinpflaster rumpelte, die Belden- und Highland-Straßen hinunter über die eiserne Brücke bei Keeler. Manchmal zeigte der Tacho über hundert Kilometer. Hielt sie an, sprangen die Türen auf und wir purzelten auf den Bürgersteig, schnatternd und lachend, während Tante Rachel nun ihre Nase hoch in die Luft reckte, hochnäsig neben uns herging und uns ermahnte, uns ruhig zu verhalten, uns zu benehmen, denn Mrs. Peabody hatte sie als Vorsitzende des Kirchlichen Frauenvereins vorgeschlagen.
»Ihr wollt doch nicht, daß die mich für ungeeignet halten«, sagte sie.
Der bloße Gedanke war grotesk. Sie war eine von uns, hätte niemals eine Dame sein können. Und wir ebenfalls nicht. Wir spreizten unsere Beine, um sie um die Stuhlbeine zu wickeln.
»Zuerst muß ich in die Stadt«, sagte Gram.

»Seit wann denn? Kann es nicht warten?«
»Nein, das kann es nicht.«
Nun wurde Tante Rachel etwas ernster. »Und warum bitte nicht?«
»Weil ich etwas Geschäftliches zu erledigen habe.« Geschäftliches. Sofort sahen die drei Frauen beunruhigt aus.
Tante Libby schniefte. »Es ist dieser Hank Browning. Du willst ihm den Acker verkaufen.«
»Genau.« Gram sah störrisch aus wie ein Esel.
»Weiß Papa das?«
»Ich hab's ihm nicht gesagt. Sehr gut möglich, daß es ihm zu Ohren gekommen ist. Er braucht ihn ja sowieso nicht. Jedenfalls nicht für irgend etwas Wichtiges. Nur für Krimskrams.«
»Es wird ihm nicht gefallen«, sagte Tante Grace.
Gram streckte den Hals aus in Richtung des Nebenzimmers, in dem Grandad in seinem Sessel schlief. Sie sprach wie zu ihm, für ihn.
»Möchte wissen, wie er es verhindern könnte. Das Land gehört mir. Das ganze Anwesen gehört mir. Er kann von Glück sagen, wenn ich nicht alles verkaufe. Eines Tages werde ich das sowieso tun.«
Dann marschierte sie mit dem Nudelholz durch die Küche, bestreute die Kredenz mit Mehl, ihre vorgeschobene Unterlippe wie die Tülle eines Teekessels.
Tante Grace trat nahe an sie heran und stand mit dem Kopf gegen die Küchenschränke gelehnt, aber Gram schob sie beiseite und rollte das Nudelholz erst seitwärts, dann vor und zurück.
»Mama«, sagte sie, »du brauchst das Geld doch nicht. Jetzt nicht. Und Papa kümmert sich um die Farm. Es bedeutet ihm viel.«
Dann hörten wir Grams gesenkte Stimme, ohne Zorn, ohne Vorwurf, nur voller Resignation. »Und wer, glaubst du, wird deine Rechnungen bezahlen, Grace? Dein Mann bestimmt nicht. Jemand muß daran denken.«
»Sei doch still, Mama«, fuhr Tante Rachel dazwischen. »Sei doch bloß still.«

»Das ist doch nicht der einzige Grund«, sagte Tante Grace zu Gram. Tränen liefen ihr übers Gesicht, während ihre Finger automatisch die Kruste, die Gram für den Kuchenboden zugeschnitten hatte, falteten. Beide waren mit Mehl bestäubt.
»Nein, das ist er nicht. Kann sein, ich hab' 'ne Million. Und du, Grady, hast dir dieselbe Grube gegraben.« Dabei gebrauchte Gram den Namen, den ihr die kleinen Schwestern gegeben hatten, als Tante Grace die Älteste zu Hause war und auf die anderen aufpassen mußte, während Gram überm Waschtrog und den Einweckbädern langsam zur alten Frau wurde. In diesem Augenblick hatten wir das Gefühl, als ob Gram und Tante Grace immer noch diejenigen seien, die sich um uns kümmerten, die wie damals, vor langer Zeit, Wäsche wuschen und Mahlzeiten bereiteten.
»Irgendwann einmal, hier drinnen, hab' ich's aufgegeben«, sagte Tante Grace. »Mein Kampfgeist war weg.« Sie hielt die Augen gesenkt, sah aber nicht, was sie tat, denn ihre Finger gingen immer wieder um dieselbe Teigkruste, bis Gram es bemerkte, zum erstenmal die Hand ausstreckte und Tante Grace berührte. Sie lächelten sich an. Dann warf Tante Grace den Kopf zurück, ihre Hände flogen nur so, und sie hatte die nächste Kruste fertig, fast so flink wie Gram. Tante Rachel und Tante Libby starrten sie verblüfft an, was wiederum Tante Grace und Gram die Schultern heben und sich bedeutsam anblicken ließ. Es war offenbar, daß sie einander achteten, denn beide wußten, daß die eine sich in der Tat auf die andere verlassen hatte, die von früh morgens bis spät abends, ohne sich auszuruhen und ohne großes Aufhebens zu machen, schuftete, sich um die Kinder kümmerte und für einen Mann, wenn er nach Hause kam, das Abendessen bereit hielt. Gram lächelte breit und sagte zu Tante Grace: »Die beiden dort, die wurden mit einem silbernen Löffel im Mund geboren. Die wissen von gar nichts.«
Im Nu waren die Obstkuchen belegt und in die Röhre geschoben. Dann hing Gram ihre Schürze auf. Sie sah Tante Grace an und entschloß sich, zu Ende zu sprechen, was ihr auf der Zunge gelegen hatte. »Ich hab' mehr Männer erlebt als ihr euch vorstellen könnt, die sich um den Verstand gesoffen haben, die

einander wegen nichts und wieder nichts umbrachten. Ihre Frauen sind im Kindbett gestorben oder an etwas anderem Unnötigem. Aber sie lassen nicht mit sich reden. Ich hab's aufgegeben, es zu versuchen. Ein junges Füllen läßt sich überhaupt nichts sagen, auch ein älteres nicht. Nichts, was es nicht hören will.« Anfangs war die Rede von Grandad gewesen, jetzt aber wollte Gram über mehr sprechen, obwohl Tante Grace nicht zuhörte und stattdessen mit gerunzelter Stirn den Finger an die Lippen legte und auf das Zimmer zeigte, aus dem Schnarchlaute drangen. »Tu bitte nichts, Mama, was ihn auf die Palme bringt.«

Gram seufzte, als sei sie auf einmal erschöpft. Dann aber drängte sie wieder. »Ich muß zeitig weg, sage ich euch. Entweder bald, oder ich komme überhaupt nicht mit.« Sie drehte sich zornig zu Tante Grace um. »Und wenn ich deinen Rat brauche, junge Dame, sage ich dir Bescheid.«

»Kommt May mit?« fragte Tante Grace und setzte sich wieder hin. Ihre Augen waren tief eingesunken, sahen dunkler aus, als wir es jemals erlebt hatten. »Sie weiß nicht, ob sie weg kann.«

»Sie sollte nicht mitkommen«, sagte Tante Grace. »Es ist zu viel. Ihr seid ja bei mir. Irgendwer fällt immer aus, und dann muß May entweder putzen oder waschen.« Tante May war die älteste Schwester. Ihr Mann war, kurz nachdem er seine Stellung aufgegeben hatte, um ein Hotel zu bauen und zu führen, gestorben, und jetzt mußte Tante May davon leben und hatte die Verantwortung und zwanzig Zimmer mehr als sie bewältigen konnte. Man sah es ihr an, die Muskeln in ihrem Gesicht und Körper zuckten, sie war nicht mehr nur schlank, sie war hager.

Wir saßen da und beobachteten die Pferde im Obstgarten. Ehe die Äpfel von den Bäumen fielen, ließ Grandad seine Gäule unter den Bäumen grasen. Voller Wohlgefühl verschwanden sie aus unserem Blickfeld und tauchten wieder auf. Gram hatte sich fertig gemacht, nahm die Apfel- und Kirschkuchen aus der Röhre und stellte sie zum Abkühlen auf das Fensterbrett. Dann ging sie hinaus und setzte sich in den Wagen. Alle paar Minuten lehnte sie sich auf die Hupe und rief: »Kommt ihr endlich?«

Wobei sie die Namen verwechselte, die der Lebenden und die der Toten.
Kurz bevor wir gehen wollten, Tante Rachel war noch im Unterrock, schrillte das Telephon. Es war Onkel Dan, der mit Tante Grace sprechen wollte. Wir hörten, wie sie sagte: »Ich weiß, du machst dir Sorgen. Was gibt's da noch zu sagen? Heute abend werden wir es wahrscheinlich wissen.« Als sie den Hörer auflegte, starrte sie aus dem Fenster des Eßzimmers. Wir beobachteten sie von der Treppe. Dann riß Grams Gehupe sie aus ihren Gedanken.
Tante Rachel hatte Tante Grace unverwandt angesehen; das Hupen machte sie wild. Sie schob das Fenster hoch, als wolle sie es von der Zugschnur reißen und schrie: »Mama, um Himmelswillen!« Plötzlich stürzten ihr die Tränen übers Gesicht. Sie beugte sich nach vorne, wischte sich mit einem Finger die Augen und brauchte den Saum ihres Unterrocks.
Dann verabschiedete sich Tante Grace von Anne und Katie. »Ihr beide benehmt euch gefälligst und streitet euch nicht. Tante May wird später vorbeikommen.« Zu Anne: »Hör auf zu zappeln und kämm dir die Haare, Kind. Vielleicht solltest du eine Weile lesen. Und sei nett zu deiner Schwester. Vergiß nicht, sie ist die Jüngste.« Tante Grace hatte ein dunkelblaues Leinenkleid mit gestickten weißen Seidenvögeln an, die ihr den Hals hinaufflogen. Zaghaft lächelnd öffnete sie die Tür zum Hintersitz und ließ sich in den Wagen gleiten. Tante Rachel war am Steuer. Der Wagen startete, alle Schwestern drehten sich um und winkten. Nur Gram saß kerzengerade neben Tante Rachel, den Blick nach vorne gerichtet, die weiße Sommerhandtasche aufrecht auf dem Schoß. Wir rannten hinterher, die Einfahrt entlang so schnell wir nur konnten, barfuß, durch den von dem immer rascher fahrenden Wagen aufgewirbelten Aschenstaub. Auch die Pferde im Obstgarten trotteten näher.
»Wohin fahren sie denn?« fragte Katie mit tränenverschmiertem Gesicht.
»Sei nicht blöd«, sagte Anne. Wir alle wußten, daß Tante Grace nach Cleveland fuhr, sie war vorher schon dort gewesen, als man sie operiert hatte. Wir wollten nicht davon sprechen. Wir

lagen auf dem Gras unter den Eichen, welche die Landstraße säumten. Das Gras war bleich und fedrig. Auf der Straße fuhren Autos vorbei, der Boden zitterte, und wir hatten das Gefühl, noch immer mit dem Auto, das uns zurückgelassen hatte, verbunden zu sein.

Wir lungerten im Haus herum. Tante May kam und wollte nach dem Rechten sehen, versprach, später wiederzukommen und uns Eiscreme mitzubringen. Sie sagte, Valerie gehe es nicht besonders, Valerie war ihre Tochter, noch eine Cousine, ein wenig älter als wir.

»Ist sie krank?« Wir fragten uns, ob sie sich wieder einmal im Badezimmer eingeriegelt habe.

»Nein, sie hat nur ihre Tage. Ist Papa zu Hause?«

Wir hatten Grandad ganz vergessen. Wir wollten ja mit ihm zur Mühle. Er würde nicht auf uns warten. »Wir müssen weg«, sagten wir und langten nach unseren Schuhen. In der Diele rannten wir beinahe in Grandad hinein, der auf Socken herumging; sein Unterhemd kam wie ein Hemd unter den Hosenträgern hervor. Er trug den ganzen Sommer über lange Unterhosen.

»Hört auf zu drängeln.« Dann ging er in die Küche, stellte sich ein paar Sachen zu essen auf den Tisch und setzte sich. Wir standen still, es war ein wenig unheimlich, allein mit ihm im Haus zu sein. Sein Mittagessen bestand aus einer Schüssel Corn Flakes, über die er eine halbe Zuckerdose leerte. »Wenn du's unbedingt tun mußt«, brummte Gram jedesmal, »weshalb erstichst du dich nicht? Das geht schneller.«

»Wo ist Rossie?« wollten wir wissen. Grandad blieb uns die Antwort schuldig, als sei die Frage in einen Brunnen gefallen. Er aß seine Corn Flakes auf, krümelte Ritz-Cracker in die Schale und goß Kaffee darüber. Sie sogen sich voll und zergingen. Gram sagte immer, er habe so lange Schweine gefüttert, daß er nun auch wie ein Schwein äße. Manchmal bereitete er auf einer elektrischen Heizplatte im Keller einen stinkenden Brei für die Tiere.

Weil niemand es uns verbieten konnte, machten wir uns Zuckerbrote aus Weißbrot zurecht, und aßen sie auf der hinteren Veranda. Grandad ging zum Abwaschtisch, spritzte herum und schnaufte. Er wusch ab. Gram hätte Zustände bekommen, hätte sie gesehen, wie er dort ausspuckte und ihren Spülstein, sobald sie ihm den Rücken kehrte, für seine Abfälle benutzte. Oft zankte sie ihn aus, weil er sich, außer ein paarmal im Jahr, nie vollständig wusch, es sei denn, er zog sich frisches Unterzeug an. Jedesmal machte sie ein Drama daraus – einmal spießte sie seine langen Unterhosen an einem Stock auf, um sie dann im Abfalleimer zu verbrennen. Nachdem Grandad abgewaschen hatte, hörten wir ihn ins Wohnzimmer schlurfen und kurz darauf schnarchen. Friedlich warteten wir auf der Veranda in der sonnengefleckten Mittagszeit. In den hochgestapelten, von Staub und Fliegenschmutz bedeckten Einmachgläsern auf den Seitenregalen, in den ausgefransten Schneeschuhen, die dort hingen, dem Haufen rostiger Fallen, seit Jahren darauf wartend, geölt und aufgestellt zu werden, um in der Nacht etwas zu fangen, lag die Spur jener Vergangenheit, in der wir verwurzelt waren.

Gram behauptete immer, daß sie vom Leben nichts weiter bekommen habe als Arbeit und Kinder und nichtsnutzige Männer. Was sie nun haben wolle, was ihr zustehe, sei, in Ruhe gelassen zu werden. Dazu gehörte auch, daß niemand ihr Vorwürfe machte oder irgend etwas von ihr erwartete. Sie kümmerte sich um sich selbst, wusch ihre eigenen Sachen, säuberte ihr Zimmer, kochte sich ihr eigenes Abendessen und spülte außerdem noch das gesamte Frühstücksgeschirr ab. Das genügte. Alles Weitere empfand sie als Zumutung, obwohl sie ihre Töchter und Enkelkinder dauernd antrieb, die eine oder andere Hausarbeit zu übernehmen. Es war, als ob es ihr keine Ruhe lasse, sie eigentlich nicht glaube, daß jemand anderes die Verantwortung übernehmen könne. Als Elfjährige hatte man sie zur Arbeit auf einen nahegelegenen Bauernhof geschickt, um den Haushalt einer Mutter von neun Kindern, die an der Schwindsucht starb, zu übernehmen. Das war das Ende ihrer Kindheit. »Meine Mutter war todunglücklich«, berichtete sie uns, »aber dort bekam ich was zu essen, ein Esser weniger in der Familie. Trotzdem war sie todunglücklich.«

Damals, als sie uns das erzählte, waren wir auch etwa elf Jahre alt. Wir tollten den ganzen Tag herum, stritten uns, wer abends das Geschirr abwaschen solle. Grams Geschichten waren darauf zugeschnitten, uns zu beeindrucken, unser Mitgefühl herauszukitzeln und uns ein schlechtes Gewissen zu machen. Trotzdem wußten wir, wie sie über eine ganz bestimmte Sache dachte, nämlich die, einer sterbenden Frau beizustehen, denn Tante Grace war bereits sehr krank.

Damals hieß Gram Lil Bradley, und die zwei Meilen, die sie entweder zu Fuß oder zu Pferd zurücklegen mußte – sie hielt sich an der Mähne eines ungesattelten Tieres fest –, brachte sie meist noch in der Dunkelheit hinter sich. Ehe der Tag dämmerte – und nachdem es bereits wieder dunkel geworden war. Sobald sie angekommen war, nahm sie das Baby aus der Wiege, schüttelte die Asche im Herd herunter und mit dem Baby auf der Hüfte bereitete sie das Frühstück für die Familie – so begann jeder Tag und dauerte bis in die Nacht hinein, wenn die dunkle Strecke des Heimwegs zurückgelegt werden mußte.

Jahre später ließ sich Gram gerne die dreißig Meilen südwärts nach Marland fahren, wo sie aufgewachsen war. Sie zeigte uns die Felder, über die sie als Kind gegangen oder geritten war, und wir konnten uns kaum vorstellen, daß sie einst ein mageres, drahtiges kleines Mädchen in einem baumwollenen Waschkleid gewesen war. Sie wies dann stolz auf ihr Geburtshaus, das nun so prächtig renoviert war, wie sie es nie gekannt hatte. Ihr Vater hatte es gebaut, aber er war nicht in der Lage gewesen, es attraktiv zu machen – bleigefaßte Fenster, Jalousien, Gitterwerk – was es uns nun als so solide und einmalig erscheinen ließ. Gram tat jedesmal, als gehöre es ihr immer noch, als lege es Zeugnis dafür ab, was später aus ihr geworden war. Sie lächelte aus ihrem neuesten Pontiac Modell, nickte huldvoll und wies mit dem Finger. Selbst wenn die jetzigen Besitzer sich zeigten, starrte sie besitzergreifend auf das Haus, so daß Tante Libby aussteigen und unser Interesse erklären mußte. Oder besser: Ihres und Grams, denn wir Kinder dachten nur an die Eiscreme, die Gram uns später spendieren würde. Wir hatten das alte Haus schon hundertmal gesehen. Erst später, als wir älter waren, wünschten wir, wir hätten aufmerksamer zugehört. Gram war allerdings mehr daran interessiert, was für Verbesserungen die Leute angebracht hatten, als an dem ehemaligen Zustand; es war, als sei sie stolz auf einen alten Bekannten, der es zu etwas gebracht hatte. Wir mußten ihre Vergangenheit ebenso aus uns selber herausgraben wie aus ihr.

Die meiste Zeit über war Lil ohne ihren Vater aufgewachsen. Das letzte Jahrzehnt des vorigen Jahrhunderts war eine Zeit des Spekulierens und der Glückssuche. Ihr Vater gehörte zu den vielen Männern, die es nicht zu Hause hielt. Lils Onkel, der Bruder ihrer Mutter, war in den Jahren nach Kalifornien ausgewandert, in denen man die Überland-Eisenbahnen baute, und der zurückgelassenen Familie kamen allerlei Berichte über seine Verbindungen mit reichen und berühmten Leuten zu Ohren. Sie glaubten zwar nicht alles, was man ihnen erzählte, aber Lils Vater entwickelte eine krankhafte Furcht, er könne etwas versäumen, wenn er in Armut und Elend zu Hause bliebe.

Deshalb zog es ihn immer wieder auf die Ölfelder des Westens. Wieder zu Hause, ohne Geld und voller Enttäuschung, blieb er eine Zeitlang seßhaft und arbeitete in der Landwirtschaft, bis ihn die Wanderlust wieder packte, der Zwang, es nochmals zu versuchen, und dann war er wieder weg. Manchmal hörten sie ein Jahr oder länger nichts von ihm. Anfangs schickte er kleine Summen Geldes für Lils Mutter und deren sechs Kinder. Dann kam nichts mehr, bis er selber wieder auftauchte. Bis dann eine Zeit kam, da sie so lange nichts mehr von ihm hörten, daß sie ihn für tot hielten – und später dann bekamen sie die Nachricht, daß er tot war – umgekommen, während er im Osten von Texas nach Öl bohrte.

Danach wurde Lils Mutter krank, und kurz darauf starb sie – ebenfalls an Schwindsucht. Lil gab ihre Arbeit auf dem Nachbarhof auf und zog zu ihrer älteren Schwester Hat, die in der Stadt wohnte. Zum erstenmal lebte sie in einer Gegend, die nicht ein einsames Farmgelände war und wo ihr das Leben Abwechslung bot, wo eine Reihe junger Männer sie nach dem Gottesdienst nach Hause begleiteten oder sie abends besuchten. Und dann kam das Klavier ins Haus, der erste Beweis dafür, daß der reiche Onkel mehr war als nur eine Familienlegende. Das Klavier stammte aus New York und war als Geschenk für ihre Mutter gedacht. Aber es kam zu spät, Hats Mann brachte es aus Cleveland auf einem Leiterwagen und stellte es im Wohnzimmer auf, gegen die Bretterwand, mit einem Vorleger unter dem Klavierschemel. Lil wusch und bügelte für andere, und mit Hilfe des kleinen Verdienstes, den sie, nach Abzug von Miete und Verpflegung für sich zurückbehielt, bezahlte sie eine Lehrerin, die ihr Klavierspielen beibringen sollte. Dann verlor Hats Mann bei einem Arbeitsunfall einen Arm, und Lil war gezwungen, eine zweite Arbeit anzunehmen, um Hat zu unterstützen. Inzwischen war sie siebzehn geworden und mußte wieder auswärts arbeiten, diesmal sechs Meilen außerhalb der Stadt, wo sie in einer Farmersküche kochte, scheffelweise Kartoffeln schälte, tonnenweise Pökelfleisch und Kraut einlegte und nachts in einem durch Decken abgeteilten Verschlag eines Scheunenbodens schlief, wo sie im Winter fror und es im Sommer vor Hitze kaum aushielt. Zum zweitenmal war ihr das bischen Stadtleben versagt, aber sie war zu erschöpft, sich darüber Gedanken zu machen und gewiß zu müde, um die sechs Meilen zu Fuß zu gehen. Übrigens war auch niemand da, der sie mitgenommen hätte.

Es gab nur Jacob Krauss. Anfangs dachte sie sich nicht viel dabei, daß er sie abends besuchte und den ganzen Weg aus der Stadt zu ihr kam, aber dann überlegte sie sich, daß ihm vielleicht doch etwas an ihr gelegen sein müsse, denn sonst würde er ja nicht den langen Weg auf sich nehmen, um gemeinsam mit ihr ins Kaminfeuer zu starren. Und daß es ja nichts schaden konnte. Selbst als junger Mann war er nicht gerade gesprächig. Er stammte aus einfachen Verhältnissen, die Leute vermuteten, daß er sich ausgestoßen fühle, obwohl niemand so recht wußte, welche Vergangenheit er hatte. Aber Lil war damals siebzehn, und das Rätsel um Jacobs Vergangenheit war ein Teil dessen, was sie faszinierte – ihr gefiel die eigenwillige Art, wie er sich kleidete, er trug handgefärbte indigoblaue Hemden und Hosenträger, und sie mochte seine etwas altmodischen, so wenig zu seinem derben, harten Aussehen passenden Manieren. Er war groß und hager, hatte glattes schwarzes Haar, das seine Gesichtshälften umrahmte und die Angewohnheit, es zurückzuwerfen, wobei er markante Backenknochen und schräge, langwimprige Augen zeigte. Und sie fing an, sich nach ihm zu sehnen, wie man sich nach etwas sehnt, von dem man glaubt, es würde einen bis zum Jüngsten Tag beschäftigen. Diese Sehnsucht genügte. Keine Mutter war da, sie zu warnen, und die anderen Mädchen, die sie kannte, waren ebenfalls von Jacob begeistert und beneideten sie, obwohl kein Vater und keine Mutter die Aufwartungen, die er ihrer Tochter machte, gut geheißen hätte. Lil wünschte sich die Kinder nicht, die in ihrer Ehe kommen würden, sie wußte nur zu gut, was sie einem abverlangten. Aber andererseits hatte sie auch die Eintönigkeit satt, Tag für Tag für zwanzig Landarbeiter zu kochen und sich gleichzeitig der neckenden, frechen, verheirateten Erntehelfer zu erwehren, die ihre Einsamkeit spürten und sie sich zunutze machen wollten. Deshalb würde es besser sein, einen eigenen Mann zu haben und das Leben, das er für sie bereit hielt, zu führen.

Sie konnte es nicht verleugnen – Jacob zog sie an. Oft saß er wortlos mit ihr zusammen vor dem Holzofen, beobachtete sie ununterbrochen aus seinen dunklen, dunklen Augen, und sie spürte allmählich seinen Hunger, so daß sie oft aufstand, um neue Scheite auf die Glut zu legen oder sich am Spültisch zu schaffen zu machen, nur, um seinen Blicken auszuweichen und ihr eigenes Zittern zu verbergen. Abend für Abend beobachteten sie seine Augen, begehrten sie, ließen es sehen, aber er berührte sie nie, nicht einmal zufällig, obwohl sie, wenn sie an ihm vorbeiging, seinen Atem hören konnte – rauh und schnell. Es machte sie verrückt, und am Ende dachte sie fast jede wache Sekunde an ihn. Manchmal geschah es, wenn sie den Griff am Ofendeckel aufhob, um die Holzscheite zu schüren, daß die gesättigten, aschenen Kohlen bei der leisen Berührung zerkrümelten; dann war es, als ob etwas in ihrem Inneren auf dieselbe Weise in sich zusammenzufallen schien.

Lil beschloß, ihn zu vergessen. Tagsüber, wenn sie arbeitete, stellte sie sich vor, nicht zu Hause zu sein, wenn er abends kam.

Aber sie war immer zu Hause, öffnete ihm die Tür, ihm und seinem wortlosen, unausweichlichen Begehren. Allmählich wurde die Sache zwischen ihnen so seltsam, daß Abende vergingen, an denen sie kein Wort miteinander redeten. Lil zog sich, wenn er hereinkam, mit dem Rücken gegen die Wand zurück und spürte das genaue Ausmaß seines Körpers, die hartnäckige Gegenwart seiner Natur. Er ging dann immer dicht an ihr vorbei, berührte sie fast, den Blick an ihr festgesaugt, wo er ganze Abende lang hängen blieb. Ganze Ewigkeiten. Sie vergaß die Zeit.

Erst als Hebbard Watson kam und um sie warb, wurde es anders, sonst, meinte Lil, würden sie sich zusammen von einer Klippe geworfen haben, um allem ein Ende zu machen, denn beide waren unglaublich halsstarrig. Hebbard band sein Pferd ein paarmal am Gittertor fest, und obwohl Jacob dann nicht einmal bis zur Tür kam, waren seine Gefühle unverkennbar. Er stand draußen und starrte, als wolle er das Pferd erdrosseln. Dann raste er weg in Richtung Stadt, ohne sich umzudrehen, obwohl Lil sicher war, daß er wußte, daß sie ihn hinter den Wohnzimmervorhängen beobachtete. Nachdem dies drei Abende hintereinander geschehen war, stand Lil eines morgens in der Küche, schälte sich durch einen Berg von Frühäpfeln und dachte dabei an Jacob und seine schweigende Verweigerung. Plötzlich hörte sie Lärm draußen auf der Straße. Sie ging zur Tür und dann auf den Hof, in ihrer buntbedruckten Schürze und ihren unordentlich geflochtenen Zöpfen. Die Einfahrt entlang kam ein Leiterwagengespann mit sechs von Jacob gelenkten Pferden. So erpicht war er, alles richtig zu machen, daß er nicht einmal zu ihr hinsah, obwohl sie beide wußten, sie war da, genauso, wie wenn sie nebeneinander vor dem Ofen saßen. Auf dem Boden des Wagens stand das Klavier aus dem Haus ihrer Schwester, sorgsam in eine Steppdecke gehüllt und verschnürt, damit es nicht abrutschen konnte. Sie sah es vorbeifahren, langsam und widerhallend. Dann war der Wagen nicht mehr zu sehen, nur eine Staubwolke erinnerte an ihn, es war fast wie ein mitschwingendes Lied, und da wußte Lil, daß sie heiraten würden. Es war die einzige Annäherung an so etwas wie einen Antrag, den er ihr machte.

Als verheiratetes Paar bezogen sie eine Wohnung über einem

Laden in der einzigen Straße der Stadt, und in der geheimen Dunkelheit berührte Jacob sie und drang in sie ein, und obwohl sie sich daran gewöhnte, gab es immer noch etwas in ihr, das seine Berührung eher störte als befriedigte, und später schien es eher ein Eindringen als eine Berührung zu sein, sein Bedürfnis, etwas, das er allein stillte, hastig, im Dunkel. Tagsüber war keine Spur mehr davon zurückgeblieben, es war, als sei es nie geschehen. Lil spürte Groll in sich aufsteigen: Seine stillschweigende Verleugnung beschämte sie, überzeugte sie, er glaube, ihr etwas zu entwenden, es ihr wegzunehmen, ohne darum zu bitten. Fast jede Nacht drehte er sich zu ihr und hielt sie an sich gepreßt, während er sich hastig und brutal in ihr bewegte. Von da an wurde ihr fast täglich übel. Sie fürchtete sich davor, schwanger zu werden, sie hatte Angst, lag unter ihm, unter seinem Gewicht, das keine Spur von Licht durchließ und dachte: Bald werde ich tot sein.
Jacob begann, sich aktiver seinem Viehhandel zu widmen. Er ließ sie allein, war manchmal tagelang weg, und Lil ging nun öfter in die Kirche, zur Messe, zum Kirchenchor. Sie brauchte Gesellschaft, um sich von ihrem ständigen Haß und Kummer ablenken zu lassen. Jacob ging nicht gerne in die Kirche, er war aus seiner eigenen Kirche ausgetreten, aber ein paar Glaubenssätze waren hängengeblieben. Zum Beispiel der, daß Musik vermischt mit Religion verabscheuenswert sei. Er versuchte zwar nicht, sie davon abzuhalten, aber ein paarmal hatte sie ihn erwischt, wie er von draußen durch das Kirchenfenster starrte. Manchmal sang sie zweistimmig mit dem Schullehrer, und sie meinte, es geschehe Jacob recht, wenn er sie mit einem anderen Mann sehe, denn allmählich war ihr Haß gegen ihn stärker geworden, weil er sie vernachlässigte.
Eines Abends sah Lil, wie er lange vor dem Kirchenfenster stand. Sie bebte, wußte, daß sich etwas geändert hatte. Als sie zurück in ihre Wohnung kam, war sie ganz sicher, roch den Whisky in der Luft, obwohl Jacob sich versteckt hielt und nicht antwortete, als sie ihn rief. Sie machte Feuer, weil sie vor Kälte zitterte, aber es konnte ihre Angst nicht beruhigen. Sie spürte wieder, wie er sie beobachtete, wartete, sie begehrte und es

trotzdem verbarg wie ein Dieb. Sie beschloß, ihm etwas zum Begehren zu geben und fing an, sich langsam auszuziehen, das Feuer war heiß, der Schein tanzte über die Wände und brach die schattigen Ecken auf. Lil erregt, Lil wissend, daß sie schön war und daß er sie niemals gesehen hatte und daß dies eine Macht über ihn hatte und eine Veränderung zwischen ihnen herbeiführen würde. Die Vorstellung machte ihre Hände unsicher, als sie die verschiedenen Lagen von Winterkleidung auszog, ihre Brustwarzen hatten sich versteift, weil der Stoff sie scheuerte. Es kam ihr in den Sinn, seinen Kopf in beide Hände zu nehmen und ihn gegen ihre Brüste zu drücken, eine nach der anderen, damit er an ihnen saugen könne, damit seine Zunge ihre Brustwarzen lecke. All das wollte sie mit ihrem ganzen Körper. Sie drehte sich nun ganz nackt zur Tür, wo sie seinen Schritt gehört hatte.
Beim Schein des Feuers stand ihm das Begehren endlich im Gesicht, es war, wonach sie sich sehnte. Aber gleichzeitig war auch so viel Zorn in ihm, daß sie sich bedecken wollte. Als sie sah, wie er das Holzbeil in der erhobenen Hand hielt, glaubte sie, ihr Ende sei gekommen, und etwas in ihr war froh darüber. Im Feuerschein leuchtete die Klinge rot, bald würde sie blutig sein. Sie bekam nicht einmal genügend Luft, um zu schreien. Aber er schmetterte das Beil auf das Klavier, zweimal hieb er es hinein und ließ es dann im Holz stecken, während das Klavier vibrierte, als kreische es laut und anhaltend, als sei es ihre eigene Stimme. Immer noch glaubte sie sie zu hören, lange nachdem er sie gepackt hatte, sie an sich preßte, aufs Bett trug. Ihr war die Luft weggeblieben, aber sie wiederholte innerlich: Weshalb hast du es nicht getan, weshalb nicht?
Das Klavier verstummte, und während Jacob sich in sie drängte, bekam ihr Atem seinen gleichmäßigen Rhythmus wieder. Beruhigt hörte sie in der Entfernung das Bellen eines ausgesperrten Hundes. Sie begann, das Bellen zu zählen, während Jacob zu Ende kam und von ihr herunterrollte. Dann zählte sie weiter. Irgendwann einmal in der Nacht wurde ihr schlecht, sie erbrach alles, was sie gegessen hatte und konzentrierte sich auf das in ihr wachsende Kind. Dann zählte sie weiter. Es war eine

schrecklich einsame Sache, aber am Ende schlief sie doch ein und brachte es fertig, sich das Kind vorzustellen, wie es gierig mit seinem kleinen Mund an ihrer Brust hing. Sie erzählte Jacob nicht, daß sie schwanger war. Sie ließ es ihn selber entdekken, als habe es überhaupt nichts mit ihm zu tun.

Lil und Jacob lebten und schliefen miteinander für über zwanzig Jahre. Sie sprachen nie über diese zwischen ihnen stehenden Dinge. Für Lil gab es nur die Kinder, die sie bekam. Es waren sieben am Schluß, obwohl die beiden Jungen im Säuglingsalter starben. Die Kinder bedeuteten ihr mehr als sie geahnt hatte, sie hatte keine Zeit, darüber nachzudenken oder gar zu lamentieren. Man brauchte sich ja nur umzusehen – wer war besser dran? Es war das Schicksal der Frauen. Welche Frau hatte denn nicht etwas am Hals, das ihr zutiefst zuwider war? Sie jedenfalls entschloß sich, es zu vergessen. Manchmal merkte sie, daß es die Kinder beunruhigte, wenn sie mit blauen Flecken oder einem verschwollenen Gesicht herumlief oder wenn irgend etwas im Hause zerschlagen war, wo doch niemals genug Geld da war, um ihnen das Notwendigste, was sie für die Schule brauchten, zu besorgen. Aber niemals hätte sie Jacob die Genugtuung gegeben, sich anmerken zu lassen, daß es ihr etwas ausmache oder daß er ihr weh tun könne.

Nur einmal hatte sie ihn verlassen. Damals waren die Kinder noch klein, er hatte angefangen, sich regelmäßig zu betrinken, um dann nach Hause zu torkeln und sofort tief einzuschlafen. Eines nachts war sie aufgewacht, sein Bett war leer, sie war ihm nachgegangen auf den Flur, wo die Schlafzimmer der Kleinen lagen, er wußte kaum, wo er war oder was er eigentlich wollte. Jedenfalls hatte ihr der Vorfall Angst eingejagt, sie verließ das Haus, sobald sie ihn wieder ins Bett gebracht hatte und zog zu ihrer Schwester. Aber sie konnte nicht unbegrenzt lange mit den vier kleinen Kindern, die sie damals hatte, dort bleiben, und als man ihr berichtete, er habe mit dem Trinken aufgehört, zog sie zu ihm zurück. Aber bald trank er wieder, wanderte jedoch nicht mehr nachts im Haus herum. In der Tat blieb er häufig die ganze Nacht über weg, betrunken oder aber der Geschäfte wegen. Lil war erleichtert, obwohl das Geld nun noch knapper wurde. Aber sie pflanzte einen großen Gemüsegarten, um sich und ihre Familie zu ernähren, und wusch und bügelte für andere, wie die Italienerinnen aus ihrer Nachbarschaft. Die meisten dieser Frauen waren schlechter dran als sie.

Es erfüllte sie mit Genugtuung, auch ohne Jacob auskommen zu können und es ihn fühlen zu lassen, wenn er heimkam. Ihre Töchter waren besonders gut geraten, halfen ihr, waren fleißig in der Schule und sahen allesamt hübsch aus. Und hielten zu ihr, gegen Jacob, schämten sich für ihn und hatten die feste Absicht, es später einmal zu etwas zu bringen. Je grober und brutaler er wurde, desto enger schlossen sie sich gegen ihn zusammen. Keine seiner Beschimpfungen berührte sie. Zu einem Ohr rein, zum anderen raus. Das etwa war das Ergebnis seiner Ausfälle – außer ein bißchen Krach. Lil würde es ihm zeigen. Und immer bestand die Hoffnung, er würde eines Tages auf und davon gehen und wie ihr eigener Vater nie wiederkommen.

Von allen Töchtern half ihr Grace am meisten und sie schien auch am meisten an der Mutter zu hängen. Sie war immer bereit, sich extra Arbeit aufbürden zu lassen. Zum Beispiel sagte sie zu Lil mit besorgten, bittenden, schwarzen Augen: »Wenn ich erst einmal groß bin, kaufe ich dir das schönste Kleid und wir werden uns Hüte aufsetzen und zum Fünf-Uhr-Tee gehen.«

»Ach Quatsch«, war alles, was Lil dann entgegnete, sie hatte nichts übrig für solch romantischen Unsinn. Man solle sein Geld lieber auf die Bank tragen oder Land erwerben. Man werde es eines Tages brauchen. Und Lil in ein Seidenkleid stekken – ebensogut könne man eine Sau aufputzen und sie in die gute Stube lassen. Inzwischen haßte Lil ihr Äußeres, das sich so früh verändert hatte – sie bestand nur aus Bauch und runzligem Gesicht.

Meistens ignorierte sie ihr Aussehen, wie sie alles ignorierte, an dem sie nichts ändern konnte. Kam Jacob endlich nach Hause und verschüttete er dann, nur um sie zu ärgern, die abendliche Milch oder hatte sich irgendeinen anderen dummen Streich ausgedacht, brüllte Lil ihn an, bis ihre Stimme versagte, während neben ihr, einen Wischlappen in der Hand, weinend Grace kniete. Das tat Lil dann besonders weh: Sie knurrte sie an, ihr aus dem Weg zu gehen. Das Mitgefühl des Kindes machte sie schwach, es war wieder ein weibliches Wesen, das vor einem Mann kroch. Aber der bloße Akt des Reinigens brachte auf seine Art bereits Erleichterung, und Lil schlug sich die Szenen mit Jacob aus dem Sinn und schmiedete stattdessen Pläne für ihre Kinder. Sie blieben in der Schule, Lil nähte ihre Kleidung, hielt sich im Hinterhof Hühner, um die Eier zu verkaufen, und mit dem Erlös bezahlte sie Eleanors (so buchstabierte diese damals ihren Namen) Musikstunden. Gewiß, damit wurde das Kind verwöhnt, und die anderen ärgerten sich über die Bevorzugung. Aber Lil hielt Eleanor für die Begabteste, für diejenige, die eines Tages ganz weggehen würde. Auf dem Klavier konnte man immer noch spielen, ein darüber drapierter Schal verdeckte die Narben. Für Lil war es eine Mahnung, daß Veränderungen im Handumdrehen geschehen konnten.

Und ihr Leben änderte sich im Handumdrehen und wie durch ein Wunder. Als Großmutter tischte sie uns gerade diese Geschichte immer wieder mit Genuß auf. Wie sie ein ganzes Leben lang bis zu den Ellbogen an einem kupfernen Waschtrog verbracht hatte, das Gesicht den Dämpfen ausgesetzt, gramdurchfurcht, als trage es unmittelbar die Bestrafung für alles, was ihr das Leben angetan hatte. Und plötzlich wurde alles anders, und sie, wie das Gänseliesel, wurde eine wahre Prinzessin.

»Es fing bei einem Ausflug an«, erzählte Gram. »Natürlich war der alte Herr« – womit sie Grandad meinte, denn diese Geschichte wirkte immer besänftigend auf sie – »nirgendwo zu sehen, war wieder einmal auf einer seiner Touren. Aber ich hatte die Kinder bei mir, sogar May von drüben, wo sie mit ihrem Mann hingezogen war. Und alle sahen sie adrett und sauber aus, alle hatten irgendwas Neues an, denn sie waren ja schließlich wer. Wir sind mit dem Leiterwagen rübergefahren, es war ein herrlicher Tag, und als wir unterwegs eine Pause machten, waren Grace und Eleanor ausgestiegen und hatten in den Wiesen Gänseblümchensträuße und wilde Möhren gepflückt. Als wir dann in den Hof meiner Tante kamen, sangen wir alle, alle waren wir mit Blumen geschmückt, auch das Pferd. Ich hatte damals, nach langer Zeit, einen ersten freien Tag, obwohl ich natürlich alle Hände voll zu tun hatte, um Libby und Rachel in Schach zu halten. Natürlich hab' ich mit angepackt und den Frauen beim Kochen geholfen. Dann, es war am späten Nachmittag und das ganze Picknick war gegessen und wir saßen im Gras und ruhten uns aus und ein paar der Jüngsten und fast alle Männer, die nichts weiter getan hatten als sich vollzufressen, waren eingenickt, da hörten wir einen dieser neuen Wagen, ein Auto, herankommen. Es hielt an unserer Straße. Wir waren zu verblüfft, um die Haare zu richten, wir saßen nur mit aufgerissenen Augen da. Aus dem Auto stieg ein feiner Herr, in einem Maßanzug, mit gestärkten Manschetten und Kragen – ganz weiß. Sofort erkannte ihn Tante Molly – es war ihr Bruder Burl, zurück aus Kalifornien, aus New York City, zurück aus der Welt. In Windeseile hatte sie sich auf ihn gestürzt, ihn umarmt, geweint und immer wieder gesagt: ›Das ist vielleicht 'ne Type!‹ Sie brachte ihn herüber, er machte einen riesigen Wirbel um Hat und mich wegen unserer Mutter, die seine Lieblingsschwester gewesen war. Meine Mädchen waren immer mein Stolz gewesen, hübsch, liebenswürdig, und keine auch nur im geringsten faul. Offenbar merkte er, daß sie den anderen um einiges überlegen waren, und jeder wußte, daß ich es mit Jacob nicht leicht hatte. Ich bedankte mich bei ihm für das Klavier und sagte, Eleanor könne darauf spielen – außerdem war sie die Hübscheste mit diesem hellen Haar, das hatte sie von meiner Mutter. Und Grace hatte dieses Grübchen im Kinn und kümmerte sich immer so lieb um die anderen. Ich merkte, daß es Onkel Burl nicht entging, wie sie und Libby miteinander spielten. Beide hatten noch immer Gänseblümchen im Haar. Jedes der Kinder bekam einen Silberdollar geschenkt, sie liefen zu mir, wollten ihn mir zeigen – mit großen Augen und wohl auch ein wenig beschämt, deshalb dachte ich mir, sie haben ihm erzählt, wie wir auf der North Street lebten, mit den Italienern. Aber ich nahm kein Blatt vor den Mund wie immer. ›Seid ja immer stolz darauf, einen so netten Onkel zu haben, schämt euch niemals, arm zu sein, außer ihr habt nie versucht, zu etwas zu kommen.‹ Onkel Burl aß noch von dem Picknick, was übriggeblieben war, sah dann auf seine goldene Uhr und sagte, er müsse nun gehen. Aber vorher ging er noch mit mir und Molly durch das ganze Haus, und nachher betrachtete er es eine ganze Zeitlang, das Haus, in dem er geboren war, wie es unter den beiden Ahornbäumen lag, wie die untergehende Sonne die Fenster strahlen ließ, glänzender als Tante Molly es jemals fertig brachte, und sie war berühmt dafür, wie gut sie das Haus in Schuß hielt. Und dann machte er vor uns allen eine Art Verbeugung, ganz förmlich und würdevoll. Küßte seine Schwester. Ich stand ein wenig beiseite bei dem Auto und hatte Rachel auf dem Arm, die auf meiner Schulter eingeschlafen war, und dann kam er herüber und sah mir direkt in die Augen. ›Ich werde mich um dich kümmern, Lil‹, hat er gesagt. Genau mit diesen Worten. Und weil es ihm so sehr ernst war, wußte ich auch, daß es stimmte. Und ich dachte dann: Mir wird's gut gehen. Bestimmt. Und vielleicht werde ich auch Geld haben. Eines Tages. Es würde mir von einem Mann gegeben werden, es würde mich vor einem Mann bewahren, genauso als ob die Welt mir eine Schuld zurückzahle. Innerlich fühlte ich mich so frei, ich dachte: ›Was sagst du dazu, Alter?‹ und stellte mir sein Gesicht vor, wenn er es erfahren würde.«

Aber als sie Jacob sah, kam er ihr eher jämmerlich als gefährlich vor, und sie brachte nicht genug Energie auf, ihm zu sagen, wo es nun lang gehen würde. Es war nicht der richtige Zeitpunkt. Bis er sie wieder einmal so rasend machte, daß sie ihn hinauswerfen wollte. Dann sagte sie ihm, sie sei ihm keine Rechenschaft mehr schuldig, er könne weggehen und brauche niemals wiederzukommen, ihr sei es einerlei. Also ging er eine Zeitlang weg, aber bald war er wieder da, mit eingekniffenem Schwanz, hatte keinen Platz, wo er bleiben konnte und es schien sich nicht zu lohnen, ihn ein zweitesmal hinauszuwerfen. Und als er dann zu ihr kam, schwankend und erhitzt, ungeduldig und barsch wie immer, als er nur das eine wollte, hatte sie ihren Stolz hinuntergeschluckt, ihre Bedingungen vergessen und den Mund gehalten. Hatte es sie bis dahin nicht umgebracht, würde es sie auch in Zukunft wahrscheinlich nicht umbringen. Und sie wollte

Arm sein…

... ist keine Schande, meint die praktische Großmutter, außer man hat »nie versucht, zu etwas zu kommen«.
Und wer nicht mal auf die nächstliegenden Möglichkeiten kommt, der ist wirklich arm dran.

auch nicht zum Krüppel geschlagen werden, wollte nicht, daß ihren Kindern etwas zustoße. Nicht, wenn das Leben endlich lebenswert wurde.

Mit einem der Schecks von Onkel Burl hatte sie sich ein neues Nachthemd gekauft. Sie lag in der Dunkelheit, hatte es angezogen und Jacob sah weder noch fühlte er den Unterschied, und Lil weinte ein paar der Tränen, die sie aufgehoben hatte – es war das letzte Mal. Nachdem Jacob eingeschlafen war, zog sie das neue Hemd aus, das alte wieder an. Es hatte Zeit, bis sie allein schlafen würde. Nach dieser Nacht war sein Begehren für sie so pervers wie das in den Geschichten, die sie von Männern gehört hatte, die mit Leichen schliefen. So verbittert war sie.

Nach Onkel Burls Tod kam das Geld erst richtig. Es trieb Jacob den Teufel schneller aus als Lils Geduld. Von da an ließ er sie in Frieden. Als sie dann später die Farm kaufte und die Familie in das geräumige Backsteinhaus übersiedelte, beanspruchte er, sanft wie ein Lamm, das hintere Schlafzimmer für sich und belästigte sie niemals wieder. Jedenfalls nicht auf diese Weise, obwohl er ihr bis ans Ende seiner Tage grollte, ihr Knauserigkeit und Gehässigkeit vorwarf. Lil ignorierte ihn oder zankte sich mit ihm. Bemitleidete ihn. Mehr als in irgend etwas sah sie in ihm eine Plage, jemand, der ihr im Wege stand, der Aufmerksamkeit heischte wie eines der Kinder. Ihn um und bei sich zu haben gab ihr jedoch auch ein Gefühl der Macht. Da war er nun, ein lebendiger Beweis dafür, wie es früher gewesen war. »Ich kam mir vor wie aus dem Gefängnis entlassen.«

Am Ende gehörten Gram außer der Farm noch drei weitere Häuser in der Stadt, vier Geschäfte und später dann noch zwei Farmen am Südrand der Stadt, die sie erworben hatte, weil sie auf Öl spekulierte. Jeden Sonntag fuhr sie hinaus, um mit den Pächtern zu reden und sich bei ihnen nach der Ernte und den erschlossenen Ölquellen zu erkundigen. Während sie sich mit ihnen unterhielt, starrten wir auf die gestuften, aus dem wogenden Weideland herausragenden stählernen Fördertürme, Kirchturmspitzen, die eine neue Religion verkündeten, höher als Mais und Weizen. Und produktiver, fügte Gram hinzu, als wir dann später weiterfuhren, um uns nach anderem, zum Verkauf angebotenen Land umzusehen. War es nicht seltsam – ihr Vater, der sein Leben im Westen verbrachte, um Öl zu suchen, und die ganze Zeit über war es hier, vor seiner Nase unter dem Maisspeicher. War das nicht typisch für einen Mann?

Wir warteten immer noch auf Grandad. Es kam uns so vor, als wolle er niemals mehr aufwachen und zur Mühle fahren. Wir gingen hinunter zur Scheune, um ihn nicht zu verpassen. Wo das Haus stand, neigte sich das Land und führte in einem sanften Abhang hinunter bis zum Bachbett, wo es eben wurde. Die Scheune war in einen Erdhügel hineingebaut, besaß ein steinernes Fundament, über das Holzbretter, trocken wie Zunder, gelegt waren. Obendrauf saß eine Kuppel. Die Scheune gehörte Grandad und Grandad gehörte ihr; für ihn stand sie, wie er, im Gegensatz zu dem Lager, das ein leichtsinniges Weibervolk im Haupthaus aufgeschlagen hatte und das es, weil in der Überzahl und auch weil es anpassungsfähiger war, besetzt hielt. Ein bloßer Besuch dort war ein Abenteuer, spaltete uns. So hockten wir also auf dem Zaun des Hofes und wetteten miteinander, wer den mit Schwachstrom geladenen einfachen Draht, den Grandad neuerdings gespannt hatte, um die Pferde im Obstgarten zu halten, anfassen würde. Ein alter Lohnarbeiter hatte Katie herausgefordert, es zu versuchen. Dabei hatte er auf die Vögel gezeigt, die auf dem Draht saßen und überhaupt nichts spürten. Der Trick dabei war, den Draht mit der ganzen Hand fest zu umspannen und nicht loszulassen. Er machte es ihr vor, stand ruhig da und grinste. Katie machte es ihm nach, griff nach dem Draht, packte fest zu. Als der Strom durch sie hindurchging, stand sie da wie angewurzelt. Der Mann fand es komisch, und auch wir lachten. Grandad rief uns nicht, erschien nur plötzlich, stieg in die Kabine seines klapprigen Lastwagens und warf den Motor an. Wir kletterten über die Seitenplanken, während er vor sich hinfluchte, bitter und anders als sein lässiges, träges Gefluche während des Melkens. »Du willst wohl nicht, verflucht nochmal«, brummte er und schaltete falsch. Er trug ein gestreiftes Hemd und darüber ein dunkles Baumwolljackett, das früher einmal zu einem Anzug gehört hatte. Im Rückspiegel sahen wir seine

Augen unter dem Schirm seiner Tweedkappe. Auf einmal wurde uns bewußt, daß dort ein Mann saß, eingespannt in die eisernen Zügel seines Eigensinns.
Anfangs lagen wir auf Haufen mit Dung verklebten Strohs. Rollte der Lastwagen vorwärts, rollten wir auf die Ladefläche und hielten einander fest. Dann blickten wir zurück, das Haus war nicht mehr zu sehen, und mit ihm verschwand auch die Warnung, die uns unsere Mütter mitgegeben hatten: »Bleibt liegen. Aufstehen ist gefährlich. Bei seiner Art zu fahren.« Wir standen auf, sobald wir außer Sichtweite waren. Grandad hat uns niemals verraten. Vermutlich hat er es sowieso nie bemerkt. Der Wind fuhr in unsere Haare, durch das rissige Glas des Fensters konnten wir Grandad sehen, der das Fahrzeug lenkte, als sei es irgendeine grimmig-unabhängige Kreatur, mit der er zu kämpfen habe. Als wir über die ziegelgepflasterte Straße holperten, fiel sein Kopf heftig nach hinten. Dann erst kamen wir auf die ebene, geteerte Straße. Zwischen den Bohlen der Ladefläche raste das Schwarz des Asphalts, abgeschirmt durch die dungverkrusteten Latten der Ladefläche fühlten wir uns eins mit den zahllosen Schweinen, Rindern und Widdern, die ihrer Bestimmung entgegengefahren waren. Die Äste der Eichen am Rande der Summer Street hingen so niedrig, daß wir sie manchmal berühren konnten. Sie peitschten unsere Hände und färbten sie mit dem Saft des Blattgeäders. Dann ging die Fahrt wieder über Schotterwege. Wir streckten uns aus, überließen uns dem Staub und den dumpf aufschlagenden Steinen, träumten uns hinein in das ewig fliehende Land.
In der Mühle stapfte Grandad in seinen kniehohen Stiefeln die Rampe hinauf. Auf seiner gestrafften Schulter ein voller Rupfensack wie ein zum Schlachten geführter Schafbock. Wir folgten ihm langsamer, zögerten, ehe wir das große Holzgebäude betraten, das jenseits der Eingangsrampe dunkel und leer wirkte, ohne Fensterläden oder Verzierungen. Drinnen schien die Luft zu glühen, auf allem lag eine weiße, pudrige Helle, die von jeder Oberfläche auszugehen schien. Drunten eine Geistergestalt, der Müller, der das Mahlen überwachte. Wir spürten das unaufhörliche Mahlen und Scheuern der Mühlsteine.

Grandad begrüßte die im Hof versammelten Männer und die, die drinnen waren, mit einem Kopfnicken und ließ den Sack zu Boden fallen. Dann versetzte er ihm einen mächtigen Tritt, als sei er etwas Verächtliches. Auf dem Lande hatte Grandad selbst als Siebzigjähriger immer noch den Ruf eines starken Mannes: Die Farm war schön, man bewunderte seine Familie. Wir hatten sie miteinander reden hören, diese Männer, wenn es Dreschzeit war und sie ihr Essen an unserem Küchentisch aßen, der ausgezogen worden war und an dem zwanzig oder mehr Erntehelfer Platz hatten. Gram hatte gekocht, kein Wort mit irgendeinem gewechselt und wir Mädchen trugen das Essen auf. »Der Rotschopf ist für mich reserviert, Samuel«, sagte einer und zwinkerte. »Und ich nehm' mir jederzeit diese schwarzbraune Haselnuß«, sagte ein anderer. Dabei hielten sie jedoch den Blick auf Grandad gerichtet, denn in seiner Gegenwart, und wenn Frauen dabei waren, wurde immer nur ernst und respektvoll geredet. Nun, mit seiner Mütze, hochgewachsen und hager, das Gesicht stolz und distanziert, gab er uns allen ein Gefühl der Unsicherheit. Wir wußten nicht, was er dachte, was er vorhatte. Dann stapfte er hinaus, den nächsten Sack zu holen. Inzwischen betrachteten uns die Männer. »Brennt's irgendwo?« wollte einer wissen, weil Celia und Anne Rotschöpfe waren, und dann brachen sie allesamt in Gelächter aus, in dem aber noch etwas anderes mitschwang, etwas, das wir nicht beschreiben konnten. Grandad kam zurück, nickte und grinste uns an und es war wie ein Signal: Wir konnten herumtollen. Wir beobachteten die Weizen- und Maissäcke, wie sie auf das Förderband geladen wurden und unten verschwanden. Auf dem zweiten Band stieg dann das in Säcke gefüllte Mehl herauf. Grandad gab jedem von uns Kindern einen Penny für die Kaugummimaschine, er war jetzt guter Laune und verzieh uns ebenso plötzlich und mit genauso wenig Grund, wie er anfangs einen Groll auf uns hatte. Es konnte aber auch sein, daß sein Groll in Wahrheit überhaupt nichts mit uns zu tun hatte. Als er zu den Männern hinüberging, boten sie ihm eine Flasche an. Danach beobachteten wir, daß er immer wieder einen Schluck nahm.
Ein Junge der Amish-Sekte wartete mit seinem Vater. Das Ge-

sicht des Mannes war zwar von einem struppigen Bart bedeckt, aber unter all dem Gekräusel lag eine Weltfremdheit, die der des Jungen glich. Der Junge versuchte, seine Neugier zu verbergen, aber wir fühlten, daß er uns beobachtete und gerne bei uns gewesen wäre. Wir waren in bester Laune in unseren Jeans, den Baumwollhemden und mit den glänzenden, vollen Haarschöpfen unserer Familie; wann immer wir seinen Blicken begegneten, lächelten wir und flirteten mit ihm.

Als sein Vater einen Augenblick wegging, trat Celia an ihn heran. »Willst du einen Kaugummi?« fragte sie und hielt ihm das Kaugummibonbon, das sie sich aufgehoben hatte, entgegen. Der Junge wurde ganz rot über seinem blauen, selbstgefärbten Hemd und starrte unverwandt zu Boden.

»Ich will ihn nicht«, erklärte Celia und sah zu dem Vater hinauf, der gerade wieder hereingekommen war. Dabei warf sie den Kopf mit der rotgoldenen Mähne zurück. Auch er errötete, sah so verwirrt aus wie sein Sohn und zwinkerte ein paarmal. Celia blieb ruhig stehen, den Kaugummi auf der ausgestreckten Hand, beide standen vor ihr, Vater und Sohn, und hingen die Köpfe angesichts des runden, seidigen, blau-emaillierten Bonbons. Ihre breitkrempigen Hüte warfen dunkle Schatten auf ihre Augen. Schließlich zogen wir Celia weg, es war sowieso Zeit zu gehen. »Er darf ihn nicht nehmen«, flüsterten wir, die ganze Szene war uns peinlich geworden. Das Kaugummibonbon schien etwas Unnatürliches zu sein, ein sündiges, weltliches Ding, das auf ihrer zarten Handfläche ruhte, und wir bemerkten auch – war es das erstemal? –, daß ihre Nägel rot lackiert waren, lang, sichelförmig.

»Also gut«, sagte Celia schließlich. »Ich werde es hierlassen, falls du es dir anders überlegst«, und sie legte es auf das eichene Geländer, in dessen Maserung gesiebtes Mehl glänzte wie gebleicht, dorthin, wo das Holz schimmerte und das Kaugummibonbon besonders kostbar aussah. Froh, von dem angsterfüllten Paar befreit zu sein, stürmten wir hinter Celia her, schubsten einander und rannten hinaus zur Rampe und schnurstracks hinein in Homer Snavely, der inzwischen mit einem Sack Getreide heraufgekommen war. Fast hätten wir ihn umgerannt, er rang

um sein Gleichgewicht, verlor es und ließ sich halb im Sprung von der Rampe auf den Boden rollen. Wir rollten und rutschten hinterher. Sein falsches Gebiß schoß ihm aus dem Mund und flog auf den Boden.
Grandad stand auf der Rampe, wir konnten ihn sehen, als wir unten im Staub lagen. Er sagte kein einziges Wort. Wir wagten kaum, in der Stille, die Grandad absichtlich folgen ließ, Atem zu holen. Er hätte uns mit der Pferdepeitsche traktieren können, wir brauchten nur zu warten. Er lehnte sich über das Geländer und spuckte in hohem Bogen bernsteingelb in den Staub neben uns, setzte einen Flachmann an die Lippen und trank. Dann drehte er sich um zu den Männern, die zweifellos auch gewartet hatten, denn sie wußten, was alle Welt wußte und was wir auch manchmal mitanhören mußten: Er war kein Mann, der mit sich spaßen ließ, er war jemand, der zwar noch nie einen im Jähzorn umgebracht hatte, aber es gab vermutlich Männer, die seinetwegen gestorben waren. Zu unserer Erleichterung hörten wir die lauten Lachsalven der Männer über dem Lärmen der unermüdlich knirschenden Mühlsteine, Antwort auf etwas, was er zu ihnen gesagt haben mußte. Jedenfalls langte er mit seinem Stock herunter, um Homer Snavely wieder auf die Beine zu helfen. Dort, auf dem Boden, lagen die falschen Zähne, es schien uns, als grinsten sie vor Verlegenheit. Grandad spießte sie mit seinem Stock auf und stolzierte, sie bald in einer, dann wieder in der anderen Richtung schwenkend, hinein. »Seht mal, was ich mir gefangen habe«, sagte er. Und die Männer bogen sich vor Lachen.
Aber wir hatten immer noch ein unsicheres Gefühl und schlichen uns auf den Hof, wir ahnten, daß soeben etwas bei Grandad angefangen und nicht etwa aufgehört hatte. Er stand abseits von den anderen, war ihnen überlegen, bis er begonnen hatte, ihren Whisky zu trinken, und dann rührte sich etwas in ihm, das ihn zwar immer noch abseits stehen ließ, sie aber erregte. Homer Snavely war inzwischen verschwunden, und jemand meckerte: »Was Wunder, daß du sie nicht verschluckt hast.«
Jenseits des Zauns verluden der Amish-Bauer und sein Sohn die

zugebundenen Säcke auf ihren Einspänner. Ihre Augen konzentrierten sich auf die richtige Verteilung der Last, es war, als trügen sie Scheuklappen wie das wartende, gut gepflegte Pferd. Alles an ihnen war dunkel, selbst die Vorhänge des Einspänners – außer ihren blauen Hemden, und das Blitzblau der Augen des Jungen, als er seinen Hut nach hinten schob und Celia ein einziges Mal ansah, bevor er sich neben seinen Vater setzte und die Zügel nahm. Die Räder mit ihren schweren Speichen knirschten durch den Staub, Grasbüschel neigten sich und sprangen wieder hoch. Bald darauf hörten wir das Klappern der Hufe. Sie waren verschwunden und über den Schotterweg auf die gepflasterte Straße gelangt, die den Hügel aufwärts zu Orsonville Flats führte.

»Sein Hut war komisch«, sagte Katie und wir kicherten. Celia entgegnete: »Ich fand seine Augen sehr schön.« Und dann ging sie hinein, wir dachten dasselbe, rannten ihr nach, aber diesmal waren wir vorsichtig und benutzten die Seitentür. Noch ehe wir das Geländer inspizierten, wußten wir, daß der Kaugummi weg war, weil wir bereits vom Gang aus Celias Gesichtsausdruck gesehen hatten, ihre selbstverständliche Bestätigung. Zum erstenmal hatten wir es erkannt, diese Selbstsicherheit bei ihr. »Celia hat sich in einen Einfaltspinsel verliebt« sangen wir, weil wir sie zu uns zurückholen wollten, sie sollte rot werden, sie sollte es ableugnen.

»Ich bekomme jeden, den ich haben will«, sagte sie.

Wir setzten uns auf den Boden, kauten Haferstengel, wie wir es bei den Männern gesehen hatten, wir kauten und spuckten, langbeinig, knochig, Töchter unserer Familie, wie Grandad, auf den wir im Hof warteten. Dann kam er heraus, mit zwei Säcken Futterbrei auf den Schultern. Einer der lachenden Männer lehnte sich aus dem Tor und rief ihm mit betrunkener Stimme nach: »Wenn meine Alte zur Bank geht, soll sie lieber gleich weitergehen, wenn sie weiß, was gut für sie ist.« Und dann zog er schnell den Kopf ein. Grandad hielt nicht einmal inne, aber wir wußten, daß er fuchsteufelswild war – das geschah wie der Blitz, so schnell, als sei er verblüfft darüber, daß sich die Männer, laut und betrunken, über ihn lustig machten. Sein Gesicht hatte sich verfinstert, aber er warf die Säcke weiter auf den Lastwagen und ging, ohne zu warten, auf die Fahrerkabine zu. Wir mußten, wollten wir mitfahren, auf die Latten springen und hineinklettern, während der Motor bereits spuckte und der Lastwagen auf dem holprigen Schotter zu ruckeln begann. Im Rückspiegel sahen wir sein Gesicht. Obwohl das rissige Glas es unscharf machte, erkannten wir, wie die Muskeln seiner Mundwinkel zuckten und hüpften. Grams Worte fielen uns ein, daß er seine Seele dem Teufel verschrieben habe; an diesem Tag hatte sie Land verkauft.

Aus der Art, wie er fuhr, konnte man merken, daß eine Macht ihn antrieb, daß er besessen war, wie jemand, der plötzlich über einen Damm gestoßen wird. Er raste, als ob ihn eine Kraft vorwärtstreibe, die nicht aus ihm selbst stammte, geschweige denn aus dem Motor des alten Lastwagens. Der schleuderte und holperte. Wir fielen übereinander, starrten auf die Straße, die unter uns dahinflog, es wurde uns schwindlig, als es auf der grauen Fahrspur weiterging, durch Getreide und niedergewalzte Gräser und Blumen, die den abschüssigen Straßengraben verbargen.

Wir drehten uns um, sahen die immer größer werdende Entfernung, dann beruhigte sich der Wagen und wir fuhren gleichmäßiger. Deshalb war es um so überraschender, als der Lastwagen unvermutet ausschwenkte. Wir kippten fast um, dann hörten wir das Pferd, sein Wiehern, wie unser eigenes Kreischen. Neben uns, fast unter uns, bemühte sich der Amish-Einspänner, aufrecht auf der Straße zu bleiben. Das mit Scheuklappen versehene Pferd warf den Kopf zurück, zertrampelte das Gras am Wegrand, stolperte und stürzte vorwärts, um sein Gleichgewicht zu halten. Gleichzeitig zog der Mann an den Zügeln, hievte rückwärts und wollte sein Pferd besänftigen, bremsen. Wir sahen, als wir an ihm vorbeifuhren, daß das Pferd in der weichen Erde aufgab, in den Graben schlitterte und auf die Seite fiel: Der Einspänner kippte um. Szenen, wie wir sie vom Kino her kannten, fielen uns ein, als wir zurückblickten, und die beiden schwarz gekleideten Gestalten um den umgestürzten Einspänner herumgehen sahen. Was mit dem Pferd passiert

war, entzog sich unseren Blicken, wir sahen nur seine Beine strampeln, als wolle es immer noch traben. Wir hörten kein einziges Wort, keinen einzigen Fluch von den beiden, nicht einmal, als wir sie überholten und sie sich mit dem Pferd abmühten, um Grandads Wagen, der sie absichtlich streifte, auszuweichen. Auf ihren Gesichtern stand nur Entschlossenheit.
Nachdem wir sie hinter uns gelassen hatten, hielten wir uns am Geländer fest, sahen uns nicht einmal an. Unter uns die grob gezimmerten Bretter, manchmal stießen wir mit unseren Körpern gegen die Latten.
Erst als wir die letzte Kurve zu unserer Einfahrt passierten, wagten wir es aufzustehen. Wieder beschleunigte der Lastwagen und schleuderte uns gegen die Fahrerkabine. Auf Celias Wange war eine blutige Schramme. Nun fuhr Grandad in einem letzten Anlauf auf die Scheune zu, wir rasten die Einfahrt entlang, vorbei an dem Haus, vorbei an den drei Frauen, Müttern, Tanten, die zuerst auf die Veranda, dann auf den Rasen gekommen waren und uns hilflos und im Eiltempo bis zur Scheune nachliefen, wo der Lastwagen unvermittelt bremste und zum Stillstand kam. Es war wie ein abgebrochener Schrei. Aber wir waren es, die schreiend und weinend über das Geländer kletterten. Wir schluchzten verzweifelt, voller Scham vor den Frauen, die uns endlich eingeholt hatten und tröstend in den Armen hielten.
Grandad war inzwischen in der Scheune verschwunden oder in den Wald gegangen oder lag in den Armen treuloser Frauen, wie Gram einmal voller Verachtung gesagt hatte.
»Sogar heute noch«, sagte Tante Libby. Und dann fiel uns ein, daß sie ja heute Tante Grace in die Klinik in Cleveland gebracht hatten.
»Wo ist Mutter?« fragte Katie.
Ehe irgend jemand antworten konnte, kam Gram als letzte hinterher, die grauen Locken zerzaust und feucht auf ihrer erhitzten Stirn klebend, die untergehende Sonne warf Schatten durch ihr gelöstes Haar, ihr Gesicht nichts als ein Haufen Runzeln. Mühsam atmend stand sie neben dem leeren Lastwagen. Die Tür hing lose, trostlos anzusehen. Sie riß den Kopf herum zur

dunklen Scheune, schüttelte ihre Faust und schrie: »Jetzt fängt's erst an, Mister!«
Von der nahen Weide klang das Muhen einer Kuh, die Sonne vergoldete die Umrisse des Waldes. »Die wird er bestimmt nicht vergessen, soviel ist sicher«, brummte sie. In ihrer Stimme lag der ganze Verzicht, mit dem sie seinen zahllosen anderen Versäumnissen begegnete.
»Wo ist Mutter?« wiederholte Katie, diesmal im Singsang, bis jemand reagierte. Tante Rachel blickte unverwandt auf die immer dunkler werdende Scheune. Dann legte sie Katie den Arm um die Schulter. »Bei Tante May. Wir waren gerade dabei, das Abendessen zu machen. Sie wird bald hier sein.«
Anne rief herunter vom obersten Wipfel des Sauerkirschbaums. Im Abendlicht und in den letzten Strahlen der Sonne flammte ihr Haar röter als die Kirschen. Zwischen dem schattigen Blätterwerk, das sich um ihr Gesicht rankte, schien es, als sei der Geist des Baumes in der sonnendurchwebten Luft wirklich geworden. Weil Anne so hoch oben war, schwankte der Baum.
»Verflucht nochmal! Komm sofort herunter!« schimpfte Gram, wie sie immer mit Anne schimpfte. »Du wirst dir noch das Genick brechen. Und was hast du dann davon?« Sie war so wütend, daß es wie ein Fluch klang. Anne kletterte herunter. Ihre weißen Arme zeichneten sich gegen die schwarze Silhouette des Baumes ab.
Gram ging die Einfahrt hinunter. Während wir immer noch auf die Scheune starrten, rief sie uns zu: »Einem toten Pferd schaut man nicht in den Hintern«, und setzte ihren Weg fort. Unter der Schürze trug sie ihr Ausgehkleid.
»Immer mit der Ruhe«, rief Tante Rachel auf ihre liebenswerte, leicht spöttische Art. »Wo brennt's denn? Sie ist einfach zu flink für uns«, sagte sie und war sehr stolz.
»Ihr junges Gemüse könnt bummeln so viel ihr wollt«, sagte Gram und ging unbeirrt weiter. »Ich hab' zu tun.«
»Du willst doch nicht etwa ausgehen?« Tante Libby wollte es nicht glauben. Sie sah Tante Rachel mit blitzenden Augen an, aber diese hob nur die Schultern.
»Warum nicht? Die Partie ist früh angesetzt, ich werde zurück-

sein, ehe sie kommt. Ich weiß, was ihr denkt, aber ich kann's nicht ändern. Ich muß einfach weg.« Am Haus hielt sie inne, holte Luft und blickte ihren Töchtern ins Gesicht.

Wir folgten ihnen die Hintertreppen hinauf auf die Veranda und dann ins Haus. Es war bereits dunkel dort und gedämpft, als scheuten sich alle auszusprechen, was sie dachten. Fast wie im Traum hörten wir Grandad rufen: »Sucky, Sucky.« Er würde jetzt die Kühe melken.

»Werd' mich noch mal seinetwegen zu Tode schuften«, brummte Gram. Offenbar war ihr Zorn auf ihn verraucht und hatte ihrer gewöhnlichen Nörgelei Platz gemacht. »Da stehn schon zwei volle Kübel«, murmelte sie. Jetzt, wo Grandad alt war und zu nichts mehr taugte, wie Gram ihm und uns immer wieder sagte, gaben seine Kühe so viel Milch, daß Gram, die zwar innerlich tobte, ihre ländliche Sparsamkeit jedoch beibehalten hatte, am späten Morgen immer noch den gelben Rahm von den Krügen auf dem Büffet abschöpfte und neben der Hintertür in dem Butterfaß Butter machte. Das rhythmische Stampfen der Holzkelle auf dem hölzernen Boden beruhigte sie. Hatte sich Butter gebildet, prüfte sie sie, wusch sie und klatschte sie in eine alte Steingutschale. Dann schwenkte sie das Butterfaß aus und schob das ganze Gerät in die Ecke. Jede Stunde, die sie zu Hause verbrachte, war ausgefüllt, bestand aus Aufgaben, die im Eiltempo erledigt werden mußten. Andere hätten sie ihr abgenommen, aber es ging ihr zu langsam, die Familie war eine unbarmherzige Plage, mit der sie fertig werden mußte, damit sie weggehen konnte.

Tante Libby fragte: »Weshalb muß Papa so sein? Ausgerechnet jetzt.«

»Ich frag'das schon lange nicht mehr. Ich glaube, es ist nie die richtige Zeit dafür. Es ist der Suff, wie man's auch dreht und wendet. Hätte ihn längst rauswerfen sollen.«

»Um Himmelswillen, erzählt Dan nichts davon«, bat uns Tante Libby. »Er würde ihn umbringen.« Onkel Dan hatte zwar das ganze Instrumentarium dafür, aber wir konnten uns nicht vorstellen, daß er es jemals gebrauchen würde.

Gram sagte: »Da ich es nun einmal nicht getan habe, wird's

wohl kaum jemanden geben, der es tut.« Sie prahlte damit ebenso wie damit, daß Grandad der bestaussehendste Mann in ganz Marland County gewesen sei, als sie heirateten. Jetzt behauptete sie, er sei der gemeinste Mensch, sie die am schwersten geprüfte Frau. »Wird seinen Rausch ausschlafen. Und sich vielleicht an nichts mehr erinnern. Ich wünschte, ich könnte so gut schlafen.«

Tante Rachel war am Telephon. Rossie war verschwunden, niemand hatte ihn gesehen. Sie sagte, sie könne nicht essen, sie gehe ihn suchen.

Anne und Katie aßen mit Gram. Für Grandad stellte sie einen großen Teller voll in die Röhre. Sie hatte gerösteten Kohl mit Sahne zubereitet und eine Unmasse Pfeffer draufgestreut – nur was ihr schmeckte, galt. Katie wollte nichts davon essen. Anne stocherte mit der Gabel auf dem Teller herum. Gram streckte einfach nur das Kinn vor, aß so schnell, wie sie das Essen gekocht hatte und leckte sich die Lippen. *Friß Vogel oder stirb'* war ihr Motto, *was anderes gibt's nicht.* Sie trug ihren Teller zur Spüle und trank dabei ihren Kaffee aus, dann hing sie ihre Schürze auf. »In meinem nächsten Haus geht alles elektrisch«, erklärte sie, als ob dies der entscheidende Unterschied sei.

Tante Libby ging auf sie zu. »Wir brauchen dich«, sagte sie.

»Halt den Mund. Ich hab' dir gesagt, daß ich weg muß.« Die Äderchen auf ihren Backen zeichneten sich rot ab. »Wahrscheinlich komm' ich sowieso vor ihr zurück.« Aber ehe sie die Küche verließ, sagte sie zu Tante Libby: »Sie rechnen mit mir«, und meinte damit die Frauen, mit denen sie abends ausging.

»Wir auch«, sagte Tante Libby, aber Gram war bereits unterwegs.

»Meinst du, du wirst gewinnen?« fragten wir, als sie vor der Haustür wartete, ihren leichten Sommermantel überm Arm, den Hals vorgereckt, die Tasche gezückt wie eine Schrotflinte. Sie antwortete nicht, ihre Gedanken waren anderswo. Sie schuldete uns nichts. Es gab Zeiten, da war sie so unnahbar wie Grandad.

Mit scheppernden Milchkübeln kam er in die Küche. »Ihr Mädchen zeigt ihm, wo sein Abendessen ist«, befahl Gram über ihre Schulter, als ein Wagen in die Einfahrt bog.

Tante Libby ging mit uns zurück in die Küche. Sie flüsterte: »Also

kein Wort mehr darüber. Heut' abend muß Ruhe herrschen.«
Grandad seihte Milch durch das Musselintuch, das er sauber und getrocknet über die gereinigten Kübel gelegt hatte. In den Maschen hatten sich kleine Enden Stroh und eine tote Fliege verfangen. Er schenkte sich ein noch kuhwarmes Glas Milch ein. Der hintere Tresen stand voll mit Milchkrügen, im Kühlschrank standen weitere Krüge. »Faules Weiberpack«, fluchte er. »Zu beschäftigt mit Schminken.«
»Hier ist dein Abendessen«, sagten wir.
»Wo ist sie?« Er schaute noch immer auf die Milch. Hinter den Brillengläsern sahen wir, wenn er uns anblickte, seine Augen. Sie waren braun wie die seiner Kinder mit Ausnahme von Tante Rachel, und es waren die Augen einer wirklichen Person.
Wir wußten nicht was sagen. Gram war diesen Augenblick weggegangen. Einfach so. Immer ging sie weg. Tante Rachel antwortete ihm. »Sie ist bei May geblieben. Sie kommt später.« Erst da ging uns auf, daß er Tante Grace gemeint hatte. Wo war sie, seine Tochter? Zum ersten Mal merkten wir, daß er uns überhaupt wahrnahm; aber nahmen wir ihn überhaupt wahr, außer er brachte einen beinahe um, wie heute?
Das Abendessen, das Gram ihm bereitgestellt hatte, verschlang er mit derselben gierigen Gleichgültigkeit, mit der er aß, was er für sich selber morgens zubereitete. Zum Nachtisch gab es Apfelkuchen. Er war Grams Meisterleistung, der Teig mürbe und zart, auf der Zunge zergehend, die Füllung pikant und gleichzeitig süß. Grandad bröckelte ein Stück in seine Kaffeeschale und löffelte sie aus, als seien es seine gewöhnlichen Ritz-Cracker.
Inzwischen war es fast dunkel geworden; wir spielten neben den Fichten Krokett. Onkel Dan kam aus dem Haus und setzte sich auf die Hinterstufen. Das hohle Aufschlagen der Kugeln klang einsam, und weil Onkel Dan nur dort saß und ausnahmsweise keine sarkastischen Bemerkungen machte wie die, daß die Dunkelheit unser Spiel verbessere, verloren wir bald das Interesse und stritten uns, ob die Kugeln innerhalb oder außerhalb der Tore gelandet waren. Grandad war gegangen, das Licht in der Küche war ausgeschaltet. Wahrscheinlich

saß er gegen das Radio gelehnt, hatte die Karten vor sich ausgebreitet und schlief. Jetzt spielten wir Versteck. Aber wir blieben an diesem Abend im Hof.
Tante Rachel kam mit Rossie nach Hause. Sie führte ihn an uns vorbei und ins Haus. Sie behauptete, er müsse Klavier üben. Und zwar auf der Stelle. Ehe er etwas zu essen bekäme. Im Besuchszimmer ging das Licht an. Ihre Schatten fielen auf die Einfahrt, und Rossies Heulen und Winseln drang bis in unsere Verstecke. Wir hörten auf und schlichen uns auf die Vorderveranda, um zu beobachten, wie er den Kopf gewaschen bekam.
»Dämlicher Trottel!« Tante Rachel saß neben ihm auf der Klavierbank. In der Hand hielt sie das hölzerne Lineal, mit dem sie den Takt schlug. Machte er einen Fehler, schlug sie ihm auf die Finger und zog ihn am Ohr. Rossie sah wütend auf die Noten, die Finger schmutzig und kurz auf den weißen Tasten. Das Lineal krachte auf seine Knöchel. »Zwei Viertel« – Tante Rachel markierte den Akzent auf ihrer Handfläche. Dann schlug sie ihn wieder, weil er aus dem Fenster geschaut hatte. Wir verzogen uns in den Schatten.
Rossie heulte auf und rieb sich die Hand. »Warum hast du das getan? Ich hab' doch richtig gespielt.« Er schluchzte ein wenig. Wir kicherten. Aber Tante Rachel hielt sich weiter an den vorgegebenen Takt, sah mit gehobenen Brauen auf die Noten.
Am Fenster schnitten wir Grimassen, und Rossie erwischte uns: Es war fast, als ob er sie auf sich landen spürte. Er streckte uns die Zunge heraus. Wir taten dasselbe. Tante Rachel hieb wieder zu. »Spiel!« befahl sie. Rossie warf uns einen letzten Blick zu, setzte sich aufrecht, sammelte sich und begann »Stepping Stones«. Wir hatten es alle gelernt. »Na also«, sagte Tante Rachel und war mit ihm für dieses Mal fertig. »Das war gar nicht so übel. Bald wirst du ein zweiter José Iturbi sein.« Sie strich ihm das feine blonde Haar aus der Stirn und sah ihn dabei aus schrägen, spöttischen Augen liebevoll an, als bezweifle sie, daß er es jemals zu irgend etwas bringen könne. Als Rossie das Zimmer verließ, ballte er die Faust und ging in die Küche, um zu essen.
Später warteten wir alle, aber worauf, wußten wir nicht. Dann

hörten wir einen Wagen einbiegen, die Scheinwerfer umkreisten das Dunkel, flossen über die Bäume. Tante Grace war nach Hause gekommen. Tante Rachel und Tante Libby gingen hinaus zum Einstellplatz. Wir riefen alle hallo, gegen die Stille und die Furcht, die wir empfanden. Tante Rachel öffnete die Wagentür und half Tante Grace, hielt sie beim Arm, stützte sie, als sei sie, seit sie in Cleveland gewesen war, sehr krank geworden. Wir standen im Hintergrund, sahen zu. Das Licht aus dem Besuchszimmer beschien kurz alle Gesichter und ließ sie aufleuchten. Tante Grace umarmte uns, als wir uns alle in die enge Diele drängten. »Schsch«, sagten wir, »Grandad.«

Aber gleich danach kam noch ein Wagen die Einfahrt entlang, mit dem feierlichen, umständlichen Schwung und Kriechtempo der Limousine, die Gram nach Hause brachte. Die Diele war gespenstisch erhellt durch die Nachbildung eines Leuchtturmes aus rosa-geädertem Marmor, der einen steten Lichtschein auf die marmornen Felsen seines Sockels warf. Von irgendwoher war Rossie aufgetaucht, auch Grandad hatte sich aufgerappelt und rückte sich die Brille zurecht. Er sah ernst und besorgt aus, mit all seinen Familienmitgliedern um sich versammelt, und rieb sich die knotigen Hände in einer Art stummen Bitte, als wolle er sich entschuldigen – für sein Schlafen, für alles. Tante Grace ging zu ihm hinüber und legte die Arme um ihn. »Jemand sollte Neil Bescheid sagen«, sagte sie. »Und Elinor.«

Auf den Steinstufen ertönten die kleinen, kratzenden Geräusche von Grams Schuhen, dann wurde die Fliegengittertür geöffnet. Sie stand vor uns, die Handtasche von den beinernen Griffen baumelnd, den Wollmantel lose über die abfallenden Schultern drapiert. In der einen Hand trug sie eine silbern lackierte Konfektschale auf einem Sockel.

Grandad hob die Hand gegen sie ohne besondere Absicht, nur als eine Art Appell, als spüre er, daß durch den Verlust des Grund und Bodens auch ein Teil von ihm verloren gehen würde. Gram war sofort kampfbereit und sagte: »Laß mich bloß in Ruhe.« Dann aber wurde ihr Gesicht weicher, als erinnere sie sich, weshalb wir alle auf sie warteten. »Was soll's denn überhaupt. Ihr werdet kaum merken, daß es weg ist. Ich begreif

nicht, warum wegen eines so kleinen Fetzen Lands soviel Aufhebens gemacht wird.«
Dann schrie Anne plötzlich: »O wie eklig, wie widerlich!« und griff sich an den Bauch. Wir glaubten, sie meine den Verkauf des Landes oder irgend etwas anderes, das schrecklich sei und von dem wir noch nichts wußten. Aber es war nur eine Maus, die in die Dunkelheit unter den Flügeltüren des Besuchszimmers verschwunden war.
»Verdammt nochmal«, sagte Tante Rachel und mußte lachen. Wir alle waren erleichtert, denn Anne hatte eine panische und unvernünftige Aversion gegen Mäuse. »Das Kind hat den Veitstanz.«
Aber Gram ignorierte es. Diesmal hatte sie ausnahmsweise sanft die Hand auf Annes Arm gelegt. »Aber, aber«, sagte sie leise, »spar dir die Aufregung auf für was Schlimmeres.« Ihre Hand fuhr fort, Anne zu streicheln, während alles still geworden war und mit ihr zusammen Tante Grace anblickte.
»Du bist also zurück«, sagte Gram.
Tante Grace nickte. »Jawohl. Es ist alles vorüber. Ich habe von May aus dort angerufen. Die Befunde waren bereits fertig. Leider nicht sehr gut.« Es schien, als ob ihr Haar – so schwarz im Sonnenlicht, daß es einen bläulichen Schimmer hatte –, das in zwei glänzende Schwingen geflochten ihr Gesicht umrahmte, ihre schlanke Kehle schütze. Wir sahen, wie sich ihre Brust hob und senkte, so daß die gestickten Vögel zu beben schienen, obwohl sie darunter die unnachgiebige Gummiprothese trug, die lebendiges Fleisch ersetzen sollte, das drei Jahre zuvor im Verlauf einer Operation entfernt worden war. Wir wunderten uns, wie sie trotzdem immer noch so lebendig aussehen konnte, wo doch dies alles nicht mehr da war. Aber Tante Grace sah weder ängstlich noch bedrückt aus. Im Gegenteil: Sie wurde immer lustiger und machte ein übertrieben entsetztes Gesicht, als sie nach dem silbernen Konfektbehälter griff. »Mama, etwas so Grausiges hast du noch nie gewonnen. Wenn wir es behalten müssen, dann wohl eher als Kriegstrophäe und als Beweis dafür, was wir mitgemacht haben.« Im Licht, das über die marmornen Felsen der Lampe fiel, schimmerten Tante Graces ovale

Fingernägel wie durchsichtige Halbmonde, mystisch, unirdisch. Jenseits dieses schwachen Lichtflecks sahen wir nur die Dunkelheit. Gram streichelte immer wieder Annes Arm. Die Tränen, die aus ihren Augen fielen, füllten die Furchen ihres uralten Gesichts wie Regen, der sich zuerst als Pfützen in den Lehmfurchen sammelt.

Grace und Neil

Unsere Mütter und Tanten waren alle ausgezeichnete Schwimmerinnen. Weder Gram noch Grandad hatten, wenn es nicht absolut notwendig war, seit ihrer Kindheit jemals freiwillig einen Fuß in offenes Wasser gesetzt. Schwimmen gehörte nicht zu den Fertigkeiten der Landbewohner. Tante May hatte es von einem Studenten gelernt, der einmal im Sommer bei ihnen in Pension war, und sie wiederum hatte es Tante Elinor beigebracht, die es ihrerseits an Tante Grace weitergab, die mit den beiden jüngeren Mädchen übte. Selbst als erwachsene Frauen gingen sie gerne ins Schwimmbad oder zu einem Badesee, in Erinnerung an etwas, was ihnen früher viel Freude bereitet hatte. Meist wollten sie keine Männer dabei haben, sie zogen es vor, unter sich zu bleiben. Mag sein, daß es das war, was Neil auf den Gedanken brachte, ihnen heimlich zu folgen, als sie zu dem Teich bei Taylor's Farm gegangen waren. Es war ein entlegener Ort, und wie gewöhnlich hatten sie sich ausgezogen und schwammen nackt. Obwohl wir im Laufe der Jahre nur die dürren Tatsachen der Geschichte hörten, schmückten wir sie mit Einzelheiten aus. Es war, als hätten wir uns die Gedanken unserer Mütter zu eigen gemacht. Und wir stellten sie uns vor: jung, gut gewachsen, wasserglänzend, bezaubernd.

Tante May und Tante Elinor, die beiden Rivalinnen, hatten einander zum Wettschwimmen herausgefordert, während Tante Grace, Tante Libby und Tante Rachel demonstrierten, wie man von dem Kalksteinfelsen, der das tiefe Ende markierte, ins Wasser sprang. Sie waren alle ganz unbefangen in ihrer Nacktheit, selbstbewußt, weil sie wußten, daß sie schön waren. Um so wütender waren sie, als sie aus dem Wasser kamen und ihre Kleider weg waren. Sofort verdächtigten sie Neil, der sie aus einem Versteck beobachtet hatte. Hungrig und fröstelnd warteten sie auf die Dunkelheit und schmiedeten Rachepläne. Als es endlich dunkel wurde, schlichen sie zum Wagen, weil sie hofften, wenigstens eine Wolldecke oder einen Lappen zu finden. Dort sahen sie jedoch, daß ihre Kleider, sorgfältig versteckt, auf dem Boden des Autos lagen.

Erleichtert lachten sie. Aber ihre Rachepläne waren geschmiedet. Sie nahmen die Straße, die hinter der Farm vorbeiführte, und parkten den Wagen bei der Scheune. Dann schlichen sie, ihr Kichern unterdrückend, zu der Stelle, wo Neils Wagen in der Einfahrt stand, lösten die Handbremse und schoben und steuerten den Wagen im Leerlauf bis zur Scheune, wo sie den Motor anlassen konnten, ohne gehört zu werden. Mit beiden Wagen fuhren sie in den benachbarten Bezirk. In einer kleinen Bucht, wo Angler ihre Autos abzustellen pflegten, versteckten sie Neils Wagen, nachdem sie die Luft aus den Reifen gelassen hatten. Als sie wieder zu Hause waren, alberten sie mit Neil herum, dem ihre gute Laune seltsam vorkam.

Am nächsten Morgen entdeckte er, daß sein Wagen verschwunden war. Und sie konnten sich gar nicht vorstellen, weswegen er ausgerechnet sie verdächtigte. Neil wurde fuchsteufelswild. Tante Grace wollte um keinen Preis der Welt mit ihm allein sein. Als der Sheriff den Wagen zurückbrachte, standen Neils Koffer bereits auf der Veranda, und er verschwand, ohne Lebewohl zu sagen. Und die Frauen – was machte es ihnen schon aus? Sie hatten ja einander.

Tante Grace und Neil waren einander das erste Mal am See begegnet. An jenem Julitag zur Zeit der Depression hatte sie das nagelneue, weiße Chrysler-Cabrio ihrer Mutter gefahren, zu einer Zeit also, da die Mehrzahl der Leute in diesem Bezirk sich glücklich pries, einen Ackergaul zu besitzen. Neil konnte den Blick nicht von ihr lassen, sie war schlank, mit sehr dunklen Augen und Haaren, und als sie an jenem ersten Tag nach Hause fuhr, saß er vorne neben ihr. Es dauerte nicht lange, da fuhr er sie überall hin.

Neil gefiel Tante Grace. Ihm gefiel auch das Auto. Er besuchte die Farm, und bald darauf zog er dort ein. Für sein Frühstück und das Wohnen zahlte er, denn Gram wollte aus den leeren Zimmern Nutzen ziehen, aber Neil gefiel ihr von Anfang an nicht. Zwar lachte auch sie manchmal, wenn er Witze riß, aber meist fand sie seine Scherze dumm und ihre Töchter blöd, denn Tante Grace war nicht die einzige, die seine Albernheiten unterstützte. Immer endeten alle, mit oder ohne Anhang, in Grams Küche, wo dann lärmend und ausdauernd gekocht, serviert und herumgealbert wurde, wo man Karten spielte und sich stritt. Tante Graces Schönheit in dieser Zeit, ihr Gesicht, das fast immer traurig war, außer wenn ihre weißen Zähne und blitzenden Augen es erhellten, erstaunte ihre Mutter, die aber, als sie die Zeichen einer keimenden Liebe wahrnahm, immer gereizter mit deren Urheber wurde. Sie behauptete, Neil lungere nur in ihrem Hause herum, um zu schnorren und sich zu amüsieren.

»Das möchte ich auch hoffen«, hatte Tante Elinor geantwortet. Sie fand nicht, daß die beiden unbedingt sofort heiraten sollten. Damals war sie eine aufstrebende junge Schauspielerin und, wenn sie aus New York zu Besuch kam, eins der lebendigsten Mitglieder der ganzen Familie. Sie nahm Gram ins Gebet und erklärte ihr, Neil sei noch Student, sei gerade Kapitän der Baseballmannschaft geworden, und sei das nicht ein Beweis für einen verantwortungsvollen Charakter trotz all der Albernheiten? Tante Elinor bewunderte Tante Grace und fand es passend, daß ihre Schönheit und Intelligenz einen Mann anzog, der ihre ernsthafte Seite ausglich, jemand, der sie zum Lachen brachte. Außerdem beeindruckte Tante Elinor die Tatsache, daß Neil der Sohn eines Landarztes war, und sie glaubte, seine Chancen, einmal ein erfolgreicher Schriftsteller zu werden, seien durchaus gut – schließlich und endlich hatte er ein Flair fürs Dramatische, war nicht auf den Mund gefallen und besaß ein ausgesprochenes Charisma.

»Rede bitte normal«, hatte Gram gesagt.

»Ich werde ihn sowieso nicht heiraten«, hatte Tante Grace dann hinzugefügt, denn sie hatte selber Pläne und hoffte, eines Tages ihren Magister in Zoologie zu machen und an einem College zu unterrichten.

Drei Jahre lang behauptete sie sich, während Neil immer noch rumhing, manchmal im College, manchmal aber auch nicht, und ihr nur so ganz beiläufig den Hof machte, so daß niemand sagen konnte, ob er ernste Absichten habe. Ab und zu bezog er eines der Dachzimmer, je nachdem, welches gerade frei war, folgte Tante Grace auf Schritt und Tritt, flirtete mit ihr, flocht Gänseblumenkränze, mit denen er sie behing, bis sie in dem hohen Wiesengras fast begraben war, das Kinn leuchtend von Blütenstaub. Unter den Apfelbäumen ließ sie ihr Haar herunter, und er streckte sich neben ihr aus, den Kopf in ihrem Schoß, und kaute an einem Buchweizenstengel, mit dem er ihre Kehle kitzelte und sagte Sachen, deretwegen sie nach ihm stieß und über die sie lachen mußte. Er folgte ihr in den Hühnerstall, wenn sie Eier einsammelte und gab vor, die Tür zu verstellen, wobei er grinste und sie festhielt, wenn sie gehen wollte. Dann wiederum gab es Zeiten, in denen er gleichgültig schien. Sie stritten sich, er zog in die Stadt, und Tante Grace erwähnte ihn nicht. Sie alle spürten durch sie seine Abwesenheit und waren erleichtert, wenn er dann eines Tages wieder auftauchte.

Neil nahm sich große Freiheiten heraus, wenn er Tante Grace zum Lachen bringen wollte. Einmal, als er noch dort wohnte, obwohl er und Tante Grace sich wieder einmal gezankt hatten, unterhielt sie sich mit einem anderen jungen Mann im Besuchszimmer. Neil erschien im Türrahmen, die Schuhe in der Hand, gähnend, sich rekelnd. Er sagte: »Ich gehe nach oben, Grace. Bitte laß mich nicht zu lange warten.« Es war ihr derart peinlich, daß sie ihn hätte umbringen können, aber sie konnte inzwischen darüber lachen, denn jetzt, da sie eine Hochschulbildung hatte und ihre Mutter zu Geld gekommen war, war ihr guter Ruf keine so sakrosankte Sache mehr. Alles war ihr neu: das große Haus, die neuen Kleider, die neuen Möglichkeiten. Neils Herkunft als Sohn eines Arztes imponierte Tante Grace ebenfalls, und obwohl er auf den Partys, zu denen sie gingen, oft zuviel trank, brachte sie diese Ausgelassenheit kaum irgendwann in Verbindung mit der alkoholisierten Einsamkeit ihres Vaters. Tante Grace und ihre Schwestern empfanden eher Mitleid und Toleranz mit ihrem Vater und der von ihm verkörperten Vergangenheit, die immer weiter in die Ferne rückte, immer weniger bindend wurde.

Manchmal ging Neil zu weit und Tante Grace schickte ihn fort – für immer, sagte sie. Er tröstete sich dann ganz ungeniert, benahm sich skandalös in der klatschsüchtigen Stadt, übertrieb und glorifizierte sein Herumhuren und seine Ausschweifungen jedem gegenüber, bis ihm am Ende überhaupt niemand mehr ein Wort glaubte. Jedenfalls waren Tante Grace und ihre Schwestern froh, wenn er wieder aufkreuzte, und Neil behauptete auch, daß es wie eine Heimkehr sei. Immer war es ein neuer Neil. Obwohl er niemals Reue zeigte, konnte er sie überzeugen, daß er sich eben nur die Hörner abstieß und bald erwachsen sein würde.

Dann heirateten sowohl Tante Libby als auch Tante Rachel, die sieben und neun Jahre jünger waren – fast Kinder von Tante Grace, sie hatte sich so viele Jahre lang um sie gekümmert – und wurden schwanger. Neil verletzte sich, als er sich eines nachts nach Hause stahl, das Knie. Der Mannschaftskapitän war über Nacht in Vergessenheit geraten. Tante Grace, die nur unter großen Schwierigkeiten ihr Lehramt halten konnte, meinte, das Leben ginge an ihr vorbei und heiratete ihn. Sie taten es heimlich, denn die College-Verwaltung hätte unverzüglich jeder verheirateten Frau gekündigt und ihren Posten einem Mann mit Familie gegeben. Acht Monate lang, bis zum Schluß des Semesters, hielten sie es geheim und lebten, während Neil weiter studierte, von dem, was Tante Grace verdiente.

Als er fertig war, gaben sie ihre Heirat bekannt. Gram war wütend und gelobte, diese Ehe niemals zu unterstützen. Sie machte aus ihrer Mißbilligung kein Hehl, hatte es sich überhaupt nicht vorstellen können, daß Grace einen solchen Mann heiraten würde – was teilweise erklärte, weshalb sie ihn auf der Farm geduldet hatte. Ein anderer Grund war, daß sie, nachdem ihre Töchter erwachsen geworden waren, nicht mehr sehr genau auf sie aufpaßte. Nun aber hörte sie nicht auf zu verkünden, daß Grace diesen Tag noch bereuen werde. Neil sei ein Blender, jemand, der mit Frauen und deren Gefühlen spiele, ein Säufer, und obendrein noch habgierig. Als diese letzte Schmähung ihm hinterbracht wurde, lachte er schallend. »Diese elenden Scheißdollar! Die Frau sollte sich nicht zu viel einbilden.« Aber bald

nach ihrer Hochzeit wohnten Grace und Neil wieder auf der Farm mit Gram und den anderen. Neil konnte keine Arbeit finden, und Tante Grace hatte ihre Stellung verscherzt. Zwischen Neil und seiner Schwiegermutter war ein offener Kampf ausgebrochen, Tante Grace stand zwischen ihnen.
Es war die Hölle für alle Beteiligten. Gram und Grandad immer noch auf dem Kriegspfad, Gram und Neil einander dauernd auflauernd, seine fast jeden Abend in der Küche veranstalteten Feste und dann die Male, wenn er betrunken war und auf Tante Grace losging.
Alle waren erleichtert, als Neil endlich einen Posten als Buchhandelsvertreter bekam. Sie zogen nach Chicago, Tante Grace wurde Aushilfslehrerin mit der Aussicht, im zweiten Jahr eine Ganztagsstellung zu bekommen, die Neil erlauben würde, seine Arbeit als Reisender aufzugeben und sich ganz dem Schreiben zu widmen.
Kurz danach wurde Tante Grace schwanger. Sie mußte ihre Stellung aufgeben, weil es ihr schlecht ging. Als die Geburt bevorstand, ging sie zurück auf die Farm, um dort, wo sie wirklich glücklich gewesen war, ihr Kind zur Welt zu bringen: in Grams Zimmer, mit dem Blick auf die Felder und Wälder. Über dem Kamin hing das Bild des Indianerkriegers. Neil wurde rechtzeitig angerufen. Zwei Jahre später, als Katie zur Welt kam, war Tante Graces Niederkunft unproblematischer, und sie konnten ihn nicht rechtzeitig benachrichtigen. Als sie ihn endlich telephonisch erreichten und ihm berichteten, er sei Vater eines zweiten gesunden Kindes, wieder eines Mädchens, geworden, antwortete er: »Warum habt ihr euch die Mühe gemacht?«
Inzwischen wohnte Tante Grace mit Unterbrechungen und aus Gründen, die nicht nur mit Niederkünften verknüpft waren, auf der Farm – manchmal ein ganzes Jahr lang. Es gab immer Arbeit, stets war das Haus voll. Tante Rachel war inzwischen geschieden und mit Rossie zurückgekommen, Tante Libby und Onkel Dan bewohnten das Dachgeschoß. Tante Grace konnte sich nicht entscheiden. Manchmal kam sie voller Zorn und deprimiert nach Hause, redete von Scheidung und fuhr dann ebenso plötzlich wieder weg, um bei Neil zu sein, wo immer er

gerade arbeitete, um einen neuen Anfang zu machen. Dann stritten sie, und Tante Grace erschien wieder auf der Farm. Jedesmal sagte Gram: »Ah, da bist du also wieder.« Und nahm sie und ihre Mädchen zu sich, genau wie die anderen. Gram beschwerte sich zwar über die Aufregung, aber offenbar war es weniger strapaziös für sie, als Geld zu schicken oder Schuldgefühle zu haben. Solange Platz im Hause war. Und außerdem hatte sie es ihr ja vorausgesagt.
Wir hörten die Frauen miteinander reden, während sie auf der Farm ihre Arbeit machten oder stundenlange Pausen in der Küche abhielten, wo sie Kaffee tranken. Wir bekamen auch mit, was nicht für unsere Ohren bestimmt war. Einmal sagte Tante Libby, Neil sei zu allem fähig, wenn er betrunken sei, er sei in viele Betten gestolpert, in die er nicht hingehöre, er sei in manchen von ihnen bis zum nächsten Morgen geblieben. Ihre Brauen schnellten hoch und fielen wieder herunter, sie flüsterte. Wir hörten Tante Rachels Namen fallen, hörten, daß Tante Grace Neil immer wieder verlassen habe, daß es ein wenig lästig geworden sei – immer die alte Leier. Manchmal aber war Neil der Held in den Geschichten – zum Beispiel hatte er Gram und Tante Grace vor einer Gasvergiftung durch einen undichten Gashahn bewahrt, hatte ein kleines Mädchen vor dem Ertrinken gerettet, indem er in seinem Sonntagsanzug in die Strömung gesprungen war. Einmal hatte er Gram reingelegt, indem er sie beschwatzte, auf ein anderes Pferd zu setzen, während er mit seiner Wette beim Sieger blieb. Für uns war all das romantisch und amüsant, schien uns kaum zu berühren, wie Märchen oder Fabeln, die man nicht wörtlich oder sich gar zu Herzen nehmen soll.

Aber jetzt steht der Hudson in der Einfahrt, ein Zeichen, daß der wirkliche Neil wieder einmal zurückgekommen ist. Diesmal ist er da, weil Tante Grace ihn angerufen hat, nachdem sie aus der Cleveland-Klinik zurück war. Ein Bussard war beim Morgengrauen mit drei Rotdrosseln, die ihn verfolgten und im Sturzflug auf ihn einpickten, über das Haus geflogen. Gram sagte, es bedeute herannahendes Unheil und Durcheinander.

Durcheinander. Obwohl Gram Neil immer noch nicht leiden kann, läßt sie sich durch sein sporadisches Erscheinen nicht aus der Fassung bringen. Sie fährt gelassen fort, genau das zu tun, was sie gerade beschäftigt, die paar Hausarbeiten, die ihr geblieben sind, ihr Kampf mit der Zeit und mit uns, bis sie weggehen kann. Wir wollen uns an ihr ein Beispiel nehmen, an ihr, die immer, wenn jemand sie ärgert, sagt: »Ich weiß es besser« und dabei die Unterlippe meilenweit vorstreckt. Wenn wir erwachsen sein werden und alles erlebt haben, werden wir so sein. Wir werden säckeweise junge Katzen ertränken lassen. Dann, abends, werden wir uns in unsere besten Seidenkleider werfen, uns mit Schmuck behängen, auf Partys rennen und für die Familie Preise nach Hause bringen. Und auf Pferde wetten.

Wir sehen den Wagen. Celia sagt: »Da ist er, Neil ist gekommen.« Wir starren ihn unverwandt an, mit offenen Mäulern, Neil würde sagen wie Idioten, die in Konservenfabriken, Ausbeuterbetrieben landen werden, Ausschußware, die flußabwärts treibt. »Also, wir gehen hinein«, sagt Jenny und hört sich an wie ihre Mutter, die sachverständige Schicksalsgläubige. Sie und Celia gehen auf das Haus zu.

Der Hudson, gekrümmt unter dem metallenen Sonnendach, sieht aus wie ein schläfriges wildes Tier, durch das gebrochene Licht dringt eine grimmige aber verborgene Wachsamkeit. Eine Stimme ruft uns: Es ist unsere Mutter, Grace, die ruft und ruft. Bilden wir es uns ein oder will sie herauskommen und mit uns weglaufen? Wir spüren die Trennung von all den anderen, wir werden alleine hineingehen müssen, dumm und säumig, ausgesetzt unter den Augen der Familie. »Na, wer kommt denn da? Mutt und Jeff«, sagt Neil dann, weil eine von uns größer und die andere kleiner ist. Dann wieder nennt er uns zwei traurige Schwestern, zwei Trauerklöße, zwei Milchmädchen, zwei von allem, als seien wir genau dasselbe, würden den gleichen Preis erzielen. Die anderen lachen, wenn er so etwas sagt, aber sie legen die Arme um uns und flüstern uns ins Ohr, uns nichts daraus zu machen, ja, zu lächeln, aber Neil läßt sich nicht täuschen. Wir wissen es – wir kennen ihn. Besser als irgend jemand.

Wir gehen hinein. Neil sitzt am Tisch, ein Glas vor sich. Außer ihm trinkt niemand, keine der Frauen. Sie fürchten es und halten Abstand. Sie spüren, daß sie die gleichen Schwächen haben wie die Männer, daß sie sich in acht nehmen müssen, um nicht zu Trinkern zu werden. Außerdem macht sich keine der Frauen etwas daraus. Manchmal überredet Neil Tante Grace, sich gehen zu lassen, sich ein wenig zu amüsieren. Dann trinkt sie und glitzert und lacht viel. Später wird ihr dann manchmal übel.

Neil bemerkt uns sofort, als wir hereinkommen, zeigt es jedoch den anderen nicht, fährt fort, Tante Rachel wegen Tom Buck, ihrem neuesten Verehrer, aufzuziehen. Neil und er kennen sich aus ihrer Collegezeit, als sie im gleichen Team spielten. Es hatte auch eine Zeit gegeben, in der Tom Buck Tante Grace heiraten wollte. Wir verstehen Neils Bemerkungen nicht, wissen aber, daß es um vertrauliche, verwirrende, erregende Dinge geht, die sich zwischen einem Mann und einer Frau abspielen, ein Zeichen, wie der Whisky, daß er betrunken ist.

»Du weißt, daß du es brauchst. Wenn du es nicht weißt, ich weiß es«, sagt er zu Tante Rachel, deren weiße Haut glüht. Die Röte fließt über sie wie Blütenblätter von Wasserlilien. Dann aber lacht sie nicht mehr, und er hebt sein Glas mit einem intimen Wissen, das dreist und kühn auf seinem Gesicht steht. Er starrt sie an, alle können es sehen. Während sie sich am Spültisch zu schaffen macht, steht Tante Grace mit dem Rücken zu ihm.

Jetzt sieht er uns an. Aber noch ehe er es tut, wissen wir es schon, spüren die Verbindung. »Na, kommt endlich, meine eigenen beiden Töchter. Kommt und gebt eurem alten Papi einen Kuß.« Er will uns, bittet uns tief aus seinem Inneren. Wir spüren es. Wir sträuben uns. Er preßt die Lippen zusammen, hebt die Schultern, weicht zurück, wütend. In ihm ist jetzt eine schmerzende Stelle. Es ist, als singe er: *»Frankie and Johnny were lovers and oh how that couple could love«.* Er trinkt und beschämt uns mit seinem Gelächter. »Ich sehe, es hat sich hier nichts verändert. Sie entwickeln sich wie der übrige Haufen.« Als Gram hereinkommt, nickt er in ihre Richtung! »Auf die Herzkönigin«, aber sie ist bereits an ihm vorbei, ehe er das Glas an den Mund setzen kann. »Du weißt, daß du uns alle liebst.« Tante Elinor sagt es; man hat

sie gerufen, damit sie bei ihrer Schwester sein kann. Aber wir schämen uns immer noch, die ständige Spannung zwischen Zuneigung und Trennungen hat uns ausgelaugt. In der Speisekammer stellen wir uns einen Augenblick neben Tante Grace und beobachten den Schwung ihrer langen, schlanken Arme bei der Arbeit. Sie bewegt sich schnell und geschickt, ist zu sehr beschäftigt, um von uns Notiz zu nehmen, und außerdem sind wir im Wege. Das Abendessen wird verspätet sein, weil er gekommen ist und weil jeder fasziniert ist, sich nicht lösen kann und hilflos genau das sagt, was er hören will – mit Augen, die blitzen, glühen, schelmisch und sicher, solange sie alle beisammen sind. Oder bis etwas geschieht, das sie verstört. Neil lehnt sich zurück, hält die Zigarette wie ein Requisit vors Gesicht und sagt zu seiner Frau: »Ein Segen, daß die Mädchen im nächsten Monat zur Schule gehen werden. Sonst müßte ich mir vor lauter Einsamkeit eine Freundin suchen.«
Tante Grace atmet tief ein und sagt: »Mein Plan war, eine Zeitlang auf der Farm zu bleiben, Neil. Ich muß regelmäßig in die Klinik, und die Mädchen können genausogut hier mit der Schule beginnen.« Wir sind alle sehr still, wir entnehmen dem Ausdruck auf ihren Gesichtern und dem Klang ihrer Stimmen, daß es das beste ist, wenn sie es einander vor allen sagen.
Neil öffnet den Mund, meint, es gebe wohl keine anderen Ärzte auf der Welt, murmelt dann: »Was soll's.«
Tante Grace sagt: »Warten wir es ab.«
»Klar«, sagt Neil. »Ich weiß wahrhaftig nicht, was ich dir noch bieten soll. Haus. Gehaltszulage.« Er ist müde.
Die Frauen stehen auf und beschäftigen sich. Tante Rachel brüht Kaffee auf, es duftet herrlich. Wir hören sogar das Schlagen der Turmuhr – vom Wind verstärkt oder von der Stille. Onkel Dan rattert mit dem Lieferwagen in die Einfahrt, wir Kinder rennen hinaus, um ihn zu begrüßen. Es ist wie eine Begnadigung, denn nun wird sich Neil mit ihm unterhalten, und er wird so sein, wie wir ihn manchmal erlebt haben, auf der Straße, ernst mit einem Bekannten im Gespräch, oder aber an seinem Tisch allein in einem Zimmer, wo er Seite für Seite mit seinen Worten füllt.
Wenn Neil auf der Farm ist, beginnen die Tage mit einem Riesen-

frühstück. Er meint, es erinnere ihn an die Sommer seiner Kindheit. Er wisse zwar nicht, weshalb dies so sei, denn seine Verwandten betrieben eine aktive Landwirtschaft und keine Zuflucht für Nichtangepaßte, keine Spielwiese für wohlhabende Nichtstuer. Als hätten wir Ferien und als sei er nur gekommen, um sie mit uns zu genießen, essen wir alle spät, nehmen uns mehrere Setzeier von der Hartsteinplatte, eine extra Portion gebratenen Speck und Tante Graces selbstgebackenes Brot, getoastet, mit Marmelade, die sie aus frischem Obst gemacht hat: Alle außer Grandad, der seine Corn Flakes viele Stunden vorher gegessen hat und bereits in seinem Stuhl in der Ecke des Wohnzimmers, angelehnt an die Radiotruhe, eingenickt ist. Als Tante Grace zum Spültisch geht, um den Kaffeesatz auszuspülen, ist es Mittag geworden. »Du gehst jetzt lieber«, sagt sie zu Neil. »Wir kommen zu überhaupt nichts, wenn du hier rumhängst.« Er sieht sie mit verwegenen Augen an, sie fügt hinzu: »Jedenfalls kommen wir zu nichts Nützlichem.« Dabei legt sie die Hand zärtlich streichelnd kurz auf seinen Nacken, dort, wo sein blondes Haar sich über die pockigen Aknenarben kräuselt. Bald darauf nimmt Neil seinen Strohhut vom Ständer. »Ich weiß, wann ich überflüssig bin«, und schlendert zur Tür hinaus. Über die Schulter ruft er uns zu: »Ich treff euch Mädchen hinter der Scheune, ja?« Dabei wirft er Tante Grace einen vielsagenden Blick zu. Sie sagt: »Also Neil, werd nicht ordinär.«
»Wann habe ich mich je schlecht benommen?« fragt er und tut so, als sei er gekränkt. Wir sind aufgeregt, fasziniert von dem Blau, das aus seinen Augen leuchtet. Wir lassen uns nicht bremsen. Tante Grace hat inzwischen eine andere Arbeit begonnen. Sie sortiert Wäsche auf dem Boden, Wäsche für zehn Personen, die gebleicht, mit Waschblau behandelt, gestärkt, gewaschen und getrocknet, eingesprüht und gebügelt werden muß. Sie nimmt kaum wahr, daß wir weggehen, summt vor sich hin, ist zufrieden. Offenbar geht es ihr gut, jedenfalls ist sie wieder die alte.
Verbunden durch unsere Erwartung gehen wir hinter die Scheune, setzen uns hin und warten auf Neil. Der Zedernstamm ist morsch und weiß von Kalk und Kalziumstaub; er sieht aus,

als sei er über eine tosende See getrieben und schließlich an diesem trostlosen Ufer angeschwemmt worden. Bald schwitzen wir unter der prallen Sonne, denn die spärlichen Robinien werfen nur einen dürftigen Schatten in die flimmernde Hitze. Neil läßt sich so viel Zeit, daß wir fast vergessen, weshalb wir überhaupt hier warten. Aber wir warten weiter, weil er es uns befohlen hat, und dann schreit Celia auf, weil ihr eine Hickorynuß auf den Kopf fällt, und wir blicken hoch – gerade noch rechtzeitig, um Neils Kopf zu entdecken, den er aus dem Dachfenster des Heubodens gesteckt hat und nun zurückzieht.

»Wir sehen dich! Wir sehen dich!« Schrill vor Erleichterung. Neil steckt den Kopf wieder heraus. Von unten gesehen scheint sein Gesicht unter dem breitkrempigen Hut am Kinn gespalten, schattig neben dem glänzenden Blütengelb gebleichten Strohs, umrahmt von einem Wasserfall aus gelbem Haar. »Wenn ihr bereit seid für den Buchstabierwettbewerb«, sagt er und spricht dabei zu dem Strohhalm zwischen seinen Lippen, »stellt euch bitte der Reihe nach auf.«

Nachdem wir einen kräftigen Stock, den er immer in den Händen hält, gefunden haben, reihen wir uns auf. Es ist eine altmodische Schule, wie die, die Neil als Junge besucht hatte, und der Lehrer ist so gemein wie Silas Marner, so streng wie der liebe Gott und so unnachgiebig wie der Teufel. Neil herrscht über seine Klasse mit der absoluten Autorität seines eigenen Rechtssystems. Im Verlauf des Wettbewerbs müssen wir ihn Master Higginbottom titulieren. Er weiß, der Name wird uns zum Kichern bringen, aber nur für einen Augenblick. Auf unheimliche Weise läßt seine abrupte Verwandlung in den gefürchteten Schulmeister für uns die ganze Kulisse seiner Kindheit wieder erstehen – die erhöhte Plattform, auf der das Lehrerpult steht, den Holzofen in der Mitte, der dauernd gefüttert werden muß, obwohl jeder entweder friert oder schwitzt und die wirkliche Peitsche, lang, aus Leder geflochten, vor aller Augen aufgehängt. Er hat uns gesagt, was für ein Glück wir hätten, daß er nicht auf historischer Genauigkeit bestehe, was die Züchtigung anbelangt, aber er ist offenbar fähig, sollte es nötig sein, sie anzuwenden. Wir zittern, warten in einer Reihe.

Wir gehen in diese Schule, die hundert Jahre alt ist, wir sitzen in der Falle, vom Schicksal gestellt, und weil wir selber es so wollten. Vor uns steht der dämonische Master Higginbottom, wir zaubern ihm sogar eine klassische, rostig-schwarze Weste an. Sein Name ist nun nicht mehr komisch, seine stets verwirrenden, einst vertrauten Augen, die uns jetzt aus der Entfernung einer unbegreiflichen, vergangenen Welt mustern, sind nicht mehr lustig. Wir schwanken, beinahe ohnmächtig, im gleißenden Mittagssonnenlicht. Wieder haben wir ihn nicht erkannt, und nun ist es zu spät.
»Und nun, liebe Kinder«, sagt er und wendet sich ausdrücklich an uns, seine beiden Töchter, »habe ich aufgrund der Aussagen einiger eurer kritikloseren und albernen Bewunderer, die namenlos bleiben sollen, zur Kenntnis genommen, daß ihr, obwohl man es eurer schlampigen Kleidung, eurem allgemein ungepflegten Aussehen nicht anmerkt...« – und jetzt gebraucht er seinen Stock, dessen Spitze die rutschenden Säume unserer Kattunkleider streift – »daß ihr«, wiederholt er und verzieht die Oberlippe, »neuerdings Hoffnungen hegt, die euch für immer von der Schmach dieses elenden Saustalls befreien und euch in eine aufgeschlossenere und vermutlich auch aufnahmefähigere Welt hineinstoßen könnten.«
Wir antworten nicht, teils, weil wir mit den Worten, die er gebraucht, nicht fertig werden. Man hat ihm berichtet, wir hätten uns die Radiosendungen mit ihren Country Songs aus West Virginia angehört, wir hätten mehrstimmig, wie jene Schwesternpaare, denen wir gelauscht hatten, gesungen, und hätten erwogen, eines Tages im Radio aufzutreten und berühmt zu werden. Gute Sänger wie auch gute Schauspieler, so hat er uns immer erklärt, gebe es wie Sand am Meer. Hätte er nur ein Fünfcentstück für jedes Muttersöhnchen, das ein Star werden wolle. Nun erscheint uns dieser Ehrgeiz ganz und gar lächerlich und fehl am Platze, dieser Wunsch, der alles verneint, was Neil uns über Eitelkeit und Selbstverzicht und Demut beigebracht hat, und der so im Widerspruch zu allem steht, was er zutiefst bewundert und von uns erhofft. Wir sind verführt worden, verdorben. Wir verdienen unsere Strafe. Wir können ihm nicht in die Augen sehen.
»Deshalb«, fährt der Schulmeister fort, »zwingt mich mein

Pflichtgefühl, Verrat aufzudecken oder aber herauszufinden, ob irgendein Hinweis, und sei er auch noch so gering, existiert, daß solche heimlichen Ambitionen zu Recht in der Brust von ganz gewöhnlichen Landmädchen wohnen und ob man diese auch nur im entferntesten unterstützen solle. Also singt«, befiehlt er uns.

Unsere Münder stehen offen wie die von Kaulquappen, aber wir haben nicht die Kraft, sie zu bewegen. Es folgt eine lange Stille. »Hab' ich mir gedacht«, sagt er schließlich und ist wieder einen Augenblick der alte. Lachend schlägt er mit dem Stock auf seine Handfläche, es klatscht laut. Wieder der Schulmeister, spricht er:

»Diesmal bekommt ihr keine Tracht Prügel. Sollte aber in Zukunft eine derartige Illusion auftauchen, wäre es zweifellos meine Pflicht, diese erbärmliche und affektierte Narretei, die euch von eurem geraden und rechtschaffenen Pfade abbringt, zu unterbinden. Es sei denn, versteht sich, daß ihr jemals aufzutreten wünscht.«

Wir sind gedemütigt. Wieder einmal hat er uns bewiesen, daß wir seine dummen, oberflächlichen, undisziplinierten Töchter sind, und bestimmt unsere Tage in einer Wäscherei oder hinter der Bartheke beenden werden. Er hat es uns gesagt.

»Achtung«, beginnt er. Unfreiwillig straffen wir die Schultern, seine Kraft hat uns mitgerissen.

»Was«. Das erste Wort geht an Jenny.

»W-a-s«, antwortet sie. Niemand wagt es zu grinsen, obwohl sie bei weitem die begabteste Schülerin unter uns ist – kaum zehn Monate jünger als Celia, wirkt sie älter, vielleicht, weil Celia als Baby so krank war. Wir alle wissen, daß Neil Jenny die einfachsten Worte gibt, es immer tut, weil er ihre vernünftige Art bewundert. Die Rolle der Klassenbesten macht sie sicher, eine Rolle, die er ihr zuerkannt hat.

Zu Celia: *»Give«*. Wieder ist es, was wir erwarten, ein einfaches Wort. Obwohl sie sich in der Schule immer schwerer tut, immer Angst hat sitzenzubleiben und sich redliche Mühe gibt, weiß er, daß sie es ohne weiteres buchstabieren wird.

Aber für seine eigenen Töchter wird die nächste Pause zur Qual.

Es könnte alles sein. *»Shame«*. Er gibt uns das nächste Wort, Erleichterung durchflutet uns, weil wir es buchstabieren können. Danach geht das Spiel reibungslos weiter, und mit einem Eifer, den wir nur selten beweisen, buchstabieren wir alle Wörter, die er uns vorsagt, auch die mehrsilbigen. Unsere Stimmen reflektieren unsere Sicherheit und unser Selbstvertrauen, aber auch unseren Leichtsinn dem gegenüber, was wir halb bewußt als einen vorübergehenden Aufschub empfinden.

»Symbol«, ruft er Celia zu.

»S-i-m-b-l-e«, versucht sie.

»Komm her.« In dem Robiniengebüsch ist es sehr heiß, es speichert die Hitze und wirft nur einen seichten Schattenteich auf seine eigenen Wurzeln. Über Celias hellrotem Mund hat sich ein salziger Tau aus Schweiß gebildet. Master Higginbottom teilt die Strafe aus: ein Stockhieb auf die nackten Waden. Celias Zunge fährt über die Lippen, aber sie schreit nicht auf. Der eigentliche Hieb tut nicht sehr weh, Neil schlägt sich härter auf die eigene Hand.

Nun beginnt unser Kopfsprung in die letzten, zwar voraussagbaren, jedoch unvermeidlichen Augenblicke der Unterrichtsstunde, denn in einem zielsicheren und heftigen Trommelfeuer verpatzen wir jedes der nächsten Wörter und müssen die lauten Schläge ertragen. Einmal. Noch einmal.

Während wir immer nervöser werden, buchstabieren wir die problemlosen Wörter falsch. Und wegen unseres stummen Versagens, sich an Vokabeln wie *»conscience«* und *»uranium«* zu versuchen, als hätte man uns befohlen zu singen, erhalten wir die zehn Schläge, mit denen das Spiel zu Ende ist. Die letzten Wörter sind die schwersten, und schließlich scheitern wir. Er sieht uns verachtungsvoll an. »Ihr wolltet spielen. Niemand hat euch gezwungen. Und jetzt greint und heult ihr. Könnt es nicht verkraften, oder?« Er schmettert den Stock gegen die Seitenwand der Scheune, kehrt uns den Rücken und geht weg. Er versetzt dem Knochenhaufen einen Tritt, als wolle er sture Dummheit züchtigen.

Wir vier klettern hinauf in das in der Scheune aufgehäufte Heu, hinauf bis zum Dachsparrenfenster. Wir geloben, ihm niemals

zu verzeihen, auch wenn es uns das Leben kosten würde. Wir malen uns aus, wie er sich fühlen würde, wenn wir stürben. Trockenen Auges und endlich erschöpft, strecken wir uns in der sonnengefleckten Dunkelheit der Scheune aus. Die sanften Gurrlaute der Tauben werden zum Klang von Neils Trauer, wenn er erfährt, daß er uns verloren hat, wenn er uns, die wir unschuldige Mädchen sind, kalt und reglos tot betrachten muß.
Es befreit uns, wir vergessen es wieder und klettern die Ebenen der Scheune herab, hinunter durch die schrägen Sonnenstrahlen, und dann laufen wir weg, den Wiesenpfad hinab in das Waldstück. Wir rennen am Rande des steinigen, seichten Baches entlang, bis er tiefer wird und das Wasser klar ist. Wir lassen uns ins Wasser gleiten. Unsere Kleider saugen sich voll und treiben über uns, als ob wir zu Wasserlilien verzaubert seien. Nach unserem Bad, kühl, freigesprochen, strecken wir uns am Ufer aus, trocknen uns in dem harten Gras mit seinem Mosaik aus Gänseblümchen und wilden Möhren.
Dann hören wir den Stein neben uns ins Wasser fallen. Wir setzen uns auf, wir sehen nichts, wissen aber, daß er in der Nähe ist. Spüren ihn. Irgendwo, versteckt. Als der nächste Wurf kommt, sind wir bereit und strecken unsere Köpfe hoch, um einen blitzblauen Streifen, von einem Blau, das blauer ist als der Himmel, hinter den Bäumen zu erhaschen – sein Hemd. Wir springen auf die Füße und kreischen: »Wir können dich sehen, wir können dich sehen«, und wir rennen in unseren nassen, sich anschmiegenden und um unsere Beine klatschenden Kleidern über den Bach und in den dichteren Wald, wo uns sofort die Stille umfängt. Wir glauben, daß wir uns verlaufen haben, halten inne, lauschen hinein in das dichte, verschlungene Gestrüpp aus Unterholz und Ranken. War er hier? Dann aber, es klingt, als sei es genau über uns, kommt von hinten ein bedrohliches Knurren. Rasch drehen wir uns um. Dort ist es, das unstete Blau, wir rennen ihm nach. Und dann stolpert und fällt er, wir stürzen uns auf ihn. Wir fallen über ihn, ein wundervoller Sieg ist unser. Wir halten ihn an seinem gelben Haar fest, wir kitzeln ihn unter den Armen, zwicken die lose Haut an seinem Gürtel. Er schlingt die Arme um uns und rollt über die Erde, hinunter,

auf den Bach zu und lacht dabei so sehr, daß wir merken, wie es ihn schüttelt, seine harten Beine umklammern uns. »Waren meine kleinen Mädchen ihrem Papa böse?« flüstert er. »Haben meine kleinen Mädchen geglaubt, sie würden ihn nie mehr lieben können?« Himmel und Bläue lösen sich hinter seinen bergenden Schultern auf.

Am Fuß des Hügels liegen wir alle, geborgen und ruhig. Wir können seinen Tabak riechen, den Eppich, das klare Wasser. Wir sind zufrieden, verzaubert. Manchmal, dort, packt ihn die Unruhe und er geht weg. Wir merken es, suchen ihn, rufen in den Wald hinein. Dann denken wir nicht mehr daran und träumen.

Trampelnde Füße wecken uns auf, wecken in uns die Furcht, die stets am Rande unserer Sinne lauert und die uns, wenn sie ausgelöst wird, verrückt macht. Wir malen uns gehörnte Kreaturen aus mit Schaum vor den Mäulern, die die Zweige durchbrechen. Wir rennen im Kreis herum, quietschen, lachen, stoßen einander, bis wir uns in eine Eiche hinaufziehen, in Sicherheit. Wir haben uns herausgewunden aus den bleckenden Zähnen der Biester, die sich am Fuß des Baumes genau unter uns einherschieben. Aber dann, müde und erschöpft, bleiben sie einfach stehen und beruhigen sich. Grandad wäre fuchsteufelswild, wüßte er, daß jemand seine Kühe in Panik versetzt hat. Trotzdem wollen wir sie verängstigt weglaufen sehen, wollen es ihnen heimzahlen. Ob wir je wieder hier wegkommen? Es ist, als ob wir auf einer schwankenden Eichbauminsel Schiffbruch erlitten hätten.

Dann aber kommt Neil den Pfad entlang, schwingt seinen Stock, pfeift, als sei er nur ganz zufällig vorbeigekommen. Aber wir wissen Bescheid. Er spaziert mitten hinein in die Herde, schiebt sie, stößt sie. Erschreckt trotten die Kühe den gewundenen Pfad neben dem Flußbett hinunter. Neil singt die Ballade von Frankie und Johnny. »Frankie schlug ihren Kimono zurück ...«, singt er. Seine Stimme spricht zu uns, sanft, einschmeichelnd. Einem ganz bestimmten Tonfall können wir entnehmen, daß er weiß, wir sind da, obwohl er nicht aufsieht. Es ist die Art, wie er auf dem Wort »Kimono« verweilt. Dann sagt

er: »Ich glaube, ihr Mädchen seid nun in Sicherheit. Jetzt, wo ich hier bin. Was hat diese Biester wohl bewogen, so durchzudrehen?« Nun macht er Gram nach, er tut es manchmal, damit wir mit ihm über sie lachen, obwohl wir uns jedesmal wie Verräter vorkommen. Auch will er, daß wir genau wissen, was er tut. Obwohl er sagen wird, wir spinnen, wenn wir es verraten. Wir können uns keinen Reim auf ihn machen, aber es ist unwichtig, wir segeln aus dem Baum und landen wieder auf der Erde. Dann folgen wir ihm den Pfad am Bachufer entlang, hüpfen über Geröll, springen über die breiteren Böschungen, rufen ihm die Namen der Wiesenblumen zu, als Beweis, daß wir nicht vergessen haben, was er uns beigebracht hat. Und wir singen bis zur letzten Strophe die langen Moritate über betrogene Liebe, deren Texte er als Junge auswendig gelernt hat. An den seichten Stellen, wo der Bach eine Sandbank umfließt, halten wir uns an den Händen und formen eine Brücke über das Wasser, mit Neil in der Mitte. Wir sind alle berührt, von der Tiefe des Waldes, den Liedern, als ob wir Märchenjungfrauen seien, ertrunken in der tiefen, salzigen See.
Erst als wir die hölzerne Hintertreppe hinauf auf die Veranda und dann ins Haus gehen, wird uns bewußt, daß wir viel zu lange weg waren. Es duftet nach gebratenen Zwiebeln. Tante Grace konzentriert sich auf ihre Arbeit und geht von einem der miteinander verbundenen Küchenräume zum anderen, denn der Herd steht im größeren, in dem es auch einen Tisch gibt; Spültisch und Kühlschrank stehen in dem kleineren Speisekammerraum, mit Küchenablagen in beiden. Alle sitzen um den Tisch. Wartend. Als Neil hereinkommt, den Strohhut immer noch auf dem Kopf, ist es, als entspannten und spannten sie sich gleichzeitig. Er geht an Tante Grace vorbei, um sich etwas zu trinken zu holen und läßt einen Eiswürfel in ihren Ausschnitt gleiten. Sie kreischt und zappelt, um ihn heraus zu bekommen. Es geht nicht, sie muß die Küche verlassen. Wir alle lachen wie verrückt.
Rossie ruft uns vom Hof: Wir sollen mit ihm spielen. »Seht mal, was ich habe. Einen neuen Bucker!« Es klingt freundlich, und wir lassen ihn näher an uns herankommen. Genauso machen

wir es mit Queenie, der wir ein Büschel Hafer vor die Nüstern halten, wenn wir auf ihr reiten wollen. Er möchte, daß wir die neue Glasmurmel, die er gerade in einem Spiel gewonnen hat, bewundern. Seine Launen sind uns unbegreiflich.

»Ehrlich«, sagt er und stellt sich vor uns auf, die Hand ausgestreckt. Wir stehen da wie Zugpferde, nervös, von einem Fuß auf den anderen tretend, ohne zu zwinkern, selbst einen Schatten fürchtend. Dann aber leert er den ganzen Murmelbeutel aus und wir sind gefangen. Die Kugeln rollen und drehen sich, sind schön, manche durchsichtig wie Juwelen, in anderen eingebettete Glassplitter wie Zucker oder vergossene Milch. Wir sind beeindruckt von seinem Besitz, und der große Bucker ist kolossal. Rossie vertieft seinen Eindruck auf uns, als er jede eine Murmel wählen läßt. Wir lieben ihn wieder, wollen ihn beschützen, diesen vaterlosen, vernachlässigten Jungen.

Er will uns einen neuen Trick zeigen. Dazu legt er sich ins Gras und stellt die Knie auf. Wir sollen aufrecht auf seinen Fußsohlen balancieren, während er uns auf und nieder, vorwärts und rückwärts reiten läßt. Jenny zuerst, denn sie ist sein Liebling, weil sie vernünftig ist. Wir kommen alle der Reihe nach dran, es gefällt uns so sehr, daß, als er einer von uns einen echten Salto anbietet, wir alle einen haben wollen. Celia kommt zuerst dran – sie bittet ihn, vorsichtig zu sein und reicht ihm die Hände. Sekunden später liegt sie irgendwo weit weg im Gras, als sei sie dorthin geflogen. Sie rührt sich nicht mehr.

»Du hast sie umgebracht«, sagen wir und gehen zu ihr. Wir beugen uns über sie, sie öffnet die Augen. »Was ist passiert?« Ihre Stimme klingt hohl. Wir glauben, sie macht uns was vor, will angeben. »Was meinst du, was passiert ist? Du hast das Kunststück vorgemacht.« Wir könnten sie verprügeln.

Ihr Gesicht ist sehr weiß, sie schweigt. »Gib doch nicht an«, sagen wir und strecken uns neben sie ins Gras. Wir beobachten, wie es sachte Abend wird, lavendel zwischen dunklen Ästen. Rossie ist weggegangen, wir denken über ihn nach und wie es kommt, daß er so und dann wieder so sein kann, so, wie er manchmal ist, wenn er nachts mit einer von uns im Bett ist. Diese Nächte, sie berühren uns in unseren Betten auf dem

Dachboden, als seien wir verlassen und allesamt in einem einsamen Turm. Die Autos auf der Landstraße, die von Zeit zu Zeit die Wände mit ihren Scheinwerfern zeichnen, fahren weiter, gehen fort wie unsere Gedanken, einsam und traumhaft, weit weg. Manchmal wird spät abends ein zerbeultes, verunglücktes Auto in die Garage unten an der Landstraße gebracht, und wenn wir wach sind, steigen wir aus den Betten und sehen zu, wie der Kran des Abschleppwagens das Auto fallen läßt, folgen dem kreisenden roten Licht. Am nächsten Morgen gehen wir hinüber, um uns das Auto anzusehen. Manchmal sind Blutspuren auf dem Sitz, vermengt mit dem zersplitterten Glas der Windschutzscheibe. Wenn die Nacht wieder ruhig geworden ist, fühlen wir uns einsam und frösteln, und wenn Rossie da ist, klettert er in eines der Betten und wartet, bis eine von uns neben ihm aufwacht. Dann sind wir so weit weg vom Rest der Welt, dort oben in den Zweigen der Bäume, als sei die Wendeltreppe nur eine zarte Verankerung, an deren Ende wir schaukeln und treiben. Weich und warm und verstohlen berühren wir einander, und so gelingt es uns einzuschlafen. Am Morgen danach haben wir Streit. Es beschämt uns zu wissen, was wir einander bedeuten können. Wir wollen, daß alle glauben, wir verachteten Rossie und daß er uns verachte. Und jeder nimmt es uns ab. Außer vielleicht Neil. Er kennt sich aus mit Jungen. Bei der bloßen Erwähnung von Rossies Namen verzieht er die Lippen und meint, Rossie solle nur mal sein eigener Sohn sein – nur fünf Minuten lang!

Wir stehen auf und gehen auf das Haus zu, Celia stolpert ein paarmal und will wissen, was passiert ist. Wir ignorieren sie, schauen auf die Lichter in den verschiedenen Zimmern des Hauses, Lichter, die womöglich tagelang nicht ausgeschaltet wurden, eine Nachlässigkeit, die Gram wegen der Verschwendung, die auf ihre Rechnung geht, auf die Palme bringt. Während wir hineingehen, schallt immer noch Gelächter heraus, wir haben einen Augenblick lang vergessen, daß Neil da ist.

»Ich weiß nicht, wie Grace es fertig bringt«, hören wir Tante Elinor. »Wenn ich allein bin in der Stadt, koche ich nicht einmal Wasser.«

Für uns ist das durchaus verständlich, ihre New Yorker Existenz weit entfernt von so niedrigen Anliegen wie Essen und Trinken. Wir sitzen auf dem Boden des Eßzimmers, teilen die Karten für ein Rommé-Spiel aus, beobachten Tante Grace, wie sie hin und her geht, und lassen uns kein Wort entgehen.
Neil fängt an. »Das war niemals mein Leibgericht« und meint Tante Elinors Wasser.
Tante Libby sagt: »Wißt ihr, es stimmt, wenn Mama sagt: ›Wenn ich ein paar Kilo Butter und ein paar Liter Sahne für alles verwenden würde, was ich mache, würdet ihr meine Kochkunst auch über den grünen Klee loben.‹ Ich halte Grace für die beste Köchin.« Gesagt mit der Unparteilichkeit von jemand, der bestimmt nicht im Rennen ist.
»Ich werde den ganzen Wirbel nie begreifen«, sagt Tante Rachel. »Mir scheint, daß jeder, der lesen, auch kochen kann.«
»Hört hört«, sagt Neil. Genau das ist es, was er wollte. »Das erklärt alles, Ellie. Du kannst nicht lesen. Und die ganze Zeit über hast du es verborgen. Also, ich wünschte, eine von euch zukünftigen Bardamen« – er dreht sich weg vom Tisch, sieht, daß wir ihn beobachten und ihm zuhören – »würde sich ein wenig Zeit nehmen und eurer Tante das Lesen beibringen. Bestimmt wird sie sich als gelehrige Schülerin erweisen. Obwohl, in Anbetracht eurer Rechtschreibkünste – ich habe da meine Zweifel. Könnte ja sein, daß von euch auch keine lesen kann.« Dabei verzieht er sein Gesicht, es wird verächtlich und nimmt jenen Ausdruck an, den wir kennen, wenn er privat zu uns sagt: »Ich weiß wirklich nicht, weshalb ich mich jemals mit so einer Idiotenbande abgegeben habe.« Jedenfalls lachen sie alle noch. Es ist ihre Liebe zueinander und ihre Intensität. Auch Tante Elinor lacht, ausgiebig, musikalisch, wie sie alles tut.
Neil sieht uns nicht mehr fragend an, er wendet ihr seinen Blick zu und lenkt unser aller Aufmerksamkeit auf sie. »Übrigens hat niemand behauptet, du könntest nicht *reden*. Wahr und wahrhaftig nicht. Niemand hat das behauptet.«
»Nun mach mal ’nen Punkt, Neil«, sagte Tante Grace. »Ellie redet nicht mehr als wir alle.«
»Hm?« Er spielt den Trottel. »Ist das die Möglichkeit! Da hast

du aber letzte Nacht im Bett etwas anderes gesagt.« Tante Grace hält beim Abwasch inne. Unter ihrer dunklen Haut steigt Röte auf, auch ihr Ausdruck verdunkelt sich und ihre Augen sinken tiefer in ihre Höhlen zurück. Ohne zu antworten ergreift sie das Küchenmesser, rasch, mit Grams vererbtem Tempo, und viertelt grüne Paprika und Tomaten.

Aber Tante Elinor ist immer noch freundlich, Neil sieht uns wieder an und zwinkert, er weiß, wir sind seine Verbündeten, weiß, was wir denken. Obwohl wir es uns nicht anmerken lassen.

»Kehren wir zurück zum Kochen, ja? Es würde mich interessieren, von euch ausnahmsweise mal zu hören, was ihr wirklich denkt. Anstatt immer nur dieses Geschwätz und eitel Freude und Sonnenschein. May: Du mußt dir doch ein Urteil gebildet haben.«

Neil hat uns erzählt, Tante May sei die einzige der Schwestern außer Grace, die zu Hoffnungen berechtige. Daß sie nicht nur ein Farmtrampel aus Ohio sei, die sich aufspiele. Nun räuspert sie sich vor lauter Bescheidenheit, und uns fällt sofort ein, daß es bei ihr immer am besten schmeckt, vielleicht, weil auf ihrem Tisch stets eine gestärkte, gebügelte Leinendecke liegt und glänzende Silberbestecke und es zu ihrem rosengemusterten Porzellangeschirr passende Gemüseschüsseln gibt, in denen Spinat oder Broccoli in köstlicher Buttersauce schwimmen. Aber sie sagt nur: »Ich glaube, wir können alle gut kochen. Haben es wohl von Mama geerbt.«

»Schön«, sagt Neil, »wenn ihr Pfeffer und Mehlpampe vorzieht.« Dabei stößt er langsam die Luft aus und fängt an »There is a long, long trail a-winding« zu pfeifen. Es ist eine der Melodien, die er uns beigebracht hat, ein Lied aus jener Zeit, da er auf der bloßen Erde unter dem Sternenhimmel irgendeiner einsamen Prärie geschlafen hat, ein *vaquero* war und zwischen einer Schindmähre und einem Vollblut zu unterscheiden lernte. Manchmal, in Sommernächten, liegt er neben uns im kühlen Gras und zeigt uns die Sternbilder, lehrt uns, Kassiopeia und Pegasus auszumachen, erzählt uns von den Lichtjahren, die uns von den Gestirnen trennen. Niemals wissen wir genau, ob das, was er uns erzählt, wahr oder erdacht ist. Jetzt hält er in seiner Melodie kurz inne und sagt im Takt: »Jawohl. Gewiß. Die Schönheit habt ihr auch geerbt.« Dann pfeift er weiter, bis er hinzufügt: »Von den Knien aufwärts.«

Mit dem Verklingen der Melodie macht sich die Stille im Raum derart fühlbar, daß wir das Öl in der Pfanne brutzeln hören. Die Beine unserer Mütter und Tanten gehören zu denjenigen Dingen, die wir nicht erwähnen dürfen, wie ihr Alter. Geheimnisse. Einmal fanden wir Briefe, die Tante Rachel 1935 von einem Verehrer erhalten hatte. Damals war sie siebzehn, wir rechneten rückwärts und vorwärts, errechneten ihr Alter und warfen es ihr vor. »Schsch«, hatte sie gesagt, wobei ihre schrägen, exotischen Augen verschwörerisch blinzelten. Und sofort vergaßen wir es, weil sie es wollte und weil wir sie alle als jenseits gewöhnlicher Zeit oder Entfernung sahen – wie Filmstars.

»Ach hätt' ich nur mein Klavier«, quält Neil sie dann. Es ist seine Art, die zwar stämmigen, schweren, aber doch elegant geschwungenen Fesseln zu beschreiben, die ihre Körper tragen. Wieder lachen sie, Tante Elinor am lautesten, gewagtesten, denn von allen fünf Schwestern ist sie die einzige, die etwas füllig ist, allerdings mit festem Fleisch – eine Eigenschaft, hatte Neil uns anvertraut, die ihr in einer Damenringer-Riege einen sicheren Platz verschafft hätte. Wir finden es komisch, wir kichern boshaft, wir stellen uns vor, wie Tante Elinor, gedrungen und muskulös, ihre Gegnerin niederhält. Wir müssen diese Witze vor ihr verbergen. Wie die anderen. So hat zum Beispiel Tante Libby von Neil insgeheim den Namen Penelope bekommen, weil es, sagt er, keinen gibt, der so lange dazu braucht, etwas fertig zu machen. Gram ist Hekuba – und das nur, wenn er nett über sie spricht.

Aber an diesem Sommerabend ist Gram bereits ausgeflogen, um sich zu vergnügen, Grandad ist in der Scheune und melkt die Kühe, und Neil sorgt für eine friedliche Stimmung in der Küche. Eine Zeitlang unterhält er sich mit Tante Elinor durchaus ernsthaft über die Welt der Werbung. Tante Grace müht sich ab mit einem komplizierten Rezept für *egg foo yong*, es macht ihr offensichtlich Spaß, ihre Kochkunst zu demonstrieren. Neil behauptet, sie mache großes Aufhebens um ein einfaches Omelett, trotzdem sieht er stolz aus, und Tante Elinor erklärt, es sei eine Spezialität der besten Restaurants in Chinatown und Tante Rachel meint, wir seien bestimmt die einzige Familie in ganz Sherwood, die so etwas heute abend essen würde. Dies wiederum veranlaßt Neil zu der Erklärung, er sei froh, sich in solch exklusiver Gesellschaft zu befinden. Er geht hinüber, um sich noch einen Drink zu holen und kneift Tante Grace in den Po, was sie zusammenzucken und ihn zornig anstarren läßt. Aber er lacht nur noch mehr und sie lächelt ein wenig gezwungen, unseretwegen, auch als er allen verkündet, er müsse sich zeitweise große Mühe geben, seine Frau in Schwung zu bringen, weil sie sonst zu einer prüden, alten Jungfer schrumpfen würde. Tante Grace sagt achtlos, daß sie lieber sterben würde.

Wir essen unsere Abendmahlzeit etappenweise, während Tante Grace am Herd steht und die Temperatur unter dem Öl während der letzten Phase der Zubereitung dieser exotischen Gemüse-Pastetchen genau reguliert. Es gefällt ihr anscheinend, uns zu bedienen, und ihre Schwestern sind restlos entzückt von dem, was sie serviert. Als Grandad mit der Milch hereinkommt, weigert er sich, das Gericht zu kosten, er will sich nicht einmal an den Tisch setzen, um das zu essen, was Gram für ihn übriggelassen hat, sondern stellt sich an den Spültisch in der Speisekammer. Tante Grace regt sich nicht weiter darüber auf, gießt ihm in seinen bevorzugten Becher Kaffee ein und hilft ihm beim Abkochen der Milch. Dann sagt er, während er auf Socken in Richtung Wohnzimmer trottet und verlegen grinst: »Der Mensch ist ein Gewohnheitstier«, und sie lächelt, als stimme sie ihm zu. Zumindest hat er endlich begriffen, daß er seine Arbeitsstiefel draußen auf der Veranda lassen muß, und nur manchmal stapft er einfach über den Teppich zu seinem Stuhl in der Ecke und hinterläßt überall Häcksel und Scheunenhofunrat – und das, so behauptet Neil, tue Grandad aus Protest, weil er zeigen wolle, daß in ihm doch noch so etwas wie der Rest eines Mannes stecke.

Neil und Grandad kommen eigentlich recht gut miteinander aus, zumindest glauben wir es, weil sie sich manchmal, in der

Scheune, mit dem Apfelwein, den Grandad dort versteckt hat, gemeinsam einen antrinken. Ab und zu gesellt sich Onkel Dan zu ihnen, aber ihm wird jedesmal so übel, daß er sterben möchte, und da zu seinem schlechten Gewissen und dem Holzgeist, der ihn krank macht, auch noch Tante Libbys Vorwürfe kommen, meint er, es sei gescheiter, das Zeug nicht anzurühren und es für die Erwachsenen aufzubewahren.
Aber Neil meint, der alte Jake solle nicht als einziger zur Schnecke gemacht werden. Darum leistet er Grandad recht oft Gesellschaft, und dann kommen die beiden, wenn es dunkel geworden ist, die Einfahrt entlang, grölen, die Arme umeinandergelegt, Neils Western Songs, torkeln und umklammern sich. Und schimpfen auf die Weiber. »Theater«, sagt Tante Grace, »nichts als Theater.« Ausnahmsweise sperrt sie alle Türen zu, schaltet das Licht überall aus, damit das Haus im Dunkel liegt, und geht zu Bett, während die beiden draußen ballern und singen und wütend werden. Einmal war Neil leise auf das Verandadach geklettert und wollte gerade durch das offene Fenster in Grams Zimmer steigen, als diese, im Glauben, es wolle ihr jemand die Handtasche stehlen, die sie unter der Matratze versteckt hielt, den Nachttischwecker nach ihm warf. Die Uhr zersprang in tausend Stücke und erschreckte Neil so sehr, daß er rückwärts taumelte und nur deshalb nicht vom Verandadach stürzte, weil er sich an den Jalousieschnüren festhielt, bis er sein Gleichgewicht wiederfand. Alle waren überzeugt, daß es ein Wunder war, daß er sich nicht das Genick gebrochen hatte. Er stimmte zu, zweifellos, aber eigentlich habe ihn nur die Empörung gerettet – als er merkte, daß er die alte Hexe nicht mitnehmen konnte. Er behauptete außerdem, wenn Gram ihre Handtasche nach ihm geworfen hätte, wäre er erledigt gewesen, denn die sei voll von Goldbarren, weshalb hätte sie sie sonst so scharf bewacht? »Du hast deine Chance verpaßt«, erinnerte er sie von Zeit zu Zeit, wobei er gleichzeitig die Brauen hob und die Augen zusammenkniff.
Nachdem wir alle *egg foo yong* und die scharfe, süß-saure Soße, die dazu gehört, gegessen haben, geht Tante Grace immer noch zwischen Herd und Spültisch hin und her. Sie stapelt Teller,

wischt die Anrichten ab, während Neil mit uns fingerhakelt, wobei je zwei von uns seinen sehnigen, muskulösen Arm auf die Tischplatte zwingen sollen. Dabei behauptet er, keine von uns wisse, was harte Arbeit bedeute: Wieviele Stunden an einem Sommertag hätten wir zum Beispiel auf einem Heuwagen verbracht? Er fordert Tante May heraus, die wenigstens – das billigt er ihr zu – viele Berge Wäsche zum Trocknen aufgehängt habe. Nachdem er mit ihr ein paar Minuten gerungen hat, nagelt er ihren Arm plötzlich, als sei er nur ein zerbrechliches Stück Holz, auf die Tischplatte. Um ihr schmales Handgelenk sehen wir einen roten Streifen, ihre Augen überzieht ein kaum merklicher Tränenschleier. Tante Grace hat ihren Teller auf den Tisch gestellt und fängt an zu essen. Sie sagt zu Neil: »Du solltest dich schämen«, worauf er die Arme nach hinten schwingt und seine Hände über dem Kopf schüttelt, als wolle er sich selbst gratulieren. Versehentlich fegt er dabei ihren Teller zu Boden.

Tante Grace springt auf, als habe sie das Unglück selbst verursacht. Wir können nur gebannt zuschauen, wie sie auf dem Boden neben ihrer ruinierten Mahlzeit kniet und ihr das Haar ins Gesicht hängt. Dann sackt sie inmitten von Scherben und *egg foo yong* zusammen und fängt an, auf eine merkwürdige, trockene Art verzweifelt, würgend zu schluchzen. Wir sind alle wie versteinert. Es ist, als ringe sie nach Luft, aber wir können ihr nicht beistehen. Tante May sagt: »Du lieber, allmächtiger Gott«, und eilt zu Tante Grace hinüber, hilft ihr, sich auf den Boden zu setzen und streicht ihr das Haar glatt. »Du mußt ja unglaublich müde sein«, murmelt sie. »Mühst dich ab für uns, schuftest den ganzen Nachmittag, während wir nur einfach hier sitzen und es uns schmecken lassen.« Inzwischen sind die Schwestern lebendig geworden, kehren die Scherben zusammen und lassen Wasser in den Scheuereimer laufen. Sie ziehen Tante Grace hoch und hinüber zum Tisch. Tante Elinor hält ihre Hand. Aber Tante Grace rückt von ihr ab, legt den Kopf auf die verschränkten Arme und bricht wieder in Schluchzen aus. Als alles abgeräumt ist, wird der Teekessel aufgesetzt. Tante May will Tante Grace ein gewöhnliches Omelett braten, weil die andere Teigmischung aufgebraucht ist, und fängt an, Eier zu schlagen. Tante Grace meint, sie sei zu verstört, um zu essen, läßt sich jedoch ein nasses Tuch bringen, um sich das Gesicht zu kühlen. Langsam beruhigt sie sich wieder und knabbert an dem Toast, den ihr Tante Libby vorsetzt.

»Ich weiß wirklich nicht, was mit mir los ist«, meint Tante Grace und setzt, trotz verweinter, verschwollener Augen, ein zaghaftes Lächeln auf. Das Grübchen in ihrem Kinn sieht aus wie ein winziges Schlüsselloch. »Ich weiß es nicht. Es war alles so traurig, die Schweinerei, alles. Die Verschwendung. Und das, nachdem alles so gut verlaufen war.« Zum ersten Mal sieht sie Neil an. Er hat sich weder gerührt noch hat er gesprochen. Sein Mund ist verkniffen, der Blick wie kurzsichtig, verengt, als wolle er alles andere ausschließen. Dann sagt er: »Wie wäre es, wenn du nur ein einziges Mal mit einem simplen Mißgeschick fertig würdest, ohne daraus eine Tragödie zu machen.« Er ist wütend auf sie. Wieder legt sie den Kopf auf den Tisch, wir sehen, wie ihre Schultern beben, wir können nichts tun, um ihr zu helfen. Tante May fährt ihr übers Haar, keiner sieht Neil an.

»Um Himmelswillen, Grace«, sagt er, »nimm dich zusammen. Wenn du so weitermachst, wird eines der Mädchen hier einen Pelzmantel oder etwas ähnliches opfern müssen.« Er wirft den Kopf zurück, trinkt und sieht dabei an seiner beweglichen, dünnen Nase hinunter, als beherberge er in sich ein lautloses, unfrohes Lachen. Er schaut uns an, schämt sich für nichts, während wir alle betreten sind, bis auf die Haut vor ihm und uns selber ausgezogen.

»Mama hat mir den Mantel gegeben, weil sie euch die Anzahlung für euer Haus gibt«, sagt Tante Rachel zu Tante Grace. »Was willst du denn noch?«

»Um den Mantel geht es mir nicht«, sagt Tante Grace. Das Haar hängt ihr immer noch unordentlich ins Gesicht. »Das ist es nicht.«

»Wenn es das nicht ist, Schwester, dann solltest du dir wenigstens nicht widersprechen; ich stehe nämlich sonst als Lügner da. Oder als Trottel.« Neil sagt es so ruhig wie sonst was.

Die Rivalität zwischen uns steckt an, vielleicht haben wir sie,

wie Neil behauptet, im Blut. Und nun lehnt er sich zurück, um sich daran zu weiden. Die Frauen haben den Abwasch vergessen.
Tante Grace wirft ihr Haar zurück, aus ihren Augen blitzt es so, daß wir die Hitze spüren, obwohl sie sich an Tante Rachel gewendet hat. »Glaub nur nicht, ich wüßte nicht, was du vorhast. Die ganze Stadt weiß es. Ein verheirateter Mann. Aber wann hat dich das jemals zurückgehalten? Du heiße kleine Nummer.« Auf einmal ist Haß zwischen den beiden, Tante Graces Stimme ist belegt, nasal. »Immer wieder dieselbe alte Geschichte. Jedenfalls brauchst du dir meinetwegen keine Sorgen mehr zu machen. Ich bin krank, krank sage ich. Krank.« Ihr Schluchzen klingt, als ob sich jemand übergibt.
Tante Rachel läßt den Kopf hängen, als verdiene sie die Schelte. Wir denken an ihre übereilte Heirat, an Rossie, an die Scheidung. Das ist so lange her. Wir begreifen nichts. Jetzt unterrichtet sie in einem Studio in der Stadt Gesellschaftstanz. Welche Schande verraten die Hände, die sie in ihrem Schoß wringt?
Diesmal kommt Tante Libby Tante Rachel zu Hilfe. »Hört auf, verflucht nochmal, hört auf! Dir paßt es nicht, wie die Dinge sind, und mir paßt deine ewige Nörgelei nicht. Hast du nicht Tom Buck einfach fallenlassen, nachdem du ihn hingehalten hast? Stellt sich heraus, daß du trotzdem nicht sehr wählerisch bist.« Sie sieht Neil an – wenn sie erst einmal in Fahrt ist, kann sie es mit ihm aufnehmen. »Keiner von beiden ist einen Scheißdreck wert, wenn ihr mich fragt!«
Neil tippt sich an den Hut, macht tsk-tsk, biegt die Krempe herunter. Offensichtlich macht es ihm Spaß, er bekommt genau das, was er haben will. Er trägt oft einen Hut, spielt Theater damit, manchmal ist es einer von Gram mit einem gestärkten Schleier oder eine Schirmmütze, wie sie die Croupiers am Spieltisch tragen. Er kann alle Rollen spielen. Tante Grace steht vom Tisch auf, geht zur Hintertür, sieht hinaus ins Dunkel. In der Stille zirpen die Grillen.
»Seid nicht so hart«, sagt Tante May. »Grace hat es nicht so gemeint. Sie ist erschöpft und nervös.«
»Das wissen wir«, sagt Tante Elinor. »Trotzdem ist es Ressenti-

ment und Neid. Selbstmitleid. Und du hast doch soviel zu bieten, Grace.« Dabei lächelt sie uns an, hofft, daß wir uns alle mit Dankbarkeit erinnern.
Tante Grace, immer noch mit dem Rücken zu uns, antwortet wehmütig, reuevoll, besorgt. »Es geht nicht um Tom oder um dich, Rachel. Um nichts, was du getan hast. Auch nicht um Geld. Es ist nur das Gefühl, als sei man ausgeschlossen und allein, und manchmal denke ich, Mama hat sich gegen mich gewendet. Die halbe Zeit wohne ich hier bei euch, mache fast die ganze Arbeit. Das ist nicht etwa ein Vorwurf, es ist immer so gewesen. Als ob ich nicht hierbleiben könne, wenn ich nicht arbeitete. Und nun weiß ich nicht, ob ich noch Zeit habe, in diesem Haus zu wohnen oder mich überhaupt an den Dingen, die ich mir gewünscht habe, zu freuen.« Mit halbem Lächeln, hocherhobenen Armen und leeren Händen dreht sie sich um und sieht ihre Schwestern an. Dann hebt sie die Schultern und sagt: »Ich habe solche Angst.«
Jetzt ist sogar Tante Libby still, obwohl sie bereits den Mund geöffnet hatte, als von Hausarbeit – ein Streitpunkt zwischen ihr und Tante Grace – die Rede war. Uns hat Neil einmal erklärt – als er für eine große Firma als Fachmann für Arbeitsabläufe zuständig war –, daß Tante Libbys Bewegungen so langsam seien, daß sie unterhalb einer meßbaren Schwelle lägen. Tante Grace schweigt jetzt und kommt an den Tisch zurück. Sie starrt auf ihre verschränkten Arme, die so mager sind, daß die Ellbogenknöchel fast die Haut durchbohren. Ihr pechschwarzes Haar, die durch den gesenkten Kopf dunkler schattierte Haut, die straff gespannten Augenlider verleihen ihr das Aussehen eines Halbbluts, als sei sie in der Tat nur ganz entfernt verwandt mit uns. »Es tut mir leid, Rachel«, sagt sie. »Ich hab's nicht so gemeint.«
»Mein Gott, Schwester«, wirft Neil ein, »das hättest du besser machen können. Ich dachte, ich hätte mir zumindest diejenige ausgesucht, die nicht jedesmal zu Kreuze kriecht.«
»Du Miststück.« Tante Rachel spricht nun für sich selbst. »Laß sie in Ruhe und halt den Mund.« Dabei starrt sie Neil wütend an, mit einem Blick, der anscheinend ewig dauern soll. Neil

merkt es, entzieht sich der Herausforderung, schnaubt aber verächtlich, schlägt sich aufs Knie und läßt seine Stimmung umschlagen. »Donnerwetter«, sagt er, ergreift das Wort, redet schnell, wartet nicht auf irgendwelche Antworten, als sei er auf der Bühne oder erzähle Geschichten beim Lagerfeuer. Er behauptet, seiner Meinung nach gebe es nichts auf der Welt, das auch nur entfernt so erfrischend oder grotesk sei wie Weiber in ihrem natürlichen Lebensraum. Es freue ihn ungemein, daß seine Töchter dabei seien, beobachten und lernen könnten, obwohl sie natürlich nicht die Spur einer Chance hätten, denn bereits jetzt atmeten sie eine Luft, die durch Habsucht, Selbstmitleid und den Gestank engstirniger Eitelkeit verseucht sei. Das erinnere ihn an einen Maultiertreiber, dem er damals, als er im Westen war, begegnet sei, einer Kreuzung aus Wiesel und Schlange. Einmal sei ein Städter zu ihm gekommen und wollte die bösartigste, erbärmlichste Schindmähre im Stall haben. »Du kannst sie nicht gleich mitnehmen«, habe er gesagt, »denn sie wäscht gerade das Geschirr.« In Neils Augen sind wir alle Pferde, ungebärdig und anfällig dafür, uns in der Zugluft den Tod zu holen.

Neil erzählt weiter von seinen Abenteuern im Wilden Westen und wie er, als Cowboy, sehr früh erfahren habe, daß es, wenn es überhaupt auf der Welt etwas Enttäuschenderes gäbe als die menschliche Spezies, dies *Equus caballus* sei – daß samstag abends der Gestank von Pferdefleisch eigentlich nur mit einem ähnlichen ausgetauscht wurde, nur diesmal kostete es etwas. Die Schwestern ignorieren ihn, eilen geschäftig hin und her, kreisen umeinander, weben sich zu Mustern fast wie in einem formellen Tanz, ihre weiten Kleider und lose hängenden Haare wie flatternde Bänder, während sie Teller aufstapeln, Tisch und Anrichten abwischen. Tante Grace muß sitzenbleiben. Wieder beteuern sie, wie schrecklich gedankenlos sie gewesen seien, ihr die ganze Last aufzubürden. Tante Rachel schenkt Tante Grace nochmals Tee ein, in eine der zarten, rosengemusterten Porzellantassen aus dem Eßzimmerbüffet, und Tante Grace legt ihre Hand, knochig, mit dick verknoteten Adern, auf Tante Rachels mollige Finger. So bleiben sie sitzen, der Zwist ist beigelegt.

Jenseits des Fliegengitterfensters, auf der anderen Seite der Einfahrt, liegt der raschelnde Obstgarten, die Bäume dicht beieinander, eingehüllt in den schweren Duft faulender, reifender Äpfel, durchfurcht von den Hufen der Pferde.
Neil hört nicht mehr zu. Dann sieht er Tante Grace an, greift sich eine gelockte Strähne, die ihr auf den Hals fällt, stülpt sie sich über den Finger, wo sie ein Schleiernetz bildet. Unter dieser Geste zittert sie und blickt ihn mit traurigen Augen an. Seine dagegen sind voller Humor, ja fast sanft, als er von ihr wissen will, ob sie neuerdings Belladonna einnehme – so erweitert seien ihre Pupillen. Dieses Wort und das bißchen Liebe in seinen Augen tun ihre Wirkung. Ihr Gesicht verliert seinen verzweifelten, erschöpften Ausdruck, sie lächelt ihn schwach an, meint, die Luft, die wir atmeten, sei giftig genug. Dann schickt sie uns hinaus, ist sich erst jetzt bewußt, daß wir die ganze Zeit über da waren und zugehört haben – hinaus auf den Hof, in die klare Abendluft, wo es lustiger ist und wir uns etwas wünschen können, wenn Sternschnuppen fallen. Erleichtert rennen wir die Verandastufen hinunter, aber Neils Stimme verfolgt uns. »Gott bewahre sie davor, jemals den Dingen, wie sie sind, ins Auge sehen zu müssen.« Dann sein verbittertes Lachen. »Was ist Wahrheit?«, fragt er. »Du siehst, Ellie, du bist nicht die einzige, die in der Bibel liest.« Dann werden die Stimmen gedämpfter, sanft, intim, und nur manchmal klingt ihr Lachen an unser Ohr, durchdringt das Vergessen, das wir in der unwirklichen Dunkelheit finden.

Dann hören wir etwas sich im Unkraut hinter dem Hof bewegen. Zuerst sind wir ängstlich, dann, als wir uns herangeschlichen haben, sehen wir, daß es Rossie ist, der Queenie am Zaum führt. Er reitet sie fast nie, dafür ist er bereits zu schwer, aber er kommandiert sie noch immer herum, weil sein Vater sie ihm geschenkt hat. Queenie ist der einzige lebende Beweis für die Existenz dieses Mannes – außer Rossie natürlich – aber Gram kann sich noch gut an ihn erinnern und hat uns erzählt, seine Freunde hätten ihn »Dopey« genannt. Manchmal haben wir Angst, Rossie könne Queenie weh tun. Wir wollen sie schützen,

ihn verpetzen. Aber an diesem Abend sind wir zu überrascht und aufgeregt, weil er sie hier im Dunkeln bei sich hat.
»Wir wollen auch mal reiten«, schreien wir, als wir die beiden klar erkennen können.
»Ruhe!«, sagt er. »Wer ist da?«
»Wir.«
»Okay. Heute hab ich euch ein Kunststück gezeigt. Jetzt werde ich selber eins vorführen. Wie beim Rodeo. Und ihr könnt zusehen. Macht das Licht an.«
Celia kann sich an kein Kunststück erinnern, aber wir erinnern uns sehr wohl daran, wie sie über den Hof geflogen ist.
Danach stellen wir uns im Halbkreis zwischen dem Maisfeld und dem Rasen auf, wo er Queenie besteigt. Er trägt eine Weidengerte. Meist ist es schwer, das Pferd überhaupt zu bewegen, oder sie galoppiert mit uns zur Scheune.
Das Licht von der Veranda wirft einen Kegel über den Rasen und sieht aus wie ein Bühnenscheinwerfer. Rossie zieht die Zügel straff, gibt Queenie einen Tritt und versetzt ihr einen Hieb mit der Gerte. Aufgeschreckt bockt sie und stellt sich auf die Hinterbeine. Rossie rutscht beinahe herunter. Selbst in dem schwachen Licht können wir sein Gesicht erkennen, etwas in uns schreckt zurück. Wir kennen Rossies Gesichtsausdruck, wenn nicht alles nach seinem Willen geht, kennen sein Gesicht, wenn er auf unseren Bäuchen sitzt und mit den Fäusten auf unsere Brustkästen trommelt. Nun schlägt er wieder auf Queenie ein. Als erkenne sie ihre Lage, explodiert sie und galoppiert auf die Scheune zu. Rossie ist so groß, daß seine Füße die Erde streifen würden, wenn er sie nicht anzöge. Die leeren Steigbügel klatschen, der Sattel knirscht und verschiebt sich. Noch nie haben wir Queenie so galoppieren sehen. Sie rast, als sei Rossie ihr zuviel geworden, wie er auch für seine Mutter, für uns zuviel geworden ist.
Jetzt kniet Rossie auf dem Pferd, und während der Pfosten der Wäscheleine immer näher kommt, erhebt er sich, steht aufrecht im Sattel. Bravo! Aber nur einen Augenblick, danach ist er im Dunkel verschwunden, als habe ihn Gottes Hand weggezaubert, und Queenie rast um die Ecke der Einfahrt. Vom Obstgarten

kommt das Stampfen der Arbeitspferde, die neben Queenie galoppieren und leise wiehern.
Wir beugen uns über Rossie. Dicht bei ihm, auf dem Erdboden, tanzt immer noch das lose Ende der Wäscheleine. Wir haben Angst bekommen, bereuen es, gelacht zu haben.
»Laßt mich in Ruhe«, bringt er hervor und will sich aufsetzen. Dabei wischt er sich mit dem Handrücken die Tränen weg. Er legt sich wieder hin.
»Er ist tot«, sagt Katie, und wir lachen wieder.
Rossie setzt sich auf. »Haltet doch den Mund, ihr Idioten.« Er hustet, es klingt schwach. Wieder lachen wir und springen zurück, damit er uns nicht schlagen kann. Als er dann schwankend auf die Füße kommt, rennen wir auf das Haus zu. »Tollwütiger Hund. Tollwütiger Hund.« Wir können es kaum erwarten, von Rossies Mißgeschick zu berichten. Wir wissen, daß Neil insgeheim froh darüber sein wird.
Aber wir erzählen es nicht. Sie spielen und haben uns vergessen. Was Neil wohl über Tante Grace weiß? Er scheint unverändert. Nun ist alles weggeräumt, die Frauen sitzen mit Neil an dem ausgezogenen Tisch und spielen Karten. Grandad schläft, Onkel Dan ist noch in seinem Metzgerladen. Neil macht immer wieder Stiche, die Frauen passen nicht auf, weil er dauernd Späße macht und herumalbert. Sie sind erleichtert, daß der Streit vorbei ist. Neil nimmt sich alle Herzkarten und die Pik-Dame. Sie verlieren und müssen immer wieder Karten aufheben und benehmen sich, als mache es ihnen unbändigen Spaß. Als wäre es ein Fest. Als liebten sie ihn. Als sei es ihnen egal. »Ihr Mädchen schlagt überhaupt nicht nach eurer Mutter«, meint er, denn Gram wird jedesmal wütend und spielt nicht weiter, wenn sie verliert, und schummelt selbst beim Patiencelegen. Sie fehle ihm fast, sagt er. »Wenn die alte Dame hier ist, weiß man immer, daß jemand zu Hause ist.«
Wir gehen weg. Oben steht die Tür zu Tante Rachels Zimmer offen, und ihre beiden Porzellanlampen, ein Schäfer und eine Schäferin, sind angeschaltet. Unschuldig und süß lächeln sie unter den geriffelten, elfenbeinfarbenen Schirmen. Vor dem Spiegel der Frisierkommode stehen Tante Rachels Cremedosen

und Parfümflaschen, liegt ihre vergoldete Toilettengarnitur, ihre Haarnadeln. Jahrelang haben wir uns in ihr Zimmer geschlichen, ihren Puder verstreut, ihre Pumps, ihre eleganten Sachen anprobiert, und sind im ganzen Hause und in der Einfahrt herumstolziert. Sie hat sich auf ihre nachsichtige Art beschwert, aber wir haben es nicht beachtet, wir tun, was wir wollen, versprühen ihr Lieblings-Eau-de-Cologne. Jetzt aber ist Neil da und hat das Sagen, er meint, jemand müsse Tante Rachel beschützen. Er hat uns befohlen, nicht einmal ihr Zimmer zu betreten und daß, bei Zuwiderhandlung, wenigstens seine beiden Töchter, über die er angeblich noch einige Autorität habe, sich lieber dem Fegefeuer als seinem Zorn ausliefern sollten. Er sagt, daß hier alles ganz anders sein würde, wenn er zu befehlen hätte.
Wir stehen im Türeingang, schleichen uns näher. Celia und Jenny probieren Lippenstifte aus. Dann streicht Celia sich die Haare mit dem Schildpattkamm glatt. Unten geht das Spiel weiter. Wir hören, wie Neil die Herzdame »herausräuchert«. Tante Elinor paßt nicht auf und läßt sich in die Karten schauen. Neil meint, sie könne ihren gigantischen Busen für etwas Nützliches gebrauchen. »Klar schau ich hin! Natürlich«, hören wir ihn. Sie lachen, meinen, er sei unmöglich. »Ihr Weiber weckt immer das Schlimmste in mir«, gibt er zu.
Sie sind weit weg und amüsieren sich, also schleichen wir uns an den beleuchteten Frisiertisch. Was gibt Neil das Recht, hier zu sein? Und uns herumzukommandieren? Wir tun, was wir wollen. Unten spielen sie ihr Spiel, wir machen uns neue Frisuren, lackieren uns die Nägel. Celia legt eine von Tante Rachels Platten aufs Grammophon, wir tanzen der Reihe nach.
Tante Rachels Handspiegel fällt zu Boden. Zersplittert. Sofort ist Neil zur Stelle, mit einem Satz ist er aus der Küche heraufgesprungen, als habe er nur darauf gewartet. Sein Gesicht ist furchterregend.
»Ihr wollt keine Ruhe geben, was? Nicht, bis ihr kriegt, was euch zusteht.« Er bringt die Worte kaum heraus, aber er wagt sich nur an seine eigenen Töchter. Wir werden über den Flur gezerrt und in ein dunkles Zimmer gestoßen. Aus großer Entfernung ruft Tante Grace: »Neil.«

Keiner kommt. Er schlägt die Schlafzimmertür zu und wirft uns aufs Bett. Wir hören, wie schwer er atmet und dann das Geräusch seines Gürtels, der aus den Schlaufen gezogen wird. Wir fürchten seinen Gürtel, aus Plastik, mit Rillen, die Striemen zurücklassen. Wir warten auf das Sausen in der Luft. Aber es kommt nicht, nur sein Atem geht. Allmählich wird Neil ruhiger, setzt sich auf die Bettkante. Auf seiner Seite gibt die Matratze nach, er ist uns nahe im Dunkel, aber nur, weil die Matratze noch schräg liegt, wissen wir, daß wir nicht allein sind. So lange dauert es, daß wir fast keine Angst mehr haben. Schließlich steht er auf und geht zur Tür, bleibt dort, die Hand auf der Klinke, stehen. Dann kommen seine Worte, müde, ohne Zorn. »Ihr wißt, daß eure Mutter sterben wird.« Licht fällt auf das Bett, wir sehen, daß wir auf Grams bestickter Tagesdecke liegen. Dann ist es wieder dunkel. Er hat die Tür zugemacht, wir fangen an, verzweifelt zu schluchzen, Kummer erfüllt uns ganz und gar, als sei es das einzig wirkliche Gefühl im ganzen Hause und wir müßten nun unser Teil mittragen.

Als wir viel später das Zimmer verlassen, warten Celia und Jenny auf dem Hintertreppenabsatz. Sie gehen mit uns hinunter. Alle haben wir geweint. Wir kriechen den Tunnel des Treppenhauses hinab, hocken uns auf die mit Gummi belegten Stufen. Jetzt sind alle wieder wütend auf Neil, wollen es ihm heimzahlen. Wenn er scherzt, findet niemand es komisch, geht niemand auf ihn ein. Wir stellen uns ihre Gesichter vor, hart, die Augen niedergeschlagen, Neils Stimme höher als gewöhnlich, als habe die Spannung auch ihn ergriffen.

Sie reagieren nicht auf Neils Veränderung, aber irgendwie weiß er, daß wir da sind und richtet seine Worte an uns, die wir jenseits der Tür im Finsteren hocken. Er erzählt eine alte Geschichte aus seinem Leben im Westen, erzählt von den Güterwagen, auf die er aufgesprungen ist. Wie hungrig er war. Wie allein. Er beschreibt die wogende Prärie, den aufgehenden Mond, den unvergleichlichen Himmel. Dann fragt er uns, ob wir die scheue Meise hören könnten. Wir grinsen, als er das sagt, wir glauben nicht, daß es so einen Vogel überhaupt gibt, außer in seinem Kopf. Dann ruft er: »Annie! Katie! Hört auf, die Beleidigten zu spielen, kommt her.« Die Frauen gehen sofort zur Tür, überrascht, ziehen uns herein. Das Licht blendet uns, wir stolpern ins Zimmer wie befreite Geächtete. Wir trinken Limonade, wir beachten Neil nicht, die Frauen machen viel Wirbel um uns, sie wollen uns beweisen, wie sehr sie uns lieben, daß Neil nicht dazugehört.

Neil belehrt uns, daß wir, wenn wir noch weiter unsere Stirnen so runzeln, bereits im Alter von zwanzig Falten haben werden und keinen Mann mehr bekommen, daß wir aufpassen müßten, daß unsere Münder nicht zu Dörrpflaumen würden und daß er überzeugt sei, allen Krankheiten liege aufgestautes, sorgsam gepflegtes Ressentiment zugrunde, insbesondere degenerativen Krankheiten. Und daß, wenn an bestimmten Orten weniger davon vorhanden sei, bestimmte Leute auch nicht immerzu krank seien. Dann kommt er herüber und setzt sich uns zu Füßen.

»Helft eurem alten Vater«, sagt er, und unsere Hände rühren sich fast wie von selbst. Sie massieren seinen Kopf nahe der Stirn, dort, wo das blonde, wellige Haar spärlicher geworden und zurückgewichen ist. Unsere Handflächen sind bald schlüpfrig und ranzig von dem Öl auf seiner Kopfhaut, wir riechen die Säure, als sei es Pferdeschweiß. Er erzählt uns, daß wir eines Tages berühmt würden, daß seit Anbeginn der Welt der Mensch sich mit endlosem Experimentieren bemüht habe, Haare wieder zum Wachsen zu bringen, daß wir beide an jenem großen Familienprojekt – der Zauberei – beteiligt seien. Es könne ja sein, meint er, daß wir das Rezept gefunden hätten. Das beflügelt uns, wir massieren ihn um so kräftiger. Starke Finger, fährt er fort, zahlten sich beim Klavierspiel aus – und auch anderswo. Unter unserer dehnenden, knetenden Massage haben sich seine Augen fest geschlossen, sein Puls hämmert sichtbar unter der gestrafften Haut, erdbeerfarbene Adern unter den dunkleren Sommersprossen. Die Frauen gehen ins Nebenzimmer, wir haben jetzt keine Angst mehr. Neil ruht so entspannt unter unseren Fingern, es scheint, als sei er eingenickt. Wir werden ewig so weitermachen. Er wird uns nie freigeben.

Aber er schläft nicht, er erzählt uns eine neue Geschichte. Wir hätten seine Tante Sara kennen sollen, »mütterlicherseits«. Sie sei eine unglaublich zähe, tüchtige Frau gewesen. Von ihr wurde behauptet, daß sie gerade lang genug bei einer Furche angehalten habe, um ihre Kinder, vierzehn an der Zahl, zur Welt zu bringen, ehe sie weiterpflügte. Als ihr Jüngster vom Heuboden fiel und sich dabei die Zungenspitze abbiß, habe sie sie, warm und glitschig wie sie war, mit Nadel und Zwirn wieder angenäht – schnell, während der Schock die Zunge noch gefühllos gemacht habe. Jedenfalls überlebte der Junge und konnte darüber berichten. Der nächste Arzt wohnte fünfundzwanzig Meilen entfernt, und es geschah zu einer Zeit, da Frauen noch nicht der Vorstellung erlegen waren, die hauptsächlichen Vorteile der Zivilisation bestünden darin, sich gut anzuziehen und Zeit zum Kranksein zu haben.

Er bittet uns, das Licht auszuschalten. Mondlichtstreifen, die in stumpfem Silber durch die wirren Äste im Obstgarten fallen, liegen wie Finger auf der Einfahrt. Die klaren Umrisse der Bäume verraten ihre Persönlichkeit; Neil behauptet immer, sie erinnerten ihn an die Familie – manche ein wenig abseits, am Rande, hier und da ein paar Winzlinge, die verknöcherte Alte im Mittelpunkt, und dann die fünf Schwestern, dicht beieinander, ihre schlanken Zweige ineinander verwoben, jedem Wind ausgesetzt, viel Lärm um Nichts machend. Die abgesägten, mit Wasser vollgesogenen Stümpfe vergleicht er mit den wenigen Männern, die es jemals wagten, sich zu nähern. Wir sind überzeugt, daß Neil überhaupt keiner der Bäume sein kann, sondern eher ein dreister, bunter Eichelhäher, segelnd, prahlend.

»Ach ihr armen, traurigen, heimatlosen Kinder«, singt er leise und erzählt uns von der bösen Welt. »Ihr beide solltet lieber bei mir bleiben. Ihr werdet einsehen, daß hier nicht mehr viel zu holen ist, es sei denn, ihr wollt unaufhörlich singen oder tanzen. Bei mir werdet ihr genau wissen, was ihr bekommt.«

Er schweigt, trinkt. »Und überhaupt«, sagt er und fügt hinzu: »Was bleibt euch denn übrig? Ich bezweifle, daß es euch jemals so schlimm ergehen wird wie eurem armen, alten Papa, als er anno neunzehnhundertfünfundzwanzig von zu Hause weglief. Ich glaube nicht, daß ihr Mädchen so etwas versuchen werdet.«

Wir haben es versucht. Mehr als nur einmal. Vor Jahren, als er uns verprügelte, schworen wir uns, weit weg zu laufen und ihm das Herz zu brechen. Wir holten uns einen Koffer und packten Socken und etwas Unterwäsche ein. Die schienen so verloren in dem großen Gepäck wie wir in der Welt. Neil ging mit uns zur Tür. »Hauptsache, ihr meint es ernst«, sagte er und legte die Stirn in Falten. Zum Schluß schienen wir ihm doch leid zu tun. »Es schmerzt mich wirklich, euch gehen zu lassen. Aber wenn es euer fester Entschluß ist.« Er hob die Schultern, zog die buschig-blonden Brauen hoch. Wie oft hatten wir ihn lamentieren hören, daß er sie nicht auf seinen kahlen Kopf verpflanzen lassen könne. Er gab jeder von uns ein Fünfcentstück, um uns, wie er sagte, eine finanzielle Grundlage zu schaffen. Wir lehnten das Geld ab, noch immer hochmütig, wollten ihn leiden sehen. Dann waren wir draußen in der Fremde, im plötzlichen Dunkel. Die Tür schloß sich. Dieses Schließen wirkte auf uns, als hätten wir Tausende von Meilen zurückgelegt. Wir warfen uns gegen die Tür, trommelten mit den Fäusten dagegen, weinten. Aber er hatte sie versperrt und war weggegangen. Verzweifelt hämmerten wir weiter auf die Tür ein, was anders blieb uns übrig, und dann, wie aus dem Nichts, erschien er, seine Gestalt dunkel gegen den warmen, erleuchteten Raum. »Kommt ihr mir nicht irgendwie bekannt vor?«
»Aber ja doch«, riefen wir mit erstickten Stimmen. »Wir sind Anne und Katie. Deine Töchter!« und schluchzten laut.
»Ach tatsächlich?« Langsam erwärmte er sich. Sah immer erleichterter aus. Schließlich umarmte er uns, erkannte uns als seine beiden geliebten und verloren geglaubten Töchter. Unsere Furcht löste sich in der Geborgenheit und der Erleichterung eines Daheims auf, Neil hatte seiner Liebe endlich Ausdruck verliehen, es war, als ob wir in der Tat eine lange und gefährliche Reise überstanden hätten.
Nun sitzen wir im Dunkel, denken zurück an jene Zeiten, spüren seine Liebe. Lachen mit ihm über seine Späße, die Dinge, die er getan hat. Aus dem Nebenzimmer dringt das Gemurmel der Schwestern, ruhig, friedfertig. »Die halten zusammen wie Pech und Schwefel, was?« sagt Neil. »Muß mich darum küm-

mern. Eindruck schinden.« Er steht auf, streicht sich die überlangen gelben Haare zurück, kneift uns in die Waden, sagt, er hoffe, daß wir niemals Fett ansetzen würden. »Macht mich froh, daß ich euch Mädchen zur Härte erzogen habe«, sagt er. »In Anbetracht dessen, wie sich die Dinge entwickelt haben, hätte ich für euch kaum etwas Besseres tun können.« Es klingt, als sei er stolz auf uns und hätte in Wirklichkeit nie etwas anderes empfunden.

Tante Elinor

Gram hatte uns mit Tom Buck zur Bahnstation geschickt, um Tante Elinor abzuholen. Im Bahnhofsgebäude war es so kalt, daß wir unseren Atem zur gewölbten Decke aufsteigen sahen, die himmelblau und mit goldenen Bändern ausgemalt war wie eine ewig untergehende Sonne. Tom Buck würde demnächst Tante Rachel heiraten. Aber sie war nicht die einzige der Krauss-Töchter, die er geliebt hatte. Vor Jahren war es Tante Grace gewesen, er hatte sie heiraten wollen, aber das war lange her, als sie noch aufs College ging und ehe Neil aufgetaucht war. Es war, als sei der Tod dieser alten Liebe zusammengeflossen mit Graces Tod und laste immer noch auf ihm, jedenfalls dachten wir daran, als er zu den Holzbänken hinüberging, die wie Pulte in einem altmodischen Klassenzimmer aufgereiht waren. Da saß er, zusammengesunken, den Kopf in den Händen.

Der Zug aus New York, hatte er uns mitgeteilt, habe wegen des Sturms in der Nacht Verspätung. Wir sagten nichts, waren überzeugt, er würde nie kommen. Tante Elinor hatte uns im Stich gelassen, wir hatten nur den einen Gedanken: Wenn sie doch rechtzeitig gekommen wäre. Die Bahnstation wirkte nackt im Licht des Schnees und so riesig wie eine Wegstation zum Himmel unter dieser hohen, blauen Kuppel, in der vielleicht der Geist der Toten schwebte, von wo wir ihn vielleicht zurückrufen könnten. »Komm zurück«, beteten wir. Tom Buck mußte sich die Augen wischen, den ganzen Vormittag über weinte er schon. »Ich muß aufs Klo«, sagte Katie. Wir gingen mit, es gab uns etwas zu tun. Keramikfliesen, winzige, eingelegte schwarzweiße Sechsecke, bedeckten Wände und Fußboden mit schmutziger Präzision. Alle Toiletten hatten metallene Türschlösser, die nach Einwurf eines Zehncentstückes geöffnet werden konnten. Jenny ging wieder hinaus, um von Tom Buck eine Münze zu bekommen, aber Katie kroch unter der Tür durch. Anne wollte sie zurückziehen, dann folgte sie ihr, aber weil sie dicker war, blieb sie stecken. Katie stauchte sie gegen die Schulter. Dann kam Jenny mit dem Geld zurück, aber die Tür ging nicht auf, weil Anne eingeklemmt war und Katie sie aus reiner Gemeinheit mit den Füßen stieß. Als Anne schließlich aufstehen konnte, rannte sie zum Waschbecken und schrie: »Ich bin ganz dreckig. Widerlich. Meine Hände. Ich werde sterben.« Sie erwähnte Katie überhaupt nicht, schrubbte wie besessen Gesicht und Hände in dem rostigen Rinnsal, das alles war, was der Wasserhahn von sich gab. Und es war obendrein noch kaltes Wasser. Katie hatte Angst herauszukommen. Wir haßten sie, wie wir es immer taten, wenn sie gemein geworden war. Aber Anne gab sich Mühe, wollte sich zusammenreißen. Sie schrubbte ihre Hände unter dem kalten Wasser, sagte nicht einmal Scheiße oder verdammt, wie sie es gern getan hätte. Ihr feuerrotes Gesicht verriet es uns. »Rothaarige können nichts verbergen«, sagte Tante Rachel immer.

Wir ließen Katie zurück, waren froh, daß Tante Rachel wieder einen Ehemann haben würde, wollten ihn als zu uns gehörig behandeln, obwohl Onkel Dan meinte, das sei mehr, als *er* in dreizehn Jahren gespürt habe. Unter der runden Kuppel nahm der Raum unsere Stimmen auf, ließ sie anschwellen, bis sie in ihrer summenden Einsamkeit widerhallten. Wir riefen uns zu. Als Katie zurückkam, hielt sie sich abseits und beobachtete Anne, als könne sie nicht fassen, daß sie sich nicht mit ihr prügeln wolle.

Dann fing der Boden an zu vibrieren. Es war ein herrliches Gefühl, und kraftvoll, auf kreischenden Rädern, Dampf speiend, fuhr der Zug ein. Wir folgten Tom Buck zur Sperre, standen plötzlich vor der geballten Macht der Lokomotive, die zwar hielt, aber schnaufte und Kräfte sammelte, um gleich darauf wieder vorwärtszurasen. Dann aber, und mit mehr Resignation, als wir für möglich gehalten hatten, erkannten wir, daß der Zug aus New York nichts ändern würde. Sie hatten Tante

Grace aus dem Zimmer genommen, ehe wir wach waren, und es war unwichtig geworden, ob Tante Elinor aussteigen würde oder nicht.

In jenem Sommer, vor anderthalb Jahren, als Tante Grace in die Klinik in Cleveland gegangen war und man ihr mitgeteilt hatte, was sie wissen wollte, die ungeschminkte Wahrheit, war Tante Elinor mit ihrer neuen Religion nach Hause gekommen – es war beinahe, als habe Gott sie ihr nur für diese Gelegenheit gegeben. Die Ärzte waren mit ihrem Latein am Ende, waren die ersten, die es zugaben und Tante Grace erklärten, sie habe nur noch ein paar Monate zu leben, ihr Krebsleiden sei allzuweit fortgeschritten, um behandelt zu werden. Aber Tante Elinor war bereit für sie, die Neinsager. Sie kam gewappnet mit der Wahrheit gegen das Übel, dem Geist gegen die Materie.
»Wir sollten keinem Chirurgen jemals mehr trauen. Haben sie denn Macht über Leben und Tod? Bemerken sie den Fall eines Sperlings?« Die Christliche Wissenschaft sei eine Wissenschaft der Gesundheit, die Manifestation der Macht Gottes, deren Beweis. Sie würde uns allen helfen, wie sie auch ihr geholfen habe, sie würde Tante Grace völlig gesunden lassen. Tante Elinor war absolut überzeugt. Ganz nebenbei und unter den Umständen: »Grace, Liebes«, fragte Tante Elinor, »was hast du denn zu verlieren?«
Diesen Sommer über saß Tante Grace täglich bis fast um zwölf Uhr mittags mit ihrer Schwester in der Küche. Sie standen nun nicht mehr spät auf, es gab etwas zu tun. Die Bibel und das neue Buch »Wissenschaft und Gesundheit, mit einem Schlüssel zu den Evangelien« lag aufgeschlagen vor ihnen, mit Lesezeichen gespickt, welche die Lektion für die betreffende Woche markierten. Gewöhnlich waren wir auch dabei. Der Tag begann mit dem Vorlesen des im *Christian Science Quarterly* bestimmten Kapitels. Diese Lektionen hatten Überschriften wie »Liebe«, »Geist«, »Materie«, »Wirklichkeit«. Ernste Worte, um darüber zu meditieren, Worte, die uns mit ihrer und unserer Kraft beeindruckten, wenn wir sie nur begriffen, wenn wir sie nur tief genug fühlten. Wir wechselten uns ab mit den Frauen, lasen aus der

Bibel vor, Texte, die sorgfältig ausgewählt waren, um unser Denken zu erweitern. Oft waren es Passagen, die in der Mitte eines Satzes begannen. Es schien, als sei jedes Wort bedeutsam und zwar so sehr, daß Tante Elinor immer neue Bedeutungen erkannte. Und wenn sie die entsprechende Stelle in »Wissenschaft und Gesundheit« las, hatte sie fast ununterbrochen Offenbarungen. Vor lauter Staunen über das alles übertreffende Wunder wurde sie ganz atemlos – und zog uns hinein in die Stärke ihres Glaubens. Alles bezog sich auf Tante Graces Heilung, betraf unser Leben auf der Farm, unsere Mission. Zusammen würden wir siegen. Manchmal hielt sie abrupt inne, als ob sie beim In-Sich-Hineinhören in Erstaunen versetzt worden sei. Sie warf die Hände hoch und lachte laut.

»Ach Gott, ich weiß nicht. Aber es ist das Aufregendste, was man sich vorstellen kann, diese überwältigende Kraft hier . . . unsere.« Dann spürten wir es ebenfalls, durch sie, als sei eine Prophetin zu uns herabgestiegen. Bis tief in die Nacht hinein studierte sie unermüdlich, telephonierte endlos mit New York, um sich Rat bei besonderen Praktikern und Lehrern zu holen. Je schneller sie lernen würde, desto besser. Um Tante Graces willen war Eile geboten.

Tante Elinors eigene Gesundung war ein triumphales Zeugnis für die Macht der Wahrheit. »Frag doch Mama«, sagte sie zu Tante Grace. »Mama, du hast die Röntgenbilder gesehen. Mama?«

Gram spülte gerade das Frühstücksgeschirr, was, so verkündete sie regelmäßig, ihr einziger Beitrag zur Hausarbeit sei, denn sie habe all diese Jahre für die Kinder und für einen Nichtsnutz von einem Mann geschuftet. Sie blickte nicht einmal auf von ihrer Arbeit, antwortete Tante Elinor nicht.

»Gut. Sie waren sauber. Und all diese Herzfehler? Weg. Völlig.« Tante Elinors Worte waren auch für Gram bestimmt, sie gab sich Mühe, mit der merkwürdigen und ärgerlichen Zurückhaltung ihrer Mutter Geduld zu haben.

Dann kam die Antwort Grams, die gerade einen Kochtopf scheuerte, das Gesicht beinahe im Spülwasser. »Ich versteh' nichts davon. Konnte nichts erkennen, was einen Sinn ergibt.«

Tante Elinor wandte sich von Gram ab und richtete nun das Wort ausschließlich an uns. »Sie waren sauber. Dr. Alexander meinte, jetzt gebe es überhaupt keine Spur einer Herzschwäche mehr, und dies nur zwei Jahre, nachdem er mir gesagt hatte, ich würde den Rest meines Lebens als herzkranke Frau verbringen. Er war ebenso überrascht wie ich.« Auch wir glaubten uns beteiligt an ihrem Sieg, ihre Stimme war wie ein Blasebalg, voll, stark, unermüdlich, ihre Augen brannten wie Topase. »Ich weiß, daß ich gesund bin; nur darauf kommt es an.« Ihr platinblondes, dicht gewelltes Haar lag ausgebreitet über ihr wie ein Baldachin über dem Tempel des ihr innewohnenden Geistes. Wir spürten diesen Geist, ein festes Fundament für alle diejenigen, die den Ruf, zu glauben, empfangen hatten. Wir lauschten angespannt. Sie rief uns auf zu einem anderen, größeren Sieg.

Wir waren alle berührt, sie zog uns in ein neues, höheres Dasein. Wir glaubten, unser gesamtes früheres Leben habe uns nur auf dieses vorbereitet. Nach einer Weile stellte selbst Tante Grace nichts mehr, was während dieser Sitzungen geschah, in Frage. Verzückt hörte sie zu, nahm die Macht und das Mysterium, das Wunder des von Tante Elinor ausgehenden Glaubens in sich auf, während das streifige Sonnenlicht über die Maserung des hölzernen Tisches wanderte, die dunklen Ecken erleuchtete, bis die ganze Oberfläche schimmerte.

Nach und nach nahm Tante Grace, während sie bei sich ein immer stärker werdendes Wunder erlebte, die neue Metaphysik in sich auf, fing an, sie zu lieben, und nicht nur, weil es ihr guttat, sondern um ihrer selbst willen. Immer war Tante Grace das gewesen, was man vernünftig nannte, nüchtern (obwohl, wenn das so war, weshalb hatte sie Neil geheiratet, dachte Tante Libby). Aber nun sahen wir sie über die Bücher gebeugt, Verse aus dem Gedächtnis wiederholend, sich nächtelang mit Tante Elinor unterhalten. Tante Elinor verlängerte ihren Urlaub. Die beiden stürzten sich mit einem Eifer, den wir nur dem Apostel Paulus zugetraut hätten, in die Aufgabe der Bekehrung. Den ganzen Sommer hindurch fiel kaum Regen. Die Blätter funkelten im sauberen Glanz, als sei die Welt mit Spiegelscherben behangen – solcherart, belehrte uns Tante Elinor, sei das Wesen der Realität, überall Gott widerspiegelnd. Wir gingen mit ihr und Tante Grace in die Kirche, manchmal kamen auch Tante Rachel und Tante Libby mit. Gram weigerte sich. »Ich war immer methodistisch«, sagte sie, obwohl sie in unseren Augen gar nichts war, nicht in die Kirche ging und tat, was ihr gerade paßte.

Zu unserer aller Überraschung war es Anne, die mehr als wir ergriffen wurde. Daß Tante Grace ihre Mutter war, war nicht der Hauptgrund, eher, sagte Anne, daß sie selber etwas empfand, was eine von Gott stammende geistige Kraft sein müsse, und obwohl sie es nicht genau beschreiben konnte, war es, wie wenn sie von ganz oben vom Heuhaufen heruntersprang und wußte, sie würde sich nichts tun, sie könne fliegen, wie wenn es in der Tat nur die eine winzige Barriere gebe, einen Schleier der Illusion, um sie zurückzuhalten. Sie war sehr verändert, zwar ruhig, aber darunter loderte sie. Wir spürten so etwas nicht. Las sie mit bebender Stimme über die Lobpreisungen der Morgensterne vor, war es, als ob etwas in ihr ebenfalls singe und jauchze. Die Tanten nahmen sie ernst. Wir hörten sie sagen: »Stille Wasser sind tief. Man kann nie wissen.« Tante Elinor schenkte Anne ihre eigenen Bücher und nahm sie zu den Mittwoch-Abend-Zeugnisablegungen in die Kirche mit.

Gram wollte nichts davon wissen, sie ging hinaus, wenn Tante Elinor anfing »zu predigen«. »'Ner Menge Leuten hier wird das schaden.« Aber wir schenkten einer alten Frau, die ewig über den Abwasch nörgelte und fast jeden Nachmittag und Abend ihre eigenen Wege ging, wenig Beachtung. Was hatte sie mit uns zu tun?

Tante Elinor belächelte Grams Murren und erklärte, sie habe bereits eine Menge Christlicher Wissenschaft in sich, das beweise die Art, wie Sorgen ihr nichts anhaben könnten und sie meinte, wir anderen könnten da einiges lernen. Gram schnaubte verächtlich, als sie das hörte, ihre farblosen Augen getrübt, als sei sie beinahe blind. Wissenschaft oder wie auch immer es sich nannte, ihr war es egal; im Leben gebe es eine Menge Dinge, die man einfach schlucken müsse, ob man wolle oder nicht.

Den ganzen Sommer über wurden wir völlig von Tante Elinor in Anspruch genommen, als ob ihr Denken unsere Welt ausmache, wie Gott die ihre ausmachte. Wenn wir nicht mit ihr die Schriften studierten, machten wir ausgedehnte Waldspaziergänge – sie nannte es Naturwanderungen – oder ritten aus, weiter, als wir je geritten waren. Zum Frühstück trug sie seidene Morgenmäntel, saß stundenlang am Tisch und trank eine Tasse Kaffee nach der anderen, eine Sucht, die ihr Schuldgefühle verursachte; an manchen Vormittagen trank sie dann nur abgekochtes Wasser. Wir alle trugen irgend etwas, was ihr einmal gehört hatte: Schmuck, Mantelkleider aus Gabardine, Unterröcke, teure Sachen, die sie aufgehoben und in einem besonderen Koffer für uns nach Hause gebracht hatte. Dies gab uns das Gefühl, an ihrem glanzvollen Leben draußen in der Welt teilzuhaben.
Kaum war sie angekommen, verschwanden ihre Schwestern mit ihr in ihr altes Schlafzimmer und feilschten um die »Beute«. Wir konnten sie bis spät in die Nacht hören, manchmal stritten sie sich, dann wieder ertönten Ausrufe des Entzückens und hysterisches Gelächter, wenn die Sachen anprobiert wurden und Tante Libby bedauerte, daß Kleider, die für Tante Elinors üppige Figur gemacht waren, an ihr wie Säcke hingen, als wäre sie ein Backfisch. Gerechtigkeit mußte sein, darüber waren sie sich einig. Dieses Jahr ging der Preis an Tante Grace, es war eine viereckige, silberne und mit Türkisen besetzte Armbanduhr, die sie für Anne entgegennahm. Sie durfte sich von allem als erste etwas aussuchen. Jedes dieser Dinge war exquisit, es waren echte Geschenke, großzügige Gaben. Die Schwestern waren des Lobes voll. Als nächstes sorgte Tante Elinors unzweifelhaft elegantere und nach der neuesten Mode ausgesuchte Garderobe für weitere Aufregung, denn die Schwestern wußten, daß sie ihnen eines Tages gehören würde – jedenfalls bald genug, verglichen mit dem Schneckentempo, in dem die neueste Mode nach Sherwood kam.
Alle paar Tage telephonierte Tante Elinor mit New York. Meistens wartete sie, bis Gram aus dem Haus war, denn die alte Dame unterbrach sie ständig und erinnerte sie jede Minute daran, daß dies ein Ferngespräch sei. Die Telephonate dauerten

oft über eine halbe Stunde. »Verdammt nochmal«, brauste Gram dann auf, »hast du nicht lange genug gequakt?«
Tante Elinor legte die Hand über die Sprechmuschel. »Mutter, es geht auf meine Rechnung.«
»Ist mir egal. Niemand braucht sich so lange zu unterhalten.«
Die Anrufe bei den Ärzten der Christlichen Wissenschaft – sie nannten sich Praktiker – waren notgedrungen ausführlich, denn eine genaue geistige Diagnose war nicht weniger wichtig als die Diagnose eines Schulmediziners. In diesem Falle war die Behandlung geistig – betraf die Ausrottung falscher Gedanken. Dann aber gab es auch viele Ferngespräche geschäftlicher Natur. »Tag, Louie«, zwitscherte sie zum Beispiel ins Telephon. Wir konnten sie im ganzen Hause hören, aber es zog uns zu ihr, immer näher, bis wir am Ende zu ihren Füßen auf dem Teppich lagen. Wir hörten ihr zu, wollten teilhaben an ihrem verzauberten Leben. Sie lachte oft, als musikalisch-gemächliche Unterbrechung einer sonst ernsten Unterhaltung. Dabei lächelte sie uns zu, verdrehte die Augen, kokettierte mit dem Mann am anderen Ende der Leitung, schmeichelte ihm, fand es amüsant. Wir bildeten uns ein, er sei in sie verliebt. Jeder war es. Männer riefen dauernd an, kamen zu Besuch, bemühten sich um ihre Gunst. Aber jetzt, meinte Onkel Dan neuerdings, hätten sie keine Chance mehr, denn mit dem lieben Gott zu konkurrieren falle wohl keinem leicht.
Wir hörten Tante Elinors Lachen, aber gleich darauf auch die genauen Anweisungen. Das verwirrte uns, fesselte uns aber zugleich. Am Ende sagte sie dann: »Nimm's auf«, oder »laß es sterben«, was sich auf irgendeinen Werbespot bezog, wie sie uns später erklärte. »Du mußt diese Motorola-Anzeige bis spätestens morgen fertig haben. Andernfalls . . .« Und dann lachte sie wieder ihr kehliges Lachen, legte den Hörer auf, wandte sich an uns alle, endlich erlöst, um uns die genauen Einzelheiten mitzuteilen. Sie gab uns dann einen ausführlichen Bericht über den »Werbezirkus« in New York und ihren Anteil daran. All das war, wie ihre Kleidung, Lichtjahre von unseren Alltagssorgen entfernt, berührte jedoch durch ihre Nähe einen Außenrand unserer Existenz.

Ihre Unterhaltungen mit uns endeten aber immer ernüchternd. So sagte sie zum Beispiel: »Mädchen« – und das schloß auch ihre Schwestern ein – »Gott irrt sich nie. Wenn ich mir vorstelle, wie lange ich mir die Füße wundgelaufen habe. Das könnt ihr euch überhaupt nicht vorstellen.« Dabei sah sie uns in die Augen, wollte uns mit jeder Faser ihres Seins erreichen, hielt in diesem leidenschaftlichen Blick jene Bedeutung und Hoffnung, die bloße Worte nie vermitteln könnten. Die Gnade göttlicher Liebe wurde sichtbar im Grad ihrer Zuwendung.

Innerhalb der Familie genoß Tante Elinor nun größere Autorität. Auch bewertete sie ihren eigenen Rat höher, Gebete läuterten ihre Motive, jeder Gedanke war erleuchtet von der Perspektive der Ewigkeit. Die Unzufriedenheit ihrer Schwestern war nun nicht mehr irreparabel, sie hatte keine Geduld mehr mit ihren endlosen Beschwerden. Bis dahin war sie der Meinung gewesen, es sei dumm von ihnen, sich mit dem törichten Verhalten dieses oder jenes Mannes abzufinden. Nun aber, meinte sie, könnten sie von Glück sagen, frohlocken und dankbar dafür sein, Ehemänner zu haben, die für sie sorgten, daß sie nicht täglich weg müßten, um als Verkäuferinnen oder Stenotypistinnen zu arbeiten oder den ganzen Tag im Büro einer Agentur herumzusitzen. Wie sie es jahrelang getan hatte, um eine Rolle vermittelt zu bekommen. Sie habe sich zwar selber im Radio gehört, sei aber im Grunde nichts weiter als eine erfolglose Sängerin, eine zweitklassige Schauspielerin gewesen. Wahrhaft wichtig sei es, wenn erst einmal Unzufriedenheit durch Dankbarkeit und Freude ersetzt worden sei, daß die Übel, die die Schwestern nicht wahrhaben wollten, verschwinden würden – transzendiert durch Güte, wie Licht über Finsternis triumphiert. »Ist es denn nicht Gottes Absicht, euch glücklich zu machen?« Sie fragte uns dies ganz ernsthaft. Und uns erschien es wie Blasphemie, ihr zu widersprechen.

Sie erblickte in ihrem eigenen wachsenden Erfolg den Beweis. Ausführlich berichtete sie uns über ihre eigene Karriere, über die Entwicklungen, die sie zu ihrer augenblicklichen Position als Creative Director einer großen Werbe-Agentur geführt hatten. Sie hatte spekuliert, hatte Anteile an verschiedenen Produkten

genau zur richtigen Zeit erworben, und die betreffenden Wertpapiere waren gestiegen. »Ohne Wissenschaft, Mädchen, hätte ich es nicht fertiggebracht. Aber Wissenschaft lehrt auch, daß wir uns an die Wahrheit halten – nicht des Profits, sondern ihrer selbst wegen. Sind Not und Entbehrung das, was ihr erwartet, werdet ihr Not und Entbehrung bekommen.«
Sie stellte uns diesen schrecklichen Alternativen gegenüber, der Macht über unser eigenes Leben.
Sie sprach so nachdrücklich, daß wichtige und wiederkehrende Begriffe gleichsam in Großbuchstaben hervorgehoben waren, wir spürten es an den Pausen, an der emphatischen Diktion und wußten, daß diese Worte die Kraft Gottes vermittelten. Tante Elinors Gegenwart brannte sie uns in die Gehirne. Nachdem wir ihr eine Zeitlang zugehört hatten und sie uns genaue und erschütternde Berichte über fundamentale Bekehrungen, fürchterliche Krankheiten und wundersame Heilungen gab, unterbrochen durch ihr herzhaftes Lachen und überstrahlt von ihrem eigenen genüßlichen Wohlbefinden, rutschten wir nach und nach von unseren Stühlen auf den grünen, von der Sonne gefleckten Teppich, der aussah, als würden warme, sanfte Wellen salzigen Wassers über ihn schwappen – das Schöpfungselement an sich.
Tante Elinor war fest davon überzeugt, durch ihren Glauben Tante Grace heilen zu können; trotzdem hatte sie Verständnis für Tante Graces Zurückhaltung und daß diese dem Rat der Ärzte und den von ihnen empfohlenen Behandlungsmethoden folgen wollte, die ihr Leben verlängern und ihren Lebenswillen aufrecht erhalten sollten. *Laß sie tun, was in ihrer Macht steht*, schien Tante Elinors gelassene Einstellung uns zu sagen. Darum ging Tante Grace auch jenen ganzen Sommer hindurch nach Cleveland zu Bestrahlungen und anderen Therapien, die ihre Stimme vertieften und schwarze Haare auf Kinn und Oberlippe sprießen ließen. Trotzdem wußten wir alle, daß die eigentlich wirksame Behandlung zu Hause stattfand, daß wir alle dafür arbeiteten und beteten. Nach den Behandlungen war Tante Grace jedesmal schwach und krank. Sie konnte nichts essen, die Haare gingen ihr büschelweise aus. Endlich wurden die Be-

handlungen eingestellt. Die Ärzte entließen sie. Nun war sie ganz in Tante Elinors und Gottes Hand.
Oft beobachteten wir Tante Grace, wie sie, tief in Gedanken versunken, den Weg hinter der Farm entlangging. Einmal, als wir gerade von der Eisdiele nach Hause kamen, sahen wir sie von der Landstraße aus gegen den Himmel. Uns erschienen die Umrisse ihrer Gestalt wie ein Schatten, in der Tat wie die sichtbar gewordene Manifestation eines geistigen Wesens. Dazu duftete es nach frischgeschnittenem Gras, nach zusammengeharktem Heu, und in dem goldenen, sich purpur einfärbenden Abendlicht, das darüber fiel, spürten wir wieder die übersinnlichen Ursprünge der Schöpfung. Wir meinten, Tante Grace über den Rand einer riesigen Bühne wandeln zu sehen, als sei sie bereits weit entrückt von uns, auf einer Suche, die sie von uns genauso wirksam entfernt hatte wie der Tod. Wie von der anderen Seite eines Abgrundes sahen wir ihr zu, während uns Eiscreme auf die Arme tropfte.
Eine vergeistigte Tante Elinor hatte für alles Zeit, besaß eine unerschöpfliche Energie, die alles Körperliche übertraf. »Reiten wir aus, Mädchen«, schlug sie an einem Nachmittag vor, egal, wie das Wetter war und ob sie als spirituelle Führerin oder aber als New Yorker Führungskraft benötigt wurde. Und los ging's, zwei auf einem größeren Pferd, eine auf Queenie, eine auf dem Leihpferd und Tante Elinor hoch zu Roß auf dem temperamentvollen Reittier, das sie für sich selber gepachtet hatte. Oft ritten wir mit ihr an der Spitze so weit oder bei so schlechtem Wetter, daß wir alle wund und erschöpft waren und uns schrecklich gerne laut beschwert hätten – wären uns in Gottes und Tante Elinors Welt solche Unzufriedenheiten gestattet gewesen. Manchmal meinte Onkel Dan: »Ich glaube nicht, daß sie den Unterschied merkt«, und damit meinte er den Unterschied zwischen gut und böse oder heiß und kalt. Er verbrachte zur Zeit viele seiner Abende ganz allein in seinem Dachzimmer, wo ein Mensch, wie er sagte, friedlich und ganz einfach ungestört unglücklich sein durfte. Wir dagegen strengten uns an, mit Tante Elinor mitzuhalten, ihren Erwartungen zu entsprechen. Wir waren begeistert und wünschten, der Sommer würde nie enden.

Einmal, bei einem sehr ausgedehnten Ritt, war Anne fast am Verdursten. Sie erwähnte dies Tante Elinor gegenüber mit einer gewissen Scheu, aber Tante Elinor war gleich voller Mitgefühl, erklärte, dies sei eine natürliche Sache und nicht zu vergleichen mit Menstruationskrämpfen oder Schnupfen, die tatkräftig verleugnet werden müßten. Durst könne sogar als Reflex der Sehnsucht des Geistes nach lebendem Wasser interpretiert werden. Tante Elinor war in diesem Augenblick so zugänglich, daß wir alle die Gelegenheit ergriffen, unser Unbehagen in Worte zu fassen; wir schämten uns, daß wir sie jemals als gefühllos empfunden, sie jemals mißverstanden hatten.

Sie bog in den nächsten Weg ein, der zu einem Bauernhaus führte, glitt vom Pferd und schritt zur Hintertür, wo sie die verblüffte Hausfrau mit majestätischer Höflichkeit begrüßte und sie um ein Glas kalten Wassers und um einen Rastplatz auf der Wiese bat.

»Was für ein herrliches Fleckchen Erde Sie sich ausgesucht haben«, erklärte sie der Frau. »Die Freude daran wird Ihnen wohl nie zuviel.« Unmißverständlich war allen klar, daß ihr niemals irgend etwas zuviel wurde.

»Ja, schön hier«, sagte die Frau schließlich und lächelte scheu. Ihr Englisch war ungelenk, sie fuhr sich über das unordentliche Haar.

»Ach, Sie sind ja Mrs. Chaccio.« Tante Elinor strahlte die verlegen gewordene Frau an. »Ginos Mutter. Und Angelicas. Sie müssen wissen, daß ich vor Jahren einmal, ehe ich nach New York ging, ihre Lehrerin war. Natürlich, Sie haben ja so viele Kinder.« Tante Elinor zögerte, als habe Mrs. Chaccio es selber vergessen. »Und wie geht es Ihnen jetzt?«

Mrs. Chaccio hob die Schultern, ihr Englisch reichte wohl nicht aus, oder etwas anderes hinderte sie daran, näher auf die Frage einzugehen. »Die Farm. Kinder.« Sie machte eine unbestimmte Geste.

»Aber natürlich, natürlich. Dieser herrliche Ort. Und sind Sie nicht glücklich, Ihre Kinder um sich zu haben? Eine so stattliche Familie.«

»Ja. Groß.« Ein breites Grinsen bestätigte, was sich nicht verbergen ließ. »Achtzehn lebendig. Zwei weg.« Tante Elinors Gesicht zeigte Mitgefühl für die beiden Fehlenden, ihr Ausdruck jedoch deutete an, daß man dankbar sein müsse für die achtzehn, die überlebt hatten. »Bestimmt sind sie Ihnen eine große Hilfe.« Sie ermutigte Mrs. Chaccio, wie sie jeden Menschen ermutigte. Und Mrs. Chaccio öffnete die Hoftür und trat beiseite, um uns hereinzulassen. Drin war es dunkel, wir hielten uns zurück, aber Tante Elinor marschierte vorwärts, die ausgetretenen Stufen hinauf, und trat sich auf den Planken der Veranda die Schuhe ab. Dann ging sie hinein. Wir spürten ihr Drängen: Der Erfahrung soll man nie ausweichen, sie ist der Stoff, aus dem das Leben ist. Wir zuckelten hinterher. Mitten auf dem Tisch stand ein Huhn; Mrs. Chaccio scheuchte es beiseite und richtete das Wort an eins der dunkeläugigen, neugierig an der Tür versammelten Kinder. In schnellem Italienisch sprach sie mit dem Kind, das nun vorwärts kam und das gutmütige Huhn in die Arme nahm und hinaustrug. Tante Elinor strahlte, als wäre diese Beherrschung des Italienischen ein besonderes Talent.

»Buon giorno«, sagte sie freundlich, denn sie hatte italienisch studiert, als sie Sängerin an der Metropolitan werden wollte. Ihre Worte entlockten Mrs. Chaccio Kichern und Kopfnicken. Tante Elinor war in Fahrt gekommen, bewunderte den großen Raum, die mit vielen Schränken verstellte Wand, den Ausblick auf Wald und Bach. Sie erging sich über den Segen des Familienlebens schlechthin und schloß jeden von uns in ihre Lobpreisungen ein. Inzwischen wichen wir innerlich zurück. Es schien, als seien wir im Bann einer seltsamen, heidnischen Macht, die nicht einmal Tante Elinor austreiben konnte. Ein unkindliches Christuskind starrte von einem Kalender auf uns herab, auf einem anderen Bild hing Er, gekreuzigt und blutend. War dies göttliche Liebe? Doch Tante Elinor drängte uns vorwärts, nickte bedeutsam, als verstehe sie zwar, wolle uns jedoch versichern, daß, obwohl verzerrt und grotesk, jene Bilder das ewige Streben der Menschheit nach dem Unendlichen verkörperten.

In ihrem eleganten Reitkostüm, das sie auch im Central Park trug, leuchtete sie. Mrs. Chaccio rollte den Teig, der auf be-

mehlten Tüchern lag, aus, schnitt ihn zu. Sie blies eine Hühnerfeder vom Tisch.
»O seht doch mal, Mädchen.« Tante Elinor wollte uns nun mit einem neuen Wunder vertraut machen. Wir stellten uns neben sie. »Nudeln.«
»Pasta«, verbesserte Mrs. Chaccio. Ihre Leibesfülle wabbelte im Rhythmus ihres blitzenden Messers. Mit der Präzision einer Maschine schnitt sie den Teig.
»Aber gewiß doch, natürlich. So was!« sagte Tante Elinor bedeutsam und deutete damit an, daß wir uns die Vorzüge von Geschicklichkeit und Unabhängigkeit, vom Dienst an anderen merken sollten. Wir sahen zu, wie der Berg wuchs. Dann breitete Mrs. Chaccio die gelben Teigstreifen über der Tischplatte aus, und Tante Elinor erkundigte sich, wie lange sie wohl reichen würden. Mrs. Chaccio meinte, vielleicht für eine Mahlzeit. Wieder hatten wir das Gefühl, daß Tante Elinor eigentlich nur Fragen stellte und auf Dinge hinwies, um uns zu instruieren – Mrs. Chaccio war lediglich der unfreiwillige Anlaß.
Dann aber, mit einem »Besuchen Sie uns doch einmal« und erneuten Ausrufen des Entzückens, wie bezaubernd es gewesen sei, verabschiedete sich Tante Elinor, trieb uns auf die Wiese, zu unseren Pferden, und wir, erleichtert, trabten schnell davon, winkten hoheitsvoll zurück zu der Frau und die nun auf sieben, acht Kinder und größere Mädchen angewachsene Schar, die herausgekommen war und zurückwinkte. Die Hühner auf dem Hof stoben auseinander, einer der Hunde lief bellend und knurrend hinter uns her.
Katie, die Queenie ritt, blieb zurück, wir warteten auf sie. Als wir uns alle um Tante Elinor herum versammelt hatten, sah sie uns mit jenem klaren, besonnenen Blick an, den wir alle kannten. Er verriet uns, daß nun etwas Ernstes kommen würde, daß, obwohl sie jede Rolle spielen, jede Situation genießen könne, es im Grunde stets Lektionen gebe, die gelernt werden mußten, Folgen nur anscheinend simpler Ereignisse. Wir atmeten tief durch, weil wir nichts weiter wollten als weg von dort.
»Ist es euch eigentlich bewußt, daß diese Frau nicht viel älter ist als ich?« Wir konnten es kaum glauben. »Und sie ist fast tot vor

Erschöpfung. Vom Kinderkriegen. Achtzehn, zwanzig – was bedeutet das schon? Es ist grotesk! Aber keiner wird jemals auch nur den Finger heben, um ihr zu helfen, nicht, solange sie sich nach den Befehlen des Römischen Papstes richtet. Bitte mißversteht mich nicht: Viele Katholiken sind ausgezeichnete Menschen. Aber sie irren. Und ihr Mann? Was kümmert es ihn? Arbeitet, bis er umfällt, die Kirche will immer etwas. Diese Frau, meine Lieben, ist versklavt. Wir leben im zwanzigsten Jahrhundert, trotzdem ist sie eine Leibeigene. Ihrem Manne, der Kirche, ihren Kindern untertan. Vergeßt sie nie.«
Wir wußten, wir würden sie nie vergessen. Immer und ewig würden wir an Mrs. Chaccio denken, alt geworden vor ihrer Zeit, mit Dutzenden von Kindern, Haufen von Nudeln, Hühnern, die überall herumliefen und auf ihrem Nacken die schweren Füße von Ehemann und Papst. Aber wir würden auch nicht vergessen, was wir sahen, als wir uns nach den bellenden Hunden umdrehten. Ein paar der älteren Mädchen liefen im Hof herum, tänzelten wie nervöse Pferde, während Mrs. Chaccio lachte und uns eine lange Nase machte. Wir wurden rot, waren froh, daß Tante Elinor schon zu weit weg war, um es zu sehen.
Während des Abendessens ließ Tante Elinor den Nachmittag, einschließlich der Nudeln, neu erstehen. Großmama murmelte: »Hm.« Für die Drescher hatte sie genau die gleiche Menge gemacht. Natürlich waren es ganz andere Nudeln als die von Mrs. Chaccio, sie waren in Freiheit und weit weg von Rom zubereitet. Außerdem waren sie eine Glanzleistung ihrer ehemaligen kulinarischen Künste. Wir brauchten sie uns nur vorzustellen, angerichtet in Strömen fetter Milchsauce mit zweifach gebratenen Hühnchen auf Bauernart, um sie anzuflehen, sie zu machen. In der Regel weigerte sie sich, wollte sie nie wieder zubereiten – »Nein, kommt nicht in Frage«. Aber nun wußten wir, daß sie sehr bald wieder vormittags Nudeln zum Trocknen ausgebreitet haben würde, denn der Bericht von Mrs. Chaccios Kochkünsten hatte einen verschütteten Ehrgeiz wiedererweckt. Und wir würden unseren Widerwillen überwinden, ihr folgen und zusehen, wie sie die von ihr ausgesuchte

Henne ergriff und ihr mit einer einzigen mächtigen Bewegung den Hals umdrehte: Das Leben des Vogels ging sie nichts an. Grandad sah nicht vom Teller auf. In jenem Sommer spielten er und Onkel Dan keine Rolle in unserem Leben. Beide »gingen in Deckung«, wie Onkel Dan es nannte. Jetzt, da wir zu beschäftigt waren, um in der Scheune zu spielen, da Tante Elinor jede Stunde ausfüllte, war Grandad sich selbst überlassen. Wir hatten fast vergessen, daß es ihn überhaupt noch gab. Vielleicht war er oft weg, in der Stadt oder bei Auktionen. Was wir aber doch bemerkt hatten, was uns später einfiel, war, daß er schwer Luft bekam und innehalten mußte, wenn er die sieben Verandastufen heraufkam, und daß er manchmal purpurrot wurde, wenn Gram etwas sagte. Dann sah er Tante Grace an und ging weg, ohne seinem Ärger Luft gemacht zu haben. Aber an jenem Abend saß er am Tisch und schwieg, obwohl er die Chaccio-Familie gut kannte, denn die Burschen hatten ihm bei der Heuernte oder beim Dreschen geholfen.

Gegen Ende der Mahlzeit entschuldigte sich Tante Elinor für einen Augenblick und kam dann mit einem kleinen, in Folie gewickelten Käsepäckchen an den Tisch zurück. Sie öffnete es und zeigte uns das tortenscheibenförmige Stück – uneben und schwammig an der Oberfläche, durchzogen von einer graublauen Substanz.

»Das ist die natürliche Fäule«, erklärte sie uns. »Aber sie ist ganz und gar unschädlich.« Wir waren entsetzt. Sie bestrich einen Cräcker damit, biß hinein und fand es köstlich. Dann knabberte sie genüßlich weiter, wischte sich graziös ihren feingeschwungenen Mund ab, aß, wie sie immer aß, elegant, dachten wir, wie man eben in New York City aß, das gerade in diesem Augenblick Hunderttausende von Meilen entfernt schien.

Im vergangenen Sommer war Tante Elinor mit anderen Delikatessen nach Hause gekommen, mit Joghurt und Weizenkleie. Ein, zwei Wochen hatten wir unsere mit Zucker bestreuten Sandwiches gegen das eingetauscht, was sie, so versicherte sie uns, für weitaus gesünder hielt: rohes Paprikagemüse und Sonnenblumenkerne. Bis Rossies Magen rebellierte und Gram

Tante Elinor unmißverständlich erklärte, sie könne getrost pakken und nach New York zurückfahren, wenn ihr dort alles so viel besser gefalle. Uns wurde erlaubt, wieder zu den gewohnten Nahrungsmitteln zurückzukehren. Während wir also Grams Weißbrot und Kartoffelbrei aßen, nahm Tante Elinor das zu sich, was sie einen Chef-Salat nannte – mit Cottagekäse. Selbst jetzt, da sie zur Erkenntnis gelangt war, geistige Nahrung sei das wahre Brot, aß sie weiter ihre Reformkost, als ob sie sie nun besonders bevorzuge. Wir fragten uns, ob es ihr nichts ausmache, abseits zu stehen; es schien ihr nichts auszumachen.
»Ihr versäumt so vieles«, sagte sie zu allen, die mit am Tisch saßen und strich sich den Käse auf. Es sei einfach dumm, sagte sie, diese Familienabneigung gegen Käse, es sei nichts als altmodischer Unsinn, obwohl Onkel Dan meinte, sie solle dieses Vorurteil weiterbestehen lassen, da es das einzige sei, was Gram und Grandad gemeinsam ihren Kindern vererbt hätten – eine Form von Familienähnlichkeit.
Tante Elinor mußte zwar lachen, fuhr aber fort, ihren blaugeäderten Käse zu essen; wir sollten unseren Herzen einen Stoß geben, experimentieren, einen Neubeginn wagen. »Eleanor!« An der Schärfe, mit der Gram den Namen aussprach, der für sie immer noch galt – als Tante Elinor nach New York State gezogen war, hatte sie ihren Rufnamen offiziell in E-l-i-n-o-r umwandeln und ihren Mittelnamen Myrtle ganz wegfallen lassen – konnten wir hören, daß es ihr wichtig war. »Wenn du schon Schimmel essen mußt, dann bitte nicht, wenn ich dabei bin.«
Tante Elinor, den Hals nach hinten gebogen, hochgestreckt, sah Gram, ihre Mutter, an. Am Beben ihres Busens erkannten wir, daß sie erschrocken war. Dann aber erwiderte sie in sachlichem Ton: »Mutter, ich glaube nicht, daß man soviel Aufhebens darum machen sollte«, ging zurück zu ihrem Käse und kokettierte mit ihren sommersprossigen Händen, mit ihren edelsteinbesetzten Fingern.
Gram fuhr fort, ihr Weißbrot in ihren Kaffee zu tunken und machte Sauggeräusche, lauter als gewöhnlich. Onkel Dan stellte seinen Teller in den Abwaschtisch und ging hinauf in seine Dachkammer; er hatte es eilig.

Tante Elinor war die einzige, der es jemals gelungen war, über Gram zu triumphieren und sie zum Schweigen zu bringen, denn sie war etwas Besonderes, schon damals, als kleines Mädchen, auserkoren, das Geld aus dem Verkauf der Eier – ein Dollar pro Schock – für die allwöchentlichen Klavierstunden auszugeben und obendrein noch vom abendlichen Geschirrspülen befreit zu werden, weil sie ja üben mußte. Oft wurde uns das unter die Nase gerieben, wenn unsere Mütter sagten, wir könnten froh sein, daß wir bereits als Sechsjährige Klavierstunden bekamen, während sie keine musikalische Erziehung genossen hatten. Wir sahen vor unserem geistigen Auge die beiden brünetten, mageren älteren Töchter May und Grace, wie sie in dem gemieteten Bungalow in der North Street, wo die Italiener lebten, beim Schein der Paraffinlampe Teller wuschen und Töpfe scheuerten und aufstapelten, während im Hintergrund Elinor ihre Finger über die Tasten tanzen ließ und ihre wohltönende Altstimme durch das Haus klang. Aber Gram konnte, wenn ihr danach war, zurückschlagen. So schlürfte sie ihren Kaffee besonders laut, wenn Tante Elinor anwesend war und sprach so, wie vermutlich ihre eigene Familie gesprochen hatte. Es war, als wolle sie ihre Tochter erinnern, daß sie vom gleichen Stamme sei.
Grandad hatte kein Wort gesagt. Als er fertig war, stand er abrupt auf, den Teller in der Hand. Mit der anderen langte er über den Tisch, hob Tante Elinors Käse auf, ließ ihn auf den Boden fallen, zermatschte ihn mit einer harten, wischenden Bewegung seines Absatzes und hinterließ die Spuren auf dem Linoleum, als er zum Spültisch und dann zur Tür hinaus ging.
In Tante Elinors bernsteinbraunen Augen standen Tränen. Gram hatte ihre Stimme wiedergefunden, ging zur Tür und schrie der verschwindenden Gestalt nach: »Mistkerl, verfluchter. Schwein!« Dann kam sie mit dem Aufwischeimer zurück und befahl ihren Töchtern, den Mund zu halten. Vier von ihnen standen am Tisch: Libby, Elinor, Grace und Rachel, alle waren sie außer sich, alle erklärten, daß dies kein Ort sei, Kinder aufwachsen zu lassen, es nie gewesen sei, daß Gram ihr ganzes Leben ruiniert habe.
»Weshalb zum Teufel verschwindet ihr dann nicht?« fragte ihre

Mutter, als sie sich langsam neben dem Eimer auf ihre knochigen Knie niederließ. »Ihr wißt doch, er kann Käse nicht ausstehen. Noch nie.« Ihr Arm mit der schlaffen, hängenden Haut bewegte den Putzlappen trotzdem kraftvoll, so als sei Gewohnheit stärker als die Hinfälligkeit des Fleisches.

»Wir müssen vergeben«, sagte Tante Elinor, »keiner von uns ist vollkommen.« Sie wischte sich die Tränen ab und lächelte. Wir gaben keinen Ton von uns, damit sie uns nicht in den Streit hineinzogen oder uns womöglich hinauswiesen, denn was wir von unserer Familie wußten, erfuhren wir nur, wenn wir dabei waren. Wir mußten so still sein wie die uns umgebenden Wände, wortlos und wachsam uns aus dem Geschehen heraushalten. Die fünf Schwestern hatten ihre Geheimnisse vor uns bewahrt als seien wir Fremde, als gebe es Loyalität nur ihnen selber und der Mutter gegenüber, als würde sie sich, teile man sie noch mehr, ganz auflösen.

Tante Elinor war wieder zum Leben erwacht und holte sich eine frische Käsepackung. Sie betrich ihre Cräcker, reihte sie vor sich auf. »Gott ist uns Vater und Mutter«, sagte sie dann. Inzwischen wischte Gram in immer größeren Kreisen über den Boden. Tante Elinor bot uns je einen Cräcker an. Gram ging demonstrativ auf die Veranda und schlug die Tür hinter sich zu. Wir hörten, wie das Aufwischwasser gegen den verkrusteten Schmutz auf den Stufen schwappte. Vorsichtig, mit den Zungenspitzen, probierten wir den Blauschimmelkäse. Er war salzig. Gram stellte den Eimer klappernd aufs Regal. Tante Elinor lächelte uns ermutigend an.

Gram marschierte durch die Küche. Sie sah uns nicht an. Sie hatte sich bereits umgezogen und den Boden in ihrem guten Kleid geschrubbt. Während sie sich die Hände wusch, ging Tante Rachel auf sie zu und bürstete ihr den Saum. »Ehrlich, Mama. Das hätten wir doch auch machen können.«

»Ihr seid doch zu sehr damit beschäftigt, euch weiterzubilden«, sagte sie und ging hinaus.

Tante Grace hatte den Mund voll Käse, mit vollem Mund, als könne sie sich nicht dazu bringen zu kauen, saß sie da. Schließlich rannte sie zum Spültisch und spuckte ihn aus. Tante Elinor zeigte Geduld wie jemand, der die große Welt kennt, sie immerfort für uns sichtbar machen will – sie hatte sich damit abgefunden, daß ein weiterer Horizont bedeuten konnte, daß man in der alten Welt nicht mehr denselben Platz einnahm. Sie stand auf und ging hinüber zu Tante Grace, die noch immer über den Spültisch gebeugt war. Wir warteten ab. Später würden wir unsere Cräcker in den Abfalleimer werfen. Die Wahl zu haben zwischen Tante Elinor und Gram war für uns so bedeutsam wie die Wahl zwischen Gut und Böse, nur wußten wir nicht, welches was war.

Sie hatten uns vollständig vergessen. Gram fuhr in ihrem Wagen fort, Tante Elinor legte den Arm um Tante Grace und führte sie hinaus. »Wer ist meine Mutter? fragte unser Heiland. Wer immer mir folget, muß allem, was er besitzt, entsagen.« Sie waren ins Nebenzimmer gegangen. Schon vorher hatte uns Tante Elinor gebeten, sie nicht mehr mit »Tante« anzureden, sondern einfach nur Elinor zu sagen. Das sei nicht etwa respektlos, worauf es ankomme, seien unsere geistigen, nicht unsere familiären Bande. Trotzdem brachten wir es nur ein paar Mal fertig, sie mit »Elinor« anzureden. Wir wehrten uns, sie mit ihrem bloßen Vornamen zu nennen, die Verbindung abzubrechen. Es war, als habe man von uns verlangt, allem zu entsagen. Tante Rachel und Tante Libby saßen immer noch am Tisch, Tante Rachel aß von dem Käse. Sie hatte ihn schon einmal probiert, er hatte ihr gut geschmeckt. Tante Libby zog ein Gesicht, aber nicht wegen des Käses – sie gab nicht einmal vor, ihn zu probieren. »Es wäre schon schön, wenn man es glauben könnte. Aber ich kann einfach nicht begreifen, wie man sich von all den schrecklichen Dingen, die passieren, abwenden und behaupten kann, sie seien nicht wirklich. Wenn man sich so überlegt, dann ist fast alles, was auf dieser Welt geschieht, nicht wirklich. Aber ich werde nicht einem Menschen ins Gesicht sehen, der offensichtlich krank ist und dann behaupten, er sei gesund. Das wäre natürlich nichts weiter als eine verfluchte Lüge.« Dann sammelte sie alle Cräcker auf und trug sie zum Abfallkübel, als wolle sie die Welt von all diesem Humbug befreien.

»Also für mich hat es einen gewissen Reiz«, sagte Tante Rachel. »Man sollte tiefer blicken, Libby. Es ist wie mit dem Huhn und dem Ei.« Dabei starrte sie mit orientalischer Unergründlichkeit auf die flüchtigen Muster, die die Schatten auf die Wiese im Obstgarten zeichneten.
»Um Himmelswillen«, sagte Tante Libby, »nun fängst du auch schon damit an«, und dabei wies sie mit erhobener Faust auf das Vorderzimmer, aus dem Tante Elinors starke Stimme drang – »ich schwöre dir, ich ziehe hier weg. Es ist sowieso kaum noch etwas von der Familie übrig, die meiste Zeit habe ich das Gefühl, ich bin überhaupt nicht vorhanden – als ob sie durch uns hindurchblickt, als ob wir allesamt körperlos herumschwebende Geister seien.« In ihren Augen standen Tränen. Durch das Fenster kam ein Luftzug und bewegte das Tischtuch. Immer, wenn Tante Elinor bei uns war, gab es etwas Besonderes, zum Beispiel Tischtücher und Servietten, Dinge, die Gram »Firlefanz« nannte.
»Es ist für Grace«, sagte Tante Rachel und legte die Hand auf Libbys Arm. »Man kann es zumindest versuchen, laß uns abwarten was geschieht, vielleicht gibt es ein Wunder und sie wird wieder gesund.«
Als ob die Wahrheit sie wieder ernüchtert habe, schwieg Tante Libby. Sie sahen uns an. »Ich meine, wir sollten nicht immer nur an uns denken und uns statt dessen einig sein.« Tante Rachel hatte sich an uns gewendet und an Tante Libby. Sie war zwar zwei Jahre jünger, wirkte aber trotzdem älter und weiser. »Schließlich haben es die meisten Menschen nicht gerade gut getroffen. Leben und sterben für gar nichts.« Ein Dürsten nach Glauben, nach der Transzendenz alles Materiellen und Faktischen erfüllte uns, nach der Realität des Geistigen. Gerade in diesem Augenblick streifte die hereinströmende Abendsonne die Salz- und Pfefferbehälter mit ihren zerkratzten, zerbeulten Blechdeckeln über dem Kochherd und ließ sie wie Opale glänzen, wie durchflutet von etwas Außergewöhnlichem, einem geistigen Licht.
Im Herbst hörte Tante Grace von der Eröffnung eines neuen Behandlungszentrums, was ein wenig Hoffnung verhieß. Nach

einem Sommer religiöser Aufklärung schien sie gestärkt, hatte mehr Energie und akzeptierte Grams Entscheidung, daß sie alles und jedes probieren solle. Tante Elinor war einverstanden. Es war ein letzter Versuch. Sie würde Tante Grace begleiten, wann immer sie könne. Wir beobachteten, wie sie den Arm um Tante Grace legte, die schlank und elegant in dem neuen Pelzmantel, den Gram ihr geschenkt hatte, in das Propellerflugzeug stieg. Tante Elinors Schultern strafften sich. Die meisten in der Familie waren hochgewachsen, schlaksig, knochig, aber bei Tante Elinor war diese Größe gewissermaßen konzentriert in einer kräftigen, festen Üppigkeit. Im Laufe der letzten Monate war sie ruhiger und konzentrierter geworden, was ihre geistige Aufgabe anbelangte. Wenn sie mit uns über Tante Grace sprach, tat sie es immer in einem eindringlichen, feierlichen Ton. Aber es schwang auch etwas Zurückhaltung mit, so, als ob unsere Besorgnis, obwohl liebevoll, eine gewisse Furchtsamkeit und Weltlichkeit enthalte, die hinter dem, was uneingeschränkter Glaube verlange, zurückfielen. Ängstlichkeit dieser Art sei sogar imstande, eine Heilung zu vereiteln. Wir spürten, wie sie sich uns entzog, aber im Interesse unseres gemeinsamen Kampfes wollten wir tapfer sein und schluckten die Kränkung hinunter.

Im folgenden Winter starb Grandad. Es kam ganz unerwartet, Tante Elinor bemerkte nicht einmal, daß er Hilfe brauchte, sonst hätte sie sie ihm sicherlich angeboten. Sein Herz versagte. Es passierte im Badezimmer des Erdgeschosses, einem winzigen Raum, der von einer hinteren Diele mit einem Vorhang vor Toilette und Waschbecken abgezweigt worden war. Grandad war ganz allein, und als Rossie ihn fand, war er bereits seit Stunden tot. Für Rossie war das schrecklich. Wir redeten ihm alle gut zu, wollten ihm helfen, den Schock zu verkraften, die Peinlichkeit, so fassungslos zu weinen. Dann warteten wir auf die Polizei.

Gram explodierte: »Großer Gott! Die Kühe! Die verrecken uns ja!« Sie raste in die Scheune, als ob sie dort eine Katastrophe erwartete. Aber es gab keine Kühe mehr: Grandad hatte die letzte verkauft. Warum? Vielleicht hatte er es satt, vollkommen einwandfreie Milch wegzugießen oder sie an die Schweine zu

verfüttern. »Vielleicht ahnte er, was auf ihn zukam«, sagte Gram. Überrascht sahen wir sie an, wir erkannten zum erstenmal, daß sie womöglich Dinge über ihn wußte – mehr, als sie uns je sagen würde.
Nach Grandads Tod veränderte sich wenig. Außer, daß wir die Milch nun kaufen mußten. Und es gab weniger Streit, aber das war schon so, seit Tante Grace krank war. Onkel Dan hielt sich nun wieder öfter abends im Wohnzimmer auf, und nach und nach wurden die Möbel des Dachzimmers über das Haus verteilt. Manchmal wachten wir in der Morgendämmerung auf und meinten, Grandads Schritte zu hören, wie er in den Stall zu den Kühen ging. Aber wir blieben liegen, wir wußten, daß wir etwas anderes gehört hatten. Vielleicht eine Erinnerung, die das Haus bewahrte. Und es gab Zeiten, in denen die wilden Tauben gurrten »Sucky, Sucky«, als trabe Grandad durch die Senke, um seine Kühe um sich zu scharen.

Ein weiterer Sommer kam, noch immer war Tante Grace am Leben. Sie war sehr abgemagert und trug unter ihrem Kleid eine Art Bandage um den Hals. Ihr linker Arm ruhte in einer Mullbinde. Ihre Augen, dunkel, hervorstehend, waren zuviel für uns – sie hatte gesehen, was sich in ihren Blick gebrannt hatte. Das erste und das letzte. Wir empfanden große Ehrfurcht vor ihr. Es war, als habe ihre Gegenwart und unsere Hingabe an sie uns am Ende zu einer vollkommenen Einheit zusammengeschmolzen, uns vier, wir dachten und bewegten uns, als ob ein übergeordneter Geist uns einige. Alpträume plagten uns, wir schrien nachts. Aber tagsüber wachten wir über jeden Gedanken. Wenn wir Tante Grace zufällig begegneten, auf der Farm oder während einer ihrer langen, einsamen Spaziergänge, schwiegen wir plötzlich – tanzend und rennend waren wir aus dem fließenden, glitzernden Bach, aus der Umarmung der Schlingpflanzen und Wurzeln, aus dem Gras aufgetaucht – wurden still. Dann fanden wir unsere Sprache wieder, redeten vorsichtig, befangen, beantworteten ihre wenigen Fragen, lächelten zurück, wenn sie lächelte. Verstohlen warfen wir einen Blick auf ihren weiß bandagierten Hals, atmeten vorsichtig, damit wir den Abszeß darunter nicht riechen würden. Auf dem Weg, der zur Scheune führte, vergruben wir unsere nackten Füße knöcheltief, ließen Staubfontänen in die Luft steigen und wieder niedersinken. Während wir mit ihr sprachen, brannten unsere Herzen, als ob wir in der Gegenwart eines Menschen seien, der die Welt liebte, unaussprechlich und doch ohne Recht. Unter irgendeinem Vorwand entschuldigten wir uns und liefen weg. Ließen sie allein, um sich darauf zu konzentrieren, ein Beweis für die Liebe Gottes zu werden.

Jeden Vormittag und jeden Nachmittag verließ Tante May ihr Hotel und kam zu uns herüber, um Tante Graces Verband zu erneuern und ihr beim Baden behilflich zu sein. Nur Tante May durfte das tun, Tante Grace konnte es nicht ertragen, daß irgend jemand anderes sie sah – nicht nur, weil sie sich schämte, sondern weil es so schrecklich war. Wir wußten, warum die Wahl auf Tante May gefallen war. Sie war die Älteste der fünf Schwestern und hatte die jüngeren oft bemuttert, vor allem aber war sie von Natur dafür geeignet: sanft, selbstlos, wie der Ton ihrer Stimme, ein Ton, den die anderen übernahmen, wenn sie mit ihr sprachen.

Die Schwestern waren besorgt um sie, wenn sie, nachdem sie Tante Grace versorgt hatte, herunter ins Wohnzimmer kam. Sie baten sie, doch noch ein wenig zu bleiben. Anfangs war es ganz still, alle dachten an Tante Grace, die zu Bett gegangen war, obwohl ihr Licht bis in die Nacht hinein brannte, nachdem wir alle längst schlafen gegangen waren. Einmal, berichtete uns Tante Libby, habe sie, nachdem sie im Badezimmer gewesen sei, noch bei ihr hineingeschaut. Tante Grace las im Bett. »Du bist noch wach?« hatte sie gefragt.

Tante Grace habe ihr darauf einen so bitterbösen Blick zugeworfen, daß Tante Libby meinte, es würde ihr das Herz durchbohrt. Und Tante Grace habe geantwortet: »Wenn du nur wüßtest, wie wunderbar das Leben ist, würdest du keine einzige Sekunde vergeuden.« Wenn wir über Tante Grace sprachen, als sie noch lebte, wenn wir uns wiederholten, was sie zu uns gesagt hatte, dann geschah es mit dem Gefühl, als hätten wir die wunderbare Gegenwart einer Heiligen erlebt.

Ein schweres Leben hatte bei Tante May seine Spuren hinterlassen. Mit vierzig verwitwet, Mutter einer vaterlosen Tochter, Krankenpflegerin für ihre sterbenskranke Lieblingsschwester. Damals verehrten wir sie für die Rolle, die sie in unserem Leben übernahm, für ihre Selbstlosigkeit. Und wenn sie auf einem Sessel saß, um sich zu entspannen, schnellten ihre Beine hoch wie zu fest aufgezogene Stahlfedern, sie schreckte auf und ging hin und her, damit die Krämpfe aufhörten, fuhr sich mit den Händen durch ihr schwarzes Haar und massierte sich den Hals. Tante Libby bearbeitete sie, sie solle wenigstens einmal Urlaub machen.

»Und wie?« fragte Tante May und blickte zur Decke. Tante Grace bewohnte nun den Raum, der direkt über dem Wohnzimmer lag, das Zimmer, in dem einige von uns zur Welt gekommen waren. Es lag auf der Westseite und blickte hinaus auf die Wälder jenseits der Wiesen; über dem Kaminsims hing das Bild des Indianerkriegers. Er saß auf einem Pferd und blickte über den Rand eines Abgrunds in die endlose Ferne von Land und Himmel, aber er schien dieser Unermeßlichkeit gewachsen zu sein, sein Rücken war aufrecht und entschlossen, seine Haltung würdevoll.

Gegen Ende des Sommers meinten die Schwestern, daß wir alle eine Pause verdient hätten und planten ein Picknick am See. Gram wollte nicht mitkommen. Sie ging lieber zum Pferderennen und fand ein Essen im Freien zu umständlich. Aber für uns war es ein besonderes Fest, wie der vierte Juli, und wir hingen in der Küche herum und halfen bei den farcierten Eiern und den Baked Beans, beim Packen des Picknick-Korbs, beim Ausspülen der Thermosflaschen. Wir hatten das Gefühl, nach langer Krankheit oder Gefängnishaft endlich wieder in die Welt entlassen zu sein.

Am See war es voll und laut. Das Bezirkswaisenhaus machte seinen Ausflug, und ein paar der Kinder, die zurückgeblieben oder geistig behindert waren, kamen zu uns herüber und starrten uns an, was Tante Libby veranlaßte, ihr traurigstes Gesicht aufzusetzen und zu flüstern: »Habt ihr jemals etwas Bejammernswerteres gesehen? Da könnt ihr von Glück sagen.«

Eins der Kinder erbrach sich in der Nähe der gedeckten Tische, und es stank so, daß wir umziehen mußten. Dann kam Tante May in ihrem Wagen allein, ihre Tochter fühle sich schlecht, sie habe ihre Tage, was wiederum Tante Libby zu der geflüsterten Bemerkung veranlaßte, daß sie die Periode niemals als Krankheit und auch nie als Ritual betrachtet habe. Die Waisenkinder fuhren fort, uns anzustarren, einige wollten sich mit Tante Libby unterhalten, die lächelte, aber kein Wort verstand. Schließlich ging Tante Elinor, die übers Wochenende nach Hause gekommen war, zur Aufsicht und schlug vor, daß man die Waisenkinder irgendwo anders hinbringen solle, irgendwohin, wo sie die Leute nicht beim Essen belästigten.

Das Aufsichtspersonal kam der Aufforderung widerwillig nach, und wir alle hatten ein schlechtes Gewissen wegen dieser anspruchsvollen, mitleidslosen, verächtlichen Reaktion. Hatte die lange Krankenwache und unser Kummer uns so der Welt um uns entfremdet wie eine Gefangenschaft?

»Das Picknick ist ruiniert«, sagte Tante Libby, als wir wieder allein waren. Tante May ging ins Wasser und schwamm immer wieder im Kreis um die Bojenseile herum. Was immer wir unternahmen, es kam keine Stimmung auf. Wir dachten an Tante Grace, allein zu Hause, an Gram, die zum Pferderennen gegangen war. Würde Tante Grace denken, wir hätten sie im Stich gelassen? Brauchte sie uns so sehr wie wir sie brauchten? Nachdem Onkel Dan uns eine Weile zugehört hatte, wie wir uns über den Gestank des Erbrochenen beschwerten, und mit ansah, wie wir trübselig auf unseren Wolldecken hockten, sagte er: »Irgendwann hört für mich jedes Vergnügen auf«, stand auf und fing an, unsere Sachen für die Heimfahrt einzupacken.

Auf der Rückfahrt sagte Tante Libby zu Tante Rachel, daß Valerie, Tante Mays Tochter, womöglich auf Tante Grace eifersüchtig sei, weil all die Fürsorge und Aufmerksamkeit, die ihre Mutter zu vergeben habe, ihr gelte. Wünschte Valerie, daß Tante Grace sterbe? Aber das schien abwegig, denn waren wir nicht alle bis zum äußersten bemüht, Tante Graces Leben zu verlängern? Tante Elinor lehrte uns, daß Gott das Leben sei. Und jeder wolle Gott – wolle das Leben. So gesehen ergaben die Dinge, von denen Tante Elinor sprach, einen Sinn, überzeugten uns durch ihre unausweichliche Logik, formten einen so harmonischen Kreis, daß wir uns eins fühlten, wir spürten es wie eh und je, waren deshalb auch nicht enttäuscht, daß der Ausflug ein Reinfall gewesen war, als wir wieder in die kiesbestreute Einfahrt unter den tiefhängenden Ästen der Eichen einbogen und unser eigenes Königreich betraten.

»Wie geht es ihr heute abend?« fragte Tante Libby einmal, als Tante May aus Tante Graces Zimmer herunterkam. Sie mußte inzwischen öfter, drei-, viermal täglich kommen, um die Bandagen um Tante Graces Hals zu wechseln. Wir hatten nie den Mut, uns nach diesem hartnäckigen Abszeß zu erkundigen. Es kam uns genauso vermessen vor, wie Gott mit einer rivalisierenden Macht zu drohen. Und keiner erklärte es uns, alle dachten, wenn sie überhaupt an dergleichen dachten, daß wir so völlig ein Teil ihrer selbst seien, daß wir wüßten, was sie wußten, fürchteten, was sie fürchteten, glaubten oder nicht glaubten, aufgrund von Zufall oder Aufnahmefähigkeit, wie sie es selber taten.

»Eigentlich unverändert«, antwortete Tante May.

Die Stille war so erdrückend, daß das Ticken der Uhr in unsere Empfindungen einfloß und sie wiedergab.

»Sie müssen etwas gegen die Schmerzen unternehmen.« Tante Libby sagte es mit jenem säuerlichen, verärgerten Ausdruck, den sie hatte, wenn sie von Elend sprach; sie würde Elend niemals anerkennen.

»Elinor hat eine Krankenpflegerin besorgt«, sagte Tante May.

Eine Krankenpflegerin? Es war unmöglich. Medizin. Wir dachten, das sei das Ende. Wußte Tante Grace davon?

Tante May erklärte es uns. »Sie ist eine Christliche Wissenschaftlerin, aber sie ist für bestimmte Dinge ausgebildet, für Fälle wie diesen. Nächste Woche kommt sie mit Tante Elinor hierher. Tante Grace sollte lieber noch nichts davon erfahren. Ich weiß nicht, wie sie es verkraften wird.«

»Zumindest wird es dich entlasten« war alles, was Tante Libby sagte, denn über Leben oder Sterben gab sie sich keinerlei Illusionen mehr hin.

»Libby, wenn es helfen würde, daß ich auf Händen und Füßen nach China krieche, würde ich es tun«, sagte Tante May.

Tante Elinor kam und führte die Pflegerin ein. Sie kam ohne ihren üblichen Koffer voll eleganter Sachen, kam nur mit ihrer tapferen, großmütigen Seele, sie schimmerte in ihren Augen, wir konnten unsere eigenen Augen kaum von ihr wenden. Neben Tante Elinor war die winzig kleine Krankenschwester ein schattenhaftes, bedeutungsloses Wesen. Vielleicht würde Tante Grace kaum von ihr Notiz nehmen.
Sie schlief nun in einem Krankenbett, das man in ihr Zimmer gebracht und vor dem Fenster, das nach Westen ging, aufgestellt hatte. Manchmal saß sie in einem Armsessel in der Zimmerecke, aber sie verließ nur noch selten den Raum, machte nur wenige kurze Spaziergänge und stützte sich dabei auf den Arm ihrer Begleiterin. An jenem Abend stand ihre Tür offen, obwohl sie meist geschlossen war, und manchmal konnten wir hören, wie sie sich herumwarf und stöhnte. Dann standen wir jedesmal in der Diele, wie betäubt. Bis Tante Libby oder Tante Rachel oder sogar Gram kamen, sich an den Türspalt stellten und sagten: »Alles in Ordnung. Ich bin da.« Meist hielten sie dann ein Stück Flickendecke in den Händen, etwas, womit ihnen die Zeit verging, womit sie sich beschäftigen konnten. Tante Grace freute es, die Decke wachsen zu sehen, und wenn sie sich wohl genug fühlte, säumte sie selber ein Rechteck. Jeder der Flicken fügte sich zur Zacke eines aufgehenden Sterns zusammen. Vor Jahren hatte Gram diese Flickendecke angefangen, hatte aber nie genügend Zeit oder Geduld gehabt, um sie fertig zu machen. Es war das traditionelle Muster »Broken Star«, bestand aus Streifen ungebleichten Musselins und zeigte Sterne in den verschiedensten Grüntönen, eingefaßt in Kaliko. Tante Grace mußte bei ihrem ersten Flicken einen Fehler machen, das sollte Glück bringen. Calvinistischer Logik zufolge war es vermessen, wenn ein menschliches Wesen nach Vollkommenheit strebt, und Tante Grace meinte, sie sollten vielleicht versuchen, eine Mary-Baker-Eddy-Flickendecke zu machen, eine, die so vollkommen sei wie nur möglich.
Jeden Vormittag wurden wir einzeln zu ihr geführt. Tante Grace nahm uns unsere Befangenheit, ihre Schmerzen waren vormittags erträglicher oder aber ihre Kraft, sie zu ertragen, größer.

Jedenfalls ermutigte sie uns, ihr zu berichten, was wir gerade taten, und versicherte uns, daß es ihr ein wenig besser gehe, daß sie bald aufstehen und wieder bei uns sein könne. Wir konnten ihren Blick nicht erwidern, aber sie sah auch selbst weg, zum Fenster hinaus, als wolle sie die Gesundheit und Harmonie der ländlichen Umgebung noch tiefer in sich aufnehmen. Gelegentlich teilte sie diese Hoffnung mit uns. Einmal sagte sie: »Ich glaube, daß Leben und Sterben im Sinne Gottes ein einziges Geschehen sind.« Tagelang konnten wir über solche Offenbarungen sprechen – und trösteten uns damit, daß Tante Grace durch ihr Leiden auserwählt wurde, einer Heiligen gleichkam. Aber an jenem Abend, als Tante Elinor mit der kleinen Krankenschwester das Zimmer betrat, hatte Tante Grace ihr aus tiefliegenden, von Höllenpein geplagten Augen einen solchen Blick zugeworfen, daß Tante Libby meinte, so müsse der Blick der Prophetin Hanna gewesen sein, die Jahr für Jahr im Tempel ausgeharrt und sich nicht gestattet hatte zu sterben, weil sie auf die Erlösung Jerusalems wartete. »So weit ist es also gekommen«, hatte Tante Grace mit vor Drogen und Entsetzen heiserer Stimme gesagt. Ihr konnte man nichts vormachen. Sie wußte, was es bedeutete.
»Liebes«, rief Tante Elinor und rannte ans Bett, um ihre Schwester mit einer Inbrunst in die Arme zu nehmen, die uns zurückweichen ließ.
Nun begann ein seltsamer, erbitterter Kampf zwischen den beiden Schwestern: Tante Grace witterte Verrat, Tante Elinor bestand darauf, daß die Zeit des Sieges bevorstehe. Die Krankenschwester war nur eine Bequemlichkeit, ein Symbol der Entschlossenheit, wenn überhaupt. Und nicht des Versagens. Aber in unseren Augen war die Krankenschwester, auf ihren weichen weißen Schuhen im Hause herumhuschend, zum Geist des Hauses geworden. Während wir abgelenkt waren, und alle weniger wichtigen Bindungen abgebrochen hatten, war in dem Haus eine fremde, rivalisierende Kraft eingezogen.
Gram war auf der Seite von Tante Grace. Sie warf Tante Libby vor: »Sie will nichts weiter als in Frieden gehen. Und rasch. Es geht nun schon über ein Jahr. Weshalb um Himmelswillen läßt

Ellie sie nicht? Ich kann es kaum ertragen.« Dabei sah sie nicht einmal traurig aus, nur zornig, und wir verhärteten uns gegen sie.
»Welche Hoffnung gibt es denn noch, Mama?« fragte Tante Libby.
Gram entgegnete: »Manchmal gibt es eben keine.«
Bei diesen Ausbrüchen schauderten wir vor Furcht und verschlossen unsere Ohren. In Grams Stimme lag keineswegs weniger Gefühl, nichtsdestoweniger wirkte alles, was sie sagte, streng, schroff. Obwohl sie manchmal abends ausging, was ihr zur Gewohnheit geworden war, war es eher Ruhelosigkeit als Vergnügen; Gewinne oder Verluste kamen nicht zur Sprache. Immerhin fand Tante Libby es nicht richtig und meinte, sie solle zu Hause bleiben.
»Ich möchte wissen, was irgend jemand tun kann – mit der da im Haus!« Dabei riß sie den Kopf hoch, in Richtung von Tante Elinors eindringlicher Stimme, die das Treppenhaus herunterhallte.
Aber Tante Grace war eine Gefangene. Niemand konnte sich bei Tante Elinor einmischen, und wir hatten nur sie. Manchmal hörten wir Tante Grace, trotzig und streitlustig. »Lieber Gott. Sag mir, warum ich das ertragen muß. Und dich. Du quälst mich. Und nur aus Eigensinn. O ja, ich kann selber ein Messer benutzen. Wie kannst du von mir verlangen, so zu leben, aufgeschnitten und stinkend?« Und dann brach sie in verzweifelte Tränen aus. Sie versuchte nicht mehr, ihre Schmerzen zu verbergen. Wir glaubten, sie wolle uns bestrafen. Wir hörten sie schreien und toben, wir fürchteten uns, sie in ihrem Zimmer zu besuchen, denn sie starrte uns jedesmal wütend an, weigerte sich mit uns zu reden, so daß es schien, als wünsche sie uns alles erdenkliche Schlechte und würde liebend gern unser aller Leben für das ihre eingetauscht haben. Wenn wir sie nachts hörten, konnten wir nicht schlafen, nahmen unsere Kissen und Decken, kampierten in der Diele gegenüber ihrer Tür und beteten, daß es ein Ende habe. Es war, als hätten wir unsere Leben bereits verloren.
Durch die offene Tür beobachteten wir, wie Tante Elinor ihre

beruhigende Litanei murmelte, Tante Graces Arm streichelte. Einmal hatte sich Tante Grace aufgerichtet und mit einer Kraft und Wut, die wir ihr nie zugetraut hätten, die besänftigende Berührung abgeschüttelt. Sie schrie: »Verflucht nochmal! Kannst du mich denn niemals in Ruhe lassen? Laß mich doch sterben. Ich flehe dich an.« Dann drehte sie sich zum Fenster, schwarz gegen den Vorhang der Nacht. Wir staunten.

Tante Elinor lief ununterbrochen in die Küche, statt der Pflegerin die Arbeit zu überlassen. Ständig versuchte sie, Tante Grace zum Essen zu bewegen. Und stets kämpfte Tante Elinor mit dem Bösen, verkündete die Macht Gottes zu erlösen, auch wenn Tante Grace mit den Zähnen knirschte, ihr Essen ausspuckte, ihre Zimmertür verriegelte und sich die Ohren zuhielt, damit sie die Stimme, auch als Tante Elinor nach außen hin ruhiger wurde, nicht mehr höre, jene Stimme, die wir noch durchdringender zu vernehmen glaubten – die Stimme Gottes, als habe Tante Elinor sie ganz in sich aufgenommen.

Bei Tisch, während der kurzen Augenblicke mit uns, saß Tante Elinor zusammengesunken auf ihrem Stuhl, sie, die sich bisher mit einer beinahe militärischen Geradheit gehalten hatte. Einmal fragte Tante Libby das, was wir alle dachten: »Wie lange noch?«

Tante Elinor stand mit der alten, aufrechten Haltung auf, an die wir uns erinnerten. Im Türrahmen der Küche hielt sie inne, jenseits von ihr die dunkle Diele, wie ein Pfad in der Finsternis, auf den man in der Wildnis geraten ist, den man jedoch trotzdem nehmen muß, obwohl er ins Ungewisse führt. Sie verschwendete nun keine Energie mehr, uns zu verwöhnen oder anzuspornen. »Liebe ist nie vergeblich.« Das waren ihre Worte, und auf ihrem starkknochigen, kantigen Gesicht, das Kinn erhoben, erkannten wir, wie weit Liebe gehen würde.

Dann, eines Abends, kam Gram vorzeitig zurück. Wir begegneten ihr in der Diele. Obwohl es noch immer sommerlich warm war, trug sie bereits ihren leichten Wollmantel. Unter der düsteren Schale der Glühlampe sah man ihr schlaff gewordenes Fleisch, das einen Körper umhüllte, der keine Hitze mehr spürte. Trotzdem war ihre Stirn feucht, wie fettig. Aus dem oben gelegenen Zimmer drangen die Stimmen der beiden Schwestern Elinor und Grace. Die eine redete wenig und dann verärgert, giftig gegen die Eindringlichkeit der andauernden, leisen Vorhaltungen. Als die Tür aufging, konnten wir Tante Grace hören: »Gott, wenn du doch nie wieder zurückkommen würdest!«

Als Tante Elinor erschöpft die Treppe herunterkam und ihre Mutter unten stehen sah, hielt sie inne. In ihren Händen trug sie eine Schüssel mit aufgerollten, dunkelfleckigen Bandagen. Wir vermeinten, es zu riechen, hielten den Atem an. Auf Tante Elinors blassem Gesicht fügten sich die Sommersprossenflecke wie zu Mustern zusammen, Landmassen auf einer Meereskarte. Gram ging ihr entgegen, und in ihrer erhobenen Faust lag soviel Leidenschaft, daß es uns an die Zeit gemahnte, als Grandad noch am Leben war. Inzwischen war Tante Elinor fast auf der untersten Stufe angelangt, und Gram schlug zwar nicht nach ihr, pfefferte ihr aber die Schüssel aus den Händen. Sie flog weg, ihr Inhalt, dunkel und widerlich, breitete sich auf Grams kostbarem Teppich aus. »Dafür wirst du in der Hölle braten«, keuchte Großmama schluchzend. »Hochmut. Einmischung.«

Tante Elinor ging an ihr vorbei, kniete sich hin, sammelte die Bandagen auf und legte sie zurück in die Schüssel. Der scharlachrote Lack auf ihren Fingernägeln war brüchig, die Hände ungepflegt. Ihre Schultern hoben und senkten sich, als sie jedes einzelne Stück aufhob. Sie war allein. Wir hatten Angst, fürchteten uns vor Gram, die immer noch keuchend über ihr stand, aber noch mehr vor Tante Elinor, die Haß und Mißverstehen der ganzen Welt auf sich nehmen konnte.

Tante Grace kam die Treppe herunter. Sie beugte sich über das Geländer, und ihre von der Kugellampe erhellten Gesichtszüge schienen uns nicht von Leiden gezeichnet. Im Gegenteil: Sie sah aus wie ein junges Mädchen, schlank, mit schwarzem Haar, das nun, da sie keine Bestrahlungen mehr bekam, wieder gewachsen war und sich üppig um ihrem Hals lockte und den Verband verbarg. Das Grübchen in der Mitte ihres Kinns schien uns über den tiefen Punkt der Dunkelheit hinweg anzuzwinkern. Zu Tante Elinor sagte sie einfach: »Komm her.« In ihren Augen

schimmerten Tränen, aber ohne Kummer, ohne Bitterkeit. In Tante Elinors Gesicht stand einfach nur Freude, als sie die Treppe hinaufging zu Tante Grace, den Arm um sie legte und sie in ihr Zimmer zurückgeleitete. Von hinten, neben der Stämmigkeit Tante Elinors, war es deutlich, wie ausgezehrt Tante Grace war – beide Schwestern nun aufrecht gehalten, unterstützt von dem Gewicht unerschütterlichen Charakters. Anne sagte: »Mutter«, aber keine von beiden antwortete.
Gram stand da, schrecklich gealtert in den Falten ihrer Haut unter der Hülle ihres Mantels: Die Zeit, die sie überlebt hatte, wie ein Schicksal über ihrem Haupt. Sie warf den Kopf hoch, als sei sie im Begriff, alles zu verurteilen, dann aber seufzte sie und kniete nieder, um das Gewirr von Bandagen aufzusammeln. Am Ende hatten ihre Hände braune Flecken. Mit einem sauberen Stück Verband rieb sie sie weg. »Wozu das alles? Was sein muß, muß sein«, sagte sie. Dann sah sie auf unsere Füße, hob den Blick zu unseren Gesichtern und sah uns der Reihe nach an. »Steht nicht herum wie Trottel. Helft mir.« Spätestens da wurde uns klar, daß wir an Gram gekettet waren und nichts weiter in uns hatten als das, was sie war und was sie erhofft hatte. Sie hatte uns beansprucht. Wir brachten frisches Wasser, schütteten das schmutzige aus, knieten uns neben sie und schufteten, bis die Putzlappen sauber gespült waren. Als es erledigt war, folgten wir ihr ins Wohnzimmer, wo sie die Gasflamme in dem umgebauten Kamin anzündete, das Kleid und den Mantel, den sie immer noch anhatte, hochhob und sich ganz dicht an den Asbestrost der eingeschalteten Flamme stellte. »Fühlt sich gut an«, sagte sie. Dabei lächelte sie, nicht für uns, sondern weil sie die Wärme genoß.
Danach ließ sich ein wachsamer Friede auf dem Haus nieder. Tante Grace ging es offenbar wieder besser, sie kam öfter herunter und aß mit uns, obwohl ihr Magen wenig vertrug und der heiße Geruch gebratener Speisen ihr Übelkeit verursachte. Von Gram zubereitetes Essen wurde ersetzt durch etwas, was Tante Rachel unter Tante Elinors Aufsicht zusammenstellte – etwa eine klare Brühe, einen grünen Salat. Tante Grace stocherte nur darin herum. Gram bot ihr Brot und Sahne an, aber sie lehnte

es ab. Niemand behagten diese kultivierten, einfachen Gerichte, bloße Skelette einer Mahlzeit. Nicht, wenn Tante Grace neben uns immer mehr verfiel.

Onkel Dan hielt sich zurück, konnte uns aber, wenn er wollte, immer noch zum Lachen bringen. Seit wir uns der Christian-Science-Kirche angeschlossen hatten, waren ein paar neue Kundinnen in seinen Laden gekommen, um Fleisch einzukaufen. Das war ihm willkommen, denn sein Umsatz hatte durch die Konkurrenz der Supermärkte stark eingebüßt. Aber, meinte er, man müsse verdammt aufpassen, denn eine Unterhaltung mit den Anhängerinnen der Wissenschaft war sehr riskant – schnell trete man in ein Fettnäpfchen. »So zum Beispiel bei dieser Mrs. Beall aus der Frankville Road. Ich sage ›Schöner Tag heute, nicht wahr, Mrs. Beall?‹ und sie sieht mich an und antwortet: ›Alle Tage Gottes sind vollkommen, Mr. Snyder‹ und fordert mich heraus, ihr zu widersprechen. Aber wenn ich mir Mühe gebe, sie abzulenken, die Sache abzubiegen und sage ›Dieser Regen ist ein Segen‹, dann antwortet sie mir ›Gott erfüllt alle unsere Bedürfnisse, Mr. Snyder‹.« Auch Tante Elinor mußte lachen und zugeben, daß eben manche Menschen einem bei jedem Thema auf den Wecker fielen. Bestimmt meine die Frau es gut, aber sie sei erst vor kurzem der Kirche beigetreten und zeige vielleicht deshalb ein wenig zu viel Eifer. Zu jener Zeit, als es Tante Grace ein wenig besser ging, wollte sich niemand streiten. »Ich würde sagen schwarz ist weiß«, meinte Gram, »wenn es helfen könnte.«

Trotz unserer Zuversicht blieben die Gespenster der Furcht unter uns wie Überbleibsel eines bösen Traumes oder die Vorahnung eines schlechten Tages. Das Haus erzitterte unter dem Konflikt, wir konnten die Wände sich senken sehen und die Bohlen unter dem Teppich knarren hören. Tante Rachel packte Rossies Sachen und er zog zu seiner Großmutter, die in einer anderen Stadt wohnte – Alpträume hatten ihn jede Nacht stundenlang wach gehalten.

Dann kam Neil auf die Farm. Als er das erstemal in ihr Zimmer ging und Tante Grace in dem Lehnstuhl am Fenster sitzen sah, mit den weißen gestickten Vögeln auf ihrem Kleid wie blitzendes Silber, der Stoff nur lose ihre Gestalt umhüllend, ging er auf sie zu, fiel neben ihr auf die Knie, vergrub seinen Kopf in ihrem Schoß und weinte. Schluchzte laut. Wir waren nicht Zeugen, aber hörten, wie Tante Libby es Gram berichtete. Wir konnten seine Gefühle nicht nachvollziehen, uns erschienen sie irgendwie unpassend, als wolle ein völlig Fremder echten Kummer vortäuschen. Und wir befürchteten, seine Anwesenheit könne alles nur noch verschlimmern.

»Die Tränen kommen reichlich spät«, sagte Gram.

»Nicht siebenmal, sondern siebenzigmal siebenmal«, erwiderte Tante Rachel. Da wir alle die Bibel studierten und die Evangelien lebten und atmeten, wußten wir auch, daß dies die Länge und Breite der Vergebung bedeutete.

Gram brauste auf. »Mich braucht ihr nicht zu belehren. Ich habe das Predigen mehr als satt. Als ich klein war, konnte ich fast das ganze Evangelium auswendig. Eure Christlichen Wissenschaftler haben kein Monopol auf die Bibel, egal, wie sehr sie sich etwas darauf einbilden. Was ich von ihr weiß, war sie auch keine Heilige, eure Gründerin. Es gibt Leute, die meinen, sie sei nicht viel besser als eine Heidin gewesen, mehrmals verheiratet. Und eitel wie sonst was.«

»Also Mama«, erwiderte Tante Rachel nach ein paar Augenblicken betretenen Schweigens, offensichtlich gekränkt, aber keineswegs eingeschüchtert, »dann haben wir beide viel gemeinsam.« Denn Tante Rachel würde bald Tom Buck heiraten, der auf seine Scheidung wartete; er würde ihr zweiter Ehemann sein, und was Eitelkeit betraf – diese Frauen wußten, was es hieß, amüsierten sich darüber, konnten es aber nicht verbergen.

Dann sagte sie zu Gram: »Eigentlich tut er mir am meisten leid« und meinte Neil. War es, weil er Tante Grace am meisten liebte und in ihren Armen geschluchzt hatte? War es, weil sie ihn einst geliebt hatte und ihn nun nicht mehr liebte? Wir wußten es nicht. Auch Gram wußte es nicht, auf ihrem Gesicht malte sich nicht einmal Zorn ab, sondern eine Art staunende Leere. Es konnte ja sein, daß er das schwarze Schaf war, das zur Herde zurückkam, das, dem die tiefste Verzeihung gebührte.

Am Tage vor der Rückkehr Neils in sein Büro glaubte Grace,

sich kräftig genug zu fühlen, einen kleinen Spaziergang mit uns zu machen. Nahe des Obstgartens hatten wir eine besondere Stelle entdeckt, oberhalb des Ententeichs, die wir ihr zeigen wollten. Sie gingen langsam die Einfahrt hinunter, Tante Grace auf Neils Arm gelehnt. Ihretwillen gingen wir nicht durch die Schlucht, sondern über die Wiese, wo Grandads alter Heuwagen immer noch auf drei Rädern stand. Neil war sehr behutsam mit Tante Grace und auch mit uns, wie er es vorher niemals gewesen war. Gram meinte, er sei jetzt vielleicht nicht mehr ganz so vorlaut. Wir fühlten uns auch betroffen, als teilten wir die Veränderung in ihm, teilten die Aufmerksamkeit eines Liebenden.

Wir sahen ihm nach, schlank und blond, seine blauen Augen, die so wild sein konnten, nun nüchtern, und wir spürten in ihm das Wunder, das wir erwarteten, die Auferstehung einer vergessenen Liebe.

»Seht doch mal dies! Und das!« riefen wir ihnen zu. Nichts war jetzt von Bedeutung, es gab nur uns selbst, die wir zwischen Blumen und Gräsern tollten, über Schieferfelsen kletterten, unter uns die dunkle Schlucht mit den flackernden, grünblättrigen Lichtflecken, diese Wege, die wir unzählige Male gegangen waren und immer gehen konnten, wann wir wollten, Pfade, die durch unser eigenes Fleisch gegraben waren. Langsam gingen Neil und Tante Grace die sanfte Anhöhe hinauf, aneinandergelehnt. Wir näherten uns, es war, als wollten wir, wachsame Geister, Stärke und Zuversicht vermitteln.

Schließlich legten sie sich beide nebeneinander in das schilfige, vom Winde gebogene Gras, das spärlich unter den Eichen wuchs. Tante Graces Kopf ruhte an Neils Schulter. Die Eichenblätter kräuselten sich, auch das Gras schien unter der Berührung der Brise zu wogen, die ununterbrochen über den erhöhten Platz über der kühleren Schlucht wehte, der immer sein eigenes Wetter hatte. Wir wollten sie mit unseren Körpern umschließen, von allem erlöst.

Aber dann sagte Anne: »Nein, wir gehen lieber hinunter.« Wir folgten ihr in die Schlucht, wo die Ranken von den Baumkronen hingen, wir griffen nach ihnen und schwangen uns hinaus und

über den Bach, besiegten unsere Furcht, ließen uns auf die andere Seite fallen. Wir trugen Steine zusammen, bauten einen Deich, um das Wasser aufzustauen, wir spekulierten, wie tief es sein könne, wie geheimnisvoll.
Dann hielt Katie inne. »Ich geh' zurück.«
»Das kannst du nicht«, schrie Anne. »Du hast deinen Teil noch nicht fertig. Wir sind noch nicht so weit.«
»Seit wann bist du der Boss? Boss, Boss. Ich kann dich sowieso nicht ausstehen. Du bist nicht meine Mutter.« Und Katie kletterte die Böschung hinauf.
Anne sprang von der Ranke, an der sie gerade hing, um sich auf Katie zu werfen. Sie zog sie zu Boden. Wir hörten das Klatschen von Annes Schlägen. »Ich befehle hier, ich befehle hier«, sagte sie immer wieder, während wir sie mit vereinten Kräften herunterzerrten. Auf dem Abhang verlor sie das Gleichgewicht und fiel hin. Katie lag auf dem Erdboden zusammengekrümmt zwischen den Blättern und stellte sich tot. Als Anne wieder aufstand, sah sie genauso aus wie Gram, das Gesicht ausdruckslos wie ein Indianertotem. Von ihrer Lippe tropfte Blut.
Wir hatten vergessen, daß Anne so war, vergessen, daß wir alle so waren. Unberechenbar, unausstehlich. Wir hätten uns gegenseitig die Augen auskratzen können. Und Katie: Sie war damals hinausgegangen in den Hof und hatte Rossie und seinen Spielkameraden berichtet, Anne hätte ihre Periode gehabt, Anne sei nun eine Frau geworden. Zusammen mit ihnen hatten wir uns unter ihr Fenster gestellt, Anne schmutzige Worte nachgerufen, sie beschämt für das, wofür sie doch nichts konnte. Nachher hat es uns leid getan. Tante Grace hatte gehört, wie Anne Katie, nachdem sie sie erwischt hatte, verdrosch. »Ich bring' sie um!« Anne war wild. »Eines Tages bring' ich sie bestimmt um.« Tante Grace hatte dann ein Machtwort gesprochen. Aber sie hatte sie nicht bestraft. Statt dessen nahm sie Anne hinauf in ihr Zimmer. Durch die geschlossene Tür hörten wir Anne schluchzen, während Tante Grace leise und bedächtig auf sie einredete. Später kam Tante Grace heraus, und ehe sich die Tür wieder schloß, sahen wir Anne auf dem Bett liegen, ein Kissen über dem Kopf. »Sie ist zu jung dafür«, sagte Tante Grace zu Tante

Libby, aber das, was in ihrem Blick lag, signalisierte, daß mit uns allen etwas Außergewöhnliches geschehen war. Wie jetzt, als wir Anne und Katie den Hügel hinauf folgten und beklommen waren, selbst der Liebe wegen, die wir spürten, wegen des Hasses, der in uns war.

Tief unter uns, in der Schlucht, flackerte das Licht, während wir ruhig in den hellen Mittag hinaufstiegen, auf die Ebene voller blühender Gräser. Tante Grace und Neil lagen noch immer so da wie vorher, mit geschlossenen Augen, der Eichbaum hinter ihnen, wie ein Wegweiser. Wenn wir sie nicht weckten, würden sie weiterschlafen, niemals mehr aufwachen. Wir mußten sie aber aufwecken. Wir flochten einen Kranz aus Zichorienblüten, und als Tante Grace die Augen aufmachte, weil sie uns gehört hatte, wanden wir ihn ihr um den Hals und ins Haar, und Neil setzte sich auf, nahm einen Grashalm zwischen die Finger, machte eine hohle Hand und blies darauf wie auf einer Pfeife. Auf dem Heimweg tanzten wir um sie herum, schlugen Räder. Aber Tante Grace konnte nicht mehr gehen, so erschöpft war sie. Neil mußte sie den Rest des Weges und auf ihr Zimmer hinauftragen. Die Last ihres Lebens hatte sich wieder auf uns gesenkt, ihr Gewicht nagelte alles fest. Wir blieben mit Gram und Tante Rachel in der Küche.

»Vielleicht wäre es ihr besser gegangen, wenn sie dieses Jahr bei ihm geblieben wäre«, sagte Tante Rachel. »Schließlich haben sie ja das Haus bekommen.«

»Und vielleicht hat dir der liebe Gott das bißchen Verstand geraubt, mit dem du geboren wurdest«, sagte Gram. Es klang zornig, aber sie weinte.

Neil ging zurück zu seiner Arbeit in Illinois. Tante Elinor würde tags darauf wieder nach New York zurückkehren. Eine alte Bekannte aus Tante Elinors Bühnentagen war gekommen. Pearl hatte es geschafft, berichtete uns Tante Elinor, im Gegensatz zu ihr, die sie von dem ganzen Rummel genug bekommen hatte und statt dessen den Geschäftsalltag vorzog. Pearl ging ins Wohnzimmer und sang, Tante Elinor begleitete sie am Klavier. Alle Türen standen offen, damit Tante Grace es hören konnte, denn der Spaziergang mit Neil hatte anscheinend all ihre Kräfte verbraucht, und nun verließ sie ihr Zimmer nur, um auf die Toilette geführt zu werden. Trotzdem sah sie sehr friedlich und glücklich in ihrem Bett aus, sie trug ein taubenblaues Nachthemd, das Neil ihr gekauft hatte.

Wir blieben im Wohnzimmer, während Pearl sang. Dabei konnten wir unser Kichern kaum bezähmen. Sie hatte eine mächtige Sopranstimme, mit der sie bestimmt schon öfter Glas zum Zerspringen gebracht hatte, es war dies etwas, was wir von Onkel Dan aufgeschnappt hatten, wenn er über Tante Elinor sprach, und unsere Augen richteten sich auf den Kristall-Lüster im Wohnzimmer. Tante Elinor saß kerzengerade vor den Tasten des Klaviers und blinzelte kurzsichtig auf die Noten, aber als Katie kichernd aus dem Sessel auf den Boden rutschte, warf ihr Tante Elinor, ohne eine Note zu überschlagen, einen wütenden Blick zu. Wir jedoch hatten uns wieder gefangen, indem wir einander nicht ansahen, sondern aus dem Fenster blickten. So wurde die Musik Teil der sonnenwarmen Natur, im gleichen Rhythmus und mit gleicher Leidenschaft wogend wie die Rhythmen und Leidenschaften, die Pearls weißen Busen bewegten, den der recht weite Ausschnitt ihres Kleides freilegte. Nach mehreren klassischen Liedern und lange nachdem unser Impuls herumzualbern verflogen und ganz und gar besiegt war, sagte Pearl zu Tante Elinor, die unseren lang anhaltenden Beifall angeführt hatte: »Nun sing du auch einmal was.«

»Ach nein, das kann ich nicht mehr«, entgegnete Tante Elinor, die errötet war und den Klavierdeckel wieder zugemacht hatte. »Ich bin vollkommen aus der Übung.«

»Nein, das stimmt nicht«, baten wir sie, und erst dann wurde uns bewußt, daß tatsächlich ein ganzer Sommer vergangen war, ohne daß sie uns etwas vorgespielt oder vorgesungen hatte. Wir waren überzeugt, daß, wenn sie es nur täte, alle unsere Kümmernisse verschwinden würden. »Du singst doch immer«, sagten wir und riskierten, einen Erwachsenen in Verlegenheit gebracht zu haben. Pearl bestärkte uns. »Ich entsinne mich genau, als eure Tante im Radio zu hören war.«

»Das ist lächerlich«, sagte Tante Elinor und öffnete wieder den Klavierdeckel. »Ich werde mich lieber selber begleiten. So kann ich besser schummeln.« Das klang wie eine echte Musikerin. Als sie die Stimme erhob, wurde ihr Gesicht so weich und schön, daß wir uns leicht vorstellen konnten, was Tante Libby erzählt hatte: Daß sie, als sie jung war, mehr Verehrer hatte, als die meisten Frauen sich träumen ließen.

Nichts war zwischen uns und ihrem Gesang, unsere Herzen waren voll wie ihres, umspült von denselben Wassern. Sie sang alle unsere Lieblingslieder: »In the Gloaming«, »Annie Laurie«, »The Shores of Minnetonka«, »Who is Sylvia«, »Deep River«. Als sie verstummte, vernahmen wir das entfernte Klatschen von Tante Grace. Tante Elinor schickte eine von uns hinauf, um sich zu erkundigen, ob sie etwas brauche. Wir alle gingen.

»Wie lieblich sind Deine Wohnungen!« riefen wir das Treppenhaus hinunter, dann gingen wir in Tante Graces Zimmer und ließen uns der Länge nach auf Grams altes Bett fallen, in dem nachts die Krankenpflegerin schlief. Tante Grace lag in dem metallenen Krankenhausbett nahe dem Fenster. Wir konnten Tante Elinor genau hören, jede Silbe – Pearl sagte, unsere Tante sei berühmt gewesen wegen ihrer perfekten Artikulierung.

»Drei Tore gen Norden und drei gen Süden,
Drei gen Osten und drei gen Westen –
Zwölf Tore zur Stadt, o Herr.«

Durch die hohen Fenster, gen Westen, sahen wir Sonnenstrahlen, die sich in goldenen Streifen gegen den tiefblauen Himmel abzeichneten und die Silhouette des Waldes erglühen ließen. Aber als wir uns umdrehten, um es Tante Grace zu zeigen, war sie eingeschlafen. Auf Zehenspitzen schlichen wir hinaus. Tante Elinor sah vollkommen glücklich aus, als wir ihr berichteten, wie tief Tante Grace schlief. Aber wir, erinnerte sie uns, sollten nicht schlafen, wir seien die Wächter im Garten. »Betet ohne Unterlaß. Niemand kennt die Stunde.« Dies versprachen wir ihr. Wir wollten es tun. Aber gleichzeitig wußten wir, daß dies nur die halbe Wahrheit war, daß wir so fehlerhaft waren wie jeder der Jünger.

Trotzdem taten wir unser Bestes, denn Tante Grace hatte jetzt schreckliche, ungelinderte Schmerzen zu erdulden. Wenn Morphium ihr ein wenig Ruhe verschaffte – obwohl sie die Spritzen meist verweigerte – war es, als sei der nächste Anfall um so schlimmer. Tagsüber waren wir in der Schule, und manchmal brachte uns Onkel Dan in das Haus seiner Mutter und wir übernachteten dort. Aber wir wehrten uns, wir glaubten, bei Tante Grace bleiben zu müssen, denn das hatten wir ihr versprochen. Obwohl wir nicht mehr beten konnten, konnten wir doch wachen. Wir krümmten unsere Rücken gegen ihre Schreie, aber wir waren da, sie zu hören.

Die kleine grauhaarige Schwester war nun unentbehrlich geworden und versah ihren physischen wie ihren psychischen Dienst mit Geschick. Wir sahen sie kaum, außer wenn sie Tabletts in die Küche brachte oder hinaustrug. Ihr gelassenes Gesicht versicherte uns, daß etwas getan wurde, alles, was möglich war, und sie antwortete Tante Libby, die einzige, die den Mut hatte, jedesmal zu fragen »Wie geht es ihr,« wobei in Tante Libbys Augen bittere, widerwillige Resignation gegenüber einer höheren Macht lag. »Ich glaube, sie kommt näher heran«, war dann die Antwort der Schwester, wobei sie gütig und vergeistigt lächelte. Obwohl sie durchaus nicht geheimnisvoll tat, fühlten wir uns ausgeschlossen. »Näher heran an was?« wollte Gram wissen, wobei Speichel ihre Lippen zu vernähen schien, als habe sie schon eine lange Zeit nicht mehr richtig schlucken können. »Ich hätte sie mit meinen bloßen Händen erwürgen sollen«, rief sie einmal bei einem ihrer Ausbrüche, die anscheinend aus dem Nichts kamen und nach denen sie jedesmal vorübergehend ganz niedergeschlagen war. Tante Libby drückte ihre Hand, bis Gram sie wegzog, hinüber zum Spültisch ging, um das wenige Geschirr abzuwaschen. Damals verließ sie nur selten das Haus, aber wir konnten aus ihrem Gesicht nicht entnehmen, was sie erwartete. Onkel Dan war der Ansicht, daß Tante Grace ins Krankenhaus überführt werden solle. Dort würde man sicher etwas für sie tun können. Er war zwar ein Metzger, aber so sanft, daß er einen Mann anstellen mußte, der das eigentliche Schlachten übernahm. Und um einen Stier zu fällen, brauchte man nur einen einzigen, gezielten Schlag. Die meiste Zeit verbrachte er in dem alten Dachbodenzimmer, weil er, so berichtete uns Tante Libby, »es einfach nicht verkraften kann«. Gram meinte, es sei zu spät, um Tante Grace wegzugeben. »Hier ist geschrien worden, als die Kinder geboren wurden, Geschrei über fast alles, was einem menschlichen Wesen weh tun kann. Nun eben dies.« Dabei erhob sie ihre Faust, als habe sie nur den einen Wunsch, daß um uns das ganze Haus einstürzen solle.

Tante Grace konnte nichts mehr essen. Auf nichts hatte sie Appetit, sie versuchte es auch nicht, auch nicht Tante May zuliebe, die zu uns kam, wann immer sie ein paar Minuten entbehren konnte. Schließlich, als es Tante May gelang, ihr ein paar Bissen zu füttern, erbrach sie eine widerliche schwarze Substanz. Danach versuchte es niemand mehr, sie zum Essen zu überreden.

Und dann, eines Tages, wie ein Wunder, sagte Tante Libby, ließen die Schmerzen nach und hörten schließlich ganz auf. Es gab keine Erklärung dafür. Wir akzeptierten alles. Tante Libby betrachtete es als Wunder, obwohl es nicht das Wunder war, auf das wir gewartet hatten, und sie war dankbar dafür. Einen Großteil des Tages verbrachte sie bei Tante Grace, arbeitete ununterbrochen, säumte und stückelte die Flickendecke. Oft schwiegen sie alle beide, friedlich, und nahmen die Stille der Felder und Wälder, die Grams Land säumten, in sich auf. Die Blätter waren schon von den Bäumen gefallen, aber der Winter zögerte noch. Täglich erwärmte sich der Boden und färbte die Felder sandbraun. Tante Libby meinte, diese Tage seien ein Geschenk – wie teuer auch immer erkauft. Niemals zuvor habe sie die Gegenwart der Liebe in dieser Welt so deutlich gespürt, nicht einmal, als ihre Kinder zur Welt gekommen seien. Und sie sagte auch, daß es etwas sei, was man nur einmal in seinem Leben spüre, denn danach sei etwas in einem weggebrannt.

Gram erklärte uns, daß die Zeit gekommen sei, Abschied zu nehmen. Abschied? Ungläubig starrten wir sie an. Von Abschiednehmen zu reden, das empfanden wir als Verrat, als Hohn auf alles, was wir zusammen durchgemacht hatten. Wir entsannen uns an das, was Tante Elinor uns gelehrt hatte – daß sowohl Leben als auch Sterben nur ein Traum seien. Wir waren verwirrt aber entschlossen, keinen Abschied zu nehmen, keinem und keiner von ihnen zuliebe.

Das Erntedankfest ging unbemerkt vorüber, außer, daß es mit Annes Geburtstag zusammenfiel und Gram sich erinnerte, daß auch damals niemand etwas essen konnte. Dann, als Tante Libby eines Tages bei Tante Grace saß, drehte diese ihren Kopf vom Fenster weg und sagte: »Holt Neil.«

Tante Libby ließ den Kopf nach vorne fallen und verbarg die Tränen nicht, die aus ihren Augen stürzten und auf die Bettdecke fielen. Tante Grace, so berichtete Tante Libby uns später, habe ihre Hand ganz langsam erhoben und Tante Libbys Haar berührt. »Auch Elinor?« hatte Tante Libby gefragt, als sie wieder sprechen konnte.

Mit geschlossenen Augen nickte Tante Grace. Dann sank sie in den endgültigen Schlaf der Preisgabe.

Die Anrufe wurden gemacht. »Und um Gotteswillen beeilt euch«, hatte Tante Libby gesagt. Darauf hatte Tante Elinor geantwortet: »Bestellt ihr, sie soll durchhalten. Ich komme.« Aber niemand sagte ihr, daß Tante Grace schon im Koma lag, und als sie die Augen aufschlug, konnte sie nicht mehr sprechen, ja, es schien, als höre sie auch nichts mehr. Nur ihre Augen, schwarz vom Morphium, schienen zu leben. Sie sieht uns immer noch, flüsterten wir uns zu. Wir beobachteten sie auch. Dann sank sie wieder weg von uns.

Als es dunkel geworden war, wurden wir von den Frauen in ihr Zimmer geführt. War nun der Abschied gekommen? »Sie hat es akzeptiert«, sagte Tante Libby. Wir gingen nacheinander hinauf in dem trüben Treppenlicht, das Grams schwache Glühbirnen gaben, die sie in die auf Elektrizität umgestellten Gasbeleuchtungskörper hineingeschraubt hatte. Es war wie eine Kerzenprozession, unsere unterschiedlich langen Schatten warfen gezackte Bilder auf die fließenden Wände. Gram saß auf einem harten Stuhl am Bett von Tante Grace, hob jedoch nicht den Kopf, als wir hereinkamen. Bereits an der Tür empfing uns der süßliche, dumpfe, schreckliche Geruch des Abzesses, der sich mit dem der Schwefelkerze mischte, die Gram zur Luftverbesse-

rung angezündet hatte. Monatelang hatten wir mit diesem Geruch gelebt: Ihn einzuatmen, war Teil unserer Wache. Unter dem Bild des Indianerkriegers glühte ein Kohlefeuer im Kamin. Wir hatten es noch nie zuvor gesehen, aber Tante Grace wollte ein offenes Feuer haben, man hatte das Bett weggerückt von den kalten dunklen Fenstern, damit sie, wenn sie die Augen aufschlug, die Flammen betrachten konnte. Sie hatte Neils Namen gesprochen, nur seinen Namen, und Tante Libby erinnerte jeden von uns daran, wie sehr Neil ein offenes Feuer liebte.
Als wir ins Zimmer traten, hatten wir das Gefühl, als sei Tante Grace ganz wach. Als sie noch gesund war, waren ihre Lippen hellrot, dünn und geschwungen. Nun waren auch sie schwarz gefärbt und so verkrustet und formlos, daß man den Eindruck hatte, es sei ein Loch, das sich ins Nichts geöffnet habe. Und ihre Augen, einst braun, waren empört und leer, mit einem ganz kleinen Flackern, vielleicht war es der Feuerschein, vielleicht ein Vorbote der Erlösung.
Wir weinten, als ob wir wirklich Abschied nehmen würden, wie Gram es uns gesagt hatte. Aber wir blieben stumm, standen nur zitternd da, lautlos, während Tante Grace uns mit undeutlich verzerrter Stimme und zerfetzter Zunge über die Schule, über unsere Freundinnen ausfragte – sie wollte ihr Interesse bekunden. Aber sie konnte kaum Worte bilden, es war, als riefen wir einander bereits aus getrennten Welten zu. Am Schluß hob Gram den Kopf und entließ uns mit einem kurzen Nicken. Wir beugten uns über Tante Grace und küßten sie, eine nach der anderen, auf die Wange. Unsere Tränen fielen auf ihr Gesicht. Sie fuhr mit dem Finger darüber, steckte ihn in den Mund. Sie schien zu lächeln und murmelte: »Salzig.« Von der Diele warfen wir noch einmal einen Blick ins Zimmer, aber unsere Tränen blendeten uns, und wir sahen nichts außer dem Feuerschein, der auf den Wänden tanzte. Dann gingen wir zusammen hinunter.
Wir hatten ihn nicht kommen hören, aber als wir in die Küche kamen, saß Neil am Tisch vor einem Glas Whisky. Er starrte unverwandt auf die Tischplatte, ignorierte selbst seine eigenen beiden Töchter, obwohl er gerade aus Illinois angekommen

war. Wir hörten auf zu weinen, wichen zurück, spürten seinen Haß, als werfe er uns vor, seine Frau gefangen zu halten und sie zu unserem eigenen Vergnügen zu quälen. Im Raum hing eine schwere Atmosphäre aus Reue und Verleugnung, Schuld und Zorn. Anne und Katie setzten sich ans gegenüberliegende Ende des langen Tisches, weit weg von Neil.

Dann kam Onkel Dan in die Küche, ging hinüber zu Neil, legte ihm die Hand auf die Schulter. »Komm, ich nehm' dich nach oben.« Seine Augen waren wieder von dem alten sanften Grau: Tante Libby sagte, er habe sich ausgeweint. Aber wir spürten, wie dieser Augenblick sowohl Neil als auch uns erschütterte. Nicht etwa, weil seine Frau im Sterben lag, sondern weil niemand etwas von ihm verlangte. Er stand auf und rief nach seinen Töchtern. Ihre Köpfe blieben auf dem Tisch. Neil hob die Schultern und folgte Dan.

Wir warteten eine Zeitlang; Anne und Katie rührten sich nicht. Dann schlichen wir uns weg und gingen hinauf in Tante Graces Zimmer, wo es still und fast ganz dunkel war, Neil nur ein Schatten nahe dem Fenster, die Arme verschränkt, den Rücken Tante Grace zugewandt, die vermutlich eingeschlafen war. Als wir wieder in die Küche kamen, waren Anne und Katie nicht mehr da. Durch die angelehnte Tür wehte Schnee. Die Spur ihrer Schritte führte uns über die Veranda und die Stufen hinunter. Wir fanden sie, am Boden von Neils Wagen hockend. Etwas klang wie Gesang oder Wind. Unsere Zähne klapperten.

»Sie hat mich gezwungen«, rief Katie und weinte wieder. Anne schwieg, stieg aus und stellte sich daneben. In den Augen von beiden war ein Blick, als ob sie sterben wollten.

»Habt ihr den Verstand verloren?« Tante Libby war hinaus auf die Veranda gekommen. »Ohne Mäntel, ohne Stiefel?« Wir gingen zu ihr, sie führte uns vorbei an Tante Graces Zimmer, hinauf auf den Dachboden.

Irgendwann später weckte uns ein lautes, wütendes Gezänk, und einen Augenblick glaubten wir, Grandad sei auferstanden und stritte sich mit Gram. Das Haus stand weit offen für die Dämonen; Grabsteine bewegten sich. Aus der Entfernung hörten wir Tante Grace stöhnen und weinen. Anne warf sich das Kopfkissen über den Kopf.

Dann erwachten wir von neuem. Ein anschwellender Ton wie das Gemurmel einer großen Menschenmenge drang zu uns. Vielleicht würden wir alle weggehen. Mechanisch standen wir auf, willenlos gingen wir die Dachbodentreppe hinunter und stellten uns am Rande der Dunkelheit an die Tür zu Tante Graces Zimmer. Verwehter Schnee stach wie Nadeln gegen das Fenster. Neil saß da, das Gesicht in den Händen. Ein paar Kohlen glimmten. Anne war nicht dabei. Gram sagte: »Laßt sie in Ruhe.« Tante Grace wachte auf und sagte »Hallo Papa« mit ihrer vertrauten Stimme. Tante Rachel flüsterte Gram zu und drückte ihr dabei die Hand: »Siehst du, sie geht hinüber.« Tante Rachels Gesicht glänzte von Tränen, als sei es eine vom Ozean reingeschwaschene Muschel.

Dann blickte Tante Grace ihre Schwestern, ihre Mutter, ihren Mann an. Und dann richtete sich ihr Blick auf uns im Türrahmen. Wir wußten, daß sie nun endlich Abschied nahm.

»Habt keine Angst«, flüsterte sie langsam, langsam. »Es ist, als ginge man in ein anderes Zimmer.« Ihre Stimme stockte, in ihrem Atem war ein Gurgeln. Alle waren aufgestanden. Das Schneetreiben vertiefte die Nacht. Im Kamin heulte der Wind, verband sich mit unseren Geistern und forderte von uns, sie freizugeben. Innerlich riefen wir: »Wir können sie nicht mehr festhalten.« Plötzlich gab es einen Luftzug, als hätten wir sie losgelassen. Gram setzte sich und legte den Kopf auf Tante Graces Bett, drängte sich gegen ihr Bein und faltete immer wieder mit einer Hand den Saum der Wolldecke. Um das ganze Haus blies Wind, wirbelte, häufte Schnee an.

Wieder führte uns Tante Libby nach oben, die Treppe hinauf bis zu dem breiten Absatz. Über uns funkelte das hohe Fenster, glitzerte vor Rauhreif im Halbdunkel. Dann drehten wir uns um und stiegen noch höher hinauf bis in die letzte Schwärze des ungeheizten Dachbodens und ergaben uns der Nacht.

Wir kuschelten uns an Annes schlafwarmen Körper. Es war, als brauche sie es niemals zu erfahren.

Als Anne sich im Bett aufsetzte, wachten wir sofort auf. Katies Augen beobachteten sie über den Bettdeckenrand. Jenseits des zugefrorenen Fensters schien betongraues Licht auf aufgehäuften Schnee. Kleine Rinnsale liefen über die Fliegengitter und wanden sich über die Simse. Wir beobachteten Annes Arme, lang, weiß, dann ihre Beine, als sie sich auf die Bettkante setzte. Katies Augen waren geschlossen. Öffneten sich wieder. Nichts verriet irgend etwas, aber Anne rannte weg. Wir hörten ihre nackten Füße die Treppe hinuntertappen, und als wir ihr folgten, sahen wir sie allein im Türrahmen zu dem Zimmer stehen, in dem Tante Grace so lange gelebt hatte. Annes gespreizte Beine waren fahler als das ausgewaschene Baumwollnachthemd, das, zu klein geworden und zerrissen, Zeugnis ablegte von Vernachlässigung und Empörung. Die heiseren krampfhaften Atemstöße schienen ihr weh zu tun.

Das Bett war leer, bis auf die Matratze abgezogen, die Jalousien waren hochgezogen, die Fenster standen weit offen. Der frische pudrige Schnee hatte die dunkle Diele bezuckert. Selbst der Kamin war ausgeräumt worden.

»Ihr habt mich nicht gerufen. Ihr habt mich schlafen lassen!« schrie Anne uns an.

Neil kam die Treppe hoch und streckte die Arme nach Anne aus, aber sie wirbelte herum, zog die Schultern hoch, als erwarte sie Schläge und drückte sich gegen die Wand. »Niemals, niemals, niemals! Nicht euretwegen. Nicht ihretwegen.« Anne schrie immer noch. Neil zuckte mit den Schultern und ging weg. Anne stürzte ins Hinterzimmer, wo Grandad auf einer Matratze geschlafen hatte, so alt, daß sie noch mit Stroh gefüllt war. Katie rüttelte an der Klinke, die Tür gab nach, ein Schuh flog heraus.

»Laß es gefälligst nicht an mir aus«, brüllte Katie. »Du warst das Baby, das im Bett blieb.«

Als sich die Tür das zweite Mal öffnete und wir Anne sahen, war es klar, daß wir Hilfe holen mußten. Wir rannten weg und riefen nach den Frauen. Als erste erreichte Gram die Treppe, und als wir sie einholten, lag Anne mit dem Gesicht nach unten, in ihrer geballten Faust ein Büschel von Katies Haaren. Immer wieder schlug sie mit der Faust auf den Boden. Katies Hals war feuerrot, wo Annes Hände sie gewürgt hatten, und zuerst konnte sie überhaupt keine Luft bekommen. Sie weinte nicht. Über Annes Schulter lief ein Striemen; Gram hatte ihr mit dem Spachtel, den sie gerade in der Hand hielt, einen Schlag verpaßt. Grams Atem ging stoßweise, Anne schluchzte und schluchzte und hieb immer wieder mit der Faust auf den Boden.

Katie rieb sich den Hals, das Gesicht ausdruckslos, als könne sie überhaupt nichts verstehen, habe auch den Versuch aufgegeben. Sie sagte: »Sie wollte mich umbringen!«

»Aber, aber«, sagte Tante May, »wir sind doch alle untröstlich.« Dann legte sie so behutsam wie möglich die Arme um Anne, als wolle sie Teile ihrer Schulter zusammenhalten. Allmählich beruhigte sich Anne. Tante Libby strich ihr eine Strähne tränennassen Haars aus dem geröteten Gesicht. »Alter Feuerfuchs«, sagte sie und schlug Anne leicht ins Gesicht, was ihr ein kleines Lächeln einbrachte. Dann geleitete sie Anne ins Badezimmer, und wir hörten durch die Tür, wie Anne Besserung gelobte, wie sie versprach, in Zukunft ruhiger zu sein, und als sie herauskam, verkündete ihr Gesichtsausdruck, daß die Erfahrung sie von Grund auf verändern würde. Aber Katie sah noch immer wie betäubt aus, ihr Kinn hing schlaff herunter, als sei ihr alles zuviel geworden, und Gram erklärte, dies sei nicht die erste Prügelei, die sie beendet habe.

Die Frauen führten uns die Hintertreppe hinunter in die Küche, zum Frühstück, das auf uns wartete. Formell und verlegen kamen wir in den Raum mit seiner hohen Decke, wo das reine, alles erhellende Schneelicht von den Wänden schien. Jenseits der Einfahrt zeichneten sich die kleinsten Zweige der Apfelbäume ab und wiesen, so schien es uns, gen Himmel, dessen Unermeßlichkeit alles war, was am Ende übrig blieb. Gram hob den Teekessel vom Herd, um kochendes Wasser in die Kaffeekanne zu gießen. Sie rüttelte an den Eisenringen – knall, päng. Dann sah sie hinüber zu Anne und Katie. Grams Tochter, ihre Mutter, war nicht mehr.

»Eßt schnell auf. Ihr müßt Elinor abholen.« Ihre Stimme war hart.

Wir dachten, das müsse es gewesen sein, was Tante Elinor meinte, als sie sagte, Gott könne nicht zwischen Leben und Sterben unterscheiden, genausowenig wie Gram zwischen Liebe und Zorn.

»Sag Tom, daß er Schneeketten braucht«, erklärte Gram. Worauf Tante Rachel erwiderte, Tom könne sich das wohl selber denken, was wiederum Gram veranlaßte, noch lauter mit den Eisenringen der Kochstelle zu rasseln, als wolle sie einen Aufstand niederschlagen.

Schließlich brauchten wir zwei Stunden für die vierzig Meilen zur Bahnstation. Aber das gemächliche Tempo, die holprige Straße, zusammen mit der immer klarer und kälter werdenden Luft und dem Aufhören des Schneetreibens, das dann ganz aussetzte, versetzten uns zurück in jene Zeiten, von denen wir alte Fotografien gesehen hatten: die Tante als junges Mädchen, bis ans Kinn in Pelze gekuschelt und von einem Schlittenpferd den Pfad entlanggezogen. Weiter ging die Fahrt, schaukelnd und über den Schnee gleitend; in Decken gepackt ließen wir uns von der Bewegung und unseren Tagträumen in eine einzige zeitlose Einigkeit tragen.

Die ersten aus dem New Yorker Zug steigenden Fahrgäste sahen aus, als stiegen sie aus Wolken herab, so wogten die Dampfschwaden. Wir sahen Tante Elinor. Von der obersten Stufe der Eisentreppe sah sie uns an mit ihrem eindringlichen gelassenen Blick. Ihre Augen begegneten den unseren. Dann blickte sie fragend zu Tom Buck hinüber, noch während sie für uns ein Lächeln übrig hatte. Wir sahen sie an, als würden wir von ihr endlich alles erfahren.

»Ja.« Er nickte. »Heute nacht ist sie von uns gegangen, gegen Morgen.« Tante Elinor akzeptierte es und beugte den Kopf, dann nannte sie nacheinander uns alle beim Namen: Anne, Katie, Celia, Jenny, nahm unsere Hände und steckte jeder von uns einen Ring an den Finger: Türkise auf verstellbaren Silberreifen. Wir konnten sehen, wie sehr sie uns liebte. Es stand in ihrem Gesicht, als sie uns in die Arme nahm und uns in die Wärme des weiten, schwarzen Mantels mit seinen Pelzstulpen und seinem Hermelinkragen hüllte. Sie bot uns ihre Kraft, wollte uns von Trauer zu ewigem Leben aufrichten. Aber dorthin konnten wir ihr nicht mehr folgen. Wir wußten nichts von göttlicher Liebe, hatten nur unzulängliche menschliche Liebe erfahren. Wir erlaubten jedoch, daß sie uns mit ihrer kehligen musikalischen Stimme tröstete, die rotbraunen Augen warm im Fuchsbau ihres pelzbesetzten Mantels, winzige Schneesterne verweht in ihrem Haar.

Gram

Auf der Rückfahrt von der Bahnstation, in Tom Bucks Chrysler, saßen Tante Elinor und Katie vorne und hielten sich bei der Hand. »Sowie Libby telefonierte, habe ich mir eine Platzkarte besorgt«, sagte sie und drehte sich zu uns um. »Und bei diesem Wetter ist es ein Glück, daß ich überhaupt ankam. Selbst bei gutem Wetter ist es eine lange Reise.« Es gab also auch für sie Grenzen.

Tom Bucks Schweigen hätte bedeuten können, daß auch er enttäuscht war. Oder unendlich erschöpft. Als wir uns vorwärts beugten, mit dem Kinn auf der Rückenlehne der Vordersitze, sahen wir seine Überschuhe, die losgeschnallt um seine Knöchel schlackerten. Hinter uns schlossen die vereisten Rückfenster einen dämmrigen Raum von uns ab. Nur das Gerassel der Schneeketten verband uns fest mit der beschneiten Erde.

»Hätte ich es doch nur eher erfahren. Ich betete, daß sie durchhalten würde. Warten.« Damit schien sie anzudeuten, daß sie, Tante Elinor, Tante Grace hätte aufhalten können. Ihr Blick war starr in die Ferne gerichtet. Am Wegrand sahen wir die schneebedecken Felder, dann die dunkel feierlichen Wälder.

»Sie gab auf«, sagte Tante Elinor. »Libby hat mir erzählt, daß sie es an jenem Morgen akzeptierte.« Wir senkten die Augen. »Niemals sollten wir dem Bösen die Macht überlassen. Sie muß ihm stets versagt bleiben.« Obwohl sie sich an uns wandte, konnten wir ihrem Blick nicht standhalten. Wir waren allesamt schuldig.

Immer noch sagte Tom Buck kein Wort, aber wir spürten, daß er etwas sagen wollte, daß sich etwas in ihm rührte. Er verlagerte sein Gewicht, packte das Lenkrad so fest, daß sich seine Knöchel unter den Handschuhen abzeichneten.

Tante Elinor seufzte, aber dann schenkte sie uns ihr gutes, warmes Lächeln, das uns zeigen sollte, was uns geblieben und wie groß die uns umgebende Dunkelheit war. Wir hatten glauben wollen. Könnten es noch immer tun. Vielleicht würde wie durch ein Wunder jenes leere Bett in dem Zimmer oben aus der Erinnerung herausschweben.

»Noch nie habe ich einen so feinen Schnee gesehen«, sagte sie. »Vergeßt nicht, daß Gott sah, daß es gut war.« Wieder wurden alle Dinge neu erschaffen, der Anblick langer, schwungvoller, vereister Schneewehen an den reglosen Waldrändern, der Schleier der Illusion weggezogen. Wir blickten unverwandt darauf, vielleicht wollten wir schneeblind werden.

»War sie gefaßt?« fragte Tante Elinor Tom Buck. Niemand wollte Graces Namen aussprechen, noch wollten wir erwähnen, wie sie gelitten hatte, obwohl wir spürten, wie die Erinnerung uns bedrängte. Über Tante Graces Schmerzen hatten wir nie offen geredet, und es wurde uns auch nie erklärt, woran sie eigentlich litt, als würde die Benennung der Krankheit Vorschub leisten. Als würde das Wissen des Geheimnamens zusätzliches Unheil bringen.

Endlich sprach Tom Buck. »Verflucht. Ich weiß nicht, wie ein Mensch danach überhaupt weiterleben soll.« Es fiel uns ein, was Tante Libby berichtet hatte, daß seine Mutter bei lebendigem Leibe in einer Pflegeanstalt begraben worden sei. Tante Elinor wollte seinen Arm berühren, dann fiel ihr eigener Kopf vornüber. Plötzlich weinten wir alle.

Tante Elinor schneuzte sich in ein besticktes Batisttaschentuch. »Dies ist das wahre Zeugnis. Wenn alles dunkel ist. Sind die Jünger denn nicht auch verzweifelt? Und dann kam Ostern!« Eine Zeitlang fuhren wir schweigend weiter, zerrissen. Die Schneeketten schlugen wie Nägel um uns herum.

»Du hättest nichts tun können, Elinor«, sagte Tom Buck. »Sie wäre nicht mehr gesund geworden, und es dauerte schon zu lange. Ich bin sehr froh, daß es vorbei ist, das könnt ihr mir glauben, und alles andere ist mir scheißegal.«

Auf Tom Bucks Gesicht zeichnete sich das unter seiner gesunden, roten Hautfarbe liegende verzweigte und purpurne Adergeflecht ab, ein sichtbarer Beweis für das, was die Leute als eine beginnende Neigung zum Trinken bezeichneten, die schlimmer werden könne. Von Zeit zu Zeit gelobte Gram, sie werde Tante Rachel enterben, weil sie ihn heiraten wollte, weil sie verblendet genug sei, die dumme Gans, sich einzubilden, sie könne irgendein Mannsbild verändern. Hatte sie es denn noch nicht begriffen? Ihre erste Ehe war im Nu vorüber gewesen, trotzdem hatte Tante Rachel darüber fast den Verstand verloren. Nun stand diese Heirat bevor. Wir beobachteten Tante Elinor, die mit weit offenen Augen in den Himmel blickte und wußten, daß sie für Tom Buck betete. Bete für uns, Tante Elinor. Tom Buck beugte sich über das Lenkrad, wir dachten an das einfache, eiserne Bett, die fleckige Matratze, die darüberwehenden fedrigen Schneeflocken.

Das Haus war völlig eingeschneit, es sah geheimnisvoll und traurig aus. In diesem Augenblick verliehen ihm die granitnen Fenstersimse, die dicken Wände aus rötlich-braunen Backsteinen und der alles überragende Fichtenbaum an der Hinterseite das Aussehen eines alten Irrenhauses, aus dem wir, einmal eingewiesen, nicht würden ausbrechen können.

»Es war eine Erlösung, Herrgott, war es eine Erlösung.« Tom Buck parkte den Wagen hinter Grams Auto und starrte wütend auf das Haus. Tränen liefen ihm übers Gesicht, aber er wischte sie nicht weg. Die Schwestern kamen heraus, um Tante Elinor zu begrüßen, die in ihrem schwarzen, hermelinbesetzten, majestätisch hinter ihr herwehenden Mantel ausgestiegen war, als trüge sie eine Krone. Sie fielen einander in die Arme, gingen gemeinsam ins Haus und ließen uns mit Tom Buck zurück. Nach einer Weile stieg auch er aus, und wir folgten ihm in die Küche, wo Gram am Spültisch stand. Auch Neil war anwesend, am langen Tisch, vor ihm ein Glas Whisky.

»Herrgott nochmal«, sagte Tom Buck, »ich will mir auch was zu trinken machen, du gestattest doch?« Dabei lächelte er zaghaft, ging auf Neil zu, um ihm die Hand zu schütteln und hieb ihn auf die Schulter. Die beiden Männer hatten eine gewisse äußere Ähnlichkeit, rotgesichtig wie sie waren, mit blauen, von Adern durchzogenen Augen. Aber Neil, immer noch schlank, war beinahe ausgezehrt, wogegen Tom einen Bauchansatz hatte. Daß sie verschieden waren, äußerte sich in anderen Dingen. Tom Buck sprach aus, was ihm gerade in den Sinn kam, ob ihm jemand zuhörte oder nicht, während Neil seine Worte sorgfältig wählte – ein Mann, der wollte, daß man ihm zuhöre.

Als Tom Buck die Kühlschranktür öffnete, um Eiswürfel herauszunehmen, blickte Gram nicht auf, sondern knurrte nur: »Dafür reicht es nicht.«

»Zum Teufel, Grammy, was soll's? Dann geh' ich eben rüber in den Laden und hol' dir noch was. Herrgott, ich könnte es glatt aus 'ner Babyflasche trinken – notfalls.« Dann goß er sich, was er sich eingeschenkt hatte, mit einem Schluck hinter die Binde, sah hinterher reumütig aus und berührte Grams Arm. »Entschuldige«, sagte er dann. »Ich hol' dir Eis, Lil. Später.« Er goß sich noch mehr Whisky ein und setzte sich auf die Trittleiter, nahe Neils Platz am Tisch. Beide rauchten, die Schwaden hingen tief in der kochdunstigen Küche. Die Sturmfenster schlossen uns ein, der Tabakrauch vermischte sich mit dem Milchgeruch der Küche, jenem Raum, in dem es überall säuerlich roch nach verschütteter, durchgesiebter, zu Fett und Sahne gebutterter, Jahr für Jahr beiseite gestellter Milch – vielleicht waren es siebzig zusammengenommen. Wir vier setzten uns, mit dem Rücken gegen den Heizkörper gelehnt, auf den Fußboden, wortlos und betäubt, kaum anwesend.

»Großer allmächtiger Gott, Neil, wie zum Teufel hältst du das aus?« Tom Buck schaute zum Fenster hinaus, als er es fragte. Vielleicht erwartete er gar keine Antwort, jedenfalls blieb Neil sie ihm schuldig. »Ich sag' es noch mal: Es war eine Erlösung.« Sein Blick fuhr wütend durch den Raum, aber er konnte nichts tun, faltete seine Hände wie zum Gebet, bog die Finger zurück und ließ die Gelenke knacken. »Es gibt hier Leute, die auch noch Gott nötigen würden, wenn man sie ließe.«

Gram fuhr mit dem Abwaschlappen immer wieder über dieselbe Schüssel. Auch ihre Augen waren verweint, gerötet, wie das zerdrückte Rot der Früchte des Färberbaums. Trotzdem ließ sie uns nicht aus den Augen. »Ihr Mädchen holt mir mal Äpfel aus dem Keller.« Unten war es feucht, roch modrig nach den fauligen Schrumpeläpfeln, von denen viele braune Stellen hatten, die weggeschnitten werden mußten, so daß manchmal nur die kleine gute Mitte übrig blieb. Wortlos nahm Gram die verbeulte Schüssel mit den Äpfeln an sich. Dann setzte sie sich weg vom Tisch, auf einen Stuhl beim Fenster. Wieder kuschelten wir uns an den Heizkörper. Neil räusperte sich, als habe er tagelang seine Stimme nicht gebraucht. »Wie geht's geschäftlich?«

»Viel zu tun. Verdammt viel zu tun. Kann keine Hilfskräfte halten. Kaum hat man aus jemandem einen Mechaniker gemacht, hat er seine eigene Werkstatt.« Neil nickte, als höre er zu, wir jedoch hatten den Eindruck, es sei Toms übliche Litanei. Er betrieb die Ford-Niederlassung in der Stadt.

Neil stand auf und schenkte sich wieder ein. Den Eiswürfel ließ er Katie den Rücken hinuntergleiten, sie kreischte und wand sich hin und her; er wußte also, daß wir auch da waren. Ohne aufzublicken, bewegte Gram ihr Schälmesser, Neil zwinkerte uns zu, aber wir senkten die Augen, spürten, daß Gram und er einander umkreisten und uns nur benutzten, bis es zum Gefecht kam.

»Wir gehen jetzt.« Die Schwestern waren in die Küche gekommen. Tante Rachel stellte sich hinter Tom Buck und preßte seinen Kopf an sich, die Kehle über dem Kragen ihres Kleides sichtbar, perlweiß gegen sein dunkles Haar. Sie flüsterte ihm etwas ins Ohr.

»Um Himmels willen«, flüsterte er zurück, »laß mich nicht allzu lange hier allein.« Sie drückte ihm den Finger auf die Lippen.

»Dürfen wir auch mit?« Wir wußten zwar nicht, wohin sie gehen wollten, aber das Haus ohne sie machte uns Angst.

»Diesmal nicht«, sagte Tante Elinor. Ihr stets gütiges Gesicht legte Zeugnis ab von einer persönlichen Verpflichtung. »Aber heute abend, wenn ihr sie sehen werdet, wird sie sehr schön aussehen. Dann werdet ihr wissen, wie glücklich sie ist.«

»Halt den Mund«, sagte Gram. Ihr runzliges altes Gesicht sah dabei so verzerrt aus, wie der Haufen Apfelschalen in der Schüssel.

»Mama.« Es war Tante May, die Älteste, die mahnend ihre

Stimme erhoben hatte. »Niemand macht das gerne. Aber es muß getan werden, und zwar so gut wie nur möglich. Und wir können es am besten. Wir gehen jetzt zur Leichenhalle«, erklärte sie uns, und wir dachten, wie mutig sie waren, wie groß ihre Liebe.

»Ich kann nur hoffen, daß sie mich in eine Grube werfen, wenn's bei mir so weit ist«, sagte Tom Buck. »Dieses Getue macht einem das Sterben fast unmöglich.«

»In der Regel lassen sich Christliche Wissenschaftler einäschern«, sagte Tante Elinor, »aber in diesem Falle . . .«

Gram hatte sich geweigert, ein Begräbnis dieser Art zu zahlen, hatte behauptet, sie würde sich jedenfalls nie in eine so heidnische Sache verwickeln lassen, wo doch überhaupt nichts von alledem etwas bedeute. »Sie wird dort oben neben mir liegen, wo sie hingehört«, hatte sie gesagt. Grandad war bereits dort oben auf dem Hügel auf dem Friedhof, und Gram hatte für sich und ihre fünf Töchter Grabstätten gekauft. »Was wir übrigen tun sollen, ist mir nicht klar«, hatte Onkel Dan gesagt. »Ruhelos umherwandern, nehme ich an. Draußen vor dem Paradies.«

»Es ist noch etwas Platz«, hatte Gram entgegnet, aber Onkel Dan hatte gemeint, er habe keine Lust, in der hinteren Reihe zu liegen, und die Art, in der er es sagte, zeigte an, daß ihm das alles sowieso gleichgültig war.

Als die Schwestern zur Tür hinausgingen, weinten sie. Tante Elinor trug den Kosmetikkoffer aus Krokoleder mit den Rougetöpfen, Hautölen und Parfüms, die ihr von Kunden aus der Welt der Werbung geschenkt worden waren. »Wenn Dan anruft, sagt ihm bitte, daß wir unterwegs sind«, sagte Tante Libby. Er war den ganzen Tag über weggewesen, um Vorbereitungen zu treffen.

Als sie gegangen waren, spürten wir das Haus intensiver, spürten sein großes Gewicht, spürten nicht so sehr die Last der Backsteine oder des atmosphärischen Drucks, sondern eher die Schwere dessen, was wir hier erlebt hatten. Wir drängten uns dicht an Anne und Katie, deren Gesichter so weiß und unnahbar waren, daß es schien, als empfänden sie eine unbegreifliche Freiheit.

Als Gram alle Äpfel geschält hatte, war es still in der Küche geworden. Ihre Töchter wollten, daß sie sich ein wenig Ruhe gönne, aber sie hatte einfach weitergemacht mit dem, was sie tat.

»Herrgott, Neil, was wirst du jetzt tun?« Tom Buck sah ihn nicht an, stand aber auf, um sich wieder aus der Flasche einzuschenken und kehrte dann zu der Trittleiter zurück, die Ellbogen auf die Knie gestützt.

»Dasselbe wie vorher«, antwortete Neil und goß sich Whisky ein.

»Aber nicht hier«, kam es von Gram. Wir hatten darauf gewartet, diese ungelöste Bitterkeit in der Art, wie sie den Kopf hielt. Wir hatten es gespürt, als ihre vier Töchter gegangen waren, diese beharrliche Vergangenheit, schwer und wirklich.

Bedächtig ging Neil zum Kühlschrank, um Eiswürfel zu holen; er ging an Gram vorbei, und zwar so leise, als gehe er auf Zehenspitzen. Dann setzte er sich wieder an den Tisch, lehnte sich zurück an die Wand und beobachtete sie durch gefährlich zusammengekniffene Augen. »Du hast nie den Mund halten können, stimmt's?« Wir fühlten, wie er sie reizte, wie er sie aus der Fassung bringen wollte, wie er ihr auf diese Weise seine Überlegenheit zeigen wollte. »Mach dir keine Sorgen, bald bin ich weg«, sagte er.

»Darauf kannst du dich verlassen.«

»Wozu die Andeutungen? Hast du etwas vor, Lil?« Neil wippte mit seinem Stuhl nach hinten, trieb sie in die Enge, genoß es.

»Jetzt bist du verwitwet. Es ist vorbei, aus. Du kannst die Koffer packen und abzischen.«

»Und was meinst du damit?«

»Ich meine, daß du vermutlich keinen Cent hast, um die Arztrechnungen zu bezahlen.«

»Ich hätte es wissen müssen.« Als Neil das Glas absetzte, zitterte seine Hand. Er wiegte seinen Kopf seitwärts, dann rückwärts, ließ ihn sinken, kniff den Mund zu. »Kann schon sein« – er sah ihr voller Verachtung ins Gesicht, »aber du könntest vielleicht den Pelzmantel rausrücken. Der ist ja so gut wie na-

gelneu – sie mußte ja erst halbtot sein, ehe du ihn ihr geschenkt hast, ganz zu schweigen von all den anderen Versprechen.«
»Das geht dich nichts an.«
»Wahrscheinlich nicht.« Neil stand auf, ging zur Tür, als wolle er gehen, er sah plötzlich krank aus.
Aber Gram war in Fahrt gekommen. »Ich hab' ihr gesagt, daß du nichts wert bist. Nichts. Darum geht es. Und jetzt verschwinde gefälligst. Los, ab. Vielleicht gibt es dann etwas Ruhe und Frieden hier. Und Anständigkeit«, fügte sie mit einer leiseren, veränderten Stimme hinzu.
Neil drehte sich um, blieb abrupt stehen. Sein Gesicht war wieder blutrot geworden. »Anständigkeit! Ausgerechnet. Anständigkeit. Weißt du, Lil, du enttäuschst mich. Ich dachte schon, du legst los und zeigst es mir richtig, präsentierst die Rechnung, und jetzt weichst du zurück und fängst an zu predigen. Ich nehme an, du weißt, was das ist. Anständigkeit.« Dann setzte er sich wieder an den Tisch.
»Gehn wir zum Elks-Club, Neil«, warf Tom Buck ein. Aber Gram war aufgestanden und starrte Neil mit tödlicher Wut an. Ein kalkweißer Schaum trat aus ihrem Mund wie bei einem abgehetzten, schweißnassen Pferd.
»Als sie ihr die Brust wegnahmen, sagten sie dir: Laß sie in Ruhe. Und was tust du? Konntest dich nicht zurückhalten, hast in ihr rumgewühlt – du hast sie umgebracht, mehr oder weniger. Schwanger. Sie verlor es, aber du hast sie umgebracht, hättest sie genausogut erschießen können.«
Neil kam aus seinem Stuhl heraus. Schnell. Gram wappnete sich, wich nicht von der Stelle. Ein einziges Mal schlug er mit der Faust auf den Tisch, emphatisch, bedrohlich. »Du weißt überhaupt nicht, wovon du sprichst.« Sein Gesicht war weiß.
»Herrgott noch mal!« Tom Buck war aufgestanden, wankte, setzte sich wieder. In der Stille, die folgte, stellte sich Gram direkt vor Neil, die Schüssel mit den Apfelschalen und den verfaulten vertrockneten Stellen gegen den Bauch gedrückt, das Schälmesser in der Hand. »Sie hätten es dir abschneiden sollen.«
»Vielleicht willst du Hand anlegen, Lil?« Neil trat einen Schritt

näher. Mit Bedacht. »Los, wir wollen doch mal sehen, wozu das alte Schlachtroß noch fähig ist. In der Tat könntest du uns beiden damit einen Gefallen tun«, sagte er und lachte diesmal, als ob er es wirklich meine, es wirklich komisch sei, anzunehmen, sie könne ihm etwas zu Gefallen tun.
»Himmelherrgott noch mal!« Tom Bucks Whisky kippte auf seinen Schoß. Leise schrie er auf. »Kalt«, erklärte er, als wir aufsahen. Dann starrte er an sich hinunter und wunderte sich über den nassen Fleck, der sich auf seiner Hose ausbreitete. Er rieb erfolglos an ihm herum, hob die Schultern. »Sieht aus, als hätte ich in die Hosen gemacht«, erklärte er, als habe er es getan, um die Aufmerksamkeit auf sich zu lenken.
Wir warfen uns auf den Boden und kugelten uns vor Lachen. Wie von Sinnen kreischten wir, rollten herum, rangen nach Luft. Wunderbar, daß er bald zur Familie gehören würde. Als er wegging, stolperte er über einen Stuhl, wir platzten fast vor Lachen.
»Noch so ein Schluckspecht«, sagte Neil, und wir fanden es komisch, daß er genauso wie Tom Buck klang. »Lil, offenbar ziehst du sie an wie die Fliegen.« Tom Buck kühlte sich das Gesicht am Spültisch. Neil sagte mit ernster Stimme: »Eine Legende, die euch Frauen interessieren könnte – die Amazonen. Sie entfernten die linke Brust bei ihren Kriegerinnen und hingen den Köcher mit den Pfeilen darüber. Es war eine besondere Ehre, etwas Außergewöhnliches. Man nannte es Entschlossenheit. Courage. Offenbar hat keiner von uns das Zeug dazu.« Dann folgte er Tom Buck aus der Küche. Sie wechselten ein paar Worte, dann ging Neil die Treppe hinauf in das leere Zimmer, wo der Schnee in die Spitzenstores hineinwehte und den Tüll verzauberte.
Als sie gegangen und wir mit Gram allein waren, sagte sie: »Anne, hör auf zu heulen«, obwohl wir allesamt lachten und alberten. Anne wurde still, als hätte man sie geohrfeigt. Gram nahm keine Notiz davon, fuhr fort, ihre Kuchenböden zu machen, wog nichts ab, arbeitete rasch und mit einer Art Schwung, als ob alle Handbewegungen und Zutaten ihr wie bei einem Tanz, den sie auswendig kannte, eingegeben waren. »Das

ist es also, was er haben will«, sagte sie laut, dann formte sie den Teig zu üppigen Kreisen.

Später kamen die Schwestern nach Hause. Betrübt und erschöpft legten sie sich hin. Als es dunkel geworden war, gingen wir zusammen zum Bestattungsinstitut.
»Sie sieht so schön aus«, sagte Tante Rachel. »Ich danke dir. Du hast es wunderbar gemacht.« Einen Moment lang begrub sie ihr Gesicht in Tante Elinors Pelzkragen. Tante Libby lenkte den Wagen mit der für sie typischen inneren Konzentration, wie ein Chauffeur. Gram sagte kein Wort.
Tante Elinor wandte sich an uns. »Wenn ihr jetzt hineingeht, möchte ich, daß ihr an Folgendes denkt: Das Leben war nie im Körper und wird nie im Körper sein. Der Körper ist eine abgelegte Hülle, zurückgeblieben, wenn die Seele davonfliegt. Etwa, als ob man aus einem alten Haus in ein neues umzieht.«
Tante Libby warf ihre eigenen Gedanken ein. »Wenn ich sie jetzt sehe. So friedlich und ruhig. Kaum zu glauben, wie sie gelitten hat. Gestern noch. Und wozu, frag' ich euch.«
»Vielleicht für uns«, antwortete ihr Tante Elinor. »Damit wir zur Erkenntnis Gottes gelangen.« Ja, so war es vielleicht: Tante Grace ein lebendes Opfer, vollkommen und Gott gefällig gemacht, auserwählt, alles unseretwegen zu ertragen, die wir in Sünde verstrickt waren.
Aber als wir in das große alte Haus hineingingen, das nun ein Bestattungsinstitut war, blieben wir in der Vorhalle stehen. In der durchdringenden Stille empfanden wir die Gegenwart von etwas Endgültigerem als das, wovon uns Tante Elinor gesprochen hatte, und in dieser Erkenntnis spürten wir endlich das überwältigende Wunder des Lebens. Es zog uns in beide Richtungen. Jenseits der Blumen, auf denen Gram bestanden hatte, und trotz Tante Elinors Glaubenssätzen spürten wir eine Faszination, Furcht, die mit einer exquisiten Erregung verbunden war. Die Frauen führten uns zum Sarg.
Seit der vergangenen Nacht war eine Veränderung eingetreten. Die dort liegende Gestalt, gelassen, erlöst, war ganz und gar von der Frau getrennt, an die wir uns erinnerten. Die schmerzzer-

störten Augen waren geschlossen, der Mund ein purpurrot geschwungener Bogen, unantastbar. Sie hatten ihr ein Kleid angezogen, das unbeschreiblich blau war. Jetzt, da aller Schmerz und alles Verlangen ausgelöscht waren, erschien sie uns schöner als je zuvor und ganz und gar unvertraut. Anne und Katie weinten.

»O meine Babys«, sagte Tante Elinor und drückte sie an sich, während Tränen ihr Lächeln benetzten. Sie weinte vor Freude, weil eine Befreiung des Geistes sich mit ihrer eigenen menschlichen Unzulänglichkeit, wie sie ihre Trauer nannte, verband. Wir standen neben Gram. Tante Rachel sagte, es würde ihr langsam zu makaber. Jedenfalls holte sie Annes und Katies Mäntel und fuhr mit ihnen nach Hause.

Gram schien nichts zu bemerken, nickte nur, wenn ihr jemand kondolierte. Als sie so dasaß auf ihrem hochlehnigen Stuhl mit den schleifengeschmückten Blumenarrangements neben sich, sah sie wie ein kleines Mädchen aus, die Füße berührten den Boden kaum, der Blick war unschuldig und frei von ihrer gewöhnlichen Ungeduld.

Tante Minny kam. Riesig, fast zwei Meter groß. Gram nannte sie immer den »Holy Roller« und hatte Tante Elinor gewarnt, sie würde eines Tages eine genauso komische Figur werden und Anfälle von religiöser Ekstase bekommen. Wir hatten immer gehofft, Tante Minny würde eines Tages in unserer Gegenwart einen ihrer Anfälle bekommen, aber sie tat uns den Gefallen nicht, obwohl Gram behauptete, die Anfälle unterschieden sich von ihrem gewöhnlichen Verhalten eigentlich nicht. Nun hatte sich Tante Minny heruntergebeugt und Tante Grace eifrig, inbrünstig geküßt. Wir stellten uns die Berührung vor – Lippen, die trotz Tausenden dieser Begegnungen kalt geblieben waren. »Heute nacht wird sie im Jordan baden. Amen und Gott sei gelobt.« Tante Minny griff nach Tante Elinor und, Schwestern im Glauben, standen sie nebeneinander. »Gelobt sei Jesus Christus«, frohlockte Tante Minny und legte tapfer Zeugnis ab inmitten der feindlichen Festung.

»Stehl dich fort«, sang sie leise, ging hinüber zu Gram, zog sie vom Stuhl und drückte sie an ihre Brust – Tante Minny, gigantisch, Gram schlaff wie eine Gliederpuppe. »Lil, Gott nimmt sich deiner an. Diese Engel – bestimmt hat Er sie dir zum Trost und Segen bestimmt.« Irgendwie meinte sie uns damit. Wir wichen zurück, fürchteten ihre Berührung, aber als sie uns an ihre Brust drückte, war es warm und weich. »Erinnert ihr euch an die Nacht, als Er unsere Sünden reinwusch?«

Gram sah überrascht aus. Dann platzte sie heraus: »Sinnlos. Mich zurückzulassen. Eine häßliche alte Frau.« Sie drehte sich um und ging hinaus, erschien dann wieder in ihrem Mantel, die Handtasche schlaff in ihrer Hand. »Ihr kommt jetzt«, herrschte sie uns an. Auf dem Weg zur Tür warfen wir einen letzten Blick auf die auf Satin gebettete Fremde, in ihrer wächsernen Blässe sah sie aus wie Schneewittchen, unter der Kuppel der Ewigkeit schlafend, jedoch jenseits jeglichen uns vertrauten Zaubers.

Als wir wieder zu Hause waren, ging Gram schnurstracks zum Kamin und zündete das Gasfeuer an. Dann hob sie ihr Kleid hoch und stellte sich in die unmittelbare Nähe der züngelnden Gasflammen, sie wollte die Hitze spüren. Sie stand auf dem Rand des Perserteppichs, die Füße in Richtung des Musters. Einmal hatte sie uns erzählt, der Teppich sei so gewebt, daß das Gebet eines gläubigen Muslims von dem Muster nach Osten gelenkt würde. Und daß sie den Teppich in Richtung Osten gelegt habe. Es war dies eines der wenigen objektiven Fakten, die sie uns jemals mitgeteilt hatte, eine reine Information, unbezogen auf ihr oder unser Leben, und es erstaunte uns. In diesem Augenblick, mit ruhigem, vom Feuer intensivierten Gesicht hätte sie durchaus gen Mekka blicken können, obwohl sie sich nicht auf die Knie geworfen hatte. Anne und Katie saßen neben Tante Rachel auf der Couch. Sie weinten nicht mehr, lächelten sogar, als wir hereinkamen.

»Mama«, neckte sie Tante Elinor, »eines Tages wirst du noch in Flammen aufgehen.«

»Kann sein, meine Gnädigste, dann bete eben für mich.« Also hatte sie an das Gebet gedacht. Dann sah sie Anne und Katie an. »Ich wünschte, es wäre anders gekommen.« Und wir dachten, vielleicht wünschte sie, sie wäre anders.

Als wir schlafen gingen, spürten wir die ungeheure Abwesenheit. Katie wachte schreiend auf. »Laß mich! Ich will hierbleiben!« Tante Rachel kam, sagte Pscht und wiegte sie in ihren Armen. Sie ließ das Licht auf der Treppe brennen. Wir lagen neben Anne, als sie weinte – wir bedeuteten einander jetzt mehr als früher. Aber wir waren auch getrennter, denn Anne und Katie hatten ihre Mutter verloren. Das Licht auf dem Treppenabsatz ließ das Treppenhaus höher erscheinen. Wir krochen zu viert in ein Bett, und in dieser Nähe, aneinandergeschmiegt, vergaßen wir, wie einsam es sein kann, in der ungebrochenen Nacht der Ewigkeit schlafen zu müssen.

Am nächsten Morgen, als wir am Küchentisch saßen, hörten wir Neil die Stiege herunterpoltern, die nicht mit Teppichen ausgelegte Hintertreppe. Die Seitentür schlug zu. Kein Wort des Abschieds, nur sein uralter Wagen, der hustend und schlingernd die Einfahrt entlangrollte. Die Schwestern hoben die Schultern und Brauen, als Gram ihnen ein Hab-ich-es-euch nicht-gesagt-Grinsen gab. »Der weiß jetzt Bescheid, nehm' ich an. Weiß, wie der Hase läuft.«
»Aber Mama.«
»Sag gefälligst nicht aber Mama zu mir. Geschieht ihm recht.«
»Ich glaube nicht, daß Grace es so gemeint hat«, sagte Tante May. »Sie wollte einfach den Mädchen etwas zurücklassen. Für die Zukunft. Ihr wißt doch, wie traurig sie war, daß die beiden ohne sie aufwachsen müssen.«
»Trotzdem hat sie ihm das Haus nicht gelassen. Nicht etwa, daß irgend etwas Wertvolles darin ihm je gehört hätte. Das war alles von mir, nun wird er sich anstrengen müssen. Das muß ich ihr lassen, ich hätte es ihr nicht zugetraut.«
Sie hatten Tante Graces Testament in ihrer Bibel gefunden, mit Verfügungen über die Begräbnisfeierlichkeiten, mit ausgewählten Texten, alles fein säuberlich in ihrer Lehrerinnenhandschrift niedergeschrieben. Es war zwar nicht notariell beglaubigt, galt aber als klarer, unmißverständlicher letzter Wille. Tante Grace hatte alle überrascht, weil das Haus, bei dessen Kauf Gram ihr geholfen hatte, jenes Haus, in dem sie niemals gewohnt hatte, verkauft werden und der Erlös treuhänderisch für ihre beiden

Töchter verwaltet werden sollte. Wann sie das Testament Neil gezeigt hatten, wußten wir nicht. So lange es ging, hatten sie es zurückgehalten. Und jetzt, da er es wußte, war niemand erleichtert außer vielleicht – ein wenig – Gram.
»Aber wo sollen sie bleiben?« fragte Tante Rachel, und wir alle, außer Anne und Katie, die vor sich hinstarrten, sahen Gram an. Sie stand auf, machte sich am Spültisch zu schaffen. Wir waren still. Niemand konnte helfen, die Kraft fehlte. Mit dem Verschwinden von Tante Grace war auch etwas verschwunden, das uns zusammenhielt und uns über das Alltägliche hinaus Kraft gegeben hatte. Nun blieb nichts anderes übrig, als einfach weiterzumachen mit dem, was uns geblieben war, es war zwar nicht genug, es mußte aber reichen.
Es war der dritte Tag, der Tag des Begräbnisses. Tante Elinor war noch immer unsere Lehrerin. »Euer himmlischer Vater-Mutter-Gott wird all eure Bedürfnisse befriedigen.« Sie beobachtete uns immer noch. Wir verbargen unsere Abtrünnigkeit vor ihr, um sie zu beschützen, als sei es auch ihr Versagen gewesen. Aber als wir uns in dem Vorraum zur Kapelle, der für Familienmitglieder reserviert war, neben sie setzten, hatten wir Zweifel an unseren eigenen Zweifeln. Wir wollten wieder glauben. Sie wußte Wunderbares. War wunderbar. Der feierliche und wohlmeinende Mr. Besaw, Besitzer des Bestattungsinstituts, würde gleich hereinkommen, voller Freude, und Zeugnis ablegen für die Auferstehung. Es schien möglich, und die Psalmen und Hymnen, die wir während unserer langen Glaubenszeit auswendig gelernt hatten, waren unsere eigenen Verse geworden.
Während der kurzen Andacht geduldeten wir uns. Dann kam Mr. Besaw wirklich herein. Wir hatten ihn erwartet. Er flüsterte etwas in Tante Elinors Ohr, und sie schüttelte mit einem Blick auf Grams gebeugtes Haupt den Kopf. Vorwärts lehnend sahen wir, wie er am Altarende den Raum betrat, den Deckel auf den Sarg hinunterließ und den mit weißer Seide ausgeschlagenen Rand so festmachte, daß der Messingbeschlag eine ununterbrochene Schlaufe formte. In diesem Moment herrschte absolute Stille. Wir sahen ihm ins Gesicht. Beim Anblick dieser glattrasierten Demut sank uns der Mut. Die amethystfarbene Lilie aus

Glas, die über seinem Kopf an einem geschweiften Stiel aus Blei leuchtete, schien lebendiger zu sein, als wir es jemals sein würden. Dann erhoben wir uns zur Schlußhymne:

Der Herr ist mein Hirte;
mir wird nichts mangeln.
Er weidet mich auf einer grünen Aue
und führet mich zum frischen Wasser.
Er erquicket meine Seele;
er führet mich auf rechter Straße
um seines Namens willen.

Niemand von uns sang, unsere Trauer war vollkommen. Wir lauschten den Schritten der Sargträger, dem Zuschlagen von Wagentüren. Mit den anderen gingen wir hinaus und blinzelten, als blendete uns Frühlicht. Ohne eine verständliche Vergangenheit oder vorstellbare Zukunft waren wir in einen neuen Lebensabschnitt getreten. Wir hielten uns an den Händen. Ein Freund der Familie fuhr uns nach Hause. Auch Rossie war gekommen. Es war so lange her, seit er bei uns gewohnt hatte, daß wir verlegen waren – es war, als hätten wir uns kaum gekannt.

Ein wenig später kamen die anderen vom Friedhof, wo man uns nicht hatte dabei haben wollen. Wir konnten uns diesen Ort nicht vorstellen. Die Frauen machten sich sofort daran, die Speisen, die Nachbarn und Bekannte gebracht hatten, aufzutischen. Aus dem Büffet wurde das beste Service geholt, jeder benahm sich, als ob er dazu gehörte und wisse, was zu tun sei. Onkel Dan servierte den Männern Drinks. Die standen in der Küche. »Im Wege wie immer«, murmelte Tante Libby in unsere Richtung. Sie tranken mit niedergeschlagenen Augen, als täten sie etwas, das selbst sie mißbilligten. Vielleicht war es jenes stillschweigende Einverständnis, das ihnen eine gewisse Heiterkeit verlieh, obwohl es diesmal keine der üblichen Scherze zwischen den behende sich bewegenden, auf ihre Vorbereitungen sich konzentrierenden Frauen und den trinkenden Männern gab.

Neil kam herein. War er bei der Beerdigung gewesen? Wir konnten uns nicht erinnern. Wir fürchteten uns vor ihm. Um ihn war ein heißes, bösartiges Funkeln. Er schien zu allem fähig zu sein. Aber nichts Außergewöhnliches geschah. Er schenkte sich Whisky ein, sein übliches, blaßgoldenes Getränk und setzte sich auf seinen Stammplatz am Küchentisch, den Rücken zur Wand, eine Leere um sich. Die Männer wechselten den Platz, fanden Entschuldigungen, zu verschwinden. In der übrigen Zeit, als die Leute aßen, saß Neil in seinem schwarz lackierten Windsor-Stuhl, starrte unverwandt in sein Glas, das er entweder über die Tischplatte gleiten ließ oder an den Mund hob und wieder hinsetzte. Die meiste Zeit über rauchte er in schnellen Stößen. Einmal wechselte er ein paar Worte mit einem Mann, den er aus seiner College-Zeit kannte.

Es war dunkel geworden, die Gäste verabschiedeten sich. Als die Wagen ihre Scheinwerfer einschalteten und wegfuhren, merkten wir, daß es immer noch schneite. Neil hatte sich nicht gerührt, jetzt hatte er den Kopf auf die Arme gestützt. Durch den langen Doppelraum sahen wir die Blumengebinde, welche die Frauen vom Grab mitgebracht hatten. Tante Elinor hatte gemeint, es sei schade, sie in der Kälte zu lassen, sie würde sie so arrangieren, daß sie wie normale Blumensträuße aussähen. Wir gingen nicht in ihre Nähe.

Statt dessen probierte Anne Tante Elinors schwarzen Mantel mit dem Hermelinbesatz an. Der Pelzkragen war ein wenig hoch und umrahmte ihr Gesicht. Sie stolzierte in die Küche, wo die Tanten bei ihrem Anblick in Tränen ausbrachen. Wie gut er ihr steht, meinten sie und sagten ihr, sie würde als Erwachsene einmal sehr attraktiv sein. »Wie deine Mutter«, sagte Tante May. »Nur die Farben sind anders.«

»Und dieser Haarschopf!« sagte Tante Rachel. Annes Haar war dunkelrot, ungeschnitten, hing ihr tief in den Rücken. »Da müssen wir etwas unternehmen.« Und dabei machte Tante Rachels Hand Schnittbewegungen.

Aber Anne, leichtsinnig geworden, weil man sie schön fand, erwiderte: »Es wird niemals abgeschnitten, ich werde es wachsen und wachsen lassen, bis jemand hinter mir gehen muß, um es zu tragen. Und du kannst mir, wenn du stirbst, deinen Mantel vermachen«, sagte sie zu Tante Elinor. Worauf völlige Stille eintrat, bis Tante Libby die Tür aufmachte, um den Abfalleimer hinauszustellen und Schneeflocken in die Küche wirbelten, daß es aussah, als ob wir tagelang eingeschneit sein würden.

Dann hob Neil den Kopf und blickte uns alle nacheinander an. Nur Gram fehlte. »Ihr habt es geschafft. Wenn ihr mir jetzt nicht glaubt, daß ich es versucht habe, dann, mein Gott, werdet ihr es mir nie mehr glauben. Verdammt noch mal, ich habe nie genügend verdient, um irgend jemand von euch zu imponieren, ich konnte nicht einmal meine Frau zu Hause halten – nicht einmal, als sie starb. Mit euch konnte ich es niemals aufnehmen.« Er erhob sich, ging zum Fenster, und mit dem Rücken zu uns fuhr er fort: »Dann nahm sie mir das einzige weg, von dem ich glaubte, daß es mir gehört. Uns. Das Haus. Und wahrscheinlich glaubte sie, es sei gerecht, meine Kinder gleichzeitig damit wegzugeben. Niemals gab es einen Weg, euch oder ihr klarzumachen, daß ich Manns genug war, mit euch und mit dem, was euch gehörte, fertigzuwerden.« Er drehte sich um, nickte Anne zu, wendete sich aber an die Frauen. »Und jetzt bildet sich diese dumme Göre ein, sie sei eine Prinzessin. Erwartet Gott weiß was. Nichts, was irgendwer jemals für sie tun wird, wird ihr etwas bedeuten, wird jemals genug sein. Immer wird sie von diesem Haus, dieser Zeit träumen, wird zurückblikken. Vielleicht hätten wir allesamt mit Grace sterben sollen. Möglich, daß niemand von uns je wieder ganz lebendig sein wird.« Das war ein neuer Neil, der da sprach, lange, ernsthaft, ohne Umschweife. Erstarrt saßen wir da, als hätte man uns jede Bewegung verboten, während Neil die Whiskyflasche zum Spültisch trug und den Inhalt wegschüttete, der in das Abflußrohr gurgelte. Dann stellte er die leere Flasche mit einem Achselzukken auf den Tisch, lächelte ein wenig amüsiert und sagte wie zu sich selbst: »Schade, daß das Trockenwerden nicht so einfach ist«, wobei sein Blick die Flasche nicht losließ.

Gram stand auf der Türschwelle mit erhobenen Fäusten, brüllte uns an. »Verschwindet gefälligst!« Dann konnte sie sich nicht beherrschen, hatte es niemals gekonnt. »Und spiel nur nicht den

Wehleidigen, du Mistkerl. Hier nicht. Ist mir egal, was die Ärzte behauptet haben. Ich weiß Bescheid. Hab' dich gesehen. Gehört.« Grams Gesicht war purpurrot. Aber ihre Wut ging ins Leere, wie damals, als Grandad einfach wegging, denn auch Neil ging, hielt sich spöttisch die Ohren zu und sagte zu uns: »Es lebe die weibliche Solidarität. Möge sie ewig dauern.« Als Gram sich ein wenig beruhigt hatte, ließ sie sich von Tante Elinor zu einem Stuhl führen. Wir waren alle ganz still, hörten kaum Neils Wagen im Schnee wegfahren. So viele Male war er weggegangen, zornig und ausgestoßen und war zurückgekommen, es war etwas, das uns an Tante Grace erinnerte, als sei es etwas, das sie beide zusammen ausgeheckt hatten.

An jenem Abend kam er nicht zurück, und am nächsten Morgen fanden wir auf seinem Bett einen Haufen Sachen – Kleidung und anderes: Tante Graces Habseligkeiten: den Pelzmantel, den von Arizona-Indianern gefertigten Gürtel aus Silbergliedern, ihren Trauring, eine Armbanduhr und eine Spieldose, die »In Springtime« klimperte. Tante Libby hob den Deckel hoch, sie drehte sich mühsam, statisch, schleppend. In der Dose waren winzig kleine Fetzen Papier. Tante Libby wußte sofort, was es war. »Ich könnte ihn umbringen. Immer muß er das letzte Wort haben.«

»Diesmal nicht«, sagte Gram und fuhr in die Stadt. Dort forderte sie das Darlehen zurück, das sie Grace und Neil als Anzahlung auf ihr Haus gegeben hatte. Dieses Haus war weit weg in Illinois – uns schien es genauso wenig wirklich wie das zerrissene Stück Papier.

»Ob wir ihn wohl je wiedersehen?« fragte Tante Rachel, als Gram wieder zurück war.

»Das möchte ich hoffen«, entgegnete Gram. »Es sind nämlich ein oder zwei Dinge hier, die ihm gehören.« Dabei sah sie Anne und Katie an. »Ich hab' sowieso schon zu viele Kinder gehabt«, fügte sie hinzu und lächelte mit dünnen Lippen, fast entschuldigend.

»Natürlich wird er zurückkommen«, versicherte uns Tante Elinor. Und dann sagte sie: »Wißt ihr, er ist nicht schlechter als wir alle. Wir schließen unsere Augen und bilden uns ein, wir seien

wunderbar. Besser, als alle anderen, besonders. Dabei haben wir uns endlos gestritten, einander beneidet, Angst voreinander gehabt. Statt dessen hätten wir einander einfach verzeihen sollen – das wäre wirklich wunderbar gewesen.« Obwohl ihre Farben – Augen, Haare, Teint – nicht intensiver waren als bei all ihren früheren Gefühlsausbrüchen, waren ihre Worte neu, Früchte des Geistes, und sie zermürbten Tante Libby derart, daß sie aus irgendeinem Grunde auf Tante Rachel losging. »Laß dir ja nicht einfallen, mit dieser Religion anzufangen, denn dann ziehe ich nach Kalifornien, und ihr werdet mich nicht wiedersehen. Man könnte genausogut gestorben sein.« Es lag tatsächlich in der Luft, denn Tante May, die innerhalb von zwei Jahren Mann, Vater und Schwester verloren hatte, war von Tante Elinor überredet worden, Christian Science zu studieren. Die beiden hatten sich von uns abgesondert, um bis spät in die Nacht hinein zu lesen und miteinander zu diskutieren. Tante Libby fürchtete, sie würde am Ende nur noch Gram haben.
Am gleichen Vormittag teilte Gram Tante Graces Habseligkeiten auf, dies sei ihr gutes Recht und nicht etwa Neils, da sie ja für das Meiste bezahlt habe. Und bitte schön, wo war er? Typisch! Tante Elinor flüsterte Anne und Katie zu, sie würde dafür sorgen, daß sie beide nicht zu kurz kämen.
Inzwischen hatte es zu schneien aufgehört, das Wetter hatte sich aufgeklärt. Die Apfelbäume waren weiß von Rauhreif. Die Schwestern waren Gram in die gute Stube gefolgt, die Tür wurde zugeschlossen. Allein gelassen legten wir uns auf den Teppich inmitten der Paradiesgärten. Vor dem Eßzimmerfenster standen die Blumen, leuchtend im Gegenlicht – starr und hochnäsig in ihrer Treibhauszufriedenheit. Wir standen auf und gingen hinüber zu ihnen. Wir konnten den Tod riechen, seinen Stachel, seinen Sieg. Unbeabsichtigt stieß Katie einen der Blumenkörbe um, er kippte und blieb so steif liegen, wie er gestanden hatte. Wir griffen hinein und zogen eine langstielige Nelke heraus. Anne steckte sie sich ins Haar, die Blüte war auf einmal von unerwarteter Schönheit, durchscheinend gegen ihren roten Schopf. Und dann nahmen wir die ganzen Blumenarrangements auseinander. Über Katies Kopf drapierten wir einen

Kranz weißer Chrysanthemen, um ihre Taille wanden wir eine weiße Schärpe. Als wir alle geschmückt waren, füllten wir Blumenvasen mit Sträußen und stellten sie überall in die Zimmer, auf Fensterbretter und Tische, wo das schneeige Licht sie lasierte. Ein paar steckten wir in Wassergläser. Das Haus sah wieder schön aus. Anne drapierte ein Stück Band zu einer Schleife wie für eine Schönheitskönigin, während wir alle sangen: »A pretty girl is like a melody.«

Wir merkten nicht, daß Gram hereingekommen war. Sie gab Anne eine Ohrfeige auf die heiße Wange, schlug sie mitten ins lachende Gesicht, dann riß sie ihr die Schleife von der Brust. Sie schlug auch auf eine der Blumenvasen ein, das Wasser schwappte hoch, bespritzte dunkel die Tapete. Anne stand da mit gesenktem Kopf. »Kannst du dich denn niemals benehmen?« schrie Gram. Dann drehte sie sich um zu Tante Elinor, die mit ihren Schwestern gefolgt war. »Das ist deine Schuld. Sie wissen überhaupt nicht mehr, was sich gehört.« Aber als sie an ihr vorbei und zur Treppe ging, schlug ihre Laune unvermutet um. »Na ja, ich nehme an, du hast dein Bestes getan.« Eine größere Konzession hatte sie noch nie gemacht. Dann ging sie. Oben ließ sie sich ein Bad ein. Eine halbe Stunde später kam sie wieder herunter, herausgeputzt und gepudert, Rougeflecken auf den Wangen. Ihre Töchter sahen sie an, ließen sich immer noch von ihr überraschen. Aber Gram sagte, und dies in den sanftesten Tönen: »Wir können nichts tun als weitermachen, wenn's auch keinen Sinn hat. Ich gehe ins Kino.« Sie durchstöberte ihre Handtasche und fischte Fünfcentstücke heraus – für Eiscreme, mitten im Winter. Dann berührte sie Annes Haar. »Geh raus, spielen. Denk nicht daran. Es wird dir gut tun.«

Sobald wir draußen waren, rannte Anne los, der Schnee spritzte nur so um sie herum, in Richtung Schlucht. Wir folgten, anfangs ein wenig zögernd, weil wir ja wieder nach Hause zurück mußten. Anne ging schnurstracks auf den hohen Baum zu, der am Eingang zum Wald stand. Inzwischen war die Sonne herausgekommen, und das Licht fiel wie Beckenschläge in die Stille, erschien und verschwand wieder in den Wolken. Die von den nahen Bäumen hängenden Ranken zeichneten sich klarer ab als

je zuvor, verführerischer ohne das Blattwerk, das sie sonst verbarg. Wir rannten auf sie zu, griffen nach ihnen, hingen uns an sie und stießen uns mit großen Schwüngen ab, um dann im weichen Schnee zu landen. Wir tobten herum, kreischten und erhitzten uns derart, daß wir unsere Mäntel aufknöpfen mußten.
Anne hatte die hohe Eiche nicht aus den Augen gelassen. Sie zog sich den Mantel aus, band eine der Ranken um ihre Taille und befestigte sie. Sie kletterte die Stufen hinauf, die Rossie an den Stamm genagelt hatte, um den untersten Ast zu erreichen. Wir dachten, sie würde von dort aus herunterspringen, aber statt dessen kletterte sie höher, ihre Füße rutschten, suchten Halt. Mit ihrem Körper preßte sie sich an die knorrigen schneebedeckten Äste.
»Bist du wahnsinnig geworden?« schrien wir hinauf. »Du kommst sofort herunter! Sonst verpetzen wir dich.«
»Haltet die Klappe«, knurrte Anne, die Zähne weiß gegen ihren rothaarigen Krauskopf.
»Du wirst herunterfallen.«
»Nein.«
Wir sagten nichts mehr, beobachteten Anne, die höher kletterte, als wir es selbst im Sommer taten; Schneeschauer fielen auf uns. Ihre Füße verloren den Halt, fingen sich aber wieder und trugen sie noch höher.
Endlich hielt sie inne, grinste auf uns herunter. »Katie sei ruhig. Ich hab' ja das Seil. Ich komme runter. Achtung!« Auf ihrem Gesicht war jener angstvolle, aber doch beseligte Ausdruck, mit dem sie vom Heuboden gesprungen war. Sie stieß sich ab, schwang weit weg vom Baum. Der Ruck löste eine Schneelawine. Und inmitten dieses stillen Sturmes hörten wir den Knacks, als das Rankenseil riß, gleichzeitig ertönte Annes stürzender Schrei, der abriß, als ob auch er zu Boden gefallen sei. Danach war es wieder still, Schnee fiel nicht mehr herunter.
Gram behauptete, der Schnee habe Anne gerettet, sonst hätte sie sich zu Tode gestürzt oder wäre für ihr ganzes Leben verkrüppelt geblieben. Erst am nächsten Morgen kam sie wieder zu sich und erkannte Neil sofort. Er war aus Illinois angereist, wo

sie ihn endlich am Vorabend ausfindig gemacht hatten. Alle hatten sie Angst bekommen, weil er außer sich war, endlich trauerte, fast von Sinnen war vor Kummer, Verzeihung erflehte. Bleich und zitternd schien er nicht derselbe Mann.
Wir besuchten Anne im Krankenhaus. Man hatte ihr das Haar abgeschnitten, und ein winziger Teil ihres Kopfes, wo sie sie genäht hatten, war rasiert. Ihr Hals schien in die Länge gezogen, war blutunterlaufen und wie von einem Ausschlag gesprenkelt. Wir sagten nichts, man hatte uns gewarnt und uns das Versprechen abgenommen, uns nicht über sie lustig zu machen. Gram fand den Haarschnitt überfällig, sie habe nichts dagegen. Sie strich ihr die Fransen aus der Stirn. »Sieht tadellos aus. Ganz nach der Mode.«
Anne starrte aus dem Fenster. Wir unterhielten uns, so gut es ging, über andere Dinge. Der Ring, den Tante Elinor ihr gegeben hatte, war verloren gegangen – das sei typisch, sagte Gram, wann habe Anne jemals etwas nicht verschlampt? Über ihr Haar sagte Anne nur eins, bestimmt und endgültig: »Ist mir egal.«
Tante Rachel meinte, irgend jemand hätte den Haarschopf aufheben sollen, falls Anne sich später im Leben ein Haarteil machen wolle. Gram meinte, es würde sowieso nichts nützen, da Annes Haar jedes Jahr nachdunkeln und es niemals zusammenpassen würde. Wir dachten, daß um Anne etwas Besonderes sei, etwas, das nie zusammenpassen würde. Es hatte damit zu tun, daß sie weder sprach noch lachte, daß nichts, was Katie tat, sie provozieren konnte. Auch Neil schien verändert zu sein, er brachte Anne ein Glas Wasser und arrangierte das Rollo so, daß das Tageslicht sie nicht blendete. Aber selbst dann starrte sie weiter in die gleiche Richtung. Sobald Anne sich erholt habe, sagte Neil, wolle er seine Mädchen zu sich nach Illinois holen. Bis es soweit war, blieben er und Katie in einem Hotel in der Nähe.
Neil erbot sich, ehe sie sich verabschiedeten, sie auf die Farm zu fahren, aber Anne sagte, sie habe noch immer Kopfschmerzen und wolle die Reise hinter sich bringen.
Am Abend, bevor sie abreisten, gingen wir ins Krankenhaus,

um uns zu verabschieden. Gram hatte die Absicht, nach Kingfield hinüber zu fahren, um Bingo zu spielen, deshalb war sie in Eile, und wir konnten nicht lange bleiben. Alle küßten die Mädchen und versicherten, daß es bald Sommer sein werde und sie wieder auf der Farm sein würden, ehe sie sich's versähen. Nachdem die Frauen gegangen waren, blieben wir noch einen Augenblick dort. Wir beugten uns vor, um Anne zu küssen. Der Krankenhausgeruch war zwischen uns. Wir sahen hinaus, wollten die Wälder sehen, aber es war dunkel, wir sahen nur uns selber und die Lichter in der Fensterscheibe. Das Krankenhausbett hatte alles durcheinander gebracht.

Offenbar wollte Anne niemals mehr mit uns reden. »Es tut uns so leid, daß du weggehst«, wollten wir ihr sagen. »Wir werden immer an dich denken.« Aber es kam uns nicht über die Lippen, so schrecklich sah ihr Gesicht aus, so traurig der Arm in der Schlinge. Draußen wurde dauernd gehupt. Wir wußten, es war Gram, sie wollte weg, so dringend, daß sie die Leute im Hospital, die ja krank waren, vergaß. Dann war es, als wolle ein schattenhaftes Lächeln auf Annes Gesicht erscheinen. Wir sagten: »Wiedersehen bis zum nächsten Sommer« und rannten zur Tür hinaus.

Als wir bereits halbwegs den Korridor hinuntergelaufen waren, rief Anne uns nach: »Ich kann immer noch am höchsten klettern.«

»Ich hab' schon zu viele Bälger gehabt«, erklärte uns Gram immer wieder, und dabei erschien auf ihrem Gesicht ein boshaftes, vergnügliches Lächeln, daß sie es gesagt hatte. Sie hatte Neil Anne und Katie wegnehmen lassen, und das war grausam. Aber wegen der Hypothek auf dem Haus hatte sie es sich anders überlegt und sagte, Neil könne es für die Mädchen behalten – schließlich sei sie ja nicht die herzloseste Frau auf der Welt. Als sie an Graces Testament erinnert wurde, sagte sie: »Sie wußte nicht, was sie tat. Schließlich müssen sie ja irgendwo wohnen, oder?«

Gram überrumpelte uns immer wieder. Wir fürchteten ihre Wahrheiten und dann deren Umkehrung. An einem Tag stritt sie ab, daß es irgendeinen irdischen oder himmlischen Grund

für irgend etwas gäbe. Am nächsten Tag erklärte sie: »Ich geh' und frag' die alte Schwarze.« Tante Grace hatte einmal gesagt: »Sie ist nichts weiter als eine alte Hexe.« »Bilde dir ja nicht ein, daß du allwissend bist, nur, weil du auf dem College warst«, hatte Gram entgegnet. Sie hatte sich wahrsagen, aus der Hand lesen und gelegentlich auch Tarockkarten legen lassen. Es tröstete sie, und sie würde es auch nicht aufgeben. Schon gar nicht für einen Haufen hochnäsiger Besserwisserinnen. Manchmal war Gram wie eines der Kinder ihrer Töchter, böse und eigensinnig, mit dem man zwar nichts anfangen konnte, das man aber, weil es so reizend und dreist war, den anderen vorzog.
Als sie wegging, um die alte Negerfrau zu befragen, schlichen wir uns aus dem Haus über den Hügel und warteten in dem unten gelegenen Feld, bis Gram in ihrem Auto vorbei kam. Die respektlose Bezeichnung war Teil des Mysteriums, das wir in jenen Besuchen spürten, die Gram Dellas alter Mutter abstattete – Della war Grams Putzfrau. Und das Mysterium lag auch in der großen Entfernung, die wir zurücklegen mußten, um dorthin zu gelangen, in jene roh gezimmerte Holzhütte, die auf Stelzen an der entferntesten Grenze unseres Grundstückes stand. Gram behauptete zwar, sie würde nicht alles, was die Alte sagte, für bare Münze nehmen, sie nehme nichts für bare Münze. Aber Weissagen fasziniere und beruhige sie. Nach Tante Graces Tod hatte sie sich erinnert, daß die Frau sie vor schweren traurigen Zeiten gewarnt habe – sie hatte eine Frau gesehen, immer noch jung, mit einem Grübchen im Kinn. Das konnte niemand anderes als Tante Grace sein. Gram wußte es sofort und hatte sogar geweint. Wir hatten sie beobachtet, wie sie herauskam und sich die Tränen aus den Augen wischte.
Dellas Mutter sah uralt aus, sie hätte die Mutter der ganzen Welt sein können. Die Bürde hatte ihre Haut zu einem hellen Kaffeebraun gebleicht, hatte ihre Augen erblinden lassen. Sie war, bis auf ein paar willkürlich verteilte Haarbüschel, fast kahl. Ihre eingefallenen Wangen schienen einander zu berühren, und wir fragten uns, ob ihre trüben Augen überhaupt Licht wahrnehmen konnten. Wir durften nur kurz hinein zu ihr, durften nur hineinschauen. Der Ort war allzu magisch. Neblige süß rie-

chende Rauchschwaden von einem Holzofen, der auch im Sommer brannte, füllten die Hütte, und geisterhafte Erscheinungen winkten uns durch den Dunst, beunruhigend und aufreizend, während die alte Frau, eine schäbige Flickendecke über die Knie gebreitet, erwartungsvoll dasaß.

Wir warteten draußen auf der morschen Veranda, bis Gram mit ihrer Auslegung fertig war. Wir guckten um die Ecke eines zerbeulten Eisschrankes, in dem junge Kätzchen schliefen und warfen heimliche Blicke auf Dellas dunkle hochgeschossene Söhne, die das Gras im Garten mähten. Auch sie warfen scheue Blicke auf uns, sie wußten, wer wir waren, sprachen aber kein Wort. Dann brachte uns der Älteste, Jefferson, je eine kleine Karotte – eher gold- als orangefarben. Wir nickten dankend und kauten daran, obgleich an den Wurzelhaaren ein wenig Erde haftete. Dann zeigten uns die Jungen ein menschliches Grab, das von einem niedrigen, heruntergetrampelten Holzzaun von dem übrigen Feld abgetrennt war und auf dem eine einzige Blume in einem Marmeladenglas schwankte.

Aber Gram wußte, weshalb sie dort war und blieb recht lange. Als sie herauskam, wischte sie sich die Augen und antwortete nur, als wir wissen wollten, was geschehen sei, »ist schon gut«. Dann rief sie Della zu: »Ich lass' die Vorhänge auf der Veranda.« Della schirmte ihre Augen mit der Hand ab und antwortete: »Sie können jederzeit wiederkommen, Lil«, also hatte es eine Art Tauschhandel gegeben. In jenem Augenblick schien es, als sei Gram Della nähergerückt, als sie je an uns herankommen würde. Wir erinnerten uns an die lavendelfarbenen Dunstschwaden über der sommerlichen Hitze und schnippten immer noch Karottenstückchen und Erde von unseren Zungen. Später überlegten wir, ob Dellas Mutter wirklich in die Zukunft sehen könne. Und Gram, konnte sie in die Zukunft blicken, als sie uns ansah und bedeutsam, aber doch rätselhaft erklärte: »Die Zeiten ändern sich«? In ihrem Ton lag eine Berechnung, die uns Angst machte.

Es war Sommer geworden, und Anne und Katie waren wieder auf der Farm. In jener Nacht, als die Scheune brannte, waren

wir vollzählig. Onkel Dan war zufällig oder instinktiv aufgewacht, war zum Fenster gegangen und hatte es bemerkt. Vielleicht hatte der Feuerschein wie Dämmerlicht ausgesehen. Jedenfalls kamen die Löschwagen bald darauf, der Lärm weckte uns alle. Wir warfen ein paar Sachen über und rannten die Einfahrt entlang. Gram war völlig angezogen, selbst Strümpfe und Strumpfbänder hatte sie an und trug ihre Handtasche.
Wir standen im Unkraut neben den Obstbäumen und sahen zu, wie der Löschwagen im Eiltempo herangebraust kam, die Mienen der Feuerwehrmänner ernst und konzentriert, als wären wir völlig fremd. Immer wieder mußte Rossie ermahnt werden, nicht im Wege zu stehen. Von der Scheune her wehte eine gigantische Hitze. Gram sagte: »Ich erinnere mich noch genau an das Richtfest. Da gab es eine große Party.« Die Feuerwehrleute hakten die Wasserpumpe fest und schleppten die Schläuche herbei. Onkel Dan meinte, heutzutage werde nicht mehr so solide gebaut. Gram pflichtete ihm bei und meinte, vielleicht hätte man es nicht mehr nötig, weil Fortschritt ja immer bedeute, daß etwas, was viel besser sei, am nächsten Tag erfunden werde.
»Bist du bei der Party gewesen, Gram?« fragten wir. Wir hatten ein wenig das Interesse an der Scheune verloren, denn obwohl es immer heißer und heller wurde, schien es, als würde es immer so weiter brennen, wie eine ewige Flamme, die niemals erlischt. Gram sagte, sie sei damals ein Niemand gewesen. Niemand, den man einlud. Damals nicht. Aber sie entsann sich gut an die Scheune mit den Eichbäumen davor, wie ein hoher Zaun.
Mit ihr zusammen blickten wir hinauf zu der Scheune. Sie hatte sich so schnell erhitzt, daß es tönte wie ein wilder Sturm. Sie richteten ihre Spritzen zuerst auf die Seitenwandung, die zischte und weiterbrannte, aber dann drehten sich die Feuerwehrmänner um und richteten den Wasserstrahl auf die nahen Obstbäume; die Süßkirschen und Weichseln, die nebeneinander standen, brannten. Aufgerollte versengte Blätter schmückten sie wie in die Dunkelheit gesetzte Kerzen. Aus Bluerock kam ein zweites Löschfahrzeug, versuchte, hinten herum zu fahren, wo der Robinienbusch bereits schwelte, aber es war zu heiß gewor-

den auf der Fahrspur, und sie gaben auf: Es war ja nur Gestrüpp. Deshalb richtete man nun alle Spritzen auf die Obstgartenseite. Jedermann wartete, bis die Scheune endlich niedergebrannt war – Wohnhäuser waren nicht in Gefahr, die Nacht war windstill und klar, der Rauch stieg in den Himmel, während über der Weide und über dem alten Ententeich der Mond ruhig und gleichgültig in ein paar Wolkenfetzen trieb.

Es wurde stiller, und Gram sagte: »Ich glaube, es war der Blitz.« Früh am Abend hatte es nämlich gewittert.

»Oder ein Landstreicher«, sagte Tante Libby, »der geraucht hat.« Sie fröstelte und zog sich den Morgenmantel fester. Die Nacht erinnerte uns an andere Nächte, an Dinge, die wir erlebt hatten.

Gram bestand darauf: »Blitzschlag.« Ihre Unterlippe hatte sich vorgeschoben. »Ich hab' dem Alten immer gesagt, er solle die Blitzableiter ersetzen, nachdem er das Dach repariert hatte. Aber er mußte ja immer alles besser wissen. Na schön, jetzt hat er's.« Sie sah zufrieden aus, hatte wieder einmal Recht behalten, wieder einen Sieg errungen.

Im gleichen Augenblick stürzte die ganze Vorderseite der Scheune ein. Das Eisenrad, das dagegen gelehnt war – es stammte von einer Kutsche – rollte in einer verzweifelten anmutigen Spirale ins Feuer, gefolgt von einer Länge Seitenwandung. Jetzt ging alles sehr rasch, die Flammen loderten hoch und waren blau umrandet.

Nach dem Einstürzen der letzten beiden Seitenwandungen kam eine Pause, in der die nun sichtbare innere Struktur der Scheune, Pfosten und Balken, Fachwerksparren und das metallene Dach komplett dastand und ein letztes Mal den ursprünglichen Bauplan enthüllte.

»Ich hätte es nicht für möglich gehalten, daß etwas so schnell gehen kann«, sagte Tante Rachel.

»Und all der Krimskrams, der dort lag! Das Teleskop, das Grace gehörte. Die Möbel aus der North Street, der Rodelschlitten.« Einer der Kirschbäume, von Flammen eingehüllt, wurde abgeholzt und näher an die Scheune gezerrt. Plötzlich

gab es aus dem Sockelteil eine gewaltige, nach oben zischende Explosion.
»Großer Gott«, sagte Onkel Dan. »Kein Wunder, daß sie die Brennerei niemals fanden. Jake muß sie vergraben haben. Ich wußte, es war hochprozentiges Zeug.«
In diesem Augenblick kam Tante May in ihrem Auto im Eiltempo über den Schlick. Sie sprang aus dem Wagen, schnell, denn sie war hager, bestand nur aus Nerven und Muskelfasern.
»Den Feuerschein konnte man von der Stadt aus sehen. Ach, Mama, es tut mir so schrecklich leid. Die schöne Scheune.« Sie schlang die Arme um Gram, die es einen Augenblick duldete und dann zurückwich.
»Nützt nichts, was passiert ist, ist passiert. Uns hat sie jedenfalls nichts mehr genützt. Nichts mehr.«
»Aber Elinor wollte sich doch ein Pferd halten«, widersprach Tante May.
»Und noch eins für die Mädchen.«
»'Ne Menge Obdach für zwei Tiere«, sagte Gram und schien immer unbekümmerter. »Es wird bald Tag«, sagte sie, und wir sahen mit ihr zum Himmel auf, wo der Mond gestanden hatte und die Tönung genauso silberfarben war, nur ohne Mond. »Ihr Mädchen«, sagte sie, »Lila, Cynthia, Maude, Grace.« Sie zählte die Familiennamen auf, die Lebenden und die Toten. Verwirrt stieß sie einen schwachen Seufzer aus, war es Kummer, war es Ungeduld? und fuhr fort: »Verflucht noch mal, ihr Gören. Jetzt aber marsch ins Bett.«
»Aber Gram.« Wir alle sagten es, wissend, daß sie nicht wirklich darauf bestehen würde, daß sie einfach nur erschöpft und verärgert war, weil all das passierte.
Die Feuerwehrmänner hielten ihre Schläuche, gähnten, rauchten oder spritzten dünne Strahlen Kautabaksaft aus ihren Mundwinkeln in Richtung des Feuers. Sie wollten Feierabend machen, nach Hause gehen. Als spüre sie eine ähnliche Resignation, stürzte die Scheune nun ganz in sich zusammen, ein Teil nach dem anderen, und alles fiel auf den steinernen Sockel, Fensterbänke und das untere Gerüst gaben nach und wurden von den sich blähenden Feuerblüten verschlungen. In der plötz-

lichen Stille raschelte es neben uns in der Dunkelheit. Im Schein unserer Taschenlampe sahen wir, was es war, kreischten und sprangen hoch. Es war eine Ratte, riesengroß, aber nur betäubt und nicht verletzt; sie taumelte im Kreis herum, während wir uns wie die Verrückten benahmen.

Ehe die Männer sich überhaupt darum kümmern konnten, hatte Gram Rossie den dicken Knüppel, den er in der Hand hielt, weggerissen und der Ratte einen Hieb über den Kopf versetzt. Sie stolperte herum, blutete und fiel dann tot um. Die Feuerwehrleute starrten Gram über den Schlick hinweg an, wir taten es auch, mit hängenden Unterlippen standen wir vor der rußgeschwärzten alten Frau mit ihrer weißledernen Handtasche am Arm, vor sich auf der Erde eine tote Ratte.

»Allmächtiger Gott«, murmelte einer der Älteren. Und spuckte aus. »Also packen wir ein.« Die Männer rollten die Schläuche auf. Über der ausgebrannten Stelle, wo die Scheune gestanden hatte, hing noch eine Rauchwolke, und das Dach glühte rot. Zum erstenmal konnten wir von unserem Standort die fernen Lichter der nächsten Stadt über das Tal hinweg sehen. »Ich hab' ihr wohl den Rest gegeben«, sagte Gram und besah sich die Ratte. Sie wollte sicher sein, daß wir es anerkannten.

Rossie nahm die Ratte mit einem Zweig hoch und wollte uns Furcht einjagen. Der Zweig wurde immer blutiger, und Rossie richtete sie böse zu, bis er sie schließlich bis zum Rand des noch glühenden Haufens beförderte. Dann pfefferte er sie hinein. Die Männer hatten ihre Pflicht getan und gingen nach Hause, ließen jedoch einen älteren Mann zurück, der den Rauch, die Asche und die immer noch schwelende Glut bewachen sollte.

Spatzen und Amseln zwitscherten in dem dunklen Ostgarten dem neuen Tag entgegen. »Das war's denn wohl«, sagte Tante Rachel. Dann aber schalt sie Rossie, der uns immer noch mit dem Zweig berühren wollte. »Das ist doch kindisch! Dafür bist du zu alt«, sagte sie und drohte, ihm mit dem Zweig eins überzugeben, falls er nicht damit aufhöre. Wir fühlten uns in unsere Kindheit zurückversetzt, wo Rossie uns piesackte und es dann mit seiner Mutter zu tun bekam.

Wir gingen die Einfahrt entlang zurück, unser Blick auf den

Horizont gerichtet, wo früher die Scheune gestanden hatte. Eine von uns stolperte, stieß die anderen an. »Paßt auf, wohin ihr geht, Mädchen«, sagte Tante Rachel in einem Ton, als bezweifle sie, daß wir das je schaffen würden. Dann drehte sie sich nach Rossie um, der vor uns marschierte und mit seinem dicken Knüppel auf die Erde schlug. Er erinnerte uns an Grandad, der genauso durch die Mulde gestapft war. »Tom kann ihn auch nicht regieren«, sagte sie zu Tante Libby. »Wunder kann er nicht vollbringen. Vielleicht wäre es das beste für Rossie, hier zu bleiben und Landwirt zu werden, wie sein Großvater vor ihm.«
Onkel Dan, der es mit angehört hatte, sagte: »Ihr solltet lieber beten, daß er eines Tages von hier wegkommt.« Dann fügte er hinzu: »Trotzdem hatten wir manchmal viel Spaß miteinander.« In seiner Stimme lag Endgültigkeit, als sei sein Leben etwas, was vor langer Zeit stattgefunden hatte.

Hinter uns spürten und hörten wir Pferdehufe, wir wußten sofort, wer es war, erkannten sie an ihrem hohen, zitternden Gewieher: Queenie, hagerer und störrischer aussehend als je zuvor, aber immer noch das nervöse, breitbeinige Pony. Ganze Sommer lang waren wir zu beschäftigt gewesen, um uns um sie zu kümmern. Wir blieben alle stehen und beobachteten sie, wie sie aus dem Dunst des Morgens kam. Sie hielt inne, um sich umzudrehen, stand vor den Bäumen, erstarrte in vertrautem, vertracktem Mißtrauen, die Entfernung abschätzend, unsere Absichten kalkulierend, bereit, sich aus dem Staub zu machen, die zerzauste, strubbelige Mähne voller Kletten und kleiner Steine, der Körper zottelig und schlammverkrustet. Wie ein Phantom, mit Nebelfetzen, die um ihre Fesseln wehten, rief sie uns. Jahrelange Vertrautheit hatte uns gelehrt, daß die geringste Vorwärtsbewegung sie sofort in die Flucht schlagen würde, also verhielten wir uns vollkommen still, wagten nicht einmal, die Hand nach ihr auszustrecken, wie sie dort stand, nahe beim Zaun – redeten sie nur liebevoll an, erzählten ihr, wie sie uns, seit wir erwachsen geworden waren, gefehlt habe, daß wir von ihr geträumt hätten.

Queenie schnaubte verächtlich, verlagerte ihr Gewicht einen Schritt näher, und wir konnten erkennen, wie die lose Haut unterhalb ihres Halses zitterte. Den Kopf hielt sie gesenkt, das dichte Grau ihres Stirnhaars und wie es sich im braunen Fell ihrer Flanken wiederholte, gab ihr das gemalte Aussehen eines Indianerponys.

»Du alter Knochensack«, sagte Tante Rachel, »Du möchtest wohl ein Stück Zucker, was, Kleine? Eine von euch soll mal 'nen Apfel holen, vielleicht kommt sie dann.«

Wir brachten einen aus dem Obstgarten, stapften durch das nebelfeuchte versengte Gras. Wir hielten ihn ihr hin, riefen sie mit sanfter Stimme, duldeten ihre Launen, schmeichelten ihr. Und sie kam tatsächlich ein paar Schritte näher, den Kopf tief gesenkt, den Hals vorwärts gestreckt, dem Apfel entgegen, uns entgegen – was uns wiederum zurückweichen ließ, obwohl sie in einiger Entfernung stand.

»Verdammt noch mal«, sagte Tante Rachel und warf den Apfel, der auf der Erde landete und dem Pony entgegenrollte. Queenie wollte kein Risiko eingehen, trabte vorwärts, schnappte zu, wich zurück. Dann drehte sie sich um und galoppierte auf die Schlucht zu, alte Bekannte, niemals Freundin, drei Viertel wild, und wie Tante Rachel meinte, wie ein geröstetes Ferkel mit dem Apfel in ihrem hocherhobenen Maul.

»Alte Schabracke«, brummelte Gram. Wir waren erstaunt, daß sie neben uns stand. »Sollte zum Abdecker, um Knochenleim daraus zu machen.«

»Mach das ja nicht«, sagte Tante Rachel, und wir schworen uns: Nein. Niemals. Ehe das geschah, würden wir fliehen, mit Queenie in den fernen Wäldern für immer verschwinden.

»Mag sein, ich verkaufe sie doch«, sagte Gram, jetzt stur geworden. »Außerdem interessieren Pferde mich nicht mehr.« Dabei entblößte sie ihre eigenen kleinen, gelbfleckigen Zähne in einem freudlosen Grinsen und ging weiter.

»Seht euch diese alte Frau an«, sagte Tante Rachel, die unsere Aufmerksamkeit wiedergewinnen wollte. »Typisch für sie, sich zu jeder Tages- und Nachtzeit herumzutreiben.« Wir alle lachten, weil Gram eben Gram war, von extravaganter, freudloser Unberechenbarkeit. Sie marschierte weiter, Rossie und

Onkel Dan gingen hinüber zum Hof und verschwanden in Richtung Haus.
Auf der Höhe der Einfahrt hielt Gram inne, um Luft zu holen. Wir standen um sie herum, und Tante May, die uns langsam in ihrem Wagen gefolgt war, als seien wir eine Prozession, hupte und drehte ab, um nach Hause zu fahren. Auf den ersten Blick sah es so aus, als habe das Wohnhaus ebenfalls Feuer gefangen, so flammend warf es das Sonnenlicht zurück.
»Du bist doch versichert, nicht wahr, Mama?«
»Natürlich. Und hab' außerdem noch was.« Es schien, als ob sie wieder aufgelebt sei. Sie marschierte auf das Haus zu, und zwar immer schneller. »Du hast doch wohl nicht die Absicht, zu dieser Stunde alle Teppiche hochzunehmen und Sachen auszugraben, oder?« fragte Tante Rachel.
Gram stand still, drehte sich zu ihr um. »Das geht dich überhaupt nichts an, junge Dame.«
Onkel Dan stand auf der Veranda. Er hatte uns kommen sehen, war erstaunt, voll Bewunderung. »Ich bin froh, euch wiederzusehen. Ich weiß nicht, wie ihr mir vorkommt: wie ein Hexensabbat oder Königinnen der Nacht.« Er hielt die Tür für uns offen, und wir gingen hinein.

Nach dem Scheunenbrand bepflanzte Gram den Gemüsegarten im Hof nicht mehr, und im Laufe der nächsten drei Jahre verkaufte sie den Grund, auf dem der Obstgarten gestanden hatte, und danach gab es keine frischen Äpfel mehr. Jedenfalls war dies ihre Ausrede, keinen Kuchen mehr zu backen. Wenn wir uns über den Lärm und die Lichter beklagten, die aus dem jenseits der Hecke errichteten Restaurant kamen, fuhr sie uns an, daß das viel interessanter sei als eine Wiese voller Gänseblümchen. Es schien, daß sie nur eines interessierte: mit ihren Bekannten auszugehen. Jeden Freitag kam Della, um zu putzen, aber trotzdem meinte Gram, das Haus entglitte ihr, die Simse der hinteren Veranda bis oben hin voll mit Krimskrams, all die Wandschränke zum Bersten voll. Das Haus, sagte sie, sei ihr einfach zu viel, zu groß für nur fünf Menschen. Ihre Töchter hatten sich nach und nach ihr eigenes Leben gerichtet, Tante

Rachel verheiratet mit Tom Buck, Tante May eine Christliche Wissenschaftlerin und außerdem noch mit einem Christlichen Wissenschaftler verheiratet, und Tante Elinor eine so erfolgreiche Geschäftsfrau, daß sie kaum von New York weg kam – nachdem sie ihre Zähne hatte richten lassen, hatte Gram nur einen einzigen Blick auf sie geworfen und dann erklärt, das sei wohl der letzte Schliff gewesen, sie sei eine völlig Fremde geworden. Nichtsdestoweniger kamen Mitglieder der Familie oft zu Besuch, so daß sich Onkel Dan und Tante Libby auch weiterhin immer einmal wieder in ihrem Privatleben beeinträchtigt fühlten und klagten, ihre Familienroutine sei unterbrochen, aber natürlich niemandem je verwehrten, sie zu besuchen.

Jeden Sommer kamen Anne und Katie, Gram sorgte dafür. Sie kamen ohne einen Cent in der Tasche und hatten auch kaum etwas anzuziehen. Jedesmal schimpfte Gram: »Ich gönne ihm die Genugtuung nicht«, nahm die beiden dann aber mit in die Stadt und kaufte ihnen, was sie brauchten. Hübsche Sachen, aber nicht mehr als notwendig. Sie vermutete, daß Neil sich darüber amüsierte, daß sie es tun mußte.

»Ich kann sie einfach nicht so rumlaufen lassen. Er hat doch immer nur an sich selbst gedacht.« Sie sagte es, ohne daß es ihr in den Sinn kam, daß er genau dasselbe über sie sagte.

»Lange mache ich das nicht mehr mit«, sagte sie eines Tages, als wir, ehe wir ins Schwimmbad gingen, halfen, die gute Stube zu säubern. Celia und Phillip würden das Zimmer für sich haben wollen, zu jener Zeit waren sie verlobt, wollten bald heiraten und waren fast unzertrennlich.

»Sie werden erwachsen«, sagte Tante Libby. »Hab' nie geglaubt, daß es geschehen würde, noch daß ich es miterleben würde.«

»Für mich kann's nicht bald genug sein. Mädchen im Haus – ich hab' die Nase voll davon. Kann weder die Jahre noch die Zahl zählen. Blutend und stinkend. Dies Haus stinkt!« Wir waren nebenan, konnten uns aber ihre funkelnden Augen vorstellen, sie hatte genau das ausgesprochen, was sie sagen wollte und uns zu Tode erschreckt. »Ich gehe«, erklärte sie dann.

»Aber um Himmels willen, Mama«, hatte Tante Libby gesagt. »Fünf Abende hintereinander.«

»Kann nicht anders. Ich gehe. Aber ich habe nicht gemeint, daß ich ausgehe.«
»Was hast du dann gemeint?«
»Ich meine, ich habe 'nen Käufer gefunden.«
Wir rannten auf die Küche zu, als ob wir etwas dagegen tun könnten. Wir lauschten gespannt, was sie als Nächstes sagen würde, denn die alte Frau hatte ja alle Trümpfe in der Hand, aber als wir hereinkamen, saß sie nur auf ihrem Stuhl beim Fenster. Sie sah uns mit einem Ausdruck an, der jede Widerrede abschnitt und sagte: »Ich bin müde.«

Aber in Wirklichkeit erlebte Gram das, was sie einen neuen Aufschwung in ihrem Leben nannte. Sie kroch an den Teppichkanten und Läufern entlang, grub Bargeld aus, Wertpapiere, Übertragungsurkunden. Della mußte an zusätzlichen Tagen kommen und helfen. Als wir über Grams Aufzug lachten, Kopftuch, Arbeitshemd, Overall, hob sie nur ihre zotteligen ergrauten Brauen, eine alte Frau, die mit ihrer Handtasche unter der Matratze schlief und die, wenn es ein Erdbeben gab, aufwachte und überzeugt war, es sei ein Mann, der es auf ihre Handtasche abgesehen habe. Sie hatte niemals Zweifel an sich selbst, kannte ihren Wert und wußte, weshalb es ihr gelungen war, sich selbst treu zu bleiben. Wie eh und je war sie uns fern, wir wohnten zwar bei ihr, warteten aber ihre Entscheidungen ab, so daß alles, was geschah, die Wehmut und Feierlichkeit eines alten Märchens erhielt.
Gram schwieg sich ebenso über die Verkaufsverhandlungen wie über die finanziellen Details ihrer Spielleidenschaft aus – daß sie mit zehn Bingokarten gleichzeitig spielte und mindestens einmal pro Abend gewann, war alles, was sie uns berichtete. Versuchte jemand, ihr vorzurechnen, in welchem Verhältnis Gewinn und Einsatz zueinander stünden, fing sie sofort an, sich zu wehren, ihr sehniger Hals rötete sich, die Stimme wurde gepreßt. »Laßt mich in Ruhe. Das geht euch nichts an.« Das beendete jedes Gespräch. Wenn Gram erst einmal wütend geworden war, stritt sie weiter, bis ihr Gegner ebenso zornig wurde und die Atmosphäre sich auflud. Aber während Grams

Gefluche anschwoll, um ihren Eigensinn, eine stets gezückte nützliche Waffe, zu untermauern, schüchterten uns solche Szenen ein und weckten die Furcht, wir könnten ihr ähnlich werden. Deshalb ließen wir Gram stets das letzte Wort; niemand konnte es mit ihr aufnehmen.

»Ich hab' mein Haus gefunden«, verkündete sie ein paar Wochen später, und Tante Libby fuhr uns eines Sonntags nachmittags hin. Es war ein aus Backsteinen erbautes Haus in einer neuen Wohnsiedlung. Es war von etwa einem Morgen Rasen umgeben, auf dem ein paar mit Drahtgeflecht geschützte junge Bäume standen. An der Frontseite befand sich ein großes Erkerfenster, alle übrigen Fenster waren hohe, winzige Rechtecke. Das wichtigste Bauprinzip schien gewesen zu sein, niemandem in das Haus Einblick zu gewähren, obwohl es keine unmittelbaren Nachbarn gab. Auch die Küche war winzig. Onkel Dan behauptete, man könne darin für drei Leute kochen, die bereits gegessen hätten – was, so schnappte Gram zurück, mehr war, als sie jedenfalls beabsichtige. Aber es gab zwei große Garagen, die zusammen soviel Platz einnahmen wie das ganze übrige Haus, und die mit Vorhängen ausgestatteten Garagenfenster ließen sie von der Straßenseite wie extra Räume erscheinen. Gram war besonders stolz auf die Toilette neben dem Eingang und auf das geräumige Souterrain, wo Gäste übernachten würden und Onkel Dan seinen Hobbyraum einrichten könne.

Es war gleich nachdem Tante Elinor angerufen und voller Freude berichtet hatte, einen neuen Kunden für ihre Agentur gewonnen zu haben, als sie verkündete: »Nächste Woche kommt der Jude.« Vorher hatten wir noch nie von ihm gehört. Im Haus wurde aufgeräumt, Gram nahm ein ausgiebiges Bad, um für die Verhandlungen gewappnet zu sein. In der Diele begegneten wir ihr, ein Frottiertuch vorgehalten, Dampfschwaden drangen aus dem Badezimmer, als sei sie ein Geist, der gerade aus der Flasche entwichen war. Und doch konnten diese Bäder niemals jenen Geruch ganz tilgen, den sie ausströmte, nach schlechten Zähnen, nach Alter, nach Verdrossenheit des Herzens. Wir sahen ihr zu, wie sie sich anzog. Um in ihr Korsett zu kommen, legte sie sich aufs Bett, dann verschwand sie einen

Moment unter dem dunkelgrün-marmoriert gemusterten Kleid. Sie steckte sich ihre Brosche an, Straß und Perlen. Ohne in den Spiegel zu sehen, legte sie Rouge auf, puderte ihr noch feuchtes Gesicht und bürstete sich die starr wie eine Perücke sitzenden Haare. Sie waren so starr, wie alles übrige an ihr. Dann lächelte sie uns vage an, setzte sich die Brille auf, las in unseren Gesichtern und sagte: »Nun aber gefälligst keine Leichenbittermienen mehr! Ist doch kein Begräbnis. Außerdem: Ich will, daß er sieht, wie hübsch meine Mädchen sind.« So guter Laune war sie. Sie hätte auch uns noch verkauft.

Dann kam der Immobilienhändler in einem großen schwarzen Auto die Einfahrt entlang. Es war so leise, so schnurrend und glatt wie Mr. Weiner selbst, der lächelnd ausstieg, beleibt, mit beginnender Glatze und, wie wir erwartet hatten, eine Zigarre rauchte. Gram fuhr sich mit der Zunge über die Lippen. Er streckte die Hand aus, aber sie, die alte Farmersfrau, bemerkte es nicht einmal und wischte ihre Hand an ihrem Kleid ab, als trage sie eine Schürze. »Sie haben einen sehr schönen Besitz, Mrs. Krauss«, sagte er. »Wunderbar.«

Mr. Weiner ging mit Gram über den Rasen. Er bewunderte ihre Blumen, winterharte, Jahre zuvor gepflanzte Sorten, stand eine Zeitlang in der Rosenlaube und blickte hinunter über den Teppich aus sanften Hügeln und Wolkenschatten, die manche der Felder dunkler färbten, auf die Türmchen ferner Scheunen, die umliegenden Waldungen. Er nahm ihren Arm. Er hätte genausogut ein Geländer ergreifen können, so starr, so unnachgiebig war ihre Haltung. Aber er schien es nicht zu bemerken, er war galant, genoß alles. Im Haus selbst entging ihm kein Detail, er kommentierte Dinge, von denen wir geglaubt hatten, daß nur wir sie schätzten oder überhaupt beachtet hatten, die Prismen, die granitenen Treppenträger, die Türen mit ihrer massiven Eichentäfelung, die gezimmerten Fußböden. Er sprach von dem, was wir liebten, deshalb blieben wir ihm auf den Fersen, drängten unsere Bitterkeit vorübergehend beiseite.

»Ihre Mädchen lieben dieses Haus, Mrs. Krauss«, sagte er,

und es klang, als wolle er auch uns loben. Dann fügte er hinzu: »Sie sind schön. Ich habe meine eigene Tochter verloren, als sie etwa so alt war.«

»Die haben's leicht – singen und tanzen den ganzen Tag.« Gram nahm keine Notiz von Mr. Weiners Unglück, nahm nur das auf, was sie selbst betraf.

Mr. Weiner saß im Wohnzimmer und blickte aus dem Fenster auf die Wiese, wo einst Grandads Maisfeld gestanden hatte. Er seufzte. Es kam aus tiefster Seele, wir empfanden Mitleid mit ihm. Gram hatte bereits die Übertragungsurkunde aufgeschlagen und war zur Sache gekommen: Der Standort der Farm in bezug auf das rapide Anwachsen der städtischen Bevölkerung, die Zeit, die sie brauchen würde, um auszuziehen. Einen Augenblick der Unschlüssigkeit – alles hing in der Schwebe. Dann setzte sich Mr. Weiner die Brille auf und nahm die Urkunde zur Hand. Wiesenblumen, hellgelb, blaßrot, lavendelblau, elfenbeinfarben schwebten über dem Gras.

Nachdem er gegangen war, überlegte Tante Libby laut, ob er womöglich zu den Grundstücksspekulanten gehöre, vielleicht zur Mafia.

»Ach Quatsch«, brummte Gram. »Er ist doch nicht italienisch. Er ist Jude.«

»Das weiß ich. Trotzdem ist irgend etwas faul.«

»Nichts ist faul. Außer, daß er mich ein wenig übers Ohr hauen wollte. Es wenigstens versucht hat.« Später hörten wir sie vor sich hinsummen. »When the Roll is Called up Yonder«, das erste Mal seit Jahren, daß sie sang.

»Dir hat er jedenfalls recht gut gefallen, stimmt's?« sagte Tante Libby. »Du bist Arm in Arm mit ihm gegangen. Jedenfalls irgendwie nett. Ein Kavalier. Und die Mädchen gefielen ihm.«

Uns gefiel er auch. Immer mehr. Manchmal, später, brachte er uns aus New York Geschenke mit, teure Bonbonnieren, eine schön gerahmte Fotografie der Farm. Als das Einkaufszentrum gebaut wurde und wir im Begriff waren auszuziehen, meldete er sich bei uns und lud uns ein, ihn bei sich zu Hause zu besuchen, er wohne auf Long Island, sein Haus sei zwar nicht so schön wie das unsere, aber er habe eine Yacht, auf der wir segeln könnten. Zwischen uns lag jedoch jetzt eine Entfernung, die weiter war als nur soundsoviele Kilometer. Ohne unser Haus, ohne unser Land waren wir weniger wert, hatten unseren Stolz und unseren Ruf eingebüßt. Hatten wir erst einmal die Farm verlassen, das wußten wir, würden wir ihn nie wiedersehen.

Er kam zum letztenmal zur Unterzeichnung der Dokumente. Gram schob die Spitzendecke auf dem Eßtisch beiseite, Mr. Weiner gab ihr eine Zeitschrift als Schreibunterlage, um die Politur zu schützen. Ihre Finger waren steif, zitterten merklich, als sie mühsam ihren Namen unter die verschiedenen Urkunden setzte. Danach wurde es still im Zimmer, als ob sogar die teilnahmslosen Möbel den Atem anhielten, die Übergabe in Abrede stellten. Gram hatte ihr eigenes Exemplar der Baupläne für die kommerzielle Nutzung des Grundstücks, die für den Supermarkt, für Woolworth's, für die Kegelbahn vorgesehenen Standorte. »Dies hier wird die Krauss-Straße«, sagte sie und es klang stolz, sie war froh darüber, mehr als nur Fleisch und Blut zu hinterlassen, das ihren Namen trug. Ihre starren Augen hinter der Brille sahen nur die Zukunft, die sich vor ihr ausbreitete, wie die gedruckte Straße auf den Plänen.

»Hätte ich nur das Geld«, sagte Tante Rachel, als die Limousine mit Mr. Weiner weggefahren war. Sie glitt geräuschlos und ohne viel Aufhebens davon, als sei sie ein Hirngespinst, als hätte sich im Verlaufe der vorangegangenen Transaktion unser Besitz in Luft aufgelöst, sei zu bloßem Geldwert geworden. Gram schnaubte verächtlich. Luftschlösser – die Vorstellung, daß es irgend jemand von uns jemals zu Geld bringen könne. »Wenn Wünsche Pferde wären, würden alle Bettler reiten.«

Gram dachte an Tante Elinor. »Libby, du rufst sie an. Und zwar gleich. Sprich mit ihr über die Möbel, die sie haben will. Und sag ihr, daß sie nicht die einzige ist, die was vom Geschäft versteht.« Dann wandte sie sich an Tante Rachel, die gemeint hatte, sie hätte das Haus gerne gehabt, hätte es gekauft und niemals verkauft. »Wenn du das Geld gehabt hättest! Pah! Du hättest es genauso gemacht. Was hat es denn hier jemals gegeben außer Sterben und Streiten, Arbeit und Wahnsinn?« Damit ging sie aus dem Zimmer, um sich für den Abend fertigzumachen und rief uns noch beim Hinaufgehen zu, wir seien alle miteinander nichts weiter als eine Bande von Traumtänzern. »Wünschte, ich könnte das Gesicht des Alten sehen. Dann würde sich zeigen, wer hier was vom Pferdehandel versteht.« Als sie wieder herunterkam, ging sie in die Küche, band sich die Schürze vor, nahm die Bratpfanne vom Herd und drehte die Gasflamme himmelhoch. Dann ging sie auf den Kühlschrank zu. Mitten in der Bewegung hielt sie inne, sah uns, die wir sie beobachteten, während schmale Sonnenstreifen über den Tisch flossen. Mag sein, daß wir sie deprimierten, jedenfalls hing sie die Schürze wieder auf, drehte die Gasflamme aus.

»Ich geh' rüber«, sagte sie, und bald darauf hörten wir, wie sie den Wagen startete, um einen halben Häuserblock in das Restaurant jenseits der Gartenhecke zu fahren. Tante Libby rief Onkel Dan in der Metzgerei an und bat ihn, etwas zum Abendessen mitzubringen. Irgend etwas. Als sie ihm zuhörte, lachte sie. Wahrscheinlich haderte er wieder mit seinem grausamen Schicksal, daß er in einem Haushalt voller Frauen nicht nur die Mahlzeiten planen, sondern obendrein auch noch einkaufen müsse. Demnächst sei es vielleicht angebracht, zu fragen, ob er vielleicht auch noch für sie essen solle.

Wir sprachen über das Einkaufszentrum und wie komisch es aussehen werde, wenn ein großes, altes Backsteinhaus wie ein wunder Finger in der Mitte hochstehe. Inzwischen hatte Tante Libby den Hörer aufgelegt und einen merkwürdigen Gesichtsausdruck. Sie meinte, das sei wohl nicht vorgesehen. Sie rechne damit, daß es abgerissen würde.

Danach saßen wir still da, stellten uns vor, wie die Wände um uns nachgaben, der Verputz abbröckelte und wir alle, um nicht erschlagen zu werden, zur Tür hinaus oder durchs Fenster ins Freie fliehen würden. Grams Pontiac nahm gerade die Kurve; sie lenkte den Wagen mit der gleichen Autorität, die ihr das Recht verlieh, auf der zukünftigen Krauss-Straße zu fahren. Sie parkte den Wagen, erhob sich langsam aus dem Sitz. Am Rande des Parkplatzes, mit dem Gesicht zum Haus, lehnte sie sich nach vorn. Mit zwei Fingern faßte sie sich an die Nasenspitze, schneuzte sich und schnippte geübt ins Unkraut. Dann, die

Handtasche auf dem hervorstehenden Bauch, der Zeugnis ablegte für ein weibliches Schicksal mit vielen Geburten, ging sie ruhigen Schrittes auf das Restaurant zu, zum Abendessen, auf ihrem Gesicht etwas Versöhnliches, vage Freundliches. Sie betrat es mit der Selbstsicherheit eines Menschen, der alles, was er besaß, auch verdient hatte.

Ein paar Monate, nachdem die letzten Zahlungen fällig wurden, heirateten Celia und Jimmy und zogen nach Texas. Gram hatte ihr neues Heim gekauft, alles war in einem heillosen Durcheinander, denn die enorme Aufgabe des Umzugs aus dem großen Haus mußte bewältigt werden. Es war Frühsommer, Anne und Katie waren zurückgekommen und halfen. Wir wußten, es würde der letzte Sommer sein, in dem wir alle zusammen waren. Celia hatte aus Texas geschrieben, daß ihr die ganze Welt braun vorkomme. Später, daß sie ein Kind erwarte. Sollte es ein Mädchen werden, würde sie es Jennifer nennen, nach ihrer Schwester. Gram erklärte, sie habe den Namen nie leiden können, Maultiere hießen so. Die ganze Sache schien ihr zu mißfallen. Und Tante Libby bekam Magenschmerzen.

Wir wußten nicht, woran wir waren. Während wir durch das Haus gingen, alles zusammenpackten, Kisten und Schubladen leerten, hatten wir das Gefühl, Celia sei noch bei uns, und wir waren jedesmal erstaunt, daß wir, wenn wir in ihr Zimmer gingen, ihren Plattenspieler vollkommen verstaubt vorfanden. Manchmal rief jemand an und fragte nach ihr – es war dann ein Mann, der noch nicht erfahren hatte, daß sie inzwischen verheiratet war. Was sollte mit all den Sachen, die sie zurückgelassen hatte, geschehen? Also warfen wir das meiste einfach weg. Sie schrieb, daß ihr den ganzen Tag schlecht sei, sie die Hitze nicht vertrage. Falls es ein Junge werden würde, solle er Kevin heißen.

Das war ein Name, von dem wir nie gehört hatten.

Gram war ungeduldig, kümmerte sich nicht um Einzelheiten, nannte den Umzug »diesen ganzen Haufen Trödelkram« und behauptete, sie sei froh, daß die Scheune niedergebrannt sei und sie sich nicht noch deshalb den Kopf zu zerbrechen brauche. Sie bestellte einen Lastwagen, der vor dem Haus halten solle und befahl Tante Libby und Onkel Dan, das ganze Gerümpel vom Dachboden einfach aus dem Fenster zu werfen. Anfangs weigerten sie sich, sich von ein paar Bündeln Liebesbriefen zu trennen, einige waren von Neil an Tante Grace, andere hatte Onkel Dan aus Kalifornien geschrieben; sie waren überrascht über diese Zeugnisse aus ihrer Jugendzeit. Inzwischen warf Gram alles weg, was ihr ihm Wege war. Immerhin erkundigte sie sich, ob irgend jemand den gerahmten Druck des Indianerkriegers haben wolle, der über dem Schlafzimmerkamin hing . . . Sie habe den Anblick lange genug ertragen, beide hätten sie mehr als genug mitansehen müssen, was sie vergessen wollten. Einen Augenblick zögerte sie, dann pfefferte sie auch ihn aus dem Fenster. Das angeschmuddelte Stickmustertuch, mit dem sich Anne soviel Mühe gegeben hatte, flog ihm nach. Als sie niemanden auftreiben konnte, der sich für die Queen-Anne-Stühle aus dem Eßzimmer interessierte, schleppte Onkel Dan sie hinaus und stellte sie aufrecht zu dem übrigen Sperrmüll, wo sie, so meinte er, genauso seltsam wirkten wie eine Geisterversammlung bei einem Bankett.

Nur eines wollte Gram mitnehmen: ihre Perserteppiche. Heute seien sie sehr viel wertvoller als zur Zeit, da sie sie gekauft habe. Außerdem, meinte sie, hätten sie leuchtende Farben und es gehe sich angenehm darauf.

»Aber doch wohl ein wenig uneben«, sagte Onkel Dan, weil sie immer wichtige Papiere unter ihnen versteckt hatte. Ohne ihre Teppiche, sagte er, würde sie wahrscheinlich niemals etwas wiederfinden, würde womöglich stundenlang auf der Erde herumkriechen und sich am Ende doch noch einen Aktenschrank zulegen müssen. Gram entgegnete, daß für sie jeder der Teppiche eine Art Grundriß der ganzen Farm gewesen sei: Sie wisse, daß sie ihr Testament in der Mitte aufbewahre, wo früher die Scheune gestanden hatte, die Geburtsurkunden dort, wo Grandad in dem südlich gelegenen Feld mit Sojabohnen experimentiert hatte – auf diese Weise könne sie sofort alles finden, was sie brauche.

Celia schrieb aus Texas: »Hebt mir Tante Elinors Satteldecke auf und die marmorne Leuchtturmlampe. Und die Koskosnuß vom unteren Kamin.« Sei die Sonntagsschulbibel zum Vorschein gekommen, die man ihr zur Konfirmation geschenkt habe? Aber es war zu spät, alles war aussortiert und weggebracht worden.

Am folgenden Sonntag kam ein Anruf aus dem Krankenhaus – Onkel Dan war gerade in der Kirche, er sang im Kirchenchor, der einzige in der Familie, der regelmäßig zum Gottesdienst ging. Gram zog es vor, sich die Gottesdienste im Fernsehen anzusehen, legte jedem, der sie darauf ansprach, nahe, den Mund zu halten, sagte, sie sei länger in die Kirche gegangen, als alle anderen zusammengenommen gelebt hätten und sei überzeugt, der Herrgott würde ihr ein bißchen Komfort und Ruhe nicht verargen. Wir hörten gerade, wie der Prediger inbrünstig rief: »Heile! Heile!«, als Tante Libby den Hörer abnahm.

Celia würde durchkommen. Der Arzt sagte es ihr als erstes, damit sie nicht hysterisch reagiere. Er erkundigte sich, ob es bei Celia schon früher Zeichen einer ernsten Depression gegeben habe. War in der Familie etwas Derartiges bekannt? Ihr Mann sei viel zu verstört gewesen, um ihnen die notwendige Auskunft zu geben, und außerdem habe er den Eindruck, er wisse nicht sehr viel über Celias Vergangenheit, über ihren familiären Hintergrund. Tante Libby erkundigte sich, ob sie nicht sofort abreisen solle, um bei ihrer Tochter zu sein. Nein, aber Celia wolle nach Hause kommen, würde man ihr dort, in einer so kleinen Stadt, die nötige Hilfe geben können? »Cleveland ist nicht weit, wir könnten sie dorthin bringen.« Nach Cleveland waren wir schon einmal gegangen, um Hilfe zu bekommen.

Celia würde eine Zeitlang unter ärztlicher Aufsicht sein müssen – es könne sich wiederholen, und dann würde sie es vielleicht schaffen. Das Baby hätten sie leider nicht retten können. Tante Libby wollte wissen, woher Celia die Tabletten gehabt habe. Sie hatte sie gehortet, immer ein paar, und das über eine lange Zeit.

An diesem Abend schloß sich Onkel Dan ein und spielte die Posaunensonate, die er, mit Unterbrechungen, jahrelang seit seiner Collegezeit geübt hatte. Meist sagte er, daß es jedesmal schlechter gehe statt besser, was man ohnehin über das Leben allgemein sagen könne. Aber an diesem Abend ging er ohne ein

Wort hinein. Wir hörten zu, wie er sich abquälte. Nach einer Weile sagte Tante Libby, sie könne diesen Lärm keine Sekunde länger ertragen. Es sei wie Weinen. »Er ist wie ein großes Kind.« Sie runzelte die Stirn, dicke Tränen hingen an ihren Wimpern, dann ging sie hinein zu ihm und machte die Tür zu.

Hannah Green

Ich habe dir nie einen Rosengarten versprochen
Bericht einer Heilung
rororo 4155

Mit diesem Zeichen
Roman
rororo 4869

Wenn es Sommer wird
Erzählungen
rororo 4992

Ohne sich zu berühren
Erzählungen
rororo 5661

Eine Zeit wie im Paradies
Roman
rororo 5901

Herbstzeitlose oder Glückliche Fügung?
Roman
rororo 12186

Landleben
Roman
rororo 12396

ro
ro
ro

C 2062/7

neue frau

Eine Auswahl

Kerstin Thorvall
Die Verschwundene
Roman (12180)

Märta Tikkanen
Wie vergewaltige ich einen Mann?
(4581)
Die Liebesgeschichte des Jahrhunderts
Roman in Gedichten (4701)
Aifos heißt Sofia
Leben mit einem besonderen Kind (5166)
Der Schatten, unter dem du lebst
Eine Erzählung in Gedichten (5558)
Ein Traum von Männern, nein, von Wölfen
Roman (5946)

Esther Tusquets
Die Liebe ist ein einsames Spiel
Roman (4989)

Alice Walker
Die Farbe Lila
Roman (5427)

Fay Weldon
Briefe an Alice oder Wenn du erstmals Jane Austen liest (5896)

Maria Wimmer
Kindheit auf dem Lande (4291)

Andrea Wolfmayr
Spielräume
Roman (5335)

Sandra Young
Ein Rattenloch ist kein Vogelnest
Eine Jugend in den Slums von Baltimore
(5188)

rororo

C 912/10 e